Silvia Kaffke

Blutleer

1. Auflage 2006
2. Auflage 2010

© KBV Verlags- und Mediengesellschaft mbH, Hillesheim
www.kbv-verlag.de
E-Mail: info@kbv-verlag.de
Telefon: 0 65 93 - 99 86 68
Fax: 0 65 93 - 99 87 01
Druck: Aalexx Buchproduktion GmbH, Großburgwedel
Printed in Germany
ISBN 978-3-937001-74-6

Ich danke

Ruth Becker für die Übersetzung ins Russische
Rudy Lück für seine Nachhilfe in Sachen Waffentechnik
meinen Testleserinnen Martina Peters und
Heidrun Vierbaum

und ein besonderer Dank geht an
H.P. Karr & Walter Wehner,
die mir erlaubt haben, ihren legendären Videogeier »Gonzo«
Gonschorek für einen kleinen Gastauftritt zu entlehnen und
auch darüber gewacht haben, dass die Szene ein echter
»Gonzo« geworden ist

Silvia Kaffke

1.

Endlich. Die letzten Meter bis zur Einfahrt der Hielmann-villa. Barbara seufzte. Sie hatte eine Horrorfahrt hinter sich von Berlin, wo sie an der Polizeifachhochschule ein einwöchiges Seminar gehalten hatte, bis zurück nach Düsseldorf. Sie hatte mehr als einmal darüber geflucht, dass sie ihre Rückreise ausgerechnet zum Sommerferienbeginn in Nordrhein-Westfalen geplant hatte. Es war eine anstrengende Woche gewesen, mit sehr aufgeschlossenen, aber auch sehr kritischen Beamten, bei denen es weniger um die Theorie als um die Einbindung von Profiling-Methoden und -Erkenntnissen in die normale Polizeiarbeit gegangen war. Die Zeiten, da ihr Fachgebiet als Schnickschnack abgetan worden war, waren glücklicherweise lange vorbei. Jetzt konnte sie sich vor Interessenten an ihren Kursen kaum retten. Regelmäßig gab es zu viele Teilnehmer, was zusätzlich Kraft kostete.

Zu den vollgepackten Wagen der Ferienreisenden, die gleichermaßen die Autobahn sowohl in Nord- wie auch in Südrichtung verstopften, gesellten sich um diese Zeit neben Berufspendlern auch noch Kurzurlauber, die ins Wochenende wollten. Ein schwerer Unfall mit Vollsperrung beider Fahrbahnen hatte Barbara zwei unwiederbringliche Stunden gekostet, die sie dem Chaos eigentlich hatte voraus sein wollen. Sie hatte sieben Stunden reine Fahrtzeit hinter sich für eine Strecke, die sie sonst in rund fünf Stunden bewältigte, und war entsprechend genervt und erschöpft.

Als sie jetzt in die Einfahrt einbog, stieß sie einen nicht salonfähigen Fluch aus. Vor der Tür stand ein leicht zerbeulter schwarzer Golf mit einem weißen Kotflügel: Özay. Der Detektiv und Gelegenheitsjournalist war ein Freund, aber nach so einem Tag war er nur schwer zu ertragen. Er lehnte an seinem Wagen und zu ihrem Erschrecken musste Barbara feststellen, dass er betrunken war.

»Deine Chwi ... Chwi ... Thomas' Mutter wollte mich nicht reinlassen«, begrüßte er sie.

»Woran könnte das wohl liegen?« Barbara stieg aus dem Wagen und nahm ihren kleinen Koffer. »Bist du etwa so gefahren?«

»Wie – so?«

»Du bist blau, Özay.«

Er stierte nachdenklich vor sich hin. »Ja, da hast du wohl Recht.«

»Und warum kommst du in diesem Zustand hierher?«

»Ich muss mit dir reden.«

Barbara kannte ihn gut genug, um zu wissen, dass sie ihn nicht loswerden würde, eher würde er vor der Tür übernachten.

»Dann komm rein. Ich mach dir einen Kaffee.«

Thomas war nicht zu Hause. Eigentlich nichts Ungewöhnliches, seit der Herztransplantation war er vielbeschäftigt. Seine Aktivitäten als Privatdozent an der Uni hatte er mehr als verdoppelt, außerdem pflegte er engere Beziehungen zu seinen Studenten in mehreren Gesprächskreisen. Hinzu kam, dass er es genoss, endlich Sport treiben zu können. Er joggte leidenschaftlich, Barbara fürchtete, es könnte irgendwann einmal auf einen Marathon hinauslaufen. Sie selbst hatte Sport, mit dem sie sich in ihrer Zeit als aktive Polizistin hatte fithalten müssen, immer als notwendiges Übel angesehen. Seit sie nur noch an der Uni und als Beraterin arbeitete, hatte sie fast gar keinen Sport mehr betrieben. Glücklicherweise neigte sie von jeher eher zu Untergewicht.

Özay hatte sich an der Kochinsel Halt gesucht. Während

Barbara, die ihren Koffer im Flur stehen gelassen hatte, zwei Espressos an der Maschine zapfte, sagte er kein einziges Wort.

»Ich denke, du willst mit mir reden.«

»Das is nicht so einfach.« Seine Aussprache war immer noch verwaschen, aber Barbara spürte, dass es hier nicht um die üblichen Özay-Themen ging – schnelles Geld, eine neue Frau. Irgendetwas machte ihm richtig zu schaffen.

»Vielleicht geht es hiermit besser.« Barbara reichte ihm den Espresso und goss noch zwei Gläser Mineralwasser ein.

»Können wir uns hinsetzen?«, fragte er.

Barbara deutete auf die Küchenbar, aber Özay schüttelte den Kopf. »Richtig hinsetzen, damit wir reden können.«

Er folgte Barbara leicht schwankend ins Esszimmer. Sie setzten sich an den Tisch.

»Was zum Henker ist los, Iskender? Warum hast du dich betrunken?« Beim Vornamen nannte Barbara ihn nur, wenn es ernst wurde. Sonst hatte er das Privileg, das eigentlich nur Polizeikollegen zustand – sie nannte ihn beim Nachnamen.

»Ich wollte mir nur ein wenig Mut antrinken. Und dann wurde es wohl ein bisschen mehr. Weil ... weil ich sehr viel Mut dazu brauche.« Er schlürfte den Espresso, Schluck für Schluck, die ganze Tasse. Barbara wartete geduldig.

»Du ... du bist eine Freundin, Barbara. Eine verdammt gute Freundin.«

Barbara runzelte die Stirn. Seit sie mit Özay einen Serienmörder zur Strecke gebracht hatte, hatten sie sich angefreundet. Manchmal hatte Barbara dem Detektiv einen Auftrag verschafft. Sie waren einander sehr sympathisch, auch wenn er Barbara manchmal nervte. Sie hatte den Verdacht, dass er nicht viele andere Freunde hatte.

»Unn weißt du, wenn Thomas nich wäre ...«

Oh, nein. Das hatte ihr noch gefehlt. Eine Liebeserklärung

von Özay war nicht das, was sie sich unter einem erholsamen Abend nach einem sehr anstrengenden Tag vorstellte. »Ich bin zwölf Jahre älter als du«, warf sie ein.

»Na und? Du bist attraktiv. Und klug. Und eine wirklich gute Freundin.«

»Das sagtest du schon. Bist du hier, um mir Komplimente zu machen?«

Er schüttelte den Kopf. »Das macht es nur so schwer. Ich ... ich sollte es dir eigentlich nicht sagen, aber ich mag dich so gern und da ...«

»Özay! Sag es einfach.«

»Es geht um Thomas.« Er machte eine Pause, und Barbara konnte ihm ansehen, wie er mit sich rang. »Er rief mich an, vor ein paar Wochen, als du weg warst, in ... in ...«

»In Bayern?« Das war vor vier Wochen. »Oder in Frankfurt?«

Er schüttelte den Kopf. »Nein, nicht Frankfurt. Du warst für 'ne Woche in Bayern, und er rief an. Er hatte einen Auftrag für mich.« Er seufzte. »Er bot mir viel Geld, und ich war fast pleite.«

Das war für Özay nichts Neues. Aber dass Thomas ihn ohne ihr Wissen engagierte ... Barbara spürte eine leichte Unruhe.

»Es ging um eine Studentin aus einem seiner Seminare. Sie war seit zwei Wochen verschwunden. Er wollte, dass ich sie suche. Und er wollte nicht, dass du das erfährst.«

Barbaras Herz begann zu klopfen. Was versuchte Özay ihr da zu erzählen?

»Ich bin ein guter Detektiv, das weißt du.«

Barbara nickte. Özay war ein Schnüffler mit Instinkt und Verstand, ein Wunder eigentlich, dass ihm beides zu fehlen schien, wenn es um sein Alltagsleben ging.

»Ich habe ein wenig herumgegraben in ihrem Leben. Schließlich brauchte ich einen Anhaltspunkt.« Er seufzte noch ein wenig tiefer. »Hätte ich bloß nicht dieses verdammte Geld gebraucht. Ich hätte diesen Auftrag nie annehmen dürfen.«

Barbara war drauf und dran, ihn zu schütteln, aber sie sagte nur leise: »Was hast du herausgefunden?«

»Er ... er hat dich mit ihr betrogen. Und zwar schon länger. Ich fand eine enge Freundin, der sie alles erzählt hatte.«

»Nein.« In ihrem Kopf arbeitete es. Thomas – eine Affäre? Das konnte nicht sein. »Vielleicht hat das Mädchen sich in ihn verliebt und ihrer Freundin ihre Fantasien ...«

Sie sah, wie Özay langsam den Kopf schüttelte. »Das dachte ich zuerst auch. Das Mädchen hatte viele Probleme, und du kennst ja Thomas.«

Ja, ich kenne ihn, dachte Barbara. Wenn er sich um jemand kümmern kann, dann ist er nicht zu halten. Sie war fast schon erleichtert. Thomas hatte den Samariter gespielt.

»Aber sie hat ihrer Freundin so viele Dinge über ihn erzählt. Von den Operationsnarben zum Beispiel.« Er hatte Schwierigkeiten, das Wort auszusprechen, aber seine Sprache wurde langsam wieder klarer. »Barbara, er hat mit ihr geschlafen, daran besteht wirklich kein Zweifel. Und nicht nur einmal. Sie ... sie wohnte zeitweilig in Pempelfort.«

Thomas' alte Wohnung – ihre gemeinsame frühere Wohnung, bevor sie vor drei Jahren in die Villa gezogen waren. Barbaras Kehle schnürte sich zu. »Seit wann weißt du davon?«

»Siehst du, deshalb wollte ich, dass wir uns setzen.« Özays Gesicht spiegelte die pure Verzweiflung wider. »Ich trag das jetzt schon ne Weile mit mir herum. Es ist gegen meine Prinzipien, den Auftraggeber zu verpfeifen. Aber ... du bist doch meine Freundin. Und heute Abend ...«

»Du wusstest, dass Thomas nicht hier sein würde.«

Er nickte bedächtig. »Er, ein paar Kollegen und ein paar Studenten bereiten etwas für das nächste Semester vor.«

Özay hatte sich wirklich gründlich informiert. »Sie sitzen im *Op de Eck*, und die Stimmung ist ziemlich gut.«

Barbara starrte schweigend vor sich hin. Özay war zu gut, um sich in diesem Punkt irren zu können. Aber vielleicht gab es eine Erklärung. Sie würde mit Thomas reden, und alles würde sich aufklären, da war sie sich sicher.

In diesem Moment klingelte das Telefon.

»Warte hier«, sagte sie zu Özay. »Ich bin gleich wieder da.«

Sie ging hinüber ins Arbeitszimmer, wo Thomas das schnurlose Telefon wie gewohnt ordentlich in die Aufladeschale gestellt hatte. »Hielmann-Pross.«

»Guten Abend, Barbara.« Die Stimme erkannte Barbara sofort. Sven Heyer von der Kripo Duisburg. »Entschuldige bitte die späte Störung.«

»Das macht nichts, ich bin eben erst nach Hause gekommen. Worum geht es?« Ist es beruflich oder privat?, fügte sie in Gedanken hinzu. Beruflich, beantwortete sie sich die Frage. Der letzte private Anruf von Sven lag fast vier Jahre zurück. Sie waren nicht im Streit auseinander gegangen, aber wie er damals ihre Entscheidung zu Thomas zurückzukehren verkraftet hatte, konnte sie nur ahnen.

»Ich habe heute Bereitschaft. Und gerade wurde ich angerufen. Die Jungs von der Kriminalwache sind ziemlich aus dem Häuschen. Sie haben da jemanden sitzen, der behauptet, sechs Morde begangen zu haben.«

Barbara setzte sich augenblicklich auf ihren Schreibtischstuhl. »Sagtest du sechs?«

»Ja. Der Typ ist einfach in die Kriminalwache marschiert und hat sich der Morde bezichtigt.«

»Und jetzt möchtest du, dass ich mir den Mann ansehe.«

»Bevor ich das LKA benachrichtige und sich die Sache als

Flop erweist.« Er stockte. »Weißt du, seit damals habe ich den Ruf weg, überall Serienmörder zu sehen.« Damals, das war, als er und Barbara eine Serie von Kindermorden aufgeklärt hatten, an die niemand glauben wollte. »Ich hab schon einmal falschen Alarm an das LKA gegeben, der Typ war ein Spinner.«

»Was ja eigentlich zu wünschen wäre«, warf Barbara ein.

»Und ich wäre endgültig als Idiot entlarvt.« Svens Antwort klang resigniert.

»Wird denn zurzeit überhaupt nach einem Serientäter gesucht? Ich habe nichts gehört, aber meine Verbindungen zum LKA sind seit Heinz Werstens Pensionierung längst nicht mehr so gut. Ich erfahre eher etwas aus anderen Bundesländern als hier aus Nordrhein-Westfalen.«

»Nein, eben nicht. Deshalb bin ich ja so vorsichtig damit. Gefährlich scheint der Mann immerhin zu sein, er hatte ein Messer bei sich. Es wäre mir wirklich lieb, wenn du ins Duisburger Präsidium kommen würdest.«

Barbara seufzte. »Ich habe gerade sieben Stunden Fahrt hinter mir.« Und Özay hat mir gerade erzählt, dass mein Mann mich betrügt, fügte sie in Gedanken hinzu.

»Bitte. Ich strapaziere unsere Freundschaft nur ungern.«

Er wusste immer noch genau, welche Register er bei ihr ziehen musste. Sie hatte ein schlechtes Gewissen wegen ihrer kurzen Affäre und dem anschließenden Schluss, der ihm gegenüber nicht sehr fair gewesen war. Ich war fair, dachte sie. Und Thomas? Wenigstens hatte sie sich damals von ihm getrennt, bevor sie in ein anderes Bett ... Verdammt. Das hier war beruflich. Ihre privaten Probleme mussten warten. Und das war gar nicht so schlecht.

»Na gut, ich werde hinkommen Aber du bist sicher vor mir da.«

»Ich werde mit der Vernehmung auf dich warten. Das ist besser.«

»Bis nachher.«

Barbara legte das Telefon auf ihren Schreibtisch und ertappte sich dabei, froh zu sein, dass es etwas gab, das sie von Thomas und seiner Affäre – seiner angeblichen Affäre – ablenkte.

An der Tür des Arbeitszimmers kehrte sie um und nahm das Telefon mit. Während sie zurück ins Esszimmer ging, wählte sie die Nummer der Taxizentrale. »Ich habe dir ein Taxi gerufen, Özay.«

Er schreckte auf. »Aber ...«

»In dem Zustand wirst du nicht selbst fahren. Du kannst den Wagen morgen hier abholen.«

Er setzte ein charmantes Lächeln auf, das bei seinem Alkoholpegel leicht entgleiste. »Kannst du mich nicht fahren, Barbara?«

Sie schüttelte den Kopf. »Ich muss nach Duisburg. Sven Heyer hat angerufen.« Als sie Özays Blick bemerkte, lachte sie. »Dienstlich. Er hat dienstlich angerufen.«

Urplötzlich wirkte Özay sehr viel nüchterner als noch vor ein paar Sekunden. Er arbeitete hin und wieder als freier Journalist, wenn es als Detektiv nicht lief. Oder war es umgekehrt? Und wenn Barbara zu einem Fall hinzugezogen wurde, dann bedeutete das immer eine große Story.

»Was ist denn in Duisburg passiert?«, fragte er.

»Ich weiß noch nichts Genaues. Sven möchte, dass ich mir etwas ansehe.«

»Weißt du, ich fühle mich nach dem Kaffee schon sehr viel besser, ich denke, ich kann doch selbst fahren.«

Barbara schüttelte grinsend den Kopf. »Du willst doch nur

mit deinem Wagen den Duisburger Polizeifunk abhören. Das kommt nicht in Frage.« In diesem Moment klingelte es an der Tür. »Da ist dein Taxi. Und ich werde dich höchstpersönlich reinsetzen. Komm schon.«

Sie schnappte sich im Flur Schlüssel und Handtasche, zog Özay hinter sich her und übergab ihn dem Taxifahrer, dem sie seine Adresse nannte. Dann drückte sie ihm einen Fünfzig-Euro-Schein in Hand. »Fahren Sie ihn nach Hause. Fahren Sie ihn keinesfalls woanders hin, verstanden?«

Gerade als Özay in das Taxi kletterte, bog Thomas' schwarzer Mercedes CLK in die Einfahrt. Er fuhr zur Seite, weil mehr als drei Wagen nicht vor das Haus passten und stieg aus. Aus sicherer Entfernung beobachtete er, wie das Taxi mit Özay davonfuhr.

Als er sah, dass Barbara in ihren Wagen steigen wollte, kam er schnell hinüber. »Das war doch Özay? Was wollte der denn hier?«

»Guten Abend, Thomas.«

»Entschuldige bitte. Guten Abend.« Er wollte Barbara küssen, aber die wich ihm aus.

»Ich muss nach Duisburg. Es kann spät werden. Warte nicht auf mich.« Sie schloss die Tür und fuhr los.

Den ganzen Weg in die Nachbarstadt über wog Barbara immer wieder die Fakten gegeneinander ab. Thomas hatte sie mit einer Studentin betrogen, da war Özay sich sicher, und der lag selten falsch. Thomas hatte sich wohl von seinem Helfersyndrom hinreißen lassen. »Nicht zum ersten Mal«, murmelte sie. Schließlich hatten sie beide sich genauso kennen gelernt. Aber war das schon eine Affäre?

Kurz bevor das Polizeipräsidium in Sicht kam, versuchte sie, die privaten Gedanken abzuschütteln. Jetzt war die Kriminalistin gefragt. Sie konnte verstehen, warum Sven erst sie konsultieren wollte. Verrückte gab es schließlich genug, die sich aller möglichen Taten bezichtigten. Merkwürdig war nur, dass das normalerweise passierte, wenn bereits nach einem Serientäter gesucht wurde. Hier gab es nichts, es gab nicht einmal eine Serie.

Sie betrat den hässlichen Backsteinbau, der ihr seit den Kindermorden 2001 vertraut war. Der Diensthabende winkte sie wortlos durch.

»Ist Heyer schon da?«

»Ja, in seinem Büro. Er wartet auf Sie.«

In diesem Moment kam Sven Heyer schon die Treppe herunter. Er begrüßte Barbara mit einer freundschaftlichen Umarmung. Zu ihrem Erstaunen entdeckte sie, dass er sein Haar inzwischen kürzer trug. Sie hatte seine langen, welligen Haare immer gemocht. Jetzt wirkte er wie ein Yuppie, zumal er eine Krawatte trug und das Hemd im Gegensatz zu früher in die Hose gesteckt hatte. Der Dreitagebart war auch verschwunden. Heyer war in den letzten zwei Jahren erstaunlich seriös geworden.

»Wollen wir?«, fragte er. »Die Jungs drüben sind sicher froh, wenn sie ihren Gast schnell loswerden.«

»Einen Moment noch.« Barbara wandte sich an den Pförtner. »Sie haben gehört, was los ist?«

Er nickte. »Die Kollegen von der Kriminalwache haben es mir erzählt. Der Kerl hat sechs Morde gestanden.«

Barbara sah ihm an, dass ihn diese Mitteilung doch erschüttert hatte. »Saßen Sie schon hier, als er hereinkam?«

Der Beamte nickte. »Das war so gegen neun. Er kam und erkundigte sich, wo er ein Verbrechen melden könnte. Ich schickte ihn zur Kriminalwache.«

»Welchen Eindruck hatten Sie von ihm?«

Der Uniformierte überlegte kurz. »Ich erwartete so etwas wie Kleindiebstahl oder eine Nachbarschaftsstreitigkeit. Er war ein bisschen nervös, aber nicht mehr als die meisten braven Bürger, wenn sie zu uns kommen müssen.« Er schüttelte nachdenklich den Kopf. »Hoffentlich ist das nur so ein Spinner.«

Barbara konnte ihm da nur beipflichten. »Wie sah er aus?«, fragte sie weiter.

»Eigentlich ist mir nichts Besonderes aufgefallen. Er war sauber gekleidet, wirkte aber ärmlich. Wie ein Sozialhilfeempfänger, der peinlich darauf bedacht ist, sich sorgfältig zu kleiden. So ein völlig unauffälliger Typ. Ihm fehlte ein Schneidezahn.« Er machte eine Pause, dann fuhr er fort. »Gepflegt stimmt zwar. Aber das ist so einer, wissen Sie, der kann sich täglich dreimal duschen und die Kleidung wechseln, der wirkt immer irgendwie schmierig. Starke Geheimratsecken, schwarz gefärbte Haare, er benutzt Pomade oder so was, um sie nach hinten zu kämmen.«

Barbara nickte. »Vielen Dank.« Sie wandte sich an Heyer. »Dann lass uns mal rübergehen.«

In den Räumen der Kriminalwache herrschte eine gespannte Atmosphäre, in die hinein eine heisere, unangenehme Stimme sprach. Der Mann lispelte, Barbara dachte an die Zahnlücke, die der Beamte draußen beschrieben hatte. Er hockte, die Hände mit Handschellen hinter dem Rücken gefesselt, auf einem Stuhl vor dem Schreibtisch eines der Beamten. Er wandte ihnen den Rücken zu, Barbara und Sven hatte er noch gar nicht bemerkt. Er sprach ununterbrochen.

»Nun schreiben Sie das schon auf. Ich stach mit dem Messer auf sie ein, zuerst in den Unterleib, dann in den Brustkorb und den Hals. Und dann nahm ich mir ihren Kopf vor, dabei brach die Messerspitze ab.«

Barbaras Blick fiel auf das Messer, das auf dem anderen Schreibtisch lag. Es war braun von eingetrocknetem Blut, nicht nur die Klinge, auch der Griff waren völlig verschmiert.

Der Beamte, dem der Mann das grauenvolle Diktat gegeben hatte, sah auf und erhob sich. »Frau Pross!« Er war groß und dunkelhaarig. Offensichtlich kannte er Barbara. Und im Moment verspürte sie wenig Lust, ihn darauf aufmerksam zu machen, dass sie inzwischen einen Doppelnamen trug.

»Guten Abend.« Sie sah zu den beiden Beamten. »Wenn ich Sie beide kenne, dann muss ich zu meiner Schande gestehen, dass ich Ihre Namen vergessen habe.«

»Gunter Reitze«, stellte sich der Große vor. »Und mein Kollege war damals noch nicht hier.«

»Frank Schmitz.« Der andere war klein und rund, ein spärlicher Haarkranz zeigte ein dunkles Blond. »Wirklich gut, dass Sie jetzt hier sind.«

Der gefesselte Mann wandte sich um und musterte zuerst Sven und dann Barbara. Er hatte helle, aber sehr tiefliegende Augen, die sie aus einem faltigen, verlebten Gesicht anstarrten. Der Beamte draußen hatte ihn treffend beschrieben, seine Kleidung war sauber und gepflegt, aber der Anzug, den er trug, war schon seit Jahren aus der Mode. Es schien, als habe er sich für seinen Auftritt hier fein gemacht.

»Ich kenne Sie aus dem Fernsehen«, sagte er zu Barbara, aber Sven unterbrach ihn.

»Ich bin Kriminalhauptkommissar Sven Heyer und werde Sie jetzt weiter vernehmen. Frau Dr. Hielmann-Pross wird als Beobachterin an dem Verhör teilnehmen. Kommen Sie bitte.«

Der Mann stand langsam auf. Sven packte ihn am Arm und dirigierte ihn in Richtung Tür. »Barbara?«

»Geh nur. Ich komme gleich nach.«

»Gut. Wir sind in meinem Büro, du kennst dich ja aus.«

Den beiden Beamten war die Erleichterung anzusehen, dass sie den Mann jetzt los waren. Barbara deutete auf das Messer. »Das sollten Sie besser eintüten.«

Schmitz sprang auf. »Ich mach das sofort.« Er ging zu einem Schrank und suchte dort nach einer Tüte.

Währenddessen fragte Barbara: »Als der Mann hier hereinkam, welchen Eindruck machte er auf Sie?«

Schmitz sah Reitze, der immer noch hinter seinem Schreibtisch stand, an, und der nickte aufmunternd. »Gunter war mal kurz um die Ecke. Der Typ spazierte hier herein, trat an die Theke und sagte, er wolle ein Verbrechen melden. Wissen Sie, genauso wie jeder, der eine Anzeige machen will. Ich holte ein Formular. Dann fragte ich nach seinem Namen und den anderen persönlichen Angaben, um sie dort einzutragen. Er wirkte ein wenig ungeduldig, so als wollte er sein Anliegen unbedingt loswerden, aber das ist auch nichts Ungewöhnliches.«

»Als ich dann von der Toilette zurückkam«, fiel Reitze ihm ins Wort, »da sagte er gerade ›mein Name ist Rudi Hirschfeld, geboren am ...‹ – na, ja, das steht ja auf dem Formular, jedenfalls 1952 – ›und ich habe sechs Menschen umgebracht‹.«

»Ich war so perplex, dass ich gar nicht auf die Idee kam, er könnte gefährlich sein«, fuhr Schmitz fort, und Barbara merkte, dass es ihm schon ein wenig peinlich war. »Aber im nächsten Moment holte er das Messer aus der Tasche.«

Reitze ballte seine Fäuste. »Ich habe ihn dann an die Theke gedrückt und ihm Handschellen angelegt. Die Durchsuchung ergab keine weiteren Waffen.«

»Und das war dieses Messer dort?«, fragte Barbara.

Schmitz hatte endlich die Plastikbeutel gefunden, kam zu

seinem Schreibtisch und tütete das Messer fachmännisch ein. Dann zeigte er es Barbara.

»Ja. Und sehen Sie, die Spitze ist abgebrochen. Genauso etwas sucht die Mordkommission im Fall Julia Janicek.«

Barbara überlegte. Julia Janicek war eine Sechzehnjährige gewesen, die man vor etwa drei Monaten aus dem Duisburger Hafen gefischt hatte. Sie hatte unzählige Stichverletzungen, ein paar sogar im Kopf. Dabei war die Messerspitze abgebrochen, man hatte sie im Schädel der Toten gefunden. Trotzdem gab es bisher keine heiße Spur, man hatte sich sogar an *Aktenzeichen XY* gewandt, um das Messer zu suchen. Besondere Empörung in der Öffentlichkeit hatte die Tatsache ausgelöst, dass das Mädchen gehörlos war. Sie besuchte das Berufskolleg für Hörgeschädigte in Essen und war nachts auf dem Rückweg von einer Schulfeier verschwunden.

»Ich nehme an, das war der Moment, in dem Sie Sven Heyer anriefen.«

Schmitz nickte. »Das Problem war nur, Hirschfeld wollte nicht warten mit seinem Geständnis. Wir erklärten ihm, dass er Heyer alles noch mal erzählen müsste, aber das war ihm egal. Er beschrieb uns in allen Einzelheiten, wie er Julia Janicek in seine Gewalt gebracht hat. Den Höhepunkt haben Sie ja eben mitbekommen.«

»Davor sprach er noch über einen Mann in Mülheim. Der wurde ebenfalls erstochen. Ich habe nachgesehen, man hat ihn Ende letzten Jahres in Styrum gefunden, der Fall ist bisher nicht aufgeklärt.« Reitze hatte sich endlich wieder hingesetzt.

»Sonst noch was?«

»So weit waren wir noch nicht. Er hat sich sehr am Fall Janicek aufgehalten.«

»Ja, und genau das macht mir Sorgen«, meinte Barbara. Der

Fall war so groß durch die Presse gegangen, dass ein Trittbrettfahrer sich einiges für eine plausible Geschichte daraus zurechtzimmern konnte. Selbst das Messer könnte präpariert worden sein.

»Gott sei Dank ist das Ihre Aufgabe, die Wahrheit herauszufinden.« Schmitz sagte das ganz ohne Schadenfreude. »Wir hier befassen uns lieber mit den kleinen Fischen.«

»Danke, meine Herren.« Barbara nahm die Papierbogen vom Schreibtisch. »Kann ich die haben?«, fragte sie und ging zur Tür.

»Sicher.«

»Sorgen Sie noch dafür, dass das Messer ins Kriminallabor kommt – am besten als Beweisstück im Fall Janicek. Und die sollen vorrangig testen, ob das Blut wirklich von ihr stammt.«

Reitze nahm den Telefonhörer und winkte ihr zu.

Hirschfeld saß immer noch in Handschellen vor Heyers Schreibtisch in dessen Büro, vor ihm ein Diktiergerät. Er drehte sich um, als Barbara eintrat.

»Herr Hirschfeld hat mir gerade von dem Mord an Gerhard Herborn erzählt.«

»Der Mord in Mülheim-Styrum!« Sie sah Heyers erstauntes Gesicht und lächelte. »Nein, ich kann immer noch nicht hellsehen. Gunter Reitze hat ihn gerade eben erwähnt.«

»War es der erste, Herr Hirschfeld?«, fragte sie und zog sich einen Stuhl heran.

Hirschfeld schien überrascht, dass sie ihn direkt ansprach. »Nein.«

»Immer vorausgesetzt, du bist einverstanden, Sven, hätte ich gern zunächst einen Überblick, bevor Sie uns Einzelheiten zu den Taten schildern.«

Sven nickte. Ihm war klar, dass Barbara vor allem eines

feststellen wollte: Ob es Morde gab, die bisher nicht bekannt waren.

»Also, da ist die kleine Janicek, das habe ich denen unten ja schon erzählt. Und dieser Herborn, das war vorher. Und kurz davor in Düsseldorf die Rebecca Langhorn.«

Barbara kannte den Fall. Eine erfolgreiche Werbetexterin, deren Leiche mehrere Wochen nach ihrem Verschwinden auf dem Gelände des Bilker Güterbahnhofs Nähe Werhahn gefunden worden war. Sie konnte sich nicht daran erinnern, dass hier ein Messer im Spiel gewesen wäre.

»Das waren Rasierklingenschnitte, oder?« Sven verriet nichts mit seiner Frage, das hatte in der Zeitung gestanden.

»Na ja, ich mach es nicht immer auf dieselbe Weise. Deshalb ist mir ja auch niemand auf die Schliche gekommen.« Hirschfeld rollte die Schultern. »Können Sie mir die Dinger nicht abnehmen? Ich bin ja freiwillig hier, ich hau schon nicht ab.«

Sven griff zum Telefon. »Jemand soll hochkommen und sich vor die Tür stellen.« Er vergewisserte sich noch, dass seine Waffe unter Verschluss lag, und legte seine Schere in die Schublade, dann nahm er Hirschfeld die Handschellen ab.

»Die Kleine in Dortmund vor drei Wochen, das war ich auch. Der habe ich mit einem Schnitt die Kehle durchgeschnitten«, sagte Hirschfeld völlig unvermittelt, nachdem er es sich auf dem Stuhl richtig bequem gemacht hatte.

Barbara seufzte unhörbar. Auch dieser Fall war weit über Dortmund hinaus durch die Medien gegangen. »Fehlen noch zwei«, sagte sie.

Hirschfeld setzte ein überlegenes Lächeln auf. »Ja, die habe ich mir aufgespart. Bis jetzt glauben Sie mir doch kein Wort, oder?«

»Bis jetzt ist auch das einzig Neue, dass die besagten vier

Fälle von einem Täter begangen worden sein sollen«, meinte Sven.

»Von mir. Ich habe sie umgebracht.« Hirschfeld schien das sehr wichtig zu sein. »Aber ich sagte ja, es sind sechs Morde. Und von den anderen beiden werden Sie noch nichts gehört haben. Das ist schon ein bisschen her. Und die Leichen sind gut versteckt. Kann ich vielleicht ein Glas Wasser haben?«

Sven seufzte, stand aber auf, um am Waschbecken ein Glas zu nehmen und es zu füllen. Er stellte es vor Hirschfeld auf den Tisch. Dieser nahm einen langen Schluck und genoss es, Barbara und Sven auf die Folter zu spannen.

»Ich habe eine alte Frau erwürgt. In Bochum.«

»Wann war das?«, fragte Sven.

»Letztes Jahr im Frühjahr. Am 10. April, um genau zu sein. Die Leiche habe ich auf einem brachliegenden Bahngelände versteckt.«

»Wissen Sie, wie sie hieß?«

»Das habe ich erst aus der Vermisstenmeldung in der Zeitung erfahren.«

»Der Bochumer Lokalzeitung?«, fragte Barbara.

Er nickte. »Ich komm viel rum. Ich habe freie Fahrt, nen Schwerbehindertenausweis. Und ich wollte ja auch wissen, ob sie jemand vermisst. In dem Alter könnte es ja auch sein, dass ihr Verschwinden gar nicht auffällt. Sie hieß Anna Koslinski.«

Sven griff zum Telefon und bat Reitze, die Vermissten-dateien zu checken.

»Dann möchte ich, dass Sie mir jetzt ganz genau be-schreiben, wo Sie sie versteckt haben.«

»Kann ich machen. Aber da ist es so dunkel, da könnte es sein, dass Sie sie nicht finden.«

»Das lassen Sie mal unsere Sorge sein.«

Hirschfeld beschrieb das Bahngelände, die Stelle, wohin er

23

die Frau verschleppt und wo er sie dann erwürgt hatte. »Ich hatte nichts bei mir, da musste ich es eben mit den Händen machen.« Danach hatte er sie hinter ein verlassenes Gebäude geschleppt und einige leere Chemiefässer, die dort herumstanden, über ihr aufgetürmt. »Das ist ne geschützte Stelle, da weht der Wind nichts weg.«

Das Telefon klingelte. Es war Reitze. Barbara sah, was Sven notierte: Anna Koslinski, 68, wohnhaft auf der Fritz-Reuter-Straße in Bochum-Wattenscheid, verschwunden seit April 2004.

Hirschfeld sah ihn erwartungsvoll an. »Na, wollen Sie denn niemanden anrufen?«

»Wir sind ja noch nicht fertig«, meinte Barbara. »Eine Leiche fehlt noch.«

»Tja, das war die zweite, im Herbst 2004. Ne junge Frau, ne Hübsche. Das war ne Russin oder Tschechin. Wie sie hieß, weiß ich nicht, es stand auch nichts über sie in der Zeitung. Sie war ne Nutte.«

»Eine Illegale?«, unterbrach ihn Sven.

»Möglich. Der habe ich mit so einem kleinen Hammer den Schädel zertrümmert.«

»Wo war das?« Sven hatte die Notizen über den möglichen Fundort in Bochum beendet, er wollte nicht warten, bis er das Band abhören konnte.

»In Duisburg. Aber sie kam aus Essen. Ich sagte ja, ich komme viel herum.«

»Und wo genau liegt die Leiche?«

»Das ist schwierig. Ich habe sie vergraben. Damals wollte ich sie noch verstecken, wissen Sie?«

Barbara entschied, dass das eine wichtige Information war. Offensichtlich hatte er – vorausgesetzt er sagte die Wahrheit – sich von irgendeinem Zeitpunkt an entschlossen, die Leichen nicht mehr zu verstecken. Das konnte zweierlei bedeuten: zum einen den Drang, erwischt zu werden, um nicht mehr weitermorden zu müssen. Zum anderen, mit seinen Taten in die Medien zu kommen, um zweifelhafte Berühmtheit zu erlangen. Beides war wohl schief gegangen. Die Serie war nicht als Serie erkannt worden, es wurde nach einzelnen Tätern gesucht. Aber immer noch war es möglich, dass Hirschfeld sich nur für einen Serientäter ausgab.

»Da werden Sie ganz schön suchen müssen. Das war ein Firmengelände im Gewerbegebiet Hochstraße in Duisburg-Rheinhausen. Die Firma hat Pleite gemacht. Da gibt es so einen großen, umzäunten Platz, der ist von vorne nicht einzusehen, nur von einer Seite, vom Gelände einer anderen Firma. Aber nachts war da ja keiner, bloß ein großer Hund. Der hat auch ganz schön Krach gemacht, aber niemand hat darauf reagiert. Ich habe sie irgendwo am hinteren Ende verscharrt. Wenn ich die Stelle sehe, dann kann ich bestimmt sagen, wo genau.«

»Na, so weit sind wir noch nicht«, meinte Sven. »Ich denke, wir fangen mal mit der Bochumer Leiche an, weil die leichter zu finden ist und sehen dann weiter. Sie kommen jetzt in unser Gewahrsam, morgen führen wir Sie dem Haftrichter vor. Ich muss Ihnen leider wieder Handschellen anlegen.«

Er fesselte ihn wieder und rief dann den Beamten vor der Tür herein. Als der mit Hirschfeld das Büro verlassen hatte, ließ sich Sven mit der Bundespolizei in Essen verbinden, zu deren Bezirk Bochum gehörte. Wenn das Gelände, wo Hirschfeld angeblich die Leiche der alten Frau abgelegt hatte, noch Bahngelände war, war sie und nicht die Ortspolizei zuständig.

Es dauerte eine Weile, bis er dem Beamten am anderen Ende verständlich gemacht hatte, um was es ging, doch dann

25

versprach dieser, sofort jemanden dorthin zu schicken.

»Er hat das Gelände aus den Beschreibungen heraus sofort erkannt. Er meinte zwar auch, dass das im Dunkeln schwierig werden könne, aber sie fahren mit Kollegen aus Bochum raus und sehen sich die Sache an.«

Er lehnte sich zurück und seufzte. »Nun, was hältst du von der Sache. Ist Hirschfeld echt?«

Barbara runzelte die Stirn. »Ein Teenie, zwei junge Frauen, eine alte Frau, ein älterer Mann und ein Kind. Ein Hammer, Messer, Rasierklingen.«

Heyer nickte. »Ich weiß, was du meinst. Da gibt es keine wirklichen Gemeinsamkeiten. Wie Julia Janicek zugerichtet war, weißt du. Gerhard Herborn trug einen Strick um den Hals, mit dem er vermutlich bis zur Bewusstlosigkeit gewürgt wurde. Dann wurden ihm die Schlagadern an den Armen und den Beinen geöffnet, und er wurde regelrecht ausgeblutet. Und der kleinen Fatma in Dortmund wurde die Kehle durchgeschnitten – ein einziger Schnitt, wie Hirschfeld betont hat. Rebecca Langhorn war mit Rasierklingenschnitten übersät.«

»Bei all diesen bekannten Fällen floss ungewöhnlich viel Blut, nicht war?« Barbara hielt einen Moment inne.

»Ja, aber was ist, wenn in Bochum und bei dem anderen Duisburger Fall gar keines geflossen ist?«

»Wenn in Bochum eine Leiche gefunden wird, sollten wir das LKA einschalten. Egal, ob Hirschfeld unser Mann ist oder nicht. Die Fälle sind über das ganze Ruhrgebiet verstreut. Das kann nicht mehr Sache einer Ortspolizei sein.« Sie lächelte Sven an. »Ich glaube nicht, dass du befürchten musst, dich lächerlich zu machen, Sven.«

»Gut, aber warten wir die Nachricht aus Bochum ab.« Er blickte sie direkt an. »Du siehst wirklich müde aus, Barbara.«

»Ich sagte doch, ich war sieben Stunden auf der Autobahn heute.« Und außerdem kann es sein, dass mein Mann mich betrügt, fügte sie in Gedanken hinzu.

»Vielleicht solltest du nach Hause fahren. Ich habe deine Zeit wirklich genug in Anspruch genommen.«

Nach Hause. Es war jetzt kurz nach elf. Das bedeutete, dass Thomas auf jeden Fall noch wach war. Und sie hatte nicht die geringste Lust, ihm heute Abend noch zu begegnen.

»Nein, erst will ich wissen, ob wir es hier wirklich mit einem Serienmörder zu tun haben könnten. Hast du einen Kaffee?«

»Ich könnte einen kochen oder wir ziehen einen am Automaten. Ist aber nur zu empfehlen, wenn du wirklich schnell Koffein brauchst.«

Barbara schüttelte den Kopf. »Mach lieber hier einen.« Sie erinnerte sich noch gut an die Automatenbrühe.

»Wie geht es dir?«, fragte sie Sven, der an der Kaffeemaschine herumhantierte.

»Gut. Sehr gut. Ich bin seit anderthalb Jahren geschieden und werde in einigen Wochen wieder heiraten.« Er drehte sich um und lächelte sie strahlend an. »Wir erwarten im November unser Baby, weißt du. Es wird wohl ein Junge.« Sven hatte aus erster Ehe zwei Töchter, die bei der Mutter lebten. Er hatte es also geschafft. Er hatte wieder eine Familie. Barbara wurde klar, warum er sich so lange nicht bei ihr gemeldet hatte. Eine Familie war alles, was er sich immer gewünscht hatte. Als er sich in sie verliebt hatte, hatte er vergeblich gehofft, dass er mit ihr eine gründen könnte. Schon allein das war für Barbara ein Grund gewesen, die Flucht zu ergreifen und die kurze Affäre zu beenden.

»Schön für euch. Ich freu mich.«

»Und du und Thomas? Er ist jetzt wieder gesund, habe ich

27

gehört? Ich habe neulich mal Heinz Wersten getroffen.« Er fügte das fast entschuldigend hinzu. Heinz, der pensionierte LKA-Beamte, war einer von Thomas' und Barbaras engsten Freunden.

»Ja, er hat ein neues Herz. Und bis auf einige Medikamente, die er schlucken muss wegen der möglichen Abstoßung und der Infektionsrisiken, ist er so gesund wie noch nie in seinem Leben. Er fährt wieder selbst Auto, unterrichtet ein volles Pensum an der Uni und treibt Sport.«

»Das ist ja schön für dich, dass du dich nicht mehr so um ihn sorgen musst.«

Nicht um seine Gesundheit, dachte Barbara zynisch. Aber sie wollte nicht, dass Sven merkte, dass es ihr nicht gut ging, sie wusste, er war sensibel genug, um zu spüren, dass etwas nicht stimmte. »Unser Leben hat sich wieder sehr verändert«, sagte sie deshalb leichthin. »Als er noch so krank war, verbrachten wir praktisch jeden Tag miteinander, wir wollten keine einzige Minute verschwenden.«

»So viel Nähe?« Sven klang ein wenig sarkastisch. Das war genau das, was Barbara ihm damals nicht zugestanden hatte.

Barbara wunderte sich ein wenig. Gerade eben hatte er noch von einer glücklichen, neuen Familie erzählt, und jetzt klang deutlich Bitterkeit durch.

»Wenn der Tod praktisch jeden Moment kommen kann, wirft man schon einiges an Überzeugungen über Bord«, sagte sie leise. »Aber jetzt lebt wieder jeder von uns sein eigenes Leben.« Sie wusste in diesem Moment nicht, ob ihr das wirklich gefiel. Und wenn Thomas' neues Leben in der Affäre mit einer Studentin gipfelte ...

Sie beschloss, Sven direkt zu fragen. »Du hast mir die Sache damals nicht verziehen, oder?«

»Nein, nicht wirklich.«

28

Seine einfache Antwort überrumpelte Barbara.

»Liebe hört nicht einfach auf, weißt du.« Er setzte sich hin, während die Kaffeemaschine unter lauten Geräuschen das gebrühte Wasser durchzog.

»Eben.« Barbara sprach von Thomas, und sie wusste, dass Sven das klar war. »Bist du glücklich mit deiner neuen Frau?«

Er zuckte die Schultern. »Wir verstehen uns gut. Sandra ist sicher ganz anders als Michaela und auch ganz anders als du. Sie ist erst zweiundzwanzig, und dann wurde sie schwanger.«

»Heutzutage muss man nicht wegen eines Kindes heiraten.«

Barbara sah ihn an. »Du hast sie dazu überredet, nicht wahr? Weil du unbedingt eine Familie haben willst. Ach, Sven.«

»Es geht dich eigentlich nichts mehr an, oder?«

»Da magst du Recht haben.«

Die nächsten Minuten verbrachten sie in quälendem Schweigen. Barbara schlürfte ihren Kaffee und vermied es, Sven anzusehen.

Das Telefon erlöste sie schließlich aus der peinlichen Situation. Barbara wartete, bis Sven das Gespräch beendet hatte.

»Sie haben sie am angegebenen Ort gefunden. Eine stark verweste Leiche, Kleidungsreste lassen darauf schließen, dass es sich tatsächlich um eine ältere Frau handelt. Der Fundort wird jetzt gesichert, morgen Früh rücken die Kriminaltechniker an.«

»Du solltest das LKA ebenfalls morgen so früh wie möglich einschalten«, sagte Barbara. »Vielleicht ist es besser, wenn Max Erhard das macht.« Erhard und sein Team waren die besten Kriminaltechniker des LKA, Barbara hatte oft mit ihm gearbeitet.

»Ja, gleich morgen früh um acht.« Sven sah auf die Uhr. Es war fast Mitternacht. »Machen wir Schluss für heute.« Er sah

Barbara an. »Danke, dass du das gemacht hast.«

Sie nickte. »Ab morgen sind dann andere Leute an dem Fall. Das LKA hat eigene Fallanalytiker, die sich mit Hirschfeld befassen können.«

Er lächelte. »Die Beste bist immer noch du.«

Aber Barbara spürte deutlich Erleichterung, dass ihm solche peinlichen Momente wie eben wohl in Zukunft erspart bleiben würden. Sie verabschiedeten sich mit einem Handschlag.

Auf der Rückfahrt nach Kaiserswerth ertappte sich Barbara dabei, langsamer als gewöhnlich zu fahren. Zwar hatte sie die Hoffnung, dass Thomas vielleicht doch schon zu Bett gegangen wäre, doch sie kannte ihn gut genug. Je sicherer sie sich wurde, dass er zu Hause auf sie wartete, desto mehr schlich sie über die B 8. Erst als ein anderer später Autofahrer sie ziemlich riskant überholte, riss sie sich zusammen.

Während sie den Wagen vor der Villa parkte, sah sie den kleinen Lichtschimmer, der durch das Arbeitszimmerfenster fiel. Vermutlich wartete er im Wohnzimmer auf sie. Barbara seufzte und blieb noch einen Moment im Wagen sitzen.

Nein, entschied sie. Keine Diskussionen heute Nacht. Entschlossen stieg sie aus.

Thomas kam ihr im Flur entgegen. »Hallo, das hat ja wirklich gedauert.«

»Sie haben möglicherweise einen Serienmörder.« Barbara warf ihre Tasche in den Flur, und die Tatsache, dass der ordentliche Thomas darüber nicht die Stirn runzelte und nicht einmal eine Braue hob, zeigte ihr, dass er mit seinen Gedanken woanders war.

»Möglicherweise?« Er sah hinter ihr her, denn sie ging schnurstracks in Richtung Schlafzimmer.

»Jemand, der behauptet, sechs Morde begangen zu haben. Und es sieht so aus, als hätte er es wirklich getan. Sie waren nicht als Serie zu erkennen. Heyer informiert morgen Früh das LKA.« Barbara hatte schon begonnen sich auszuziehen und warf ihren Leinenpulli auf den Sessel neben der Tür.

»Barbara ...«

»Ich muss sofort ins Bett, ich schlafe gleich im Stehen ein.« Sie legte ihre Hose auf den Sessel, holte sich ihren Pyjama aus dem Bett und verschwand im Badezimmer.

Fünf Minuten später kam sie abgeschminkt und im Pyjama wieder zurück. Thomas hatte ihre Sachen aufgehängt und saß noch vollständig bekleidet im Sessel. »Barbara, was hat Özay dir erzählt?«

»Das hat auch noch bis morgen Zeit.« Sie ging zum Bett, und irgendwie freute sie sich auf einmal diebisch, ihn so auf die Folter zu spannen.

»Ich finde wirklich, wir sollten das aus der Welt schaffen.«

»Ja. Morgen. Gute Nacht.« Barbara stieg ins Bett. Thomas stand auf und ging hinaus.

Das riesige Bett war groß genug, um sich darin für eine Nacht aus dem Weg zu gehen, jedenfalls hoffte sie, bereits eingeschlafen zu sein, wenn er ins Bett kam. Doch als sie nach langem Hin- und Herwälzen auf die Uhr sah, war es bereits halb drei, und Thomas war immer noch nicht da. Leise stand sie auf, um zur Toilette zu gehen, immer in Erwartung, dass er noch wach im Wohnzimmer säße und seine Aussprache fordern würde. Doch dort war alles dunkel. Schließlich fand sie ihn tief schlafend im Wintergarten auf der bequemen Lederliege, unter einer leichten Decke.

Sie betrachtete ihren Mann mit merkwürdig gemischten Gefühlen. Dort lag der Mensch vor ihr, der ihr näher gekommen war als irgendjemand vor ihm, nicht einmal ihre Eltern hatte sie so nah an sich heran gelassen. Er kennt mich besser als ich mich selbst, dachte sie. Nicht zum ersten Mal. Das mochte auch immer noch so stimmen. Nur ob sie Thomas noch kannte, zwei Jahre nach der Transplantation, das konnte sie nicht mehr beantworten.

Zurück im Bett ließ die Erkenntnis, dass er nicht mehr kommen würde, sie vor Erschöpfung endlich fest einschlafen.

2.

Am anderen Morgen wurde sie von Kaffeeduft geweckt. Sie schlug die Augen auf und neben ihrem Bett stand ein Tischchen mit einem kompletten Frühstück. Thomas goss gerade den Kaffee ein. Er würde es ihr also nicht leicht machen.

Sie setzte sich auf und strich sich die Haare aus dem Gesicht. Schon eine ganze Weile war es her, seit sie sich entschlossen hatte, sie wieder halblang zu tragen, wie früher zu BKA-Zeiten. Heute hatte sie zum ersten Mal das Gefühl, dass die Haare sie störten.

»Ausgeschlafen?«, fragte Thomas. Sie versuchte die Zärtlichkeit aus früheren Tagen herauszuhören, fand sie aber nicht. Es war nur wenig mehr als eine nüchterne Frage. Du interpretierst zu viel hinein, dachte sie. Immerhin musste er sehr nervös sein.

»So ziemlich«, antworte sie und akzeptierte seinen Kuss auf die Wange, erwiderte ihn aber nicht.

»Wir müssen wohl reden«, meinte er leise. »Aber wenn du erst in Ruhe frühstücken willst ...«

»Das würde ich gern, aber es ist wohl dir gegenüber nicht ganz fair.«

Er zog sich den Sessel heran. »Özay hat dir von Katharina erzählt.«

Barbara versuchte auf seinem Gesicht zu ergründen, was dieser Name ihm bedeutete. »Er sagte mir nicht, wie sie heißt. Nur dass du wohl mit ihr geschlafen hast. Du hast ihn in arge Gewissensnöte gebracht.«

Thomas seufzte. »Ich weiß, es war sehr dumm von mir, ausgerechnet ihn zu engagieren. Aber du sagst immer, er ist der Beste. Und ich wollte den Besten, um sie zu finden. Sie ist sehr labil und ich habe Angst, sie könnte sich etwas antun.«

»Weshalb sollte sie das?« Barbara beschloss, sich ein Brötchen zu schmieren, um ihn nicht die ganze Zeit ansehen zu müssen.

»Weil ich ihr gesagt habe, dass Schluss ist und ich bei dir bleiben will. Weil du die Frau bist, die ich liebe.«

»Aber vögeln musstest du sie vorher noch?« Barbara schreckte selbst zusammen vor der Schärfe, mit der sie das sagte.

»Das ist hier kein Polizeiverhör, Barbara.«

»Ja, ich vergaß. Ein so nobler Mensch wie du vögelt nicht.« Verbissen strich sie weiter Butter auf das Brötchen, so lange, bis Thomas ihr sanft das Messer aus der Hand nahm.

»Kannst du einen Moment zuhören? Du hast alles Recht, wütend zu sein, aber ich habe auch das Recht, dir zu erzählen, was passiert ist und vielleicht auch warum.«

Barbara brachte nur eine Geste zustande, die einladend wirken sollte, und warf das Brötchen auf den Teller.

»Sie kam im letzten Jahr zum ersten Mal in mein Seminar. Eine sehr hübsche, sehr kluge und sehr ehrgeizige Person. Sie glänzte immer mit ihren Beiträgen, nahm an den Gesprächskreisen außerhalb der Uni teil. Und dann kam sie plötzlich nur noch unregelmäßig, wirkte fahrig und ungepflegt. Irgendwann habe ich mir sie geschnappt und zum Reden gebracht. Sie hatte schlimme Depressionen, ein Wunder, dass sie es überhaupt noch vor die Tür schaffte. Ich schickte sie zu einem vernünftigen Arzt und hatte ein Auge auf sie. Und sie, kaum war sie aus dem Gröbsten heraus, verliebte sich.«

Barbara atmete tief durch. »Und das geschah natürlich ganz ohne dein Zutun.«

»Es war sehr schmeichelhaft für mich und ... ich gebe ja zu, dass ich schon ein wenig – sagen wir – entwöhnt war. Wir sind jetzt acht Jahre zusammen, Barbara. Wir lieben uns, aber

verliebt würde ich das nicht nennen.« Man konnte ihm ansehen, dass er das bedauerte. Aber Barbara musste sich
eingestehen: Er hatte Recht.

»Wir sind ein altes Ehepaar, Thomas. Daran ist nicht zu rüt-
teln.« Wir waren es nicht, als du lebensbedrohlich krank
warst, fügte sie in Gedanken hinzu und erschrak fast darüber.

»Ja. Es ist keine Entschuldigung, aber doch eine Erklärung
dafür, warum ich schwach geworden bin.«

Barbara schob das Frühstückstischchen beiseite, damit sie
aufstehen konnte. »Du hast Recht, es ist keine Entschuldigung dafür.« Sie wünschte, sie hätte den Mumm, einfach mit
der Faust auf das Tischchen zu schlagen und die Scherben
des teuren Porzellans auf dem noch teureren Teppich zu
verteilen, aber sie stand einfach nur auf und ging zur Tür.
»Erklärungen, Thomas, Erklärungen gibt es eine Menge. Du
hättest das nicht getan, wenn unsere Beziehung wirklich in
Ordnung wäre. Und ich würde vielleicht eine Menge
Erklärungen haben, wenn ich den Mann noch kennen würde,
der da jede Nacht neben mir schläft. Aber das tue ich nicht.
Und deshalb kenne ich auch den Mann nicht, der mich jetzt
betrügt.«

»Und ich kenne dich immer noch gut genug, Barbara, um
zu wissen, dass du jetzt weglaufen wirst.«

»Weglaufen?« Barbara drehte sich um. »Ja, das wäre vielleicht eine gute Idee. Aber das brauche ich gar nicht. Denn du
bist ja kaum hier.«

Immer noch funktionierten die alten Mechanismen, die
Thomas in den langen Jahren der Herzkrankheit seit seiner
Kindheit entwickelt hatte. Barbara konnte Anzeichen erken-
nen, dass er wütend war. Aber er war niemals aufgeregt.

»Dann wäre es dir lieber, wenn ich weiterhin hier zu Hause
hocken würde, während du deiner Karriere nachgehst?«

»Es gibt auch Kompromisse.«

»Deine Fälle sind immer wichtiger als jeder Kompromiss. Und soll ich dir mal was sagen? Meine Forschungen, meine Seminare und meine Studenten sind auch wichtig.«

»Wolltest Du nicht sagen: Studentinnen?« Sie wandte sich zum Gehen.

Thomas packte sie sanft am Arm. »Wo willst du hin?«

»Ich werde duschen, Thomas. Nur duschen. Dann schreibe ich einen Bericht für Sven Heyer und bereite mein Seminar für Dienstag vor.«

Er schüttelte den Kopf. »Ich kann mich daran erinnern, dass du mir immer vorgeworfen hast, nicht zu kommunizieren.«

Barbara traten plötzlich Tränen in die Augen, und der Ärger darüber ließ sie fast zittern. »Ich kann nicht darüber reden, Thomas. Es gibt auch nichts zu reden. Du hast mich betrogen und ... und ... meine Welt ist eingestürzt, verdammt noch mal. Ich kann darüber nicht mehr theatralische Sprüche machen und hysterisch heulen. Ich will aufwachen und denken, es ist nur ein böser Traum. Sag mir, dass es nur ein Traum war.«

»Wenn du mir verzeihen kannst, dann war es nur ein böser Traum.«

Barbara beruhigte sich etwas. »Ja, so einfach wäre es für dich.«

»So war es für mich, als du mit Heyer ...«

»Heyer ist ein ganz anderer Fall, Thomas. Wir hatten uns damals getrennt.«

»Du hattest dich getrennt, das ist etwas anderes.«

»Ich habe dich nicht betrogen!«, schrie Barbara ihn an.

»Danke. Jetzt hat Mutter es oben auch gehört.« Er war so aufreizend ruhig, dass Barbara ihn am liebsten geschlagen hätte. Aber sie ging ins Bad und ließ endlos warmes Wasser über ihren Körper laufen. Es vermischte sich mit ihren Tränen.

Ungefähr eine Stunde später kam sie aus dem Badezimmer, die Augen immer noch verheult. Thomas war nicht mehr da, und der Anrufbeantworter blinkte. »Hallo Barbara, hier ist Sven. Du musst wegen Hirschfeld noch mal nach Duisburg kommen, bitte so schnell wie möglich.«

Arbeit war noch immer das beste Mittel, um sich abzulenken. Sie stieg in ihre Kleider, ergriff das Brötchen, das Thomas in die Küche gestellt hatte, warf noch eine Scheibe Käse darauf und machte sich auf den Weg.

Kurz nach elf kam Barbara im Duisburger Polizeipräsidium an. Die Sonne schien, und sie war offen gefahren, nun versuchte sie ihre Haare, die das Baseballcap platt gedrückt hatte, wieder etwas in Form zu bringen. Sie ging hinauf in Heyers Büro.

»Was ist denn los, Sven, ich dachte, seit gestern Nacht wäre alles klar?« Erst jetzt bemerkte sie den Mann, der direkt neben der Tür auf einem Stuhl saß. Er stand auf und reichte ihr die Hand.

»Darf ich dir vorstellen, Barbara?« Sven kam hinter dem Schreibtisch hervor. »Das ist Ruben Jakubian vom LKA.«

Jakubian war sehr groß. Selbst Sven wirkte neben ihm eher schmächtig. Barbara schätzte ihn auf knapp zwei Meter und musste an ihm hochgucken. Sie kannte diese Art Mann: Er wirkte auf den ersten Blick gemütlich und schwerfällig wie ein freundlicher Bär, kämpfte immer ein wenig mit seinem Gewicht, auch wenn er nicht dick war. So einem Mann passte nichts von der Stange. Sein tadellos sitzender Anzug musste Maßkonfektion sein. Sie schüttelte seine riesige, aber sehr wohlgeformte Hand. »Barbara Hielmann-Pross. Jetzt bin ich doch ein wenig verwirrt. Ich dachte, das LKA bringt seinen eigenen Fallanalytiker mit. Wie heißt er noch gleich ...«

»Adler-Furth.« Jakubians Stimme war nicht ganz so tief wie Barbara vermutet hatte, klang aber sehr warm und angenehm. »Er hatte einen Herzinfarkt und fällt über längere Zeit aus.« Jakubian hielt ihre Hand einen Moment fest, aber vorsichtig, als fürchtete er, sie zu zerbrechen. Er trug sein dunkles Haar mit den angegrauten Schläfen ganz kurz, aber Barbara vermutete, dass es lockig war. Seine Augen waren ebenfalls ganz dunkel und standen dem Eindruck vom gemütlichen Bären völlig entgegen. Lebhaft, aber keineswegs unruhig, blickten sie sie direkt an. Schwer, etwas vor ihm zu verbergen oder sich an ihm vorbeizudrücken, dachte Barbara.

»Ich habe Herrn Jakubian vorgeschlagen, dich als Beraterin hinzuzuziehen«, meinte Sven.

»Adler-Furths Team ist gerade an einem Serienbankräuber dran, und keiner von ihnen ist erfahren genug für einen Mörder dieses Kalibers«, ergänzte Jakubian.

Barbara seufzte. So schnell wurde sie Hirschfeld also nicht mehr los. Einen Moment zögerte sie jedoch. Was hatte Thomas ihr in einer solchen Situation immer gesagt? »Du könntest Nein sagen.« Aber das hatte sie bisher nie getan. Und überhaupt, zum Teufel mit Thomas!

»Gut, ich bin dabei. Aber ich werde meinen Verpflichtungen an der Uni bis zum Ende des Semester nachkommen.«

»Bis dahin dachte ich eigentlich den Fall abgeschlossen zu haben. Sie bekommen den Vertrag so schnell wie möglich.« Jakubian hatte ein sehr gewinnendes Lächeln, nicht ganz so hinreißend wie Sven, aber es wirkte auch weniger kalkuliert. »Herr Heyer, es wäre mir lieb, wenn Sie sich inzwischen um die andere Leiche kümmern würden, die ja hier in Duisburg liegen soll. Wenn es sein muss, nehmen Sie Hirschfeld mit. Es ist mir wichtig, dass sie schnell gefunden wird.« Er wandte sich wieder an Barbara. »Und wir beide fahren jetzt nach Bochum.«

Ach ja?, dachte Barbara und folgte ihm verblüfft.

Jakubian hatte der Versuchung widerstanden, in Barbaras Jaguar-Cabrio einzusteigen. »In meinem Wagen habe ich es bequemer«, meinte er und dirigierte Barbara zu einem Dienst-BMW des LKA. Barbara musste zugeben, dass der riesige Mann sich wahrscheinlich hätte zusammenfalten müssen, um in ihrem Wagen mitfahren zu können. Sie konnte ihm ansehen, dass er über ihr Luxusauto recht erstaunt war. Er fragte aber nicht danach.

»Machen Sie jetzt Heinz Werstens Job?«, fragte sie ihn, als sie am Marientor auf die A 40 fuhren.

»Wersten?« Er fädelte sich in eine winzige Lücke ein. »Das war mein Vor-Vorgänger.« Der Wagen beschleunigte, und binnen kürzester Zeit fuhr Jakubian schneller als erlaubt, aber innerhalb der üblichen Grenzen. »Ich bin erst letzten Monat vom LKA Hannover hierher gewechselt.«

Barbara wunderte sich. In seiner Position sollte er Land und Leute gut kennen, die unterschiedlichen Mentalitäten in den unterschiedlichen Landstrichen. Und vor allem war er angewiesen auf persönliche Kontakte zu den Ortspolizeien. Jemand von außerhalb auf diesen Job zu setzen war nicht besonders klug.

Als hätte Jakubian ihre Zweifel bemerkt, fügte er hinzu: »Ich bin kein gebürtiges Nordlicht, sondern hier in Duisburg geboren und in Oberhausen aufgewachsen. Aber die letzten zwanzig Jahre habe ich in Niedersachsen gearbeitet.«

»Zwanzig Jahre sind eine lange Zeit.«

»Ja, das stimmt. Auf dem Weg zum Polizeipräsidium habe ich mich verfahren. Ich hatte den Ehrgeiz, ohne Navigationssystem hinzufinden, und völlig unterschätzt, wie sehr die Stadt sich verändert hat.«

»Nun, ich dachte dabei eher an Ihren Job«, sagte Barbara vorsichtig und musste feststellen, dass Jakubian in dieser Hinsicht völlig uneitel war.

»Ich weiß, woran Sie gedacht haben. Eigentlich hätte Liefers, das war der Nachfolger von Heinz Wersten, hier sein sollen, um mich einzuarbeiten. Aber er hat sich krankgemeldet.« Er konzentrierte sich kurz auf ein elegantes Überholmanöver. »Er hat den Job nicht gepackt, zwei Jahre lang lief wohl alles drunter und drüber, wie ich erfahren habe. Schließlich zogen sie die Konsequenzen, und da ich in Hannover kurzfristig zur Verfügung stand, griffen sie zu. Er sollte ins zweite Glied und dann irgendwann versetzt werden. Kein Wunder, dass er mich so gründlich sabotiert hat.«

Barbara war erstaunt über so viel Ehrlichkeit. »Das wird nicht leicht werden, bei einem Fall quer durchs ganze Ruhrgebiet und Düsseldorf.«

»Ich weiß. Deshalb bin ich ja auch froh, dass ich mit Ihnen die beste Fallanalytikerin im Boot habe und mich nicht noch mit Adler-Furths Team herumschlagen muss.«

Nach dem üblichen Stau bei Essen lenkte das Navigationssystem sie sicher zum Bahngelände in Bochum. Völlig mitleidslos fuhr Jakubian den BMW quer über das von Löchern übersäte Gelände. Das letzte Stück gingen sie zu Fuß. Max Erhards Kriminaltechniker-Truppe wuselte um das zerfallene Gebäude herum. Aber nur für einen Laien sah das nach Chaos aus. Erhard und seine Leute waren schnell und präzise, ihnen entging selten etwas.

Barbara sah sich um. In der Ferne, das musste die viel befahrene Bahnstrecke durch das Ruhrgebiet sein – ein großer Teil des Fernverkehrs in Deutschland fuhr über die Trasse zwischen Duisburg und Dortmund, ganz zu schweigen vom Personennahverkehr.

Das Gelände war wohl das Umfeld eines ehemaligen Güterbahnhofs gewesen, man konnte noch den Verlauf der Gleisbetten erkennen, von denen die Schienen und Schwellen längst entfernt waren. Die Natur hatte sich das Terrain zurückerobert, überall blühten wilde Sommerblumen, vor allem in Gelb und Lila.

Barbara ging mit Jakubian zu dem Gebäude, das sich als kaum mehr als ein Schuppen herausstellte. Das Dach war halb eingestürzt, die Fensterscheiben eingeworfen.

Max Erhard machte gerade eine Zigarettenpause und konnte sich ein Grinsen nicht verkneifen. Erst jetzt realisierte Barbara, dass sie und Jakubian wohl ein sehr komisches Bild abgaben: Barbara mit ihren knapp 1,60 m und der zierlichen Gestalt neben dem Riesen Jakubian. Sie sah zu ihm hoch und bemerkte, dass auch er auf sie heruntergrinste.

»Kein Wort, Max«, sagte Barbara, musste aber auch lachen. »Kennen Sie sich schon?«, fragte sie zu Jakubian hinauf. Der schüttelte den Kopf.

»Seit ich angefangen habe, gab es für mich noch keinen Einsatz. Aber Sie standen auf meiner Kennenlern-Liste. Max Erhard, nicht wahr?«

Erhard nickte.

»Ich bin Ruben Jakubian.«

Sie schüttelten sich die Hand. »Herzlich Willkommen«, meinte Erhard. »Und ich meine das ganz ehrlich. Jeder andere als Liefers kann nur einen Fortschritt bedeuten.«

Jakubian grinste. »Ich fasse das mal als Kompliment auf.«

»Das müssen Sie sich erst verdienen«, konterte Erhard. »Aber Liefers hat den Job durch Vitamin B bekommen und mit seiner Arroganz alles, was Heinz in langen Jahren müh-

41

sam aufgebaut hatte, zerstört. Er hat nie kapiert, dass wir mit der Ortspolizei Hand in Hand arbeiten müssen und dass auch da gute Polizisten arbeiten. Er hält alle außerhalb des LKA für Idioten.« Er stockte. »Wenn man's genau nimmt, hält er alle für Idioten abgesehen von sich selbst. Ich hoffe, Sie haben nicht vor, diese Einstellung zu übernehmen.«

Jakubian zuckte die Schultern. »Da ich Liefers bisher nicht kennen gelernt habe, kann ich Ihnen nichts über seine Einstellung und Arbeitsweise sagen.«

»Wenn Sie Unterstützung brauchen, sagen Sie es mir«, meinte Erhard trocken. Barbara sah, dass er über Liefers feiges Abtauchen Bescheid wusste.

»Danke.«

Jakubian deutete auf die blauen Chemiefässer, die vor dem Gebäude standen. »Jetzt brauchen wir erst einmal Informationen zum Fall.«

»Wir kamen heute Morgen kurz nach Sonnenaufgang her. Die Bundespolizei hatte alles abgesichert, aber um die Leiche zu finden, hatten sie erst mal die Fässer wegräumen müssen.« Er winkte Barbara und Jakubian heran.

»Wie sah die Leiche aus?«, fragte Jakubian.

»Sie lag über ein Jahr dort, viel war nicht mehr übrig. Eine geblümte Synthetikbluse war noch vollständig erhalten, auch von der übrigen Kleidung gab es Reste. Sie lag hier unter dem Dachvorsprung vor Regen geschützt. Im Übrigen denke ich, dass eine Obduktion nicht mehr viel bringen wird. Am Skelett konnte ich auf den ersten Blick keine Anzeichen für einen gewaltsamen Tod erkennen.«

»Hirschfeld gab an, er habe sie erwürgt, da muss es Spuren am Zungenbein oder den Halswirbeln geben«, warf Barbara ein.

»Möglich. Wir haben sie nicht näher in Augenschein ge-

42

nommen, das ist Sache der Gerichtsmediziner.« Erhard schob sie näher zu dem Gebäude. »Seht ihr die Mulde da? Die muss der Mörder gegraben haben, um die Leiche dort abzulegen. Wir sieben alles durch.«

»Mich würde interessieren, ob hier nicht auch Blut geflossen ist.« Der Gedanke beschäftigte Barbara seit dem Verhör von Hirschfeld. Bei allen anderen Fällen war ungewöhnlich viel Blut geflossen.

»Bis jetzt deutet nichts darauf hin. Aber wir bleiben dran.«

»Die Mulde ist nicht tief, vermutlich hatte er nicht viel Zeit«, meinte Jakubian.

Erhard nickte. »Das dachte ich auch zuerst. Aber wir sind bei der Bodenuntersuchung an einigen Stellen auf Beton gestoßen. Vielleicht gibt es ein Fundament, das größer ist als der Schuppen. Er hat dann wohl aufgegeben und lieber die Fässer darüber gestellt. Es wäre natürlich gut gewesen, wenn wir hätten nachvollziehen können, wie er es gemacht hat.«

»Max, gestern Nacht war es wichtiger, überhaupt erst einmal diese Leiche zu finden.«

»Ja, es gibt immer Gründe, gute Spuren zu vernichten.«

Barbara lächelte Jakubian an. »Max ist der Meinung, man sollte immer erst das Spurenteam hinschicken, und Polizisten sollten sich tunlichst gar nicht in der Nähe von Tatorten aufhalten.«

»Tatort ist ein gutes Stichwort«, meinte Jakubian. »Ist das hier auch der Tatort?«

»Bisher deutet nichts darauf hin.« Erhard sah, wie einer seiner Leute die Erde durchsiebte. »Hast du da was?«, fragte er.

»Nur Steine«, antwortete der Mann.

»Laut Hirschfelds Aussage hat er sie auf diesem Gelände erwürgt, aber nicht an dieser Stelle hier.« Barbara drehte sich nochmals um, um das Gelände in Augenschein zu nehmen.

43

»Jetzt, nach mehr als einem Jahr, noch Spuren des eigentlichen Tathergangs zu finden, ist mehr als unwahrscheinlich.«

»Es war doch noch von einer weiteren Leiche die Rede, oder?«, fragte Erhard.

Jakubian nickte. »Da sind die Duisburger dran.«

»Die möchte ich dann als Erster sehen.« Erhard wies mit der Hand über das Gelände. »Wenn wir zwei Tatorte haben, werden wir nicht in der Lage sein, dieses Gelände hier wirklich gründlich abzusuchen. Ich habe einfach nicht so viele Leute.«

»Dann soll das ein Team der Ortspolizei machen«, entschied Jakubian. »Schließen Sie die Arbeit am Fundort ab, bis dahin wird Heyer wohl die andere Leiche gefunden haben.«

»Und hoffentlich noch nicht herumgegraben haben.«

»Ich teile ihm mit, dass er auf Sie warten soll, wenn Hirschfeld ihnen die Stelle gezeigt hat. In Ordnung?«

Erhard nickte zufrieden.

Barbara und Jakubian verabschiedeten sich und gingen zurück zum Auto.

»Haben Sie Lust zu fahren?«, fragte er, wartete aber Barbaras Antwort gar nicht ab, sondern warf ihr den Schlüssel zu, den sie geistesgegenwärtig auffing. »Ich muss ein paar Telefonate führen.«

Während Barbara den Wagen durch den samstäglichen Einkaufsverkehr auf der A 40 steuerte, telefonierte Jakubian mit Heyer, der gerade mit Hirschfeld und einigen Beamten auf dem Firmengelände angekommen war, wo angeblich die Leiche der Prostituierten versteckt war. Dann führte er ein längeres Gespräch mit seinem Büro in Düsseldorf, das nicht sehr freundlich klang. Offensichtlich liefen die Dinge nicht ganz so, wie er sich das vorgestellt hatte.

»Verdammt!«, fluchte er, und es hätte Barbara nicht gewundert, wenn er das Handy gegen die Windschutzscheibe geworfen hätte.

»Spuren sie nicht?«, fragte sie vorsichtig.

»Ich hatte darum gebeten, dass heute Nachmittag alle an den bekannten Morden arbeitenden Sokos ins Duisburger Polizeipräsidium kommen sollen, dazu noch jemand von der Bundespolizei. So könnten wir uns am schnellsten ein Bild über die laufenden Ermittlungen machen und sehen, ob Hirschfeld in das eine oder andere Täterbild passt.«

»Aber?«

Jakubian verstellte die Stimme: »Herr Jakubian, in Dortmund habe ich niemanden erreicht, es ist ja auch Wochenende. Von Düsseldorf kann nur einer kommen, alle anderen gehen wichtigen Spuren nach. Und die Mülheimer haben viel zu wenig Leute, um sich einen ganzen Nachmittag um die Ohren zu schlagen.« Er ahmte trefflich eine gelangweilte Sekretärin nach.

»Liefers Team«, sagte Barbara trocken.

»Und hinzu kommt noch, dass nach dem, was Max über Liefers erzählt hat, es keiner bei den Ortspolizeien für nötig hält, sofort zu springen, nur weil das LKA ruft. Vielleicht sollten sich die beteiligten Staatsanwaltschaften einigen, wer die Federführung übernimmt, damit alle sehen, dass Bunkermentalität fehl am Platze ist. Oder …«

Barbara hatte eigentlich schon den Blinker gesetzt, um an der Abfahrt Duisburg-Häfen die A 40 Richtung Präsidium zu verlassen, doch dann blinkte sie stattdessen links und wechselte auf die ganz linke Spur.

»He, wo wollen Sie denn hin?«, rief Jakubian. »Das weiß ja sogar ich, dass wir hier abfahren müssen.«

»Ich habe keine Lust, mir die Arbeit an diesem Fall durch

dieses unkooperative Verhalten erschweren zu lassen«, sagte Barbara, während sie immer knapp unter 140 über die linke Spur fuhr.

»Und was wollen Sie dagegen tun?«

»Lassen Sie sich überraschen.« Kurz hinter der Neuenkamper Rheinbrücke schwenkte sie wieder nach rechts und fuhr schließlich an der Ausfahrt Rheinhausen ab. »Wir werden jemanden besuchen. Hoffentlich ist er zu Hause.«

Kurze Zeit später bogen sie in eine kleine Straße in Rheinhausen-Bergheim ein. Dort gab es einige klassische Zechensiedlungshäuser. Vor einem hielt Barbara. Sie hatten Glück.

»Darf ich vorstellen?«, fragte Barbara zu Jakubian gewandt und deutete auf den kleinen drahtigen Mann mit eisgrauem Haar, der sich in dem gepflegten Vorgarten zu schaffen machte. »Das ist Heinz Wersten. – Entschuldige Heinz, das ist Ruben Jakubian, er macht seit Neuestem deinen alten Job beim LKA.«

»Ja, ich habe schon so etwas läuten hören.« Heinz wischte sich die Erde von den Fingern, reichte Jakubian aber dennoch den Ellenbogen.

»Liefers hat ihn geradezu sabotiert, indem er sich krankgemeldet hat, statt ihn einzuarbeiten. Und jetzt haben wir einen Serienmord.«

»Kurz, ihr braucht meine Hilfe.« Heinz stellte die Werkzeuge an den Zaun. »Dann kommt mal mit rein.«

Das Haus war sauber und ordentlich, wirkte aber ein bisschen ungemütlich. Was es an dekorativem Schnickschnack in der einen oder anderen Ecke gab, stammte aus den 80ern und frühen 90ern. Seit dieser Zeit war Heinz Witwer und hatte wenig verändert.

»Was wollt ihr trinken?«, fragte er. »Cola, Wasser, Apfelsaft?«

»Ein Wasser wäre gut.« Das war der erste vollständige Satz, den Jakubian herausbrachte, so überrascht war er von Barbaras Aktion.

Sie setzten sich auf die Terrasse. Man konnte dem Garten ansehen, dass Heinz nun viel Zeit für ihn hatte. Alles gedieh prächtig, und die Rasenfläche hatte ein saftiges Grün. Die andere Hälfte des Doppelhauses hatte Heinz' Schwiegereltern gehört. Seit die Schwiegermutter im letzten Jahr gestorben war, hatte der Schwiegervater derart abgebaut, dass Heinz ihn schweren Herzens in ein Pflegeheim geben musste. Die Haushälfte hatte er an eine junge Familie vermietet.

Barbara schilderte Heinz den Fall und auch die Probleme, vor denen sie jetzt standen.

»Je eher ich diese Leute an einen Tisch bekomme, desto schneller können wir eine große Soko für alle Fälle bilden«, meinte Jakubian.

Heinz nickte. »Sie sollten die Leute dafür aber nicht allein nach ihrem Rang oder ihrer Aufgabe in der jeweiligen lokalen Soko aussuchen. In jedem Präsidium gibt es Leute, die sehr wichtig, aber eher unauffällig sind. Wenn Sie die ins Boot holen, läuft die Arbeit wie von selbst. Denn die wissen genau, wie sie in ihren Dienststellen an die Informationen kommen. Und Sie müssen den ganzen Apparat nicht so aufblähen.«

Jakubian lächelte ihn an. »In Hannover hätte ich es ebenso gemacht. Aber jetzt …?«

»Jetzt haben Sie mich.« Heinz stand auf und verschwand im Haus. Es dauerte eine ganze Weile, ehe er wieder auftauchte, in der Hand ein schwarzes Notizbuch. »Können Sie kochen, Jakubian?«

»Ja, schon, … aber.«

»Barbara kann es nämlich nicht. Das Ganze wird etwas

47

dauern, und mir knurrt der Magen. Ich wollte mir Sauerkraut mit Kasseler machen – für zwei Tage, deshalb reicht es für uns drei, denke ich.«

»Aber Heyer buddelt hoffentlich gerade die zweite Leiche aus.«

»Leichen bekommen Sie noch genug zu sehen. Eine vernünftige Soko können Sie nicht alle Tage zusammenstellen. Und denken Sie daran: Die Leute, die Sie jetzt kennen lernen, werden Ihnen auch in Zukunft höchst nützlich sein.« Er sah Barbara an. »Kartoffelschälen kriegst du noch hin, oder? Ihr braucht euch nicht zu beeilen. Ich werde sicher zwei Stunden brauchen.«

Heinz zog sich in sein Wohnzimmer zurück und telefonierte im Akkord. Barbara und Jakubian verbrachten die Zeit gemeinsam mit der Vorbereitung des Essens auf der Terrasse. Barbara, die in ihrer Ehe von Thomas hervorragend bekocht wurde, beobachtete Jakubian, dessen Spezialität eher die deftige Küche zu sein schien. Das Ergebnis war schließlich ausgesprochen schmackhaft.

Als das Essen fertig war, erschien Heinz in der Küche und kippte erst einmal ein Glas Mineralwasser. Dann übergab er Jakubian eine handgeschriebene Liste. »Barbara kann meine Handschrift lesen, wenn Sie Schwierigkeiten damit haben. Für heute Nachmittag habe ich die Leute nicht mehr zusammenbekommen, aber morgen früh stehen sie in Duisburg auf der Matte – mit Aktenkopien und allem, was man so braucht.«

»Zwei Stunden – alle Achtung. Sie sind zu Recht eine Legende, Herr Wersten.«

»Ich wäre lieber noch im aktiven Dienst. Zur Legende kann man werden, wenn man tot ist«, sagte Heinz trocken. »Und lassen wir das mit dem Sie. Ich bin Heinz, das ist Barbara.«

»Und ich bin Ruben.«

Sie setzten sich und begannen zu essen. Heinz kommentierte seine Liste. »Kramer aus Düsseldorf, das ist ein Schwerstarbeiter, der arbeitet vierundzwanzig Stunden durch, wenn es sein muss. Sensible Aufträge gibst du am besten jemand anderem. Reimann aus Bochum, das ist ein Stiller, aber dem entgeht nichts, der hat ein unglaubliches Gedächtnis.«

Eine Weile ging es in dem Stil weiter, dann wurde das Gespräch privater. Heinz erkundigte sich nach Thomas. »Ich glaube, ich habe ihn seit Ostern nicht mehr gesehen.«

»Das ist kein Wunder. Er schreibt ein neues Buch, hält mittlerweile drei Seminare und eine Vorlesung und im Gegensatz zu mir erarbeitet er jedes Semester neue Themen. Ich sehe ihn manchmal selber kaum, ich bin ja auch viel unterwegs.« Barbara sah hinaus in den Garten und wechselte das Thema. »Dein Garten wird immer schöner.«

»Ich habe ja auch nichts anderes zu tun.« Täuschte sich Barbara oder sah er sie prüfend an? Wenn, dann wollte er vor Jakubian nichts sagen. Dessen Handy klingelte gerade, als er sich die dritte Portion Sauerkraut aufgetan hatte. Was Heinz in zwei Tagen hatte essen wollen, hätte gut und gern für eine ganze Kompanie gereicht.

»Das war Heyer. Max Erhards Leute haben gerade die Leiche freigelegt. Vielleicht sollten wir rüberfahren.« Er sah bedauernd auf den Teller.

»Ich kann ihn in den Kühlschrank stellen, und später kommt ihr wieder her und erzählt mir, was ihr gefunden habt.« Heinz konnte seine Neugier nicht verstecken.

»Mal sehen.« Jakubian stand auf. »Heinz, ich bin dir wirklich zu Dank verpflichtet, du weißt selbst, wie sehr. Also, wenn ich etwas für dich tun kann ...«

»Ich würde mich freuen, wenn du meinen Rat auch in Zukunft nutzen würdest. Dann komme ich mir nicht ganz so abgeschoben vor.«

Während Jakubian noch mal die Toilette aufsuchte, fragte Heinz Barbara: »Ist irgendetwas zwischen Thomas und dir?«

Barbara seufzte. Heinz war einer ihrer ältesten Freunde, und sie mochte ihn nicht anlügen. »Er hat mich mit einer Studentin betrogen.« Sie runzelte die Stirn. »Du wusstest davon, oder? War Özay hier?«

Er nickte. »Ja, vor ein paar Tagen. Er wollte meinen Rat.«

»Und du hast ihm geraten, es mir zu sagen?«

Heinz schüttelte den Kopf. »Ich habe ihm angeboten, mit Thomas zu reden, aber das wollte er nicht. Wenn das alles blinder Alarm gewesen wäre …«

»Özay ist kein Idiot, auch wenn er sich manchmal so aufführt, Heinz. Thomas hat es zugegeben. Und versucht, es zu erklären.« Beim Gedanken an ihr Gespräch am Morgen kamen ihr wieder die Tränen. Heinz wollte sie in den Arm nehmen, aber dann hätte sie richtig losgeheult. Deshalb machte sie sich los. »Nicht jetzt. Nicht vor Jakubian.«

»Dieser riesige Kerl ist ein verdammt guter Bulle, Barbara. Ich habe auch ein paar Erkundigungen über ihn eingeholt. Für die Versetzung aus Hannover hat er private Gründe angeführt, darüber habe ich nichts herausbekommen. Er ist es wert, dass man ihm ein wenig Starthilfe gibt.«

»Ja, das dachte ich mir schon.«

Jakubian kam zurück, und Barbara hoffte, dass ihre Augen nicht verheult aussahen. Sie verabschiedeten sich von Heinz Wersten. »Komm doch mal wieder vorbei, Barbara«, sagte er. Barbara war froh, dass da jemand war, mit dem sie reden konnte.

Wieder auf dem Beifahrersitz des BMW amüsierte sie sich köstlich, als Jakubian vergeblich versuchte, in den Wagen zu steigen. Er musste den Sitz von außen ganz nach hinten schieben und die Höhenverstellung nach unten pumpen.

»Du wolltest wirklich noch einen Teller Sauerkraut essen, Jakubian?«

»Keine Witze über meine Größe und mein Gewicht!«, sagte er gespielt grimmig. »Schon gar nicht von jemandem, der trotz Höhenverstellung noch ein Sitzkissen braucht, um über das Lenkrad zu sehen.«

Das verlassene Firmengelände in Rheinhausen entsprach recht genau der Beschreibung Hirschfelds. Ihn hatten die Beamten inzwischen wieder ins Untersuchungsgefängnis gebracht. Max Erhards Leute hatten eine kleine Pause eingelegt. Ihr Chef dagegen hockte neben der Leiche auf dem Boden und hob vorsichtig Erde rund um den Kopf weg, die er in einen Behälter füllte. Dann und wann griff er zum Pinsel.

Barbara und Jakubian traten hinzu. Was Erhard da freilegte, war erschreckend. Natürlich hatten sie keinen schönen Anblick von einer Leiche erwartet, die fast ein Jahr in der Erde gelegen hatte, doch dass sie statt eines skelettierten Gesichts nur ein unförmiges Loch fanden, war schon außergewöhnlich.

»Wir werden alles durchsieben müssen, um den Schädel rekonstruieren zu können«, murmelte Erhard. »Er hat den Kopf regelrecht zu Brei geschlagen.« Er drehte sich zu seinen Leuten. »Denkt euch mal was aus, damit wir sie im Ganzen aus diesem Loch holen können.«

Zu Barbara und Jakubian gewandt, meinte er: »So etwas habe ich noch nicht gesehen. Selbst wenn ein Mörder das Gesicht zerschlägt, um die Identifizierung zu verhindern,

51

gibt es meist mehrere große Knochenstücke, weil er irgendetwas Großes, Schweres nimmt. Aber hier?«, er deutete auf Spuren am Armknochen. »Das war ein kleiner Hammer. Er muss an die hundertmal zugeschlagen haben. Die Gerichtsmedizin kann sich auf ein Puzzle freuen.«

Jakubian und Barbara zogen sich zurück und gingen zu Sven Heyer, der in der Nähe wartete.

»Das Gewaltpotential ist erschreckend«, sagte Barbara.

»Ja. Sah die alte Frau in Bochum auch so aus?« Heyer hockte sich auf eine kleine Mauer.

»Nein. Wir haben sie noch nicht gesehen, aber Erhard hat sie uns beschrieben.« Jakubian guckte auf die Uhr. »Wie hat Hirschfeld sich hier auf dem Gelände verhalten?«

»Als sie ihn wieder zum Wagen brachten, hatte seine Hose Flecken.« Angeekelt kickte Heyer einen kleinen Stein weg.

»Das passt«, meinte Barbara. »Ich denke, wir haben es hier mit dem Klassiker zu tun. Sexuelle Erregung bei Gewalt und Tötung.«

»Das passt auch zum Fall Janicek.« Heyer kickte noch einen Stein weg. »Spermaspuren auf dem Opfer, aber keine in der Schamgegend. Nur Verletzungen, die ihr manuell beigebracht wurden.«

»Wir werden sehen.« Jakubians breite Gestalt warf einen Schatten auf Heyer. »Wenn wir morgen die Ergebnisse der einzelnen Sokos zusammentragen, vor allem die Ergebnisse der Spurensicherung, dann sind wir vielleicht einen Schritt weiter. Dann müssen wir Hirschfeld nicht einfach glauben, sondern haben auch wirkliche Beweise.«

Heyer sah Jakubian erstaunt an. »Morgen? Sie haben tatsächlich alle unter einen Hut gekriegt? Am Sonntag?« Er sah Jakubians Miene und fügte rasch hinzu: »Ich hatte läuten hören, dass es Schwierigkeiten gibt.«

»Nein, keine Schwierigkeiten«, meinte Jakubian. »Ich hätte das Treffen nur gern schon heute gehabt.«

»Bleibt der Zirkus in Duisburg?«, fragte Heyer.

Jakubian nickte. »Das ist sehr wahrscheinlich. Wir haben zwei Leichen in Duisburg, und Hirschfeld ist Duisburger. Ich habe jetzt noch ein Treffen mit der Staatsanwaltschaft, aber ich denke, die Duisburger werden das übernehmen. Wir sollten jetzt fahren.«

Barbara nickte.

Sie verabschiedeten sich von Heyer und gingen zurück zum Wagen.

Jakubian setzte Barbara auf dem Parkplatz des Polizeipräsidiums neben ihrem Wagen ab. Er blieb sitzen, weil er gleich weiter zur Staatsanwaltschaft wollte. »Nochmals vielen Dank für den Kontakt zu Heinz Wersten. Bis gestern hatte ich ständig das Gefühl, der neue Job ist wie ein Berg voller Geröll. Und als heute Morgen Heyer anrief und mir einen Serienmörder avisierte, dachte ich, jetzt stürzt alles auf mich herunter. Ohne Werstens Einfluss würde ich das nie schaffen.«

Barbara lächelte. »Ich weiß nicht, wem ich einen größeren Gefallen getan habe, dir oder Heinz. Aber mir ging es einfach darum, den Fall anzupacken.«

»Ich weiß. Trotzdem danke. Wir sehen uns morgen.« Jakubian drückte den Knopf des Fensterhebers und fuhr davon.

Barbara stand einen Moment verloren vor ihrem Jaguar. Es war gegen vier Uhr, und irgendwie hatte sie so gar keine Lust, nach Hause zu fahren. Schließlich stieg sie doch ein und machte sich auf den Heimweg.

Thomas war nicht zu Hause. Aber er musste in der Zwischenzeit da gewesen sein, denn die Spuren ihres überstürzten Aufbruchs waren beseitigt. Gerade als sie ihre Tasche aufhängen wollte, klopfte es leise an die Tür. Es war Annette, Thomas' Mutter. Barbara öffnete ihr wie gewöhnlich: Obwohl die Tür ein normales Schloss hatte, trat Thomas' Mutter nie einfach ein. » Hallo, Annette.«

»Thomas ist zum Joggen. Ich wollte mit dir reden. Er tut es ja nicht.«

»Möchtest du einen Kaffee?«, fragte Barbara.

»Nein, danke.«

»Aber hier herumstehen möchtest du sicher nicht?«

Annette schüttelte den Kopf. Sie folgte Barbara in den Wintergarten. Barbara öffnete die große Schiebetür zur Terrasse, und sie setzten sich in die bequemen Loomchairs.

»Euer Krach heute Morgen war nicht zu überhören, Barbara. Was wirft er dir da vor? Dass du ihn betrogen hast?«

Barbara seufzte. Klar, dass Annette nur ihren Ausbruch mitbekommen hatte. Und klar, dass es nur Barbara sein konnte, die Probleme machte. Obwohl sie und Annette ein gutes Verhältnis zueinander hatten – Thomas schwere Krankheit hatte sie zusammengeschweißt – bildete sich Barbara keineswegs ein, dass Annette im Falle einer Konfrontation auf ihrer Seite stehen könnte.

»Nein, die Sache liegt etwas anders, Annette. Dein Sohn hat mich betrogen. Nicht möglicherweise und nicht vielleicht, und es ist auch kein Missverständnis. Er hat es zugegeben.«

»Oh.« Das schien nicht das Gespräch zu sein, das Annette sich erhofft hatte.

»Er hat mich um Verzeihung gebeten. Ich gehe allerdings davon aus, dass er es mir verschwiegen hätte, wenn ich nicht davon erfahren hätte.«

»Wie hast du denn davon erfahren?«

54

»Özay.« Barbara bereute sofort, Annette den Namen genannt zu haben. Diese hatte von jeher eine Abneigung gegen ihn gehabt.

»Heißt das, du hast Thomas von diesem … diesem …«

»Detektiv.«

»Du hast Thomas bespitzeln lassen?« Jetzt war Annette empört.

»Nein.« Barbara hoffte, dass Annette nicht zu erregt war, um ihr jetzt zuzuhören, und erklärte ihr, was passiert war. Annette war die Geschichte sichtlich unangenehm, weil ganz klar wurde, dass Thomas tatsächlich nicht unschuldig war.

»Barbara, könnt ihr das nicht klären? Ihr liebt euch doch.«

Barbara ging nicht darauf ein. »Ich … ich hätte dich übrigens heute noch gefragt, ob ich für ein paar Tage ins Gästezimmer oben ziehen kann.«

»Natürlich. Manchmal tut etwas Abstand ganz gut.«

Abstand ist nicht das Problem, dachte Barbara. Eigentlich haben wir reichlich Abstand in letzter Zeit.

»Wenn Leo und ich richtig Krach hatten«, fuhr Annette fort, »dann hat es uns auch ganz gut getan, uns etwas aus dem Weg zu gehen. Er machte eine kleine Geschäftsreise oder ich besuchte eine Freundin.«

»Hat Leo dich jemals betrogen, Annette?«

Annette sah auf den Boden. »Wenn, dann habe ich jedenfalls nichts davon gewusst.« Dann blickte sie Barbara direkt ins Gesicht: »Nein. Ich denke, er hat mich niemals betrogen.« Sie stand auf und ging wieder hoch in ihre Wohnung. Wenig später brachte Barbara ein paar Sachen ins Gästezimmer, auch ihr Notebook, das in der Workstation im gemeinsamen Arbeitszimmer steckte. Es würde leicht werden, Thomas aus dem Weg zu gehen. Er war ja ohnehin selten da.

3.

Barbara schaffte es am nächsten Morgen gerade noch rechtzeitig ins Duisburger Polizeipräsidium. Heinz hatte, um Jakubian nicht noch mehr Zeit verlieren zu lassen, die Leute für neun Uhr dorthin bestellt.

Sie dachte mit gemischten Gefühlen daran, wie sie auf Thomas getroffen war, als sie im Schlafzimmer einen Pulli aus dem Schrank holen wollte. Er bereitete gerade ein Frühstück zu – für zwei.

»Mutter sagte, du hättest oben übernachtet.«

»Ich fand es ebenso wenig passend, mit dir in einem Bett zu liegen wie du in der vorherigen Nacht.«

Er nickte. »Ich weiß, ich muss dir etwas Zeit geben.«

Zeit? Was dachte er sich? Es vergehen ein paar Wochen, und alles ist vergessen?

»Aber vielleicht möchtest du wenigstens mit mir frühstücken.« Er deutete auf das fertige Tablett.

»Tut mir Leid. Ich habe einen Termin im Duisburger Polizeipräsidium. Es scheint sich tatsächlich um einen Serienmörder zu handeln.«

Er runzelte die Stirn. »Ich dachte, das LKA hat inzwischen eigene Leute dafür.«

»Nein, sie wollen mich, und ich habe zugesagt.«

Thomas runzelte fast unmerklich die Stirn, dann seufzte er.

Barbara wartete nicht ab, ob er noch etwas dazu zu sagen hatte. »Ich muss los.« Sie nahm ihre Auto- und Haustürschlüssel von der Hakenleiste im Flur und verließ das Haus.

Unterwegs hatte sie an einer Tankstelle gehalten und sich einen Mitnehmkaffee und ein Sandwich besorgt, das sie nun in die Besprechung mitbrachte. Jeder, von Heinz informiert, hatte auf dessen Rat hin noch mindestens einen Kollegen mitgebracht. Im Besprechungsraum waren fast alle Plätze besetzt, nur vorn in der ersten Reihe wollte wie üblich keiner sitzen, lediglich Sven Heyer und der Staatsanwalt hatten dort Platz genommen.

Jakubian stellte sich kurz vor und dankte den Anwesenden für ihr Kommen. Er ließ Sven den Vortritt bei der Schilderung von Hirschfelds Erscheinen und seinem Geständnis auf dem Präsidium. Dann bat er Barbara nach vorn, um ihren ersten Eindruck zu schildern.

»Wir haben es hier mit einem relativ alten Täter zu tun, und die Wahrscheinlichkeit ist groß, dass er sexuelle Motive für seine Taten hat und zwar nicht in dem Sinne, dass er Geschlechtsverkehr sucht, sondern dass er seine Befriedigung ausschließlich aus dem gewaltsamen Tötungsvorgang zieht. Ein genaueres Bild über Motive und Auslöser müssen wir uns noch machen.« Sie blätterte in ihren Notizen. »Das Fehlen einer gemeinsamen Mordmethode, die völlige Willkür beim Aussuchen der Opfer, die so gar keine Gemeinsamkeiten haben, wirft natürlich Fragen auf. Wenn wir es wirklich mit einer Serie zu tun haben, dann deuten diese Umstände darauf hin, dass er eigentlich keinen Wert darauf legt, entdeckt zu werden. Andererseits scheint Hirschfeld sehr begierig darauf zu sein, mit seinen Taten in der Öffentlichkeit zu stehen. Die Tatsache, dass er nicht abgewartet hat, bis er geschnappt wurde, sondern sich gestellt hat, spricht dafür. Aber wie gesagt, es braucht noch eine lange Reihe von Gesprächen und Untersuchungen, bis wir da Klarheit haben.«

»Danke, Barbara.« Jakubian wartete, bis sie sich wieder gesetzt hatte. »Machen wir jetzt mit den Ergebnissen der einzelnen Mordkommissionen weiter. Ich schlage vor, chronologisch. Zu den Fällen 1 und 2, die wir erst seit vorgestern kennen, können wir noch nicht viel sagen. Der erste bekannte Fall ist der Mord an Rebecca Langhorn in Düsseldorf. Herr Kramer, würden Sie das bitte übernehmen?«

»Danke, Barbara?«, flüsterte Heyer ihr zu, als sie wieder neben ihm saß. »Das ging aber schnell.«

»Ja, dank Heinz.«

Sven ging ein Licht auf. »Heinz hat die Leute also zusammengerufen.«

»Sei still.«

»Weiß Jakubian überhaupt, was du da für ihn getan hast?«

»Es geht nicht um Jakubian, sondern um den Fall.«

Lutz Kramer aus Düsseldorf, den Barbara auch schon jahrelang kannte, begann seinen Vortrag. Rhetorisch war er nicht brillant, aber er hatte ein Händchen dafür, die wesentlichen Fakten knapp und doch schlüssig zusammenzufassen. Das meiste las er ab. Rebecca Langhorn war Mitte November verschwunden und von den Kollegen der Werbeagentur, in der sie arbeitete und an der sie auch beteiligt war, nach einer Woche als vermisst gemeldet worden. Wie üblich bei Erwachsenen unternahm die Polizei praktisch nichts. Besondere Umstände, die auf ein Verbrechen hindeuteten, gab es nicht. Eine weitere Woche später wurde ihre Leiche in einem Gebüsch abseits des Bahngeländes am Werhahn gefunden. Sie war nackt, und der gesamte Körper war blutverkrustet, es gab Spermaspuren auf ihrem Bauch, aber nicht in ihrer Scheide. Erst als man das Blut auf dem Obduktionstisch abgewaschen hatte, konnte man sehen, dass praktisch jeder Quadratzentimeter ihrer Haut von kleinen, mal oberflächlichen, mal tieferen Schnitten übersät war. Sie stammten eindeutig von Rasierklingen – insgesamt zwei davon waren abgebrochen und im Körper verblieben. Die Todesursache war indes nicht ein direkter Mord: Die starke Raucherin und Bluthoch-

58

druckpatientin Langhorn war trotz ihrer relativen Jugend an einem durch Schock bedingten Herzinfarkt gestorben.

Barbara machte sich Notizen. Während der Täter bei dem Würgemord an der alten Frau in Bochum noch ohne großes Blutvergießen ausgekommen war, musste das Zertrümmern des Schädels seines nächsten Opfers diesen Schlüsselreiz hervorgerufen haben. Die vielen blutenden Wunden der Rebecca Langhorn verschafften ihm dann weitere Befriedigung. Warum hatte er der Prostituierten den Schädel zertrümmert? Was war der Auslöser für die extreme Gewalt gewesen?

Nachdem Kramer die vielen vergeblichen Spuren im Fall Langhorn geschildert hatte, kam er zum Abschluss und gab an den Kollegen aus Mülheim weiter.

Werner Sauer war Barbara nicht bekannt, aber auch er war ein Polizist mit großer Erfahrung.

»Wir haben im Fall Herborn in sehr viele Richtungen ermittelt«, berichtete er, nachdem er die nackten Fakten und Ergebnisse der Spurensicherung zusammengefasst hatte. »Da waren einmal der Strick, mit dem er gewürgt wurde, und die oberflächlichen Spermaspuren, die uns an das Strichermilieu denken ließen. Aber die Ermittlungen im Umfeld Herborns ergaben keine Hinweise auf Homosexualität. Dann die Tatsache, dass er praktisch ausgeblutet wurde – er hing ja mit der Körpermitte so über dieser kleinen Mauer, dass die Gliedmaßen herunterhingen und das Blut noch leichter fließen konnte. Wir ermittelten in Richtung Ritualmord und Satanismus, aber es gab keine weiteren Spuren, die das nahe gelegt hätten. Zur Zeit arbeitet ein Zwei-Mann-Team noch einige Hinweise aus der Bevölkerung ab, die uns nicht auf Anhieb viel versprechend erschienen, aber es sieht nicht so aus, als sei da noch irgendetwas dabei, das uns weiterbringen würde.«

Nach Werner Sauer war Sven Heyer an der Reihe. Der Fall

Julia Janicek hatte bisher die größten Wellen geschlagen. Da war zum einen ihre Behinderung, zum anderen hatten die Angehörigen massiv die Presse mit einbezogen. Auf diese Art waren mehr Einzelheiten an die Öffentlichkeit gelangt als der Polizei lieb war. Die Leiche war die einzige, die im Wasser gefunden worden war und noch dazu einen knappen Kilometer im Umkreis des Hauses, in dem sie wohnte.

Barbara hatte bereits registriert, dass jede Mordkommission letztlich von einer Beziehungstat ausgegangen war, erst recht in diesem Fall. Wäre Hirschfeld nicht freiwillig erschienen, wären diese Fälle nie und nimmer einem einzelnen Täter zugeordnet worden. »Bei einer Wasserleiche ist es mit den äußeren Spuren immer schwierig«, sagte Sven gerade. »Aber mit einiger Mühe konnte auch an ihrer Kleidung Sperma festgestellt werden.«

Und niemand war auf die Idee gekommen, die Spuren miteinander zu vergleichen. Es konnte nicht sein, was nicht sein durfte. Barbara kannte solche Fälle zur Genüge.

Als Letzter trug Patrick Linssen aus Dortmund die Fakten zum Fall Fatma Yilderim vor. Die Kleine war erst vor drei Wochen ermordet worden. Die zeitliche Nähe und natürlich die Tatsache, dass ein Kindermord jeden Polizisten mitnahm, machten diesen Vortrag sehr emotional. Es war nur ein geringer Trost, dass ein schneller Schnitt durch die Kehle die Zehnjährige getötet hatte. Auch hier gab es zwar äußerliche Spermaspuren, aber keinen direkten Missbrauch.

Als Linssen geendet hatte, ergriff Ruben Jakubian wieder das Wort. »Ich denke, wir sind jetzt alle im Bilde. Natürlich werden wir die Akten, so weit es geht, auch schriftlich allen zugänglich machen. Das Labor arbeitet gerade unter Hochdruck an einem DNA-Vergleich Hirschfelds. Herr Heyer war so umsichtig, schon vorgestern Abend eine Speichelprobe zu

60

nehmen, sodass wir hier keine große Zeitverzögerung haben. Heute Nachmittag wissen wir dann mehr.« Er blickte in die Runde, und Barbara konnte sehen, wie er geschickt mal den einen, mal den anderen kurz fixierte.

»Die vier einzelnen Mordkommissionen vor Ort bleiben bestehen, Sie hier sind unsere Verbindung zu ihnen. Unser weiteres Vorgehen hängt davon ab, ob sich Hirschfeld wirklich als der Täter erweist. Wenn dem so ist, möchte ich, dass vor Ort jede Spur, jedes Beweisstück und jede Aussage auf direkte Hinweise auf Hirschfeld überprüft werden. Das ist viel Arbeit, aber die Staatsanwaltschaft legt Wert darauf, dass er für jeden einzelnen Mord angeklagt werden wird – auch wenn ein einziger vielleicht reichen würde. Die Angehörigen aller Opfer haben ein Recht darauf.«

Jemand hatte die Hand gehoben, und Jakubian ließ die Zwischenfrage zu. »Was ist mit den beiden neuen Fällen? Wir in Duisburg sind mit dem Janicek-Fall schon ausgelastet.«

»Beide Duisburger Fälle, also Janicek und die Prostituierte, werden von der Gesamt-Soko bearbeitet, die noch von ein paar LKA-Mitarbeitern unterstützt wird. Da Hirschfeld behauptet, die Prostituierte stamme aus Essen, werden wir auch von dort noch Verstärkung bekommen. In Bochum wird eine kleine Soko eingerichtet, die uns zuarbeitet. Dr. Hielmann-Pross und ich kümmern uns zunächst um Hirschfeld.«

Er ließ nochmals seinen Blick über die Anwesenden wandern »Eins noch zum Schluss. Dies wird ein sehr öffentlichkeitswirksamer Fall, und wir werden es uns nicht leisten können, die Medien außen vor zu lassen. Das würde ein denkbar schlechtes Bild in der Öffentlichkeit ergeben. Aber alle Kontakte zu Presse und Fernsehen werden ausschließlich über das LKA und die Duisburger Staatsanwaltschaft laufen, haben Sie das verstanden?«

Patrick Linssen warf ein: »Ich glaube nicht, dass ich unseren Lokalredakteuren so kommen kann. Schließlich sind wir manchmal auch auf deren Hilfe angewiesen.«

»Sie werden alles auf das böse LKA schieben und warten, bis Ihnen jemand aus der Pressestelle des LKA oder der Staatsanwaltschaft zur Seite gestellt wird. Wir werden das noch organisieren.« Es kam kurz Unruhe auf.

Jakubian seufzte: »Ich möchte hier keinesfalls den Anschein erwecken, es wollten irgendwelche Leute, die die Arbeit nicht getan haben, die Lorbeeren dafür einheimsen. Das dient vor allem Ihrem Schutz – und auch dem Schutz Hirschfelds. Die Atmosphäre um die Fälle Janicek und die kleine Fatma ist schon aufgeheizt genug. Wenn Sie hinausgehen, finden Sie links von der Tür auf dem Tisch ein Päckchen Visitenkarten. Ich bin für jeden Einzelnen von Ihnen jederzeit erreichbar. Wenn wir heute Abend das Ergebnis der DNA-Spuren haben, werden wir sofort mit der Arbeit beginnen.«

Langsam leerte sich der Raum. Ein paar Leute kamen noch zu Jakubian, um die eine oder andere Frage zu stellen, Heyer wollte in sein Büro, aber dazu kam es nicht. Ein gut und teuer gekleideter Mittvierziger kam auf sie zu und packte Heyer am Arm. »Wo ist der Kerl? Ich will ihn sehen!«

»Herr Dewus.« Sven löste sich aus dem Griff. »Bitte verlassen Sie das Präsidium, Sie haben hier nichts verloren.«

»Als unschuldig Verdächtigten haben Sie mich aber sehr gern hier gesehen, Herr Heyer.«

»Das hat sich doch erledigt, Herr Dewus, und ich habe mich auch dafür entschuldigt. Der Verdächtige ist nicht hier, sondern im Untersuchungsgefängnis. Sie haben also keine Möglichkeit, ihn zu sehen. Gehen Sie also jetzt bitte nach Hause.«

Dewus sah nicht aus, als wollte er nachgeben. Plötzlich

stand Jakubian bei ihnen. »Kann ich helfen?«, fragte er und schüttelte dem verblüfften Dewus die Hand. »Ruben Jakubian, LKA. Ich leite die Ermittlungen.«

»Dann kommt vielleicht mehr dabei heraus als bei dem famosen Herrn Heyer.«

Barbara hörte deutlich, wie Sven heftig atmete.

»Nun, wir stehen noch am Anfang. Ich muss etwas aus dem Auto holen, begleiten Sie mich?« Jakubian drückte Dewus sanft aber bestimmt in Richtung Ausgang. Er machte das gut. Barbara sah, wie er eine Karte zückte und sie Dewus gab, bevor sie aus ihrem Blickfeld verschwanden.

»Jakubian muss mich für einen kompletten Idioten halten«, sagte Sven bitter.

»Wer war das überhaupt?«

»Harald Dewus? Das ist nicht ganz einfach. Julia Janicek lebte in seinem Haus, ihre Mutter ist seine Haushälterin. Und da wir von einer Beziehungstat ausgingen …«

»… hast du ihn verdächtigt, ein Kinderschänder und Mörder zu sein.« Barbara war sich sicher, sie wäre nicht anders an den Fall herangegangen.

»Das Problem ist nur, er hat viel für die Stadt getan und ist hochangesehen. Da tat sich ein Fettnäpfchen nach dem anderen auf. Und schließlich war der DNA-Vergleich negativ.«

»Kurz, er hat dir jede Menge Ärger bereitet.«

»Und er wird nicht müde, darauf hinzuweisen, dass wir bis jetzt keine Spur von Julias Mörder haben.«

»Jakubian hält ihn dir jetzt vom Hals, Sven. Und wenn er dich für einen Idioten halten würde, dann würde er dir nicht so viel Verantwortung überlassen.«

»Die Lorbeeren wird jedenfalls er kassieren, glaub mir, Barbara.« Damit ging er in sein Büro.

63

Barbara blieb kopfschüttelnd sitzen und ordnete noch ihre Notizen. Sie hatte sie gerade zusammengerafft und war aufgestanden, als Jakubian zurückkam.

»Ich wollte zum Untersuchungsgefängnis. Und vielleicht sollten wir das mit dem psychiatrischen Gutachten schon anleiern, das muss ja ein klinischer Psychiater machen.«

»Gut«, meinte Jakubian und zog etwas aus seiner Aktentasche. »Das wird dir die Arbeit erleichtern!« Es war eine Karte, die sie als Beraterin des LKA auswies. Er dachte wirklich an alles.

»Danke. Die Leute machen alle einen sehr guten Eindruck.«

»Ja, das finde ich auch. Ich hoffe, das gilt auch umgekehrt.« Er grinste.

Also doch, dachte Barbara, auch er ist nicht frei von Eitelkeit.

In dem kleinen Raum mit den nackten Wänden standen nur ein Tisch und zwei Stühle. Barbara wartete darauf, dass Hirschfeld zu ihr gebracht wurde.

Er machte einen entspannten Eindruck, nur die Haare hatte er ohne Hilfsmittel nicht so recht bändigen können. Trotzdem sahen sie frisch gewaschen sehr viel gepflegter aus. Barbara bat um zwei Kaffee und stellte das Diktiergerät auf.

»Geht es Ihnen gut?«, fragte sie. »Sie sind doch krank, haben Sie alle Medikamente, die Sie brauchen?«

Er nickte. »Gestern hat mich hier ein Arzt untersucht, und er hat auch mit meinem Hausarzt gesprochen.«

»Was für Medikamente nehmen Sie?«

»Gegen das Rheuma nur etwas, wenn ein Schub kommt. Und dann etwas für die Leber. Die ist ziemlich kaputt wegen der Medikamente, die ich jahrelang genommen habe.« Er hob einen Fuß an. »Die Zehengelenke sind ganz steif.« Er beobachtete, wie Barbara etwas notierte.

»Es tut weh beim Laufen. Aber ich kann auch längere Strecken gehen, wenn ich will.« Das Thema Krankheit schien ihm nicht so zu liegen.

»Aber Sie sind doch vor fünf Jahren für berufsunfähig erklärt worden«, hakte Barbara nach.

Hirschfeld lächelte. »Ich war Stahlarbeiter. Das war ein richtiger Knochenjob. Da hält sowieso keiner bis fünfzig durch. Und damals kriegte man ja noch sofort die Rente. Heute ist das ja anders.«

Kaffee wurde hereingebracht. Barbara bedankte sich, während Hirschfeld unter Schwierigkeiten mit den mit Handschellen gefesselten Händen Zucker und Milch einrührte und dann einen Schluck nahm. »Der ist gut. Die Gefangenen kriegen nicht so guten.« Er setzte die Tasse ab. »Sie werden also jetzt entscheiden, ob ich verrückt bin«, nahm er das Gespräch in die Hand.

Barbara schüttelte lächelnd den Kopf, ließ sich aber darauf ein. »Dazu wird in meinem Bericht einiges stehen, das stimmt. Aber die eigentliche psychologische Begutachtung wird ein klinischer Psychiater machen. Dazu werden Sie in eine forensische Klinik verlegt. Ich bin zwar Psychologin, aber in erster Linie Kriminalistin.«

»Dann sprechen wir jetzt also über die Morde.«

»Nein. Heute möchte ich, dass Sie mir etwas über Ihre Kindheit erzählen.«

Er lehnte sich zurück und fuhr sich mit der Hand übers Gesicht. »Das ist nicht so einfach.« Er schwieg.

»Leben Ihre Angehörigen noch?« Barbara wurde die Pause zu lang. Sie wollte Namen erfahren, Menschen, die Aussagen über ihn machen konnten.

Er schüttelte heftig den Kopf. »Mein Vater ist abgehauen, als ich dreizehn war. Später hörte ich dann dass er gestorben ist.«

»Wann war das?«

»Ich glaube, ich war Anfang zwanzig.«

Barbara konnte sehen, dass das Thema »Vater« unangenehm für ihn war. »Sie hatten kein sehr gutes Verhältnis zu ihm, oder?«

»Er hat mich geschlagen, solange ich denken kann. Er hat auch getrunken. Wir lebten in einer Bergmannssiedlung, hatten Kaninchen und Hühner und manchmal Schweine. Wenn er die Tiere schlachtete, musste ich immer zusehen.«

»Nur Sie?«

»Meine Geschwister auch.«

Barbara runzelte die Stirn. »Und die leben auch nicht mehr?«

»Meine Schwester ist vor zwei Jahren an Krebs gestorben. Und mein Bruder war achtzehn Jahre älter als ich. Der ist auch schon tot.«

»Bleibt noch Ihre Mutter.«

»Die hat sich nicht um mich gekümmert, als der Alte weg war. Er hat sie verprügelt, aber sie hing an ihm. Sie hat es nicht verkraftet, dass er weg war, hat auch angefangen zu saufen und den ganzen Tag nur im Bett gelegen. Ich war der Jüngste, die anderen waren schon aus dem Haus, und da hat man erwartet, dass ich mich um sie kümmere. Ich bin dann abgehauen, ich hielt ihr Gejammer nicht mehr aus.« Er starrte für einen Moment auf einen Punkt, der in weiter Ferne zu liegen schien. Aber Barbara musste ihn nicht zurückholen, er redete von allein weiter. »Ich bin gelernter Binnenschiffer, wissen Sie. Immer den Rhein rauf und runter. Aber in den 70ern sind viele Partikuliere Pleite gegangen, da hatte ich

66

dann Glück, noch einen Job bei Thyssen zu bekommen. Ein paar Jahre später wäre auch das schwierig geworden.«

Als er von der Binnenschifffahrt sprach, hatte Barbara den Eindruck, dass seine Augen kurz aufgeleuchtet hatten. »Sie mochten das Herumreisen, nicht wahr?«

Er nickte. »Das war eine schöne Zeit. Harte Arbeit, ja. Aber immer auf dem Wasser. Ich habe vom Rhein aus die Häuser am Ufer beobachtet.«

»Nur die Häuser?« Barbara lächelte ihn aufmunternd an.

»Na ja, irgendwann kannte man die bestimmten Häuser, wo die Frauen schon mal nackt herumliefen oder ein Pärchen bei hell erleuchteten Fenstern fickte. Und wenn wir anlegten, dann gab es auch immer was zu sehen.«

»Würden Sie das Spannen nennen?«

Hirschfeld lachte laut auf. »Klar bin ich ein Spanner. Was glauben Sie, wie mir einer abgeht, wenn ich bei so etwas zuschaue!«

»Nackte Frauen? Sex?«

Er nickte.

»Gewalt? Blut? Töten?«, setzte Barbara nach.

Er zögerte einen Moment mit der Antwort. »Ja. Das fing schon an, als ich beim Schlachten zusehen musste. Da war ich erst zehn, und ich wusste gar nicht, was da in meiner Hose passierte.« Unwillkürlich sah er an sich herab und nahm die Hände in seinen Schoß, als wolle er verhindern, dass sich dort etwas tat.

»Und das geschah immer nur beim Zusehen?«

»Ich hab manchmal Tiere getötet. So einer kleinen Katze den Hals umgedreht, aber das war nicht so toll. Besser war es, wenn es blutete.«

Barbara sah ihm direkt ins Gesicht. »Wann wurden es denn Menschen?«

Er schien plötzlich zu erstarren und sah zur Seite. »Die Oma in Bochum war die Erste. Vorher, als ich mir noch ein Auto leisten konnte, bin ich schon mal zu Unfällen gefahren.« Er sah sie immer noch nicht an. »Ich bin müde. Man schläft hier nicht gut.«

Barbara wusste, er machte jetzt zu. Es wunderte sie etwas, da er doch so begierig darauf zu sein schien, über die Morde zu reden. Trotzdem ließ sie ihm seinen Willen. Sie hatte noch Zeit genug. »Heute Abend werden wir wissen, ob Sie wirklich der Mörder sind, der zu sein Sie behaupten. Und dann werden wir uns weiter unterhalten.«

Jetzt sah er sie wieder an. »Sie glauben mir immer noch nicht?«

»Vor Gericht zählen Beweise, Herr Hirschfeld. Spuren, Zeugenaussagen.« Sie machte das Diktiergerät aus und packte ihre Sachen zusammen.

»Warum vernehmen Sie mich nicht zu den Morden? Ich kann Ihnen Einzelheiten nennen, die nur der Mörder, nur ich allein, wissen kann.« Er schien erschüttert, dass sein Geständnis offensichtlich so wenig Eindruck gemacht hatte.

»Später, Herr Hirschfeld. Wir müssen unsere Kräfte ökonomisch einsetzen. Wenn die Beweise sagen, dass Sie der Mörder sind, dann dürfen Sie so lange reden, wie Sie möchten.« Barbara ging zur Tür und klopfte. Der Beamte ließ sie heraus und nahm dann Hirschfeld am Arm. Während sie am nächsten Gitter stand und darauf wartete, herausgelassen zu werden, sah sie, wie die beiden langsam den Gang zu den Zellen hinuntergingen.

Barbara fuhr zum Polizeipräsidium und fand Jakubian an einem kleinen Behelfsschreibtisch in Heyers Büro. Es sah ein bisschen so aus, als säße er an einem Kindertischchen. »Das ging ja schnell«, meinte er. »War er nicht kooperativ?«

»Wie man's nimmt. Solange das Gespräch dahin läuft, wo er es hinhaben will, ist er sehr kooperativ. Er war etwas entsetzt darüber, dass wir erst Beweise wollen, bis wir ihm das Geständnis abnehmen.« Sie nahm die Kassette aus dem Diktiergerät und warf sie auf den Schreibtisch. »Trotzdem haben wir eine Menge zu überprüfen.«

Jakubian griff zum Telefon. »Wir haben hier etwas abzutippen«, sagte er knapp, und wenig später kam ein junger Mann herein, um das Band abzuholen.

»Zum einen sollte ein medizinischer Gutachter ihn gründlich untersuchen, einschließlich aller Unterlagen, die zu seiner Berufsunfähigkeitsrente geführt haben«, meinte Barbara. »Ein findiger Anwalt könnte Dinge wie Rheuma und einen Leberschaden schon zu Hirschfelds Gunsten nutzen. Wir müssen klar darlegen, dass er rein körperlich in der Lage war, die Morde zu begehen.«

Jakubian machte sich eine Notiz. »Darum kann sich die Staatsanwaltschaft kümmern.«

»Dann hat er ein paar Dinge über seine Kindheit erzählt. Seine Angehörigen sind alle tot, aber vielleicht finden sich noch Nachbarn, Freunde oder Schulkameraden, die seine Geschichte bestätigen können. Er gibt zu, damals Tiere gequält und getötet zu haben. Und er stammt aus sehr üblen Familienverhältnissen.«

»Es ist schon jemand dran, alle offiziellen Unterlagen über ihn zusammenzutragen. Der könnte dann auch da weitermachen.« Er lächelte. »Ein Duisburger. Es ist besser, wenn das einer macht, der sich hier auskennt.«

»Und was tust du, außer hier zu warten, bis das Ergebnis des DNA-Vergleichs da ist?«, fragte Barbara spöttisch.

»Ich bereite die Pressekonferenz vor.«

Barbara seufzte, aber Jakubian winkte ab. »Wenn wir es gut machen, dann werden sie zufrieden sein mit den Informationen, die wir ihnen liefern. Der Staatsanwalt und ich haben jemanden ausgeguckt, der sie regelmäßig füttert und den Anschein erweckt, dass wir absolut offen sind. Torsten Mende bekommt noch je einen Mitarbeiter der Staatsanwaltschaft und des LKA dazu, und ich bin ja auch noch da.«

Barbara fand, dass Jakubian das Problem ein wenig zu rosig sah. »Wenn du schon so strategisch vorgehst, dann solltest du die Sprecher der Polizei in Dortmund und Duisburg auch noch mit einbeziehen. Die Fälle Julia und Fatma erregen die meisten Emotionen, und sie waren dort die Ansprechpartner.«

Jakubian überlegte. »Das ist eigentlich gar keine schlechte Idee, ich werde mit Staatsanwalt Roters darüber reden.«

Jemand riss die Bürotür auf: »Telefon. Das DNA-Labor!«

»Stellen Sie durch!«, rief Jakubian kopfschüttelnd. Im nächsten Moment klingelte sein Telefon. Barbara beobachtete gespannt sein Gesicht. Es breitete sich ein Lächeln darauf aus. »Ja, danke, vielen Dank für die schnelle Arbeit, ich weiß das zu schätzen.« Er legte auf. »Die DNA stimmt überein. Wir haben ihn!«

4.

Die nächsten Tage bedeuteten harte Arbeit für alle Beteiligten. Die verschiedenen Mordkommissionen werteten die Spuren ihrer Fälle neu aus. Von der Täterseite her arbeitete Jost Klasen, ein junger Duisburger Polizist, an Hirschfelds Biografie, immer gespeist von den Fakten, die Barbara in ihren regelmäßigen und Jakubian in seinen gelegentlichen Gesprächen mit Hirschfeld zusammentrugen.

Was Hirschfelds Kindheit und Jugend betraf, war Klasen nicht fündig geworden. Nicht nur, dass tatsächlich alle direkten Angehörigen verstorben waren, auch die Bergmannssiedlung, in der er gewohnt hatte, war in den 70ern abgerissen und die Nachbarn in alle Winde verstreut worden. Da sich die Suche schwierig gestaltete, sollte sich Klasen zunächst um Hirschfelds Zeit als Binnenschiffer kümmern.

Er hatte einen älteren Mann entdeckt, der immer noch für eine kleine Reederei auf dem Rhein herumschipperte, glücklicherweise nur die relativ kurze Strecke Rotterdam – Duisburg. Der Mann hatte seine Ausbildung gerade abgeschlossen, als Hirschfeld damals auf das Schiff kam, und er bestätigte dessen Spannergeschichten.

»Wir hatten nicht viel Abwechslung auf den Schiffen damals«, meinte er, »da haben wir alle nicht weggeschaut, wenn es mal was zu sehen gab. Aber der Rudi, bei dem war das schon ein bisschen anders. Der hat regelrecht danach gesucht, jeden Abend hockte er mit dem Fernglas oben an Bord.«

Was Barbara von Hirschfeld über die einzelnen Morde erfuhr, passte jeweils genau. Dennoch liefen die Unterhaltungen mit ihm selten glatt. Während er den Tötungsakt immer sehr genau in allen Einzelheiten beschrieb, war es recht schwierig, ihm die Details des Vorgeschehens zu entlocken. Wie hatte er das Opfer ausgesucht? Warum gerade diese Frau, dieses Mädchen? Hat er sie eine Weile beobachtet? Welche Maßnahmen hatte er ergriffen, damit er nicht gesehen oder gehört wurde?

»Es hat sich halt so ergeben«, war sein Standardspruch, auch im Fall Langhorn. »Ich habe sie ein-, zweimal gesehen. Bin ihr gefolgt. Und als die Gelegenheit günstig war, alles dunkel und niemand in der Nähe, da habe ich sie mir gegriffen. An der Kehle, damit sie nicht schreien konnte.«

»Sie haben sie also gewürgt?«

»Ja.« Seine Augen glänzten. »Würgen ist fast so gut wie Blut.«

Barbara merkte immer wieder, dass schon das Reden über die Grausamkeiten Hirschfeld in Erregung versetzten. Sie musste das Gespräch abrupt abrechen, weil Hirschfeld zu einer medizinischen Untersuchung abgeholt wurde, die klären sollte, ob er körperlich in der Lage sei, die Taten zu begehen. Als er aufstand, konnte sie deutlich eine Erektion sehen.

»Es ist zum Kotzen«, sagte sie später im Präsidium zu Jakubian. »Durch meine Fragen verschaffe ich ihm noch mal einen Kick.«

Jakubian sah müde aus. Wie er versprochen hatte, war er rund um die Uhr für die Soko und die Mordkommissionen zu sprechen, und das ging auf Kosten seines Schlafes. »Wenn du möchtest, mache ich mal eine Weile weiter.«

Barbara wusste, dass Jakubian für das LKA in Hannover auch als Fallanalytiker gearbeitet und die nötige Zusatzausbildung hatte. Doch sie schüttelte den Kopf. »Es sind nur noch zwei Fälle.«

»Gut. Aber Julia und die kleine Fatma, das wird hart.«

»Ich weiß.« Obwohl sie in den letzten Jahren ihr persönliches Trauma aufgearbeitet und geklärt hatte, war Kindesmord immer noch ihre Achillesferse. Jakubian musste das wissen, er hatte garantiert alles über sie gelesen, bevor er entschieden hatte, sie hinzuzuziehen. »Ich komme schon klar.«

»Ich habe allerdings den Eindruck, dass dich das mehr mitnimmt als es sollte. Du machst einen ... einen depressiven Eindruck.«

Damit lag Jakubian keineswegs falsch. Aber es waren nicht Hirschfeld und die Fälle. Barbara war jeden Tag dankbar dafür, die Villa in Richtung Untersuchungsgefängnis verlassen zu können. Inzwischen hatte sie sich im Gästezimmer häuslich eingerichtet. Sie vermied es sogar, ins Arbeitszimmer zu gehen, und arbeitete stattdessen mit ihrem Laptop an dem zierlichen Biedermeier-Schreibtisch, der irgendwann, nachdem Annette wieder einmal ihr Wohnzimmer komplett umgestylt hatte, hier hineingewandert war.

Sie ging Thomas aus dem Weg, so gut sie es vermochte, aber sie wusste, auf Dauer konnte es so nicht weitergehen. Manchmal fragte sie sich, warum sie Thomas nicht einfach verzeihen konnte. Er hatte die Affäre beendet und sich für sie entschieden. Hatte er nicht eine Chance verdient, ihr Vertrauen wieder zu gewinnen?

Aber wenn sie in seiner Abwesenheit die Wohnung unten betrat und sich zu erinnern versuchte, wann es das letzte Mal wirklich schön in ihrer Beziehung gewesen war, wann sie sich nahe gewesen waren, wann sie wirklich leidenschaftlichen und hingebungsvollen Sex miteinander gehabt hatten, musste sie zugeben, dass sich seit der Transplantation alles verändert hatte. Vorher war Thomas immer da. Er war sehr krank, aber für Barbara war er der Starke, derjenige, an den sie sich anlehnen konnte. Jetzt, wo er körperlich wieder leistungsfähig war und auch mit Recht sein eigenes Leben lebte, fühlte sich Barbara allein gelassen. Er hatte ihr den Rückhalt genommen, den sie in ihrem belastenden Job so dringend brauchte.

»Barbara? Hörst du mir zu?« Jakubian hatte sich nach vorn gelehnt und ihre Hand berührt. Seine dunklen Augen sahen direkt in ihre, als er sie aus ihren Gedanken aufschreckte.

»Es hat nichts mit dem Job zu tun«, sagte sie leise und sah nach unten. »Ich ... ich habe Probleme zu Hause. Es klappt nicht so toll in meiner Ehe. Deshalb geht es mir nicht so gut.«

Er nickte, ließ ihre Hand aber nicht los. »Ich weiß, wie das ist. Möchtest du darüber reden?«

Sie schüttelte den Kopf. »Im Moment ist alles in einer Art Schwebezustand.«

»Ändere das. Das tut keinem gut.« Er ließ ihre Hand los und wurde wieder geschäftlich. »Glaubst du, dass du diese Woche fertig wirst mit Hirschfeld? Die Forensik scharrt schon mit den Füßen. Oder sollen wir dir mehr Zeit verschaffen? Das geht ohne weiteres.«

Barbara dachte kurz nach. »Ein paar Tage mehr wären schon ganz gut. Er lässt sich nicht gern hetzen, wenn er sich in grausigen Details ergeht. Diejenigen, die die Bänder abtippen, müssen schon traumatisiert sein.«

»Ich denke, das wird sich schon einrichten lassen.«

Barbara sah, dass Jakubian verstohlen gähnte. »Wie viele Stunden hast du letzte Nacht geschlafen?«

Er zuckte mit den Schultern. »Gestern gab es eine Podiumsdiskussion in Dortmund zum Thema Bestrafung von Sexualstraftätern. Es ist sehr spät geworden. Der halbe Saal war voll mit wütenden Türken, die Hirschfeld am liebsten lynchen würden – und wenn sie ihn nicht bekommen können, dann stellvertretend mich, weil ich zu denen gehöre, die sie daran hindern. Fatma stammte aus einer recht traditionellen Familie.«

Barbara schüttelte verständnislos den Kopf. »Warum tust du dir so etwas an? Manchmal denke ich, du hast eine

74

masochistische Ader. Du musst doch nicht da hingehen.«

Er lächelte müde. »Solange sich der Volkszorn kontrolliert über mich ergießt, haben wir keine anderen Probleme. Vor allem ihr bei eurer Arbeit nicht.«

Barbara stand auf. »Ich fahre jetzt nach Hause. Und das solltest du auch tun. Schlaf mal acht Stunden durch, und mach dein Handy ausnahmsweise aus. Oder noch besser – stell es auf Heyer um.« Sie grinste. Die beiden waren sich immer noch nicht grün.

»Weißt du, mein jetziges Zuhause ist mehr als provisorisch. Ein hässliches Einraumapartment voller Sperrmüll und Küchengeräten, die nicht richtig funktionieren. Mehr konnte ich mir in der Messestadt Düsseldorf nicht leisten. Und das Bett ist zu schmal und zu kurz.«

Barbara zuckte die Schultern. »Das war nur ein Rat. Du musst ihn ja nicht befolgen.« Sie ging und konnte spüren, dass er ihr nachsah.

Auf dem Flur begegnete sie Sven Heyer. »Hallo! Irgendetwas Neues?«

»Nein. Und bei dir? War es schön, das Händchenhalten mit Jakubian?«

»Händchenhalten?« Barbara dämmerte es. Er musste eben gesehen haben, wie Jakubian kurz ihre Hand genommen hatte. »Also wirklich, Sven. Jeder braucht mal etwas Zuspruch und Unterstützung. Ich ... ich habe zurzeit private Probleme.«

»Und die besprichst du ausgerechnet mit Jakubian?«

Barbara sah ihn stirnrunzelnd an. »Sag mal, was soll das? Bist du eifersüchtig?« Und damit ließ sie ihn stehen.

Auf dem Heimweg dachte Barbara über das Gespräch mit

75

Jakubian nach. »Ändere das«, hörte sie ihn sagen. Das klang einfacher als es war. Aber sie wusste, dass er Recht hatte. So konnte es mit ihr und Thomas einfach nicht weitergehen.

Als sie ihren Wagen in die Garage fuhr und sah, dass auch Thomas' Mercedes dort stand, fasste sie den Entschluss, endlich mit ihm zu reden. Sie atmete tief durch und ging ins Haus – nicht, wie in letzter Zeit gleich in die obere Etage, sondern unten in die Wohnung.

Sie fand Thomas in der Küche. Er bereitete sich ein Abendessen zu, Salat und etwas Kurzgebratenes. »Hallo.«

Er sah erstaunt auf. »Hallo.«

»Hast du auch für mich etwas zu essen?«

»Ich denke, das reicht für zwei. An Singleportionen habe ich mich noch nicht wieder gewöhnt.« Er goss das Dressing über den Salat und rührte um. »Du kannst den Tisch decken.«

Sie holte Teller und Besteck und deckte an der Küchenbar neben dem Herd ein. Sie zapfte für beide noch ein frisches, gesprudeltes Wasser aus dem Luxuskühlschrank und setzte sich dann auf einen der Barhocker, Thomas direkt gegenüber. Der teilte gerade das gebratene Steak und tat noch ein weiteres in Pfanne.

»Du hast mir gefehlt«, sagte er knapp.

Du fehlst mir schon so lange, dachte Barbara plötzlich, aber sie sprach es nicht aus, sondern begann, ihren Salat zu essen. Sie hatte sein Essen sehr vermisst in den letzten Wochen.

Es war nicht Thomas' Art, ein gutes Essen durch das Wälzen von Problemen zu verderben. So aßen sie schweigend und teilten sich auch das zweite Steak. Erst als sie die Teller beiseite schoben, sah er ihr direkt ins Gesicht. »Warum kannst du mir nicht verzeihen, Barbara? Ich bitte dich doch darum. Und ich habe die ... die Affäre doch beendet.«

Genau das war es, worüber sich auch Barbara den Kopf zermarterte. Weil sie nicht sofort antwortete, fuhr er fort: »Ich weiß, ich habe dein Vertrauen missbraucht, und es wird schwer für mich sein, es wiederzuerlangen. Aber ich habe das Gefühl, dass du es gar nicht willst.«

Barbara wusste, sie würde ihn verärgern, trotzdem sagte sie leise: »Ich hatte nicht viel Zeit darüber nachzudenken.«

Sie war erstaunt, dass er das Stichwort Job gar nicht aufgriff. »Barbara, damals, als du mich verlassen hattest, glaubst du, da war es einfach für mich, dir wieder zu vertrauen? Nicht ständig zu denken, dass du wieder wegläufst, vor mir, vor dem Tod, vor Nähe?« Er lächelte resigniert. »Ich habe dir wieder vertraut. Und jetzt bist du wieder weggelaufen.«

Es entstand eine lange Pause. Barbara versuchte die Gedanken zu ordnen, die da auf sie einstürmten. Schließlich sagte sie: »Vielleicht geht es gar nicht darum, ob ich dir verzeihe oder dir vertrauen kann. Es geht eher darum, ob da überhaupt jemand ist und wer das ist, dem ich da vertrauen soll. Du hast dich verändert. Seit der ... Transplantation.«

Sie zwang sich, ihm direkt in die Augen zu sehen. »Bitte, verstehe mich nicht falsch, Thomas. Niemand ist glücklicher als ich darüber, dass du jetzt gesund bist. Ich habe es mir immer gewünscht, auch aus ganz egoistischen Gründen. Weil ich dich bei mir haben wollte und nicht ständig mit deinem möglichen Tod leben wollte. Und ich verstehe auch, dass es jetzt andere Dinge in deinem Leben gibt, Dinge, die du vorher nicht tun konntest, neue Menschen.«

»Aber?«

Barbara wartete auf sein feines ironisches Lächeln, aber es blieb aus. »Du bist der erste und einzige Mensch, dem ich jemals so nah war. Ich brauche dich. Du bist mein Zuhause.«

Er seufzte. »Ich hatte mir mein neues Leben auch ein wenig

anders vorgestellt. All die Dinge, die ich gern gemeinsam mit dir getan hätte. Es gab früher so wenige Menschen in meinem Leben, es gab dich, Mutter und einige wenige Freunde, die ich ohne dich auch nicht gehabt hätte. Durch dich habe ich ja erst gelernt, Kontakte zu knüpfen. Und jetzt kann ich nicht genug davon bekommen, vom Reden, vom Kennenlernen. Im Grunde ist es auch mit Katharina so gewesen. Aber viel lieber hätte ich das alles mit dir geteilt.«

Barbara fragte sich, warum er sie dann nie dazu gebeten hatte, wenn er sich mit seinen Studenten und den anderen Professoren traf. Und wie hätte sie ihn an ihrem Leben teilhaben lassen können? »Weißt du, ich lerne hauptsächlich Menschen kennen, die andere quälen, vergewaltigen und umbringen. Und Menschen, die solche Menschen jagen.«

»Du hättest nicht mehr Polizistin bleiben müssen – ich meine, offiziell bist du es ja gar nicht mehr. Aber es lässt dich einfach nicht los.«

»Die alten Sprachen und die Geschichte lassen dich doch auch nicht los, oder? Es ist mein Job, und ich mache ihn sehr gut. Und trotz der Abscheu vor den schrecklichen Dingen, mit denen ich es zu tun habe, mache ich diesen Job gern. Er ist ein Teil von mir.«

Thomas nickte. »Das weiß ich doch. Aber das treibt uns immer wieder auseinander, nicht wahr?«

Ja, dachte Barbara, wir leben eigentlich in zwei verschiedenen Welten.

»Als wir uns kennenlernten«, fuhr Thomas fort, »brauchtest du jemanden, der dich aus der Depression rettete und ich jemanden, der mich aus meiner Einsamkeit holte. Und solange ich so krank war, hatten wir einen gemeinsamen Feind: den Tod. Und jetzt?«

Barbara zuckte hilflos die Schultern. Ihr war zum Weinen.

78

»Möchtest du wirklich gehen, Barbara?«

Jetzt weinte sie wirklich. Sie sah auf und merkte, dass auch er nicht mehr ganz Herr über seine Emotionen war. Er schluckte. »Meinst du, es wäre einen Versuch wert, unsere Ehe zu retten?«

»Wie?«, fragte sie.

»Würdest du mit mir zu einer Eheberatung gehen?«

Barbara zog ein Taschentuch hervor und wischte sich die Augen. »Ja. Das sollten wir tun.« Sie schnäuzte die Nase. »Kannst du dich darum kümmern?«

»Gleich morgen.« Er stellte die Teller ineinander. »Eins noch, Barbara. Ich habe Verständnis, wenn du weiterhin im Gästezimmer schläfst, solange noch nicht alles geklärt ist. Aber es wäre schön, wenn sich dein Leben ansonsten wieder mehr hier abspielen könnte.«

An diesem Abend saßen sie zum ersten Mal wieder gemeinsam im Arbeitszimmer an ihren Computern, beide völlig in ihre jeweilige Arbeit vertieft. Thomas übersetzte Faksimiles einer mittelalterlichen Handschrift über die Anfänge der Zünfte, und Barbara schrieb ihren Bericht über Hirschfelds Aussagen zum Fall Herborn. Sie hatte das Skript der Vernehmung neben dem PC liegen, während sie ihre Kommentare dazu verfasste.

Ich zog den Strick immer wieder fest um seinen Hals. Er strampelte und wehrte sich, und ich spürte, wie mein Glied steif wurde. Dann wurde er bewusstlos, und ich ließ den Strick rasch los. Er durfte nicht sofort sterben. Ich nahm das Messer und schnitt ihm die Pulsadern auf, längs, wie ich es gelesen hatte.

Der Anblick des quellenden Blutes verstärkte meine Erregung, das tat richtig weh. Aber ich tat alles, um sie zurückzuhalten, ich wollte es mir doch nicht vorzeitig verderben. Ich wollte noch mehr

Blut fließen sehen. Da machte ich zwei tiefe Schnitte in beide Oberschenkel. Er wurde wach von den Schmerzen, und ich begann ihn wieder zu würgen. Und das Blut floss. Das war unglaublich, wie es quoll und pumpte. Ich konnte gerade noch meine Hose öffnen, dann spritzte ich ab. Ich lag eine Weile über ihm, bis ich spürte, dass er wieder zu sich kam. Das war aber nur kurz, denn er hatte schon zu viel Blut verloren. Ich spürte, wie das Leben aus ihm wich, und das erregte mich wieder neu.

Dann schleppte ich die Leiche mit einiger Mühe in die Lücke zwischen den beiden Gebäuden und rückte ein paar kaputte Paletten davor. Die blutigen Handschuhe und meinen Pullover warf ich ebenfalls dorthin. Später habe ich sie geholt, damit sie niemand findet. Auch da hatte ich wieder einen Steifen. Und später noch oft, wenn ich den blutigen Pullover hervorholte.

Sie dachte an die Souvenirs, die er sich von den Tatorten mitgebracht hatte und die mittlerweile alle in seiner Wohnung gefunden worden waren. Der Pullover mit Herborns Blut gehörte dazu, ein Herrentaschentuch, das er in Rebecca Langhorns Blut getaucht hatte, ein Kettchen von Fatma, ebenfalls blutverkrustet, der altmodische Ring der alten Frau Koslinski, Julias kleines Jäckchen, ebenfalls voller Blut, und ein dreihundert Gramm schwerer Hammer, an dem man Erdspuren und Gewebe der immer noch nicht identifizierten Prostituierten gefunden hatte. In allen bisherigen Gesprächen hatte Hirschfeld nie gestockt oder ein Anzeichen von Reue gezeigt, keine Nervosität, nichts. Lediglich sexuelle Erregung, wenn er auf die Details zu sprechen kam.

Barbara legte den Bericht angeekelt beiseite und speicherte ihre wenigen bereits geschriebenen Sätze ab. Wie lange, fragte sie sich, würden diese Erinnerungen bei Hirschfeld vorhalten? In Freiheit hätte er vielleicht längst wieder gemordet.

Aber warum in aller Welt hatte er sich selbst gestellt? Irgendetwas passte da nicht zusammen, und Barbara musste darüber nachdenken. Sie war froh, bei Jakubian doch noch etwas Zeit herausgeschlagen zu haben.

»Bist du fertig für heute?«, fragte Thomas plötzlich.

»Nicht wirklich.« Barbara fuhr den PC herunter. »Ich komme nicht weiter.«

Sie sah auf die Uhr. »Ich denke, ich gehe schlafen.«

»Tu das.«

Sie spürte, wie Thomas ihr bedauernd nachblickte, als sie die Treppe hinaufstieg.

Als Barbara am nächsten Morgen auf dem Weg nach Duisburg war, ging ihr das Frühstück mit Thomas nicht aus dem Kopf. Sie hatten nur wenige Worte gewechselt, aber das war nichts Ungewöhnliches. Früher hatten sie nie viele Worte gebraucht. Ein paar Blicke, manchmal nicht einmal das. Trotzdem kam es Barbara im Rückblick so vor, als hätten sie ein nie endendes Gespräch miteinander geführt. Schon seit einiger Zeit war das anders, aber es war Barbara nie so bewusst geworden wie an diesem Morgen: Jetzt schwiegen sie nicht, weil sie sich auch ohne Worte verstanden, jetzt hatten sie sich nichts mehr zu sagen. Diese Erkenntnis war hart, Barbara schnappte fast nach Luft, so sehr schockte sie das. Und mehr noch die Tatsache, dass es ihr erst jetzt so plötzlich auffiel. Sie hielt abrupt am Parkplatz einer Gaststätte bei Froschenteich und ließ die Scheiben herunter. Die Morgenluft war noch etwas kühl, und sie atmete sie gierig ein. Irgendwo in ihr begann ein Schmerz, der nichts mehr zu tun hatte mit der Tatsache, dass Thomas sie betrogen hatte. Vielleicht konnte die Paartherapie ihnen helfen. Aber zunächst half nur eines: Arbeit. Mit Arbeit konnte sie alles betäuben. Das war schon immer so.

Im Polizeipräsidium wartete Jakubian schon auf sie. »Gibt es etwas Neues?«, fragte sie. Irgendetwas lag in der Luft, das konnte sie genau spüren. Heyer und Kramer saßen bei Jakubian, und gerade kam Staatsanwalt Roters herein, der offensichtlich auf der Toilette gewesen war, weil er sich gerade hektisch den Reißverschluss zuzog, als er Barbara bemerkte.

»Herr Roters will den ganz großen Zirkus.« Jakubians Stimme klang sarkastisch und ein bisschen resigniert. Offenbar hatte er vergeblich versucht, der Staatsanwaltschaft diese Aktion auszureden.

»Wir können nicht nur mit dem Geständnis und den Ergebnissen der Spurensicherung arbeiten, Herr Jakubian.« Roters setzt sich auf Jakubians kleinen Schreibtisch. »Ich weiß, dass Sie eigentlich zu wenige Leute haben, aber die Staatsanwaltschaft braucht Zeugen. Zeugen, die gesehen haben, wie Hirschfeld ein Opfer griff oder sich ihm näherte.«

»Soweit ich weiß, war er peinlich darauf bedacht, dass es keine Zeugen gibt«, unterbrach ihn Barbara. »Außerdem hätte sich ein Zeuge nach den Presseberichten der letzten Wochen bestimmt von selbst gemeldet.«

»Deshalb werden wir einen Schritt vorher ansetzen.« Roters ließ sich nicht aus der Ruhe bringen. »Eines wissen wir: Die einzige Gemeinsamkeit der Opfer ist, dass sie mit der S-Bahn unterwegs waren. Genauer gesagt, mit der S 1 zwischen Düsseldorf und Dortmund. Herr Heyer hatte mit der Duisburger Mordkommission bereits Befragungen in dieser Richtung durchgeführt.«

»Wir haben Menschen befragt, die mit Julia gewöhnlich morgens in der S-Bahn unterwegs waren. Die wie sie immer zur gleichen Zeit am Duisburger Hauptbahnhof einstiegen und ebenso nachmittags in Essen-West zurück nach Duisburg fuhren«, erklärte Heyer.

82

»Ja, und das war ein guter Ansatz«, meinte Roters. »Allerdings wollen wir noch einen Schritt weitergehen. Wir werden Befragungen in der S-Bahn machen, zu den Zeiten, in denen die Opfer gewöhnlich unterwegs waren. Auf diese Weise erfassen wir auch Leute, die an anderen Bahnhöfen einstiegen.«

Barbara sah ihn entgeistert an. »Das heißt, morgens und abends beziehungsweise nachmittags bei fünf Opfern jeweils in einem Zeitfenster von, sagen wir, drei Bahnen?«

Jakubian seufzte. »Das bindet die komplette Soko mehrere Tage lang. Und bringt rein gar nichts. Hirschfeld fuhr S-Bahn, das wissen wir. Mehr werden wir dadurch nicht erfahren.«

Roters verdrehte die Augen. »Darüber haben wir seit letzter Woche diskutiert, Herr Jakubian. In allen Berichten, die Frau Dr. Hielmann-Pross bisher geliefert hat, steht nur sehr wenig darüber, wie er sich seine Opfer griff.«

»Aber da können wir noch einmal nachhaken, wenn alle Morde Thema waren«, meinte Barbara. Sie ärgerte sich selbst darüber, dass sie Hirschfeld dazu so wenig entlockt hatte. Ihre Priorität waren die Morde selbst gewesen.

»Sie haben doch ohnehin viel zu wenig Zeit für die Befragungen«, sagte Roters. »Oder warum haben Sie die Verlegung in die Forensik noch einmal aufgeschoben?« Er sah Jakubian direkt an. »Das alles geht zu langsam, Herr Jakubian. Als Sie sich gegen die S-Bahn-Befragungen ausgesprochen haben, habe ich Sie aufgefordert, eine ähnlich öffentlichkeitswirksame Aktion zu entwickeln, damit wir uns der Bevölkerung aktiv und entschlossen präsentieren können. Aber Sie haben keinen akzeptablen Vorschlag gemacht. Momentan läuft einfach zu viel hinter den Kulissen.«

»Bei Serienmord ist es besser, wenn die Öffentlichkeit …,« setzte Jakubian an, doch Roters unterbrach ihn. »Es geht hier nicht darum, möglichst wenig Details an die Öffentlichkeit kommen zu lassen, um die Ermittlungen nicht zu gefährden, Herr Jakubian. Erinnern Sie sich? Wir haben den Täter bereits, und er hat gestanden. Und jetzt wollen wir ein paar Zeugenaussagen, die den Prozess interessanter machen.«

Die Polizisten im Raum sahen sich an. »Sie haben es gehört. Wer organisiert das?«, fragte Jakubian.

Kramer meldete sich freiwillig. »Je eher wir das durchziehen, desto eher können wir wieder richtig arbeiten«, murmelte er.

»Gut.« Jakubian sah Heyer an. »Sorgen Sie bitte dafür, dass alle verfügbaren Leute morgen Früh um acht hier sind, sie werden dann eingeteilt. Und wir müssen die Bundespolizei noch informieren, vielleicht sollten die auch ein paar Leute schicken, damit alles korrekt zugeht.«

Roters verabschiedete sich.

»Das ist doch völlig bescheuert!«, ereiferte sich Sven.

»Glauben Sie mir, Heyer, Roters selbst ist auch nicht glücklich darüber, auch wenn er so tut, als sei die Staatsanwaltschaft ein Hort der Harmonie.« Jakubian sah Barbara an. »Nutzen wir die Zeit heute noch. Kommst du mit, Barbara?«

»Wohin?«

»Ich dachte, zur Abwechslung hättest Du vielleicht Lust auf Klinkenputzen in Hirschfelds Nachbarschaft.«

»Wurde das nicht schon längst getan?«

Jakubian lachte. »Ich habe es falsch ausgedrückt. Wir wischen sozusagen nach. Es gibt da eine Frau, die eine Beziehung mit ihm hatte. Und ein paar junge Mädchen, die sich von Hirschfelds Spannerei belästigt fühlten. Ich dachte, wir nehmen Jost Klasen mit, der hängt hier nur über den Akten, am Computer und am Telefon. Wen willst du übernehmen?«

»Die Frau. Mir sagt sie vielleicht mehr als einem Mann.«

»Gut. Die Mädchen also für uns.« Er zwinkerte ihr zu.

Kurze Zeit später saß Barbara in einem kitschigen Wohnzimmer voller Teddies und Porzellanpuppen aus den Kaufkanälen des Fernsehens.

»Wie lange waren Sie mit ihm zusammen?«, fragte Barbara.

»Tja, zusammen würde ich das nun nicht gerade nennen. Wir haben ein paarmal Kaffee zusammen getrunken und ich habe ihm ne Weile Essen gekocht. Und – nun ja, Sie wissen schon …« Ellen Zeiss war eine dicke Blondine, die Caprihosen und ein viel zu enges Shirt trug. Alles an ihr war eine Spur zu grell: der Lippenstift zu dunkel, das kurze T-Shirt zu rosa und die Schuhe, über die die Füße sichtbar herausquollen, zu zierlich. Barbara kannte den Typ: all die warmherzigen, mütterlichen Frauen, die sich verzweifelt nach Liebe sehnen und sich dann von einem wie Hirschfeld ausnutzen lassen.

»Wie lange ging das?«

»Nur drei Monate etwa, vielleicht ein wenig länger. Ich hatte ihn Silvester zu mir eingeladen, weil ich ja wusste, dass er genauso allein ist wie ich. Zu Ende war es dann … – also Ostern 2004 habe ich auf jeden Fall wieder allein verbracht.«

Er hat etwas Besseres gefunden im Frühjahr 2004, dachte Barbara, Hirschfeld hat zu morden begonnen.

»Entschuldigen Sie, Frau Zeiss, wenn ich Ihnen ein paar sehr persönliche Fragen stellen muss, aber für uns ist jedes Detail über Hirschfeld wichtig. Wenn Sie miteinander schliefen, hatte er da bestimmte Vorlieben?«

»Sie meinen, ob er pervers war?«

Barbara lächelte. »Ganz so drastisch würde ich es nicht ausdrücken.«

Ellen Zeiss wurde ein wenig rot und presste ihre massigen Schenkel zusammen, als wolle sie es nachträglich rückgängig machen. »Also, was mich am meisten gestört hat, war, dass er immer das Licht anhaben wollte und es auch nie unter der Decke machen wollte. Ich habe vorher auch immer so richtig gestrippt für ihn. Das war nicht leicht für mich, schauen Sie mich doch an!«

»Nun, es gibt Männer, die auf dickere Frauen stehen.«

»Nein, er nicht«, Ellen Zeiss blickte zu Boden, und Barbara konnte noch spüren, wie sehr es sie verletzt hatte. »Manchmal stritten wir uns, und dann nannte er mich eine fette Kuh, die froh sein sollte, dass er sie überhaupt anfasst.«

»Sie sollten immer daran denken, wer Ihnen das gesagt hat, und es dann abhaken, Frau Zeiss.«

Ellen Zeiss nickte traurig. Barbara fragte noch einmal nach. »Aber der Sex an sich, der war weitgehend normal? Oder hat er Sie geschlagen, gewürgt oder so etwas?«

»Wie kommen Sie denn darauf?« Ellen Zeiss war wirklich empört. »So etwas hätte ich nie mitgemacht. Es war alles absolut normal. Vielleicht ein bisschen sehr kurz. Er wollte immer schnell fertig werden.«

»Also war es nicht gerade die Erfüllung?«

Ellen Zeiss antwortete nicht, aber Barbara konnte ihr ansehen, was sie dachte. Eine Frau wie sie durfte nicht wählerisch sein.

Barbara hätte ihr gern gesagt, wie falsch sie damit lag. »Und die Trennung?«

»Eigentlich gab es keine. Er kam einfach nicht mehr. Und er machte nicht auf, wenn ich klingelte. Als es ihm dann zu viel wurde, sagte er, er wolle mich nicht mehr sehen, und das war's dann.« Sie spielte an dem dicken Ring an ihrem Finger. »Da hat er angefangen zu morden, nicht wahr?«

»Ja«, sagte Barbara knapp. »Aber in den Monaten vorher haben Sie ihn doch ganz gut kennen gelernt. Was machte er so den ganzen Tag?«

»Ich habe keine Ahnung. Manchmal ging er in die Kneipe einen Block weiter, das weiß ich, da hat er mich sogar mal mit hingenommen, aber ich mochte das nicht. Da stehen nur Männer an der Theke und erzählen schmutzige Witze, und besonders sauber fand ich es da auch nicht. Aber was er so den Tag über machte? Ich gehe morgens putzen, da muss ich früh raus, so um halb sechs. Wenn ich um zwei nach Hause kam, war er meistens nicht da. Ich hab dann Essen gemacht und auf ihn gewartet. Die meiste Zeit kam er so um fünf. Später, nach unserer Trennung, ist er auch oft erst um sieben oder acht nach Hause gekommen.« Sie deutete zur Decke. »Das ist ein hellhöriges Haus, ich wusste genau, wann er da war.«

»Und er hat Ihnen nie erzählt, was er den ganzen Tag so tat?«

Ellen Zeiss schüttelte den Kopf. »Ich habe ihn mal danach gefragt, da sagte er, das ginge mich nichts an, und wir hatten einen bösen Streit.«

Es klingelte an der Tür, Jakubian und Klasen waren mit ihrer Runde fertig. Ellen Zeiss bat die beiden herein und bot ihnen einen Kaffee an. Amüsiert bemerkte Barbara, wie die Zeiss Jakubian anhimmelte. Barbara versuchte, ihn mit ihren Augen zu sehen. Der große, starke Mann, dachte Barbara, ein gewinnendes Lächeln und ein gut sitzender Anzug. Jakubian machte etwas her.

Über ein paar von Hirschfelds Gewohnheiten hatten die beiden noch mehr herausgekriegt und wollten von Ellen wissen, ob sie das bestätigen könne. Aber Ellen hatte nie erfahren, dass er den Studentinnen von Gegenüber so lange mit dem Fernglas ins Zimmer gespäht hatte, bis sie schließlich Jalousien angebracht hatten. Auch, dass er eine Weile kurz nach seiner Frühpensionierung täglich das Halteverbot vor dem Laden gegenüber beobachtet hatte, um Verstöße regelmäßig dem Ordnungsamt zu melden, war ihr nicht bekannt.

»Er war ein richtiger Stinkstiefel«, sagte sie, als die drei sich verabschiedeten. »Ich weiß gar nicht, was ich an dem gefunden habe.«

»Sie waren einsam«, sagte Jakubian und sah ihr in die Augen. »Sie sollten eine Möglichkeit finden, mehr unter Leute zu kommen, dann ist die Auswahl größer und Sie müssen nicht den Erstbesten nehmen, so einen wie Hirschfeld.«

Barbara sah, dass Ellen rot wurde. »Ja, das sollte ich wohl tun, Herr Jakubian.«

»Vielen Dank für das offene Gespräch, Frau Zeiss.« Auch Barbara und Jost Klasen verabschiedeten sich.

Unten auf der Straße meinte Barbara: »Irgendwo im nächsten Häuserblock muss es eine Kneipe geben, die Hirschfeld regelmäßig besuchte.«

Jakubian zog sein Jackett aus und drückte es Barbara in die Hand. Dann folgten die Autoschlüssel. »Klasen und ich gehen mal ein Bierchen trinken.«

Die verblüffte Barbara seufzte und ging mit der Jacke zum Auto.

Eine halbe Stunde später waren die beiden zurück. Diese kurze Zeitspanne hatte gereicht, um den BMW auf der Rückfahrt nach einer intensiven Mischung aus Rauch und Bier riechen zu lassen.

»Irgendjemand meinte, Hirschfelds Hobby seien Eisenbahnen gewesen.«

»Modelleisenbahnen?«, fragte Barbara. Man hatte nichts dergleichen gefunden.

»Nein, richtige.« Jost Klasen schien sich da auszukennen. »Er gehörte zu diesen Leuten, die überall herumfahren und Lokomotiven und Waggons fotografieren. Ich erinnere mich, dass in der Inventarliste der Gegenstände, die wir aus Hirschfelds Wohnung mitgenommen haben, viele Fotoalben waren, dahinter hatte jemand notiert *irrelevant*. Vermutlich sind das die Fotos, die er so geschossen hat.«

»Sehen Sie sich die Alben nachher an, Klasen?«, bat Jakubian.

Klasen nickte. Barbara bewunderte ihn. Ihm wurde es nie zu viel, sich durch die Massen von Material und Beweis-stücken zu fressen.

Am Nachmittag hielt Barbara ihre letzte Sprechstunde an der Uni ab, um noch Seminararbeiten mit ihren Studenten durchzusprechen. Die Semesterferien hatten längst begonnen, aber es waren erstaunlich viele gekommen. Barbara musste feststellen, dass die meisten sie nach dem Fall Hirschfeld fragten, über den sie natürlich nicht sprechen durfte.

Als sie nach fast drei Stunden ihre Sachen packte, überfiel sie wieder dieses Gefühl, das sie am Morgen so erschreckt hatte. Die Veränderung des Schweigens zwischen Thomas und ihr. Wann hatte es angefangen?

Sie beschloss, nicht nach Hause zu fahren. Heinz hatte ihr angeboten zu reden. Und Heinz war einer der wenigen Menschen, die Barbara und Thomas von Beginn ihrer Bezieh-ung an kannten.

Es hatte zu regnen begonnen, über dem Rhein hingen schwarze Wolken, bald gab es die ersten Blitze. Als sie vor dem Zechenhaus hielt, schüttete es. Bis sie unter dem

Vordach angelangt war, war sie schon recht nass geworden. Das war auch gut so, denn sie hatte begonnen zu weinen.

»Barbara!« Heinz war überrascht. Er zog sie ins Haus. »Was ist denn los?«

Bevor sie ihm etwas erzählen konnte, musste sie sich erst einmal beruhigen. »Ich ... ich weiß nicht, was mit mir los ist«, stammelte sie.

»Deine Ehe steckt in der Krise, da darfst du schon mal ein wenig durcheinander sein.«

Heinz' Wohnzimmer wirkte auf sie noch trostloser als sonst. Man konnte die Einsamkeit fast mit Händen greifen. Stockend sprach sie über ihre Erkenntnis vom Morgen und die Gefühle, die sie dabei hatte.

Heinz unterbrach sie nicht ein einziges Mal.

»Du kennst uns doch beide, Heinz. Wann hat das angefangen? Ich zerbreche mir darüber den Kopf, aber ich kann keinen genauen Zeitpunkt benennen.«

»Nun.« Er blickte zu Boden. »Es wäre zu einfach zu sagen, es war die Transplantation. Das war auch nicht der Zeitpunkt. Es war später.« Er überlegte und sah Barbara dann an. »Als Thomas begriff, dass er jetzt endlich ein normales Leben führen konnte, als die Zeit, in der er mit Mundschutz herumlief, vorbei war. Ich glaube, er hat auf irgendetwas gewartet.«

»Etwas von mir.« Barbara versuchte, diese ihr fremde Sicht auf ihre Beziehung zu begreifen.

»Verstehe mich nicht falsch, Barbara. Du hättest ihm dieses Zeichen gar nicht geben können. Für dich hatte sich nur wenig geändert bis dahin. Und für dich war er schon immer der Starke gewesen, der dich hielt. Vielleicht hat er sich wegen seiner Krankheit nie so gefühlt – zumindest zuletzt nicht.« Heinz stand auf. »Möchtest du etwas trinken?«

»Ein Wasser wäre gut.«

90

Er kam mit der Flasche und zwei Gläsern zurück, setzte sich wieder und schenkte ein. »Ich denke, er ist dann einfach aufgebrochen in sein neues Leben, und das ohne dich. Ich habe euch in letzter Zeit ja nur noch selten gesehen. Aber früher, da konnte man eine Verbundenheit spüren. Ich konnte sie spüren, denn zwischen mir und meiner Frau war das ganz ähnlich. Das war so gelassen, so sicher. Und die letzten Male war das bei euch verschwunden. Es hat mich traurig gemacht.«

»Ich würde es so gern zurückhaben, Heinz.« Sie sah den Zweifel in seinem Blick. »Du glaubst nicht, dass wir eine Chance haben, oder?«

»Was ich glaube, ist nicht wichtig. Ich wünsche es euch, denn es ist traurig, wenn Freunde auseinander gehen. Aber Thomas hat mit seiner Dummheit natürlich nicht gerade gute Voraussetzungen geschaffen. Und du sitzt hier und erklärst mir, dass ihr euch beim Frühstück nichts zu sagen habt. Wie siehst du da die Chancen?«

Barbara versuchte, entschlossen zu erscheinen. »Wir werden zu einem Eheberater gehen. Thomas ist schon auf der Suche nach jemandem.«

»Gut. Das sollte euch eure Ehe wirklich wert sein.« Aber er wirkte nicht sehr überzeugt. Schnell trank er sein Glas aus und schenkte nach. »Und was macht der Serienmörder?«

Barbara lehnte sich zurück. Jetzt konnte das Gespräch entspannter werden. Sie war froher über Heinz' Themenwechsel als ihr lieb war. »Er redet und redet, beschreibt die kleinsten ekelhaften Details der Misshandlungen und tödlichen Verletzungen und geilt sich daran auf.«

»Aber irgendetwas beunruhigt dich bei der Geschichte, nicht wahr?«

Sie nickte. Die langen Jahre, in denen sie immer wieder mit

Heinz gearbeitet hatte, hatten sie für ihn zu einem offenen Buch werden lassen. »Er hat nicht einmal etwas dazu gesagt, warum er sich gestellt hat.«

»Und was vermutest du?«

»Er ist publicitygeil. Ich weiß, dass sein Anwalt schon mit Zeitschriften verhandelt. Aber irgendwie passt das nicht zusammen. Die unglaubliche Befriedigung, die er beim Morden empfindet, und das Aufhören. Und ich kenne eigentlich keinen Fall, bei dem sich ein Serienmörder gestellt hätte. Viele haben den Wunsch, gefasst zu werden, ja. Und sie legen Spuren, die man nicht übersehen kann, damit sie geschnappt werden, auch das hat es gegeben.« Barbara seufzte. »Ich kann den Finger nicht drauflegen. Er hat die Morde ganz sicher begangen, aber ich habe keine Ahnung, wie er tatsächlich tickt.«

»Vom polizeilichen Standpunkt her kann uns das eigentlich egal sein.«

Barbara wünschte, sie könnte Heinz' pragmatische Einstellung teilen. »Solche Ansichten haben schon oft in die Irre geführt. Aber du hast Recht. Er ist aus dem Verkehr, er wird niemanden mehr ermorden.« Sie schüttelte wieder den Kopf. »Wenn es wenigstens schon länger ginge. Wenn er früher schon ...«

»Das meinte Jakubian auch.«

Barbara sah Heinz erstaunt an. »Ruben war hier?«

»Schon mehr als einmal. Er gab vor, Tipps von mir zu brauchen. Dabei kommt er hervorragend zurecht.«

»Er ist einsam.« Barbara schaute weg, als sie das sagte. Wie einsam war Heinz, der nicht einmal mehr die Arbeit hatte, um sich abzulenken?

Heinz ging nicht darauf ein. »Ich habe ihm geraten, auch in der Vergangenheit zu wühlen. Vergewaltigungen zum Beispiel.«

»Ja, das sollten wir unbedingt tun, sobald Zeit dafür ist. So ein Täter kommt nicht aus dem Nichts.«

Als sich Barbara eine halbe Stunde später von Heinz verabschiedete, sagte sie leise: »Am liebsten würde ich bei dir übernachten.«

»Das wäre wohl nicht das Richtige für einen Neuanfang, oder?«

»Nein, bestimmt nicht.«

Heinz stand am Gartentor und winkte ihr nach. Das Gewitter hatte sich ausgetobt, und unter den schwarzen Wolken, die nach Osten zogen, kamen ein paar Sonnenstrahlen hervor.

Je näher sie der Villa kam, desto mehr freute sie sich auf ihr Bad. Das neue Arrangement mit Thomas hatte wirklich seine Vorteile, auch wenn sie heute wieder mit gemischten Gefühlen ihre Wohnung betrat.

Als sie die Tür aufschloss, fiel ihr Blick auf einen schmutzigen kleinen Rucksack, der im Flur lag. Thomas kam ihr entgegen. »Barbara, bitte flippe jetzt nicht aus. Katharina ist hier.«

Barbara ließ ihre Tasche gleich neben den Rucksack fallen. »Ich dachte, das ist vorbei.«

»Das ist es auch. Aber ich konnte sie nicht wegschicken, Barbara. Nicht in dem Zustand. Sieh sie dir doch an!« Er zog Barbara in die Küche.

Katharina hockte zusammengekrümmt auf dem Boden, den Kopf mit den Armen umklammert, und wiegte sich langsam vor und zurück.

»So ist sie, seit ich ihr erklärt habe, dass ich unsere Ehe retten will. Ich glaube, sie dachte, wenn sie lange genug unauffindbar bleibt, dann kriegt sie mich schon dazu, mich für sie zu entscheiden.«

Barbara ging zu ihr und kniete sich vor sie hin. »Katharina?«

Sie reagierte nicht.

»Katharina, hören Sie mir zu.« Vorsichtig versuchte sie, Katharinas Arme vom Kopf zu lösen, aber das Resultat war ein plötzlicher, wilder Angriff begleitet von lautem, unartikuliertem Schreien. Es gelang Barbara jedoch, ihr die Arme festzuhalten, die nach ihr schlugen, zunächst mit beiden Händen, dann nur mit einer. Schließlich gab sie der immer noch hysterisch schreienden Frau eine Ohrfeige.

Das wirkte. Katharina beruhigte sich und sah sie leicht beleidigt an.

Plötzlich stand auch Annette in der Küche. »Was ist denn hier los? Streitet ihr euch?«

»Nein, Annette, noch nicht.« Sie fühlte, wie Zorn in ihr hochstieg. »Darf ich dir vorstellen? Das ist Katharina, Thomas' Geliebte.«

»Ex-Geliebte«, sagte Thomas leise.

»Mein Gott, das Mädchen ist ja total verdreckt.« Barbara hatte an Annette immer bewundert, dass in Krisensituationen stets ihr Sinn fürs Praktische siegte. Diesmal fand sie das fehl am Platze. Am liebsten hätte sie die junge Frau auf der Stelle hinausgeworfen.

»Stecken wir sie in die Badewanne«, entschied Annette.

Thomas ließ Wasser ein und die eben noch tobende Katharina ließ sich von ihm an die Hand nehmen und ins Badezimmer bringen. Barbara und Annette folgten den beiden.

»Und jetzt raus mit dir, mein Sohn. Das ist Frauensache.« Annette schob Thomas hinaus, und gemeinsam entkleideten sie Katharina. Ihre Sachen waren verschmutzt, Barbara vermutete, dass sie eine ganze Weile auf der Straße gelebt hatte.

»Wirf alles weg und hol etwas von dir, das müsste ihr passen.« Annette hatte Recht, Katharina, obwohl um einiges größer als Barbara, war erschreckend dünn.

Als sie wieder zurück ins Badezimmer kam, hatte Annette Katharina bereits überredet, in die Wanne zu steigen, und wusch sie wie ein Kind. »Ich kann verstehen, wenn du nicht helfen willst, Barbara.«

»Nein, schon gut.«

Katharina war völlig apathisch und ließ alles willenlos geschehen. Unter dem Schmutz und den wirren Haaren kam ein sanftes Madonnengesicht zum Vorschein. Sie war wirklich sehr schön, auch wenn ihre Gesichtszüge durch das Untergewicht herber wirkten.

»Sie schläft wohl besser im Gästezimmer«, meinte Annette leise.

Barbara nickte ergeben. Eine Nacht neben Thomas würde sie schon verkraften.

Thomas wartete vor der Badezimmertür. »Hallo, Thomas.« Das war das Erste, was Barbara von Katharina hörte. Es war eine Kinderstimme, leise, zart, zerbrechlich.

Annette nahm Katharina bei der Hand und führte sie nach oben. »Ich werde heute Nacht unten schlafen«, sagte Barbara knapp.

»Soll ich in den Wintergarten ...?«

Barbara schüttelte den Kopf. »Ich bin sowieso viel zu müde, um dich zu bemerken.«

Thomas war anzusehen, dass er diesen Satz verletzend fand, er sagte aber nichts dazu.

»Ich gehe unter die Dusche.«

»Hast du schon was gegessen?«, fragte er.

Sie verneinte und verschwand im Bad. Sie blieb lange unter der Dusche, als könne das Wasser das Geschehene wegwa-

95

schen, aber wirkliche Entspannung brachte ihr das nicht. Immer wieder kreisten ihre Gedanken um das zerbrechliche Püppchen, das Annette gerade oben ins Bett brachte. Ja, darauf war Thomas natürlich angesprungen. Er hatte Frauen schon immer gern gerettet und umsorgt. War sie damals, als er sie ohne Geld und hungrig in einer Düsseldorfer Kneipe aufgelesen hatte, in seinen Augen auch so ein Püppchen gewesen?

Als sie zurückkam, hatte er ein Abendessen aus Resten gezaubert: ein Stückchen Schweinefilet, etwas Salat, ein paar Nudeln. Er öffnete gerade eine Flasche Rotwein.

»Barbara, es tut mir Leid. Damit hatte ich nicht gerechnet.«

»Das kann ich mir vorstellen. Thomas, die Kleine ist nicht nur depressiv, obwohl das allein schon ein Grund wäre, sie in professionelle Hände zu geben. Sie ist offensichtlich besessen von dir und bereit, eine Menge zu tun, um deine Liebe zu erpressen.«

Er sah sie nicht an. »Ich ... ich hatte ja keine Ahnung.«

»Nein, du wolltest dich nur um eine verlorene Seele kümmern, das glaube ich dir sogar, jetzt, wo ich sie gesehen habe. Wahrscheinlich wäre es genauso weit gekommen wie jetzt, auch wenn du nicht mit ihr geschlafen hättest. Sie gehört in die Psychiatrie, das ist dir doch klar?« Barbara hatte die Gabel aus der Hand gelegt und zwang ihn, sie anzusehen.

»Du musst mit ihr reden, Thomas. Wir könnten sie zwar einweisen lassen nach dem Angriff auf mich heute Abend, aber besser wäre, wenn sie freiwillig nach Grafenberg ginge.«

»Grafenberg? Könnte nicht irgendein Therapeut ...?«

Barbara schüttelte heftig den Kopf. »Sie ist eine Gefahr für sich und andere. Möchtest du die Verantwortung dafür übernehmen und sie jede Minute überwachen?«

»So schlimm ist es, meinst du?«

»Ja, so schlimm! Sie hat sich mehrere Wochen auf der Straße herumgetrieben, nur um dich zu bestrafen. Ich nehme an, als du sie das letzte Mal gesehen hast, wog sie noch einige Kilo mehr?«

Thomas nickte stumm.

»Sie würde sich auch umbringen, um dich zu bestrafen.«

»Ich gehe rauf zu ihr und rede mit ihr. Dann bringen wir sie morgen früh hin.« Er stand auf.

Barbara schob den Teller weg. Sie hatte plötzlich keinen Hunger mehr. Auch den Wein ließ sie stehen.

Sie ging ins Bett und hoffte, dass sie eingeschlafen wäre, ehe Thomas wieder da war. Aber sie lag das erste Mal seit langer Zeit wieder in dem riesigen Bett, und sie fühlte sich fast fremd darin.

Die Uhr sagte, dass eine Stunde vergangen war, als Thomas endlich wieder herunterkam. Er machte kein Licht an, als er ins Bett schlüpfte.

»Hast du etwas erreicht?«, fragte Barbara in die Dunkelheit.

»Ich dachte, du schläfst längst.« Er knipste die Bettbeleuchtung an. »Ich denke, sie wird sich einweisen lassen.«

»Du denkst?«

Thomas schien über ihre Zweifel gekränkt zu sein. »Sie hat es jedenfalls eingesehen, dass mit ihr etwas nicht stimmt und dass sie Hilfe braucht. Sie möchte gern, dass ich ihr helfe, aber ich habe ihr zu verstehen gegeben, dass ich dazu nicht in der Lage bin. Und ich denke, sie hat es eingesehen. Ich habe sie gebeten, es für mich zu tun.«

»Und ihr Versprechungen gemacht.« Sie wandte sich ab.

»Der Zweck heiligt die Mittel. Das ist doch oft genug auch dein Motto gewesen, Barbara.«

»Ich will mich nicht streiten, Thomas. Mach bitte das Licht aus.«

Er tat es. »Ich will mich auch nicht streiten. Das wollte ich nie.« Er rückte näher an sie heran und sie wusste, dass es albern war, weiter zurückzuweichen. Sie ließ es zu, dass er seinen Arm um sie legte. Eigentlich müsste sich das gut anfühlen, dachte Barbara. Aber vielleicht störte der Gedanke an Katharina zu sehr.

»Ich bin zu müde.« Mit diesen Worten streifte sie seinen Arm ab.

5.

Wirklichen Schlaf hatte Barbara nicht gefunden, vielleicht gegen Morgen, kurz bevor ihr Wecker klingelte. Sie wollte pünktlich im Präsidium sein. Zwar würde sie an der S-Bahn-Aktion nicht teilnehmen – das Privileg der externen Beraterin –, aber sie war neugierig, wie die Soko es anstellen würde, möglichst effektiv und schnell die von der Staatsanwaltschaft geforderte Maßnahme durchzuziehen.

Sie hoffte, dass sie zusammen mit Thomas vorher noch Katharina in der Klinik in Grafenberg abliefern konnte. Sie zog sich rasch an.

»Und? Wie sieht's aus? Ist sie fertig?«, fragte sie, als sie in die Küche kam.

»Sie möchte gern noch einen Tag darüber nachdenken«, sagte Thomas.

Barbara stoppte mitten in ihrer Bewegung. »Ich nehme an, sie möchte das hier tun.« Sie konnte ihm ansehen, dass ihm das Kopfzerbrechen machte. Was sie nicht verstand, war, dass ein Mann mit so viel innerer Stärke sich von einer kleinen Psychopathin derart einwickeln ließ.

»Ich ... ich könnte sie nach Pempelfort bringen, wenn du sie nicht hier im Haus haben willst.«

»Das wirst du auf keinen Fall tun.« Barbara war empört. Sie liebte die Pempelforter Wohnung. »Hast du mir gestern nicht zugehört? Sie ist gefährlich.«

Er schüttelte den Kopf. »Barbara, ich glaube, da übertreibst du ein bisschen. Du hast einfach zu viel mit wirklich gefährlichen Menschen zu tun. Sie hat gestern doch nur um sich geschlagen, weil du sie erschreckt hast.«

»Ich werde mit ihr reden.« Sie war schon halb an der Treppe, aber er hielt sie zurück.

99

»Barbara, das halte ich nicht für gut. Sie hat Angst vor dir.«

»Die hat sie zu Recht. Ich bin nämlich gerade sehr wütend.«

»Barbara, bitte.« Thomas sah sie flehend an. Das hatte er noch nie getan. »Bitte lass ihr diesen einen Tag.« Er suchte nach einer Lösung, denn Barbara war wirklich entschlossen, hart zu bleiben. »Bitte, lass sie erst mal bleiben, ich rede noch einmal mit ihr und dann sorge ich dafür, dass sie die nächste Nacht in der Psychiatrie verbringt.«

»Heute Abend ist sie nicht mehr hier. Oder ich verlasse dieses Haus. Das ist mein Ernst.«

»Gut. Sie wird nicht mehr da sein, Barbara, versprochen.«

»Und du wirst sie nicht nach Pempelfort oder in ein Hotel bringen, Thomas. Sie ist krank.«

Barbara verließ die Küche und griff nach ihrer Tasche. »Denk daran: Wenn sie heute Abend noch hier ist, gehe ich.« Und zur Bestärkung knallte sie die Haustür zu.

Natürlich kam sie zu spät zu der Besprechung. Die Teams waren bereits eingeteilt. Rebecca Langhorn war erst morgens um neun zur Arbeit gefahren, und Herborn hatte abwechselnd Mittag- und Frühschicht, also konzentrierten sich die Teams zunächst auf diese Personen. Die Ersten brachen schon nach Düsseldorf auf, bewaffnet mit Fotos von Rebecca Langhorn und Hirschfeld. Die alte Frau Koslinski war mehrfach in der Woche um ein Uhr zu ihren Enkeln von Wattenscheid nach Bochum unterwegs gewesen. Sie versorgte deren Haushalt und fuhr nachmittags zwischen vier und fünf wieder zurück nach Bochum. Die kleine Fatma war etwa um dieselbe Zeit in Dortmund auf dem Weg zur Musikschule.

Die Personen, die bereits von Sven im Fall Janicek befragt worden waren, wurden für die nächste Woche nochmals ins Präsidium gebeten.

Technisch sollte die Aktion so laufen, dass eine Gruppe von vier Beamten möglichst alle Personen einer S-Bahn-Linie erfasste. Zunächst, ob sie regelmäßig fuhren und – wie es die Gewohnheit der meisten Pendler war – ob sie immer in den gleichen Wagen einstiegen. Dann, ob ihnen das Opfer bekannt war, und schließlich, ob sie Hirschfeld schon einmal gesehen hatten. Von allen befragten Personen wurden mit deren Einverständnis die Personalien aufgenommen und Fotos gemacht.

Für die Staatsanwaltschaft war das ein sichtbares Zeichen, dass hart an dem Fall gearbeitet wurde. Aber Barbara wusste, dass noch mehr dahintersteckte: Bei Tätern wie Hirschfeld war der Grad zwischen Schuldfähigkeit und Schuldunfähigkeit sehr schmal. Man wollte, dass er ins Gefängnis kam und nicht gleich in die Psychiatrie, denn die Volksseele kochte, und nicht wenige forderten Rübe ab! oder Kastration, wie viele Leserbriefe oder Passantenreaktionen im Fernsehen zeigten.

Am meisten hasste Barbara es, sich ihren Weg durch Reporter und Kameras ins Untersuchungsgefängnis bahnen zu müssen. Eigentlich hätte heute der Tag von Hirschfelds Verlegung in die Forensik für das psychiatrische Gutachten sein sollen. Irgendwie war es durchgesickert, dass die Verlegung anstand und sich die Chance eröffnete, Hirschfeld zu fotografieren oder zu filmen. Seit dem frühen Morgen belagerten die Medienvertreter den Gefängniseingang, obwohl doch wenig mehr als ein Blick auf den ihn abtransportierenden Wagen zu erwarten war. Barbara hoffte, dass Jakubian herausbekam, wer da geplaudert hatte, und wollte nicht in dessen Haut stecken.

»Frau Dr. Hielmann-Pross«, hielt ihr ein Reporter ein Mikrofon unter die Nase, und zig andere taten es ihm nach, auch die Angelmikros der Fernseh-Tonmänner schwenkten zu ihr. »Wenn Hirschfeld heute verlegt wird …«

»Wer sagt denn, dass er verlegt wird?«, konterte Barbara mit naivem Augenaufschlag.

»Meine Quellen.«

»Ihre Quellen sind schlecht informiert. Heute wird hier gar nichts passieren. Und nun lassen Sie mich bitte durch.«

»Können Sie uns etwas über Hirschfelds Motive sagen?« Der Mann ließ nicht locker.

»Kein Kommentar. Wenden Sie sich an die Pressestelle der Staatsanwaltschaft.«

Sie bahnte sich ihren Weg zum Tor, und kurze Zeit später saß sie wieder in dem kleinen, kahlen Besuchsraum und wartete, dass man ihr den Gefangenen brachte.

Als sie ihn in der Tür sah, erschrak sie. Sein linkes Auge war fast zugeschwollen.

»Warten Sie hier«, sagte sie und verließ den Raum. Der Beamte, der Hirschfeld begleitet hatte, stand vor der Tür.

»Was ist mit dem Gefangenen passiert?«

Der Mann brauchte einen Moment, ehe er antwortete. »Nun – es gab eine … eine kleine Rangelei.«

»Mit Hirschfeld? Er war bisher absolut friedlich.«

Der Mann blickte verlegen zu Boden. Barbara wurde wütend. »Hören Sie, ich bin sicher, dass er von sich aus niemanden angegriffen hat. Also, was war los? Hatte er Kontakt zu einem Mitgefangenen?«

Gewöhnlich sprachen sich die Dinge im Knast schnell herum, und mit der kleinen Fatma hatte Hirschfeld schließlich ein Kind ermordet.

Der Mann schüttelte den Kopf. »Er … er war pampig gestern Abend.«

»Pampig? Pampig zu wem?« Barbara sah, dass der Mann

102

in höchsten Gewissensnöten war. »Wie heißt der Kollege?«

»Seine Tochter ging mit Julia Janicek zur Schule.«

»Billigen Sie sein Verhalten etwa?«

Der Beamte sah Barbara entsetzt an. »Nein! Aber ...« Dann gab er auf. »Ulf Maier. Hirschfeld hat sich aufgeführt, als wäre er ein Promi. Schaut her, ich bin ein Serienmörder. Und da hat Ulf einfach rotgesehen. Er hat, seit Julia Janicek gefunden wurde, immer davon geredet, dass es auch seine Tochter hätte treffen können. Ein gehörloses Mädchen! Die hat doch gar keine Chance, so einem Mörder zu entkommen!«

»Verdammt, wie kann man nur so dämlich sein. Wenn irgendjemand ein Bild von Hirschfeld schießt und eine Gesichtshälfte ist ganz blau, was für ein Licht wirft das auf die Justiz?«

»Wir sind auch nur Menschen«, sagte der Beamte.

Barbara beruhigte sich wieder etwas. »Es tut mir Leid, aber ich muss Ihren Kollegen leider melden. Vor allem auch, damit er bis zur Verlegung von Hirschfeld fern gehalten wird.«

Der Mann machte ein unglückliches Gesicht.

Barbara ging zu Hirschfeld zurück. »Haben Sie den Mann, der Sie geschlagen hat, provoziert?«, fragte sie.

»Er hat mich die ganze Zeit hart angepackt. Ich dachte, wenn er sich an mir vergreift, kriegt er Ärger. Hat doch geklappt, oder?«

Barbara konnte inzwischen sein Potential, Menschen zu manipulieren, recht gut einschätzen. »In der Forensik werden Sie mit solchen Methoden nicht sehr weit kommen.«

»Dann gibt es eben andere.« Er lehnte sich auffallend lässig zurück. »Was meinen Sie? Werde ich den Rest meines Lebens in der Klapse verbringen?«

»Den Rest, ja, das ist sehr wahrscheinlich. Aber ich denke nicht, dass man Sie als schuldunfähig ansehen wird. Und das

bedeutet heutzutage zuerst Gefängnis und dann Sicherheits-
verwahrung. Wahrscheinlich werden Sie in Werl landen. Da
ist man auf solche Kaliber wie Sie spezialisiert.« Barbara sah
ihm an, dass ihm diese Aussicht gar nicht schmeckte. Sie
stellte das Diktiergerät auf den Tisch. »Befassen wir uns heute mit Julia Janicek. Und diesmal von Anfang an.«

Das Gespräch lief äußerst zäh. Barbara musste Hirschfeld
jede Aussage mühsam abringen, aber sie war fest entschlossen, diesmal vollständige Informationen zu bekommen,
bevor Hirschfeld wieder in seinen Erinnerungen an den
Mord schwelgen konnte. Die Bemerkung des Staatsanwalts
am gestrigen Morgen hatte sie getroffen.

Julia war Hirschfeld schon lange vorher aufgefallen, was
kein Wunder war, denn wenn in Mülheim ihre Freundinnen
zustiegen, gab es sofort ein lebhaftes und durchaus nicht leises Gespräch in Gebärdensprache. Bis Essen-West, in dessen
Nähe das Berufskolleg war, hatte sich die Gruppe beträcht-
lich vergrößert.

Die langen, blonden Haare, das engelhafte Gesicht; alles
was die Öffentlichkeit nach dem Auffinden der Leiche so
interessiert hatte, waren natürlich auch für Hirschfeld ein
Grund, sich Julia auszugucken. Außerdem die Tatsache, dass
sie nachmittags ganze zwei Stationen alleine S-Bahn fuhr.

»Aber Sie haben sie sich nicht am Nachmittag gegriffen,
oder?«, fragte Barbara.

»Das ging nicht. Es war fast Sommer, alles war hell. Und
der Duisburger Hauptbahnhof ist ohnehin zu lebhaft. Aber
ich beobachtete sie. Tag für Tag.«

»Sie folgten ihr überall hin?«

Er nickte. »Zur Schule. Nach Hause. Überall hin.«

»Und Sie wussten, dass dieses Schulfest war?«

»Das war überall angeschlagen. Eine Disco für Taube! Ist

doch lächerlich, oder?«

»Gehörlose können die Bässe fühlen. Und sie tanzen genauso gern wie alle anderen Teenager.« Barbara zwang sich, zurück auf den Punkt zu kommen. »Weiter, Herr Hirschfeld. Sie warteten vor der Schule auf sie?«

Er nickte. »Hören Sie, ich griff sie mir in der S-Bahn.«

»Halt, halt, halt. Das geht ein bisschen zu schnell. Wann war das?«

Er seufzte. »Es war die vorletzte S-Bahn. Zehn vor zwölf, glaube ich. Und hinter Mülheim Hauptbahnhof war ich dann mit ihr ganz allein im Wagen.«

»Wie haben Sie sie aus dem Duisburger Hauptbahnhof geschafft?«

»Duisburg?« Er grinste. »Nein, nicht Duisburg. Als der Wagen so leer war, dachte ich, Styrum ist meine letzte Chance. Das Gelände dort ist gut geeignet, das wusste ich ja noch von Herborn.«

Barbara runzelte die Stirn. »Sie haben sie auf dem Bahngelände in Styrum ermordet?«

»Ja. Ich griff sie mir, sie saß ganz nah bei der Tür, hielt ihr den Mund zu und schleifte sie raus, gleich hinter die Bänke, damit uns niemand sehen konnte. Das war der gefährlichste Moment. Dann habe ich sie gewürgt, sie strampelte und wehrte sich, ich musste vorsichtig sein, damit sie nur ohnmächtig wurde. Sonst hätte sie ja nicht mehr geblutet.«

»Stopp. Dazu kommen wir später«, unterbrach Barbara ihn erneut. Er sah sie giftig an, aber sie kümmerte sich nicht darum. »Stellen wir das mal klar: Julia Janicek wurde in Mülheim-Styrum ermordet, ihre Leiche wurde aber im Duisburger Hafen gefunden. Wie kam sie da hin?«

»Hören Sie, Sie wollen doch alles der Reihe nach, oder? Ich legte sie auf den Boden ...«

»Nein, Herr Hirschfeld. Ich will wissen, wie die Leiche nach Duisburg gekommen ist. Und vor allem, warum.«

»Ich hatte Herborn so dekorativ hingelegt«, sagte er, fast ein bisschen wütend. »Dann wurde er gefunden, aber niemand kam auf mich. Ich meine, ich hatte ja sogar auf ihn gewichst. Das sind doch deutliche Spuren.«

»Eine DNA-Spur ist nur so viel wert wie das Material, mit dem man sie vergleichen kann«, sagte Barbara. »Sie wollten also geschnappt werden.«

»Ja, natürlich. Jemand, der so etwas macht, der wird doch berühmt. Das Morden selber, das ist gut, aber das Beste ist doch, wenn einen alle kennen! Aber bisher sorgt ihr ja dafür, dass möglichst wenig in der Presse passiert, mein Anwalt hat es mir erzählt.« Er schlug mit den gefesselten Händen auf den Tisch. »Wissen Sie, ich werde Ihnen gar nichts mehr sagen, wenn ... wenn ...!«, brüllte er.

Durch das Fensterchen an der Tür konnte Barbara das Gesicht des Beamten sehen, der draußen Wache stand. Doch Barbara winkte ihm beruhigend zu.

Sie hatte Hirschfeld noch nie so wütend gesehen. Immer war er ruhig und reserviert geblieben, beobachtend und recht kooperativ, solange die Gespräche dahin liefen, wo er sie hinhaben wollte. Auf diese Weise hatte sie viel von ihm erfahren. Aber nun war es an der Zeit, ihn aus der Reserve zu locken, und dieser Versuch, ihn wütend zu machen, taugte offensichtlich dazu.

»Sie brauchen heute auch gar nicht mehr viel zu sagen, Herr Hirschfeld. Nur noch eines: Wie kam die Leiche nach Duisburg?«

Er schwieg einen Moment. Dann sagte er: »Ich habe mir von einem früheren Kollegen ein Auto geliehen. Der macht das schon mal, ich kann mir ja kein Auto mehr leisten.«

»Name, Adresse?«

»Heiner Grundeisen, Meiderich, Gerrickstraße.«

»Sie haben die Leiche also in das Auto geschafft.«

»Ja. Aber erst am nächsten Tag. Mir war klar, dass es dort wieder ewig dauern würde, bis man sie findet. Und da habe ich sie geholt und zur Schrottinsel in den Hafen gebracht. Da kenn ich mich noch aus, da habe ich eine Zeit lang gearbeitet, bevor ich kaputtgeschrieben wurde. Ganz nah am Ufer, aber sie ist dann doch reingerutscht und untergegangen. Dann hat es ja drei Wochen gedauert, bis sie wieder hochkam und gefunden wurde.«

Barbara schaltete das Diktiergerät aus. »So, das war's für heute, Herr Hirschfeld.«

»Aber …«

»Sparen Sie sich die Details für Morgen auf. Vorfreude ist doch auch etwas Schönes, nicht wahr?«

Er funkelte sie an. »Ich brauche Ihnen auch gar nichts zu sagen.«

»Nein, das brauchen Sie nicht. Über den Fall Janicek haben Sie ja schon einiges am Abend Ihrer Festnahme gesagt. Außerdem laufen noch weitere Untersuchungen.«

»Was für Untersuchungen? Glauben Sie mir denn immer noch nicht?«

Barbara sah, dass ihn das beunruhigte, und fasste nach. »Es wird nach Zeugen gesucht, die Ihre Geschichten bestätigen können.«

»Scheißbullen«, murmelte er.

Barbara ließ ihn allein.

Im Präsidium hatte man eine riesige Wand freigemacht, die sich nun langsam mit Fotos und Aussagen füllte. Die ersten Zeugen, die Sven schon im Fall Janicek befragt hatte, waren gebeten worden, noch einmal zu kommen. Die meisten folgten der Bitte gern. Barbara bekam ein paar der Gespräche mit. Ruth Becker, eine zierliche, lebhafte Enddreißigerin, fuhr täglich von Duisburg Hauptbahnhof nach Essen und hatte Julia und ihre Freundinnen fast regelmäßig gesehen. »Sie fielen ja auf, schon wegen der Gebärdensprache, aber auch weil das wirklich hübsche Mädchen sind. Und so fröhlich!« An Hirschfeld konnte sie sich nicht erinnern, allerdings arbeitete sie abends meist recht lang, sodass sie selten den Schulschluss am Berufskolleg mitbekam. »Als ich mich damals meldete, wurde ja noch nach dem Mörder gesucht«, erzählte sie. »Und ich hatte da einen Verdacht. Es gab da einen, der die Mädchen immer so merkwürdig anstarrte, so ein schmieriger Typ Ende Zwanzig, ziemlich fett. Ich habe ihn auch schon länger nicht mehr gesehen.«

»Sein Name ist Holger Flock.« Sven, der die erneute Befragung durchführte, blätterte in den Akten. »Frau Becker, Sie waren nicht die Einzige, die ihn in Verdacht hatte. Hier!« Er zog eine Aussage aus dem Stapel der früheren Vernehmungen. »Birgit Hermanski erwähnt ihn auch.«

Ruth Becker sah auf das Foto und nickte. «Ja, diese Frau kenne ich, sie ist öfter in der S-Bahn.«

»Flock hat sich schon vor einiger Zeit eine Klage wegen sexueller Belästigung eingehandelt, weil er mehrfach im Gedränge eine Frau begrapscht hat. Das Verfahren wird bald eröffnet«, meinte Sven.

Barbara nickte der Frau anerkennend zu. »Sie haben eine gute Beobachtungsgabe, Frau Becker.«

Obwohl das gemeinsame Büro von Sven und Jakubian nicht sehr nah war, hörten sie gerade ein fürchterliches Gebrüll. Barbara stand auf, um Jakubian darauf aufmerksam zu machen, dass das halbe Präsidium mithören konnte.

»Ich will, dass Sie jeden Kollegen und alle Mitarbeiter der Staatsanwaltschaft auf links drehen, wenn es sein muss. Und wenn ich herausbekomme, wer der Presse gesteckt hat, dass und wann Hirschfeld verlegt werden soll, der kann sich warm anziehen. Ein Disziplinarverfahren ist noch das geringste Problem, das er dann hat.«

Sie klopfte vorsichtig an die Tür und erntete ein kurz angebundenes »Draußen bleiben!«

Barbara beschloss, sich erst einmal zurückzuziehen. Sie hatte Jakubian bisher erst einmal wütend gesehen, und sie war sehr froh, dass es dabei nicht um sie ging.

Kramer war gerade dabei, mit einem LKA-Beamten, dessen Namen Barbara immer vergaß, weitere Fotos und Aussagen an die Wand zu heften.

»Hallo, Kramer. Waren Sie selbst unterwegs heute Morgen?«

Er nickte. »Der Fall Langhorn war ja meiner.«

»Waren die Leute kooperativ?«

»Sehr. Das ist schon ein anderes Publikum in der S-Bahn um diese Zeit. Viele Krawatten, teure Aktentaschen und Designer-Kostüme dazwischen.« Er heftete das nächste Foto an. »Der hier zum Beispiel. Trägt einen sündhaft teuren, hellen Sommermantel.« Er malte den Namen darunter – Udo Kleber. »Und hier ist noch so einer – Jens Maldien.« Er hatte Schwierigkeiten, den Namen zu entziffern.

»Und? Kannten sie die Langhorn?«, fragte Barbara.

»Sie lesen morgens immer Zeitung. Kleber das *Handelsblatt* und Maldien die *FAZ*. Die anderen Mitreisenden nehmen sie angeblich gar nicht wahr.«

Der LKA-Beamte ging eine weitere Liste durch. »Beide wurden wegen Julia Janicek auch schon einmal von Heyer vernommen. Kein Wunder, dass die so abweisend waren.«

Der Nächste war ein dicker Endzwanziger, der Barbara auf Anhieb unsympathisch war.

»Das ist anscheinend ein alter Bekannter, sagte zumindest der Duisburger, der mit uns unterwegs war.« Kramer schrieb den Namen unter das Bild, und Barbara war keineswegs überrascht, dass er Holger Flock lautete.

»Ja, ich habe schon von ihm gehört.«

»Er fährt jetzt eine Stunde später zur Arbeit, weil ihn eine Frau wegen Grapschens angezeigt hat.«

»Barbara?« Jakubian kam zu ihnen. Er war noch ein wenig rot im Gesicht, wirkte aber wieder ganz ruhig.

Der Beamte von Torsten Mendes kleinem Pressestab, den er so angebrüllt hatte, trottete mit hängendem Kopf von dannen. Jedem hier tat er aufrichtig Leid.

»Was Neues von Hirschfeld?«

»Ich habe versucht, diesmal hart zu bleiben, was die äußeren Umstände des Mordes an Julia Janicek betrifft. Und das Ganze unterscheidet sich erheblich von dem, was wir bisher hatten. Julia wurde nicht in Duisburg ermordet, sondern auf dem gleichen Gelände wie Herborn in Mülheim-Styrum. Er hat sie dann mit einem geliehenen Auto zur Schrottinsel gebracht. Der Besitzer des Autos heißt Heiner Grundeisen und wohnt in Meiderich.«

»Ich schicke gleich ein paar Leute hin – machen Sie das, Kramer?«, fragte er, denn Kramer hatte seine Arbeit eingestellt und ihnen interessiert zugehört.

»Sicher. Und soll ich Erhard wegen Styrum Bescheid sagen?«

»Da sollten wir vielleicht noch mal mit Hirschfeld sprechen, das Gelände ist ja sehr groß.«

Kramer ging, und der LKA-Beamte widmete sich wieder den Bildern und Aussagen.

»Gehen wir in mein Büro«, meinte Jakubian, und Barbara folgte ihm.

»Hat er irgendetwas gesagt über sein Motiv?«

»Hat er. Aber ich zerbreche mir den Kopf darüber, seit ich es gehört habe.« Barbara sah, dass Svens Kaffeemaschine gerade lief. »Ich könnte eine Tasse vertragen.«

»Bleib sitzen, ich mach das.« Jakubian stand auf, griff zwei Tassen und füllte sie. Barbara sah, wie er drei leicht gehäufte Löffel Zucker hineinrührte. »Es gibt hier keinen Süßstoff.«, sagte er entnervt und versuchte, ihr Grinsen zu ignorieren. »Also, was hat er gesagt?«

»Im Großen und Ganzen läuft es auf das Motiv hinaus, das wir schon vermutet haben: Er möchte in die Öffentlichkeit. Langhorn und Herborn hatte man erst relativ spät gefunden, die beiden ersten gar nicht, bei Julia wollte er es besser machen, deshalb die Aktion mit dem Hafen. Sicher hat es auch etwas damit zu tun, dass die Kleine in der Nähe des Fundortes wohnte. Was ich nicht verstehe, ist, dass er die Morde so perfekt hinbekommen hat, es aber dann nicht geschafft haben soll, solche Spuren zu legen, die wir auch finden würden.«

»Ja, irgendetwas reibt sich da.« Er seufzte. »Aber die Typen handeln eben nicht immer logisch, nicht wahr?«

»Wir haben es bei Hirschfeld mit dem klassischen, planenden Mörder zu tun. Die Auswahl mag zufällig sein. Aber zumindest Julia und die kleine Fatma hat er eine Weile beobachtet, bevor er zuschlug. Er hat Waffen mitgenommen. Er hat offensichtlich sogar geplant, sie alle auf verschiedene Art umzubringen. Und er will geschnappt werden, bekommt das aber nicht hin?«

»Ich behalte das im Hinterkopf, Barbara. Aber jetzt habe ich erst mal andere Sorgen. Und du hast wahrscheinlich doch keine

111

Woche mehr Zeit für Hirschfeld. Jetzt, wo die Verlegung durchgesickert ist.«

Barbara nickte. »Hirschfeld muss raus aus dem Duisburger Knast. Er hatte eine kleine Prügelei im Gefängnis. Mit einem Justizbeamten namens Ulf Maier. Seine Tochter ging mit Julia zur Schule.«

»Und du meinst, dieser Ulf Maier könnte die undichte Stelle sein?«

Barbara zuckte die Schultern: »Das wäre logisch, oder?«

»Wir werden ihn uns vorknöpfen. Ist Hirschfeld verletzt?«

»Ein dickes Veilchen.«

Jakubian seufzte und nahm die Hände vor den Kopf. »Auch das noch. Die Presse belagert das Gefängnis, und er ist offensichtlich misshandelt worden!«

»Angesichts der Tatsache, dass die Öffentlichkeit ihn am liebsten lynchen würde, wird das wohl nicht allzu viel Empörung hervorrufen.«

»Aber Fragen, Barbara. Viele Fragen.« Er seufzte. »Manchmal verfluche ich den Tag, an dem ich mich entschlossen habe, Karriere zu machen.«

»Nur Karriere funktioniert eben nicht.«

Er sah ihr direkt in die Augen. »Leider gibt es derzeit nichts anderes.«

Barbara schoss durch den Kopf, dass es ihr selbst vielleicht bald ähnlich gehen würde. Der Gedanke, wieder so allein zu sein wie in der Zeit vor Thomas, als Nähe für sie fast nicht erträglich war, machte ihr Angst. »Mach ein paar Dinge, die du gerne tust, Ruben. Mich hat der Job schon einmal depressiv gemacht, ich weiß, wovon ich rede.«

»Ich auch. Aber die meisten Dinge, die ich mag, tue ich nicht gern allein.« Bei jedem anderen hätte dieser Satz anzüglich geklungen. Bei Jakubian klang er nur nach Resignation

112

und Einsamkeit. Er lachte plötzlich. »Schluss mit dem Trüb-salblasen. Du hast auch eine Menge Arbeit vor dir, Barbara, denn die Staatsanwaltschaft hat festgelegt, dass Hirschfeld Donnerstag nach Bedburg-Hau verlegt wird. Sie wollen die Sache beschleunigen. Und du musst ihn zumindest noch zu den Details bei Julia und Fatma befragen.«

»Gut.« Sie nahm ihre Tasche. »Geh ins Lehmbruck-Museum, Ruben. Es ist sehr schön und ganz in der Nähe. Ich war mal mit Thomas da.«

»Dein Mann heißt Thomas?«

Sie nickte.

»Und? Läuft es wieder besser?«

Unwillkürlich verglich Barbara die Art, wie er sie jetzt ansah mit der von Thomas. Thomas war immer sachlich, wenn es um solche intimen Fragen ging, auch wenn Barbara gelernt hatte, dass das nichts über seine emotionale Beteiligung aussagte. Jakubians Blick war warm, freundlich und wirklich besorgt. »Wir wollen uns Hilfe holen. Aber die Probleme sind groß.« Und eines davon ist ein Püppchen mit Rehaugen namens Katharina, dachte sie.

»Viel Glück«, sagte Jakubian leise.

Für heute gab es nichts mehr zu tun für sie, aber es war erst kurz nach vier, und sie wollte nicht zu früh zu Hause sein. Thomas sollte seine Chance bekommen, Katharina rechtzeitig vor ihrer Heimkehr aus dem Haus zu schaffen. Als sie gedankenverloren in ihre Jackentasche griff, bemerkte sie, dass sie wohl schon längere Zeit den Schlüssel der Pempelforter Wohnung mit sich herumtrug. Sie erinnerte sich, dass Thomas am Anfang des Semesters häufig seine Studenten in der Villa zu Besuch gehabt hatte, und weil Barbara in Ruhe eine Studie fertigstellen wollte, war sie dorthin gefahren, um

113

zu arbeiten. Kurzentschlossen fuhr sie jetzt zur Sternstraße.

Eigentlich hatte sich nur wenig verändert, seit Thomas und sie vor vier Jahren in die Villa nach Kaiserswerth gezogen waren. Damals ging es Thomas gesundheitlich so schlecht, dass er die Treppen zum ersten Stock nicht mehr schaffte. Ein paar Möbel und Bilder hatten sie mitgenommen und natürlich die meisten Bücher, aber die Küche und das Wohnzimmer waren fast unverändert, auch Thomas' Arbeitszimmer war bis auf gelichtete Regale das alte, selbst sein Computer war dort geblieben. Anfangs hatte Barbara weder Zeit noch Kraft gehabt, die Wohnung auszuräumen. Sie hingen beide an ihr. Die Pempelforter Wohnung war so etwas wie ein Monument, der Beginn ihrer Liebe.

Als Thomas nach der Herztransplantation wieder zu Kräften kam, hatten sie begonnen, die Wohnung sporadisch wieder zu nutzen. Manchmal quartierten sie dort Gäste ein, denn so groß die Villa auch war, mit den zwei getrennten Wohnungen für sie und Thomas' Mutter Annette war der Platz knapper geworden. Eigentlich war das neue Bett im Schlafzimmer hier nur für diese Zwecke angeschafft worden, aber in der Zeit von Thomas' Rekonvaleszenz war es öfter vorkommen, dass sie sich hier geliebt hatten.

Barbara stand in der Schlafzimmertür, und plötzlich spürte sie Zorn hochkommen: In diesem Bett, immerhin auch ihrem Bett, hatte Thomas mit Katharina geschlafen. Sie stürzte auf das Bett zu, und obwohl es frisch bezogen aussah, riss sie die Bettlaken herunter und warf sie angeekelt in die Zimmerecke. Dann zerrte sie Kissen und Decken aus den Bezügen. Sie merkte gar nicht, dass sie die ganze Zeit dabei weinte.

Schließlich rannte sie aus dem Zimmer und warf sich erschöpft auf die großen orientalischen Bodenkissen im Wohnzimmer. Langsam beruhigte sie sich.

Sie versuchte, ein wenig Ordnung in ihre Gedanken und Gefühle zu bringen. Gestern noch hatte die Tatsache, dass Thomas und sie sich weiter auseinander gelebt hatten als sie geglaubt hatte, noch unendlich geschmerzt. Und heute diese Eifersuchtsattacke, dieser Wille zu kämpfen. Sie kannte sich selbst nicht mehr. Ganz klein kam sie sich vor zwischen den Kelim-Kissen. Sie erinnerte sich, wie gern sie dort immer gesessen hatte. Hier hatte Thomas sie zum ersten Mal in den Arm genommen. Dann fiel ihr Blick auf den leeren Fleck an der Wand über der wertvollen antiken Biedermeierbank. Dort hatte das Landschaftsgemälde aus dem frühen 19. Jahrhundert gehangen, das jetzt diesen wunderbaren Kontrast zu ihren modernen Esszimmermöbeln bildete. Plötzlich fröstelte sie. Zum ersten Mal fühlte sie sich in Pempelfort unwohl.

Schon während der Fahrt hatte Barbara überlegt, wie es sein würde, wenn sie nach Hause käme und alles wäre wie vor Katharinas Auftauchen. Es hatte sich ja nichts geändert, nur Thomas' offensichtliche Schwäche gegenüber Katharina hatte weiter an ihrem Bild von ihm gekratzt.

Er kam ihr entgegen, sobald er ihren Schlüssel in der Tür hörte. Sie sah sein Gesicht und wusste sofort: Sie war noch da.

Sie war sich so sicher gewesen, dass er ihren Wunsch respektieren und sein Versprechen halten würde. Nun fühlte sie sich mehr betrogen denn je.

Thomas hatte noch kein einziges Wort gesagt.

»Wo ist sie?«, fragte Barbara.

»Oben im Gästezimmer.«

Barbara öffnete die Tür zur Abstellkammer, wo sie ihre Koffer aufbewahrten.

Thomas sah ihr entgeistert zu. »Barbara, bitte! Bitte hör mir doch zu.«

115

Sie sagte nichts, sondern versuchte verbissen, an den kleinen Trolley im oberen Regal zu gelangen, den sie immer für Wochenendreisen nutzte. Thomas stellte sich neben sie und zerrte ihn herunter.

»Danke«, sagte sie knapp.

»Barbara! Es ist nicht leicht für Katharina zu akzeptieren, dass sie professionelle Hilfe braucht. Sie hat Angst, kannst du das nicht verstehen?«

»Sie ist nicht in der Lage zu beurteilen, was sie braucht und was nicht.« Barbara war erstaunt, wie ruhig ihr das über die Lippen kam. »Du musst dafür sorgen, dass ihr geholfen wird, dir vertraut sie. Und du hilfst ihr nicht, indem du ihren Launen nachgibst.« Sie ging mit dem Koffer ins Schlafzimmer. Dort packte sie ein paar Sachen ein.

»Du wirst doch nicht diese alberne Drohung von heute Morgen wahr machen, Barbara?« Thomas sah ihr von der Tür aus zu, scheinbar emotionslos, aber Barbara kannte ihn.

»So? Du findest es also albern, wenn ich nicht mit deiner Geliebten unter einem Dach schlafen möchte?« Barbara bremste sich, denn sie merkte, dass ihre bisherige äußere Gelassenheit ins Wanken geriet. Sie griff sich ihren kleinen Kulturbeutel und verschwand damit im Badezimmer. Die Kosmetika waren schnell gepackt.

»Wo willst du denn hin?«, fragte Thomas nun doch ein bisschen verzweifelt.

»Du kannst mich jederzeit auf dem Handy erreichen.« Sie schob ihn aus der Badezimmertür.

»Dann weißt du ja nicht mal, wo du hin ...« Er brach ab, denn Katharina stand plötzlich im Flur. Barbara sah sie kurz an und hatte das Gefühl, mit dem Häufchen Elend von gestern Abend war eine erstaunliche Wandlung vor sich gegangen. Das schutzbedürftige Püppchen war zwar nicht

116

verschwunden, aber irgendwo loderte ein Funken Selbstbehauptung. Sie sah interessiert zu, wie Barbara ins Schlafzimmer ging.

»Katharina, bitte geh wieder nach oben«, hörte Barbara Thomas sagen.

»Ich habe mich da oben allein gefühlt.« Da war wieder die Kleinmädchenstimme.

»Ich – ich komme gleich zu dir – aber bitte, geh jetzt wieder.«

»Geht sie weg?«

»Katharina, bitte.«

Aber Katharina ließ sich nicht bitten. Barbara machte entschlossen den Koffer zu und stellte ihn in den Flur. Urplötzlich wurde ihr klar, dass ihre heute Morgen noch so kraftvolle Drohung sich gerade in eine Niederlage verwandelte. Sie ließ sich von Katharina aus ihrem Haus vertreiben.

Barbara biss die Zähne zusammen und ging ins Arbeitszimmer, um ihr Notebook zu holen. Sie warf ein paar CD-Roms in die Tasche, kontrollierte, ob alle Kabel und das Netzgerät vorhanden waren und packte dann den Computer ein.

»Barbara!«, setzte Thomas noch mal an. »Lass uns bitte reden.«

»Du hast ja jemanden zum Reden.« Barbara gelang es gerade noch, diesen kurzen Satz herauszubringen. Ein weiteres Wort und sie wäre in Tränen ausgebrochen. Sie schulterte die Notebooktasche, griff dann im Flur nach der Handtasche und zog schließlich den Griff aus dem Trolley.

Thomas kam hinter ihr her. »Ich habe noch vergessen, dir etwas zu sagen. Übermorgen habe ich einen Termin bei der Eheberaterin festgemacht. Ihr Name ist Gisela Schacht, auf der Steinstraße. Sechzehn Uhr. Barbara, hast du gehört? Übermorgen, sechzehn Uhr.«

Ohne eine Antwort verließ sie das Haus, rumpelte mit dem Trolley die Eingangstreppen hinunter und die gepflasterte Auffahrt entlang zu ihrem Wagen, warf Koffer und Notebook hinein und fuhr los.

Barbara war einfach drauflos gefahren, ohne zu überlegen. Sie wusste ja auch gar nicht, wohin sie eigentlich wollte. Bis zu dem Zeitpunkt, als ihr klar wurde, dass Katharina das Haus nicht verlassen hatte, war ihr der Gedanke, ihre Drohung in die Tat umsetzen zu müssen, gar nicht gekommen. Und jetzt weinte sie am Steuer. Eigentlich hätte sie anhalten müssen, aber irgendwie war ihr die Vorstellung, dass sie an einem Baum landen könnte, herzlich egal. Ohne es zu merken, war sie den täglichen Weg nach Duisburg gefahren, immer die alte B 8 entlang. Die Auffahrt zum Zubringer zur A 59 hatte sie jedoch verpasst.

Die Ampel war rot und die Straße leer, sie hätte noch einmal zurücksetzen können. Für einen Moment schoss ihr der Gedanke, in ein Hotel zu gehen, durch den Kopf. Und warum nicht in Duisburg? Doch dann schüttelte sie das nächste Schluchzen. Nein. Sie wollte heute Abend nicht allein sein. Und so fuhr sie kurzerhand auf die B 288 in Gegenrichtung, überquerte die Uerdinger Rheinbrücke und versuchte, von dort nach Rheinhausen zu finden.

Nachdem sie sich etliche Male verfahren hatte, hatte sie schließlich doch zu Heinz gefunden. Inzwischen weinte sie zwar nicht mehr, aber schon wieder mehr oder minder aufgelöst vor Heinz' Tür zu stehen, war ihr doch etwas peinlich. Sie nahm Koffer und Laptop aus dem Auto und klingelte.

»Barbara!« Heinz schien sehr überrascht. Dann sah er den Koffer. »Was ist los?«

»Kann ich bei dir übernachten?«

Heinz zögerte. »Ich habe Besuch.« Und dann erschien hinter ihm im dunklen Flur eine große Silhouette, die Barbara gleich erkannte. Sie ärgerte sich, dass sie den BMW vor der Tür nicht bemerkt hatte.

»Ach, du bist es, Ruben.«

»Komm rein«, seufzte Heinz. Die beiden waren bei einem deftigen Abendessen, auf dem Tisch standen zwei dampfende Teller mit Eintopf.

»Möchtest du auch etwas?«, fragte Heinz. Jakubian hatte ihr den Koffer abgenommen.

Barbara schüttelte den Kopf. Bohnensuppe war ihr ein Gräuel.

»Dann mach ich dir ein Brot.«

»Ich glaube, ich habe keinen Hunger.«

»Vielleicht erzählst du erst mal, was eigentlich passiert ist.« Das waren die ersten Worte, die Barbara von Jakubian hörte.

Sie setze sich, sah den beiden beim Essen zu und berichtete. Erstaunlicherweise kamen ihr nicht mehr die Tränen dabei, sie hatte sich auf der Fahrt wohl ausgeweint.

»Da habe ich mir selbst ein Bein gestellt und das Feld für dieses – dieses Püppchen geräumt«, schloss sie.

Heinz schüttelte den Kopf. »Das war schon richtig, konsequent zu sein und nicht dort zu bleiben. Ehrlich gesagt, verstehe ich Thomas auch nicht. Denn so, wie du sie schilderst, scheint sie sich wirklich zu gefährden.«

»Nicht nur das«, meinte Jakubian. »Es ist nicht völlig ausgeschlossen, dass sie auch andere gefährdet.«

Barbara seufzte. »Ich glaube, Thomas denkt, ich würde übertreiben, weil ich ständig mit Psychopathen umgehe. Aber nun weiß ich ja, wo ich in seiner Rangfolge stehe.«

»Blödsinn.« Heinz schob den Suppenteller weg. »Er hat

sich doch deutlich für dich entschieden, Barbara. Er kann sich nur nicht gegen diese durchtriebene Person durchsetzen.«

»Und? Passt das zu ihm?«, fragte Barbara. »Der Thomas, den ich kenne, bekommt immer, was er will. Ganz ohne Anstrengung.«

Heinz zuckte hilflos die Schultern. »Er hat sich doch schon immer um Frauen gekümmert, die Hilfe brauchten. Aber vielleicht hast du Recht damit, dass du ihn nicht mehr kennst.«

Barbara schluckte. »Ja. Und vielleicht war der Auszug längst fällig.«

Jakubian sah sie aufmerksam an. »Du musst ihm eine Chance geben, es wieder gutzumachen, Barbara. Es ist in Ordnung, wenn du die Nacht woanders verbringst. Aber brich den Kontakt nicht ab. Nicht aus solch einem Grund.«

»Welchen Grund brauche ich denn noch, wenn seine Geliebte in unserem Haus wohnt?«, flüsterte Barbara. Sie hatte gar nicht bemerkt, dass Heinz kurz verschwunden war. Jetzt stellte er eine Flasche Wein auf den Tisch. Barbara sah ihn erstaunt an.

»Den habe ich für Gäste. Ich denke, der täte dir jetzt ganz gut.«

Er stellte zwei Weingläser auf den Tisch und füllte sein Wasserglas nach, während Jakubian die Flasche entkorkte und Barbara und sich einschenkte. »Was ist mit dir, Heinz?«

»Nein danke. Ich bin Alkoholiker.« Er lächelte. »Trocken seit elf Jahren. Ich kann ganz gut zusehen dabei, keine Angst.«

»Ich trinke nur ein Glas. Ich muss ja nachher noch fahren«, meinte Jakubian.

Heinz sah Barbara an. »Eigentlich hatte ich Jakubian das Gästebett angeboten.«

Ruben winkte ab. »Nein, ich fahre natürlich nach Hause.«

»Warum wolltest du denn hier übernachten?«, fragte Barbara.

Jakubian seufzte. »Weil Heinz ein Bett hat, das zwar auch zu kurz ist, aber auf dem ich mich immerhin so einigermaßen ausstrecken kann. Und weil mein Apartment so trostlos ist.«

»Dann schlafe ich auf der Couch. Ist das in Ordnung, Heinz?«, fragte Barbara.

Der nickte.

»Und morgen suche ich mir adnn aber ein Hotel.« Barbara nahm einen kräftigen Schluck Wein. Er schmeckte nicht übel. »Habt ihr was dagegen, wenn ich mich richtig betrinke?«, fragte sie.

Heinz lachte. »Das ist die einzige Flasche. Du müsstest noch zu einer Tankstelle.«

Barbara schüttelte den Kopf. »Ich wusste, dass das ein beschissener Tag ist heute.« Doch dann lachte sie auch. Es tat gut, mit zwei Menschen zusammenzusitzen, die sie mochte und von denen sie sich verstanden fühlte.

In der Nacht schlief Barbara schlecht. Sie wachte immer wieder auf und das Sofa erwies sich als unbequemer, als sie vermutet hatte. Irgendwann gab sie auf, machte das Licht an und besah sich Heinz' Bücher. Es gab viel Fachliteratur, aber seine Frau war wohl in einem Buchclub gewesen, Barbara erkannte die gängigen Renner aus den 70ern und 80ern. Aber es gab auch moderne Klassiker. Sie entdeckte Werke von Erich Kästner, neben den Romanen auch die wunderbaren Kinderbücher.

Barbara wollte schon zu *Pünktchen und Anton* greifen, das sie als Kind sehr geliebt hatte, aber dann fiel ihr ein Gedichtband ins Auge.

121

Sie nahm ihn aus dem Regal und blätterte darin. Dann hatte sie sie gefunden: die *Sachliche Romanze*.

Als sie einander acht Jahre kannten
(und man darf sagen sie kannten sich gut),
kam ihre Liebe plötzlich abhanden.
Wie andern Leuten ein Stock oder Hut.

War ihr und Thomas das passiert? Acht Jahre. Sie legte den zerlesenen Band aufgeschlagen auf den Wohnzimmertisch und löschte das Licht wieder. *Sie saßen allein, und sie sprachen kein Wort und konnten es einfach nicht fassen.* Der Schluss des Gedichts ging ihr nicht mehr aus dem Kopf.

Gerade war sie wieder fast eingedöst, als sie auf der Treppe Schritte hörte. Es war Jakubian auf dem Weg zur Toilette.

»Kannst du nicht schlafen?«, fragte sie in die Dunkelheit hinein, als er wieder herauskam.

»Und du?« Er knipste das Wohnzimmerlicht an. Er trug nur Boxershorts, und Barbara war erstaunt, wie gut er gebaut war. Sie hatte immer vermutet, dass hinter seiner massig wirkenden Gestalt in den lässigen, teuren Anzügen einige Kilos Übergewicht steckten, doch bis auf einen kleinen Bauchansatz gab es nur wohlgeformte, aber keineswegs übertriebene Muskeln.

»Ich kann nicht aufhören, über Thomas und mich nachzudenken«, sagte sie leise. »Mal denke ich, das kann es nicht gewesen sein. Wir beide, Thomas und Barbara, das ist doch ein feststehender Begriff. Und dann kommt es wieder hoch: die Veränderungen der letzten Zeit. Es ist leicht zu sagen, die Transplantation hat alles verändert. Aber das stimmt nicht. Nicht nur er, auch ich habe mich verändert.«

Jakubian ging zu dem Sessel auf der anderen Seite des

Tisches. Sein Blick fiel auf das Buch, und er nickte viel sagend. »Barbara, ihr seid nicht die Ersten, denen so etwas passiert, und ihr werdet nicht die Letzten sein. Mir ist es auch passiert. Es waren fünfzehn Jahre, in denen ich glaubte, alles sei in bester Ordnung. Und dann verwandelte es sich schleichend in eine Hölle.«

»Bist du deshalb weg aus Hannover?«

»Indirekt. Ja.«

Sie merkte, dass er nicht darüber reden wollte. »Weißt du, Ruben, noch vor ein paar Jahren hätte ich zwar sicher wegen einer zerbrochenen Beziehung getrauert, aber ich wäre klar gekommen. Die Nähe, die ich zu Thomas habe, hatte ich vorher nie zugelassen. Aber jetzt habe ich Angst davor, ohne sie zu leben.«

»Gibt es die Nähe denn noch?«, fragte er. Es tat ihr weh, aber sie merkte auch, dass er nicht nur von ihr und Thomas sprach. Sein Blick war einen Moment abgeschweift, jetzt war er wieder ganz bei ihr. »Meine Erfahrung ist: Wenn man aufwacht, ist die Nähe längst schon fort, und man wundert sich, wie breit und wie tief der Graben zwischen sich und dem Partner ist.« Er sah zu der altmodischen Wohnzimmeruhr. »Halb vier. Lass uns sehen, dass wir noch etwas Schlaf bekommen.« Er stand auf und ging zur Tür.

»Jakubian?« Barbara nannte ihn seltener als andere Kollegen nur beim Nachnamen.

»Ja?« Er drehte sich um.

»Du solltest nicht immer mit deinem Gewicht kokettieren. Du siehst gut aus.«

»Na ja.« Er tätschelte den kleinen Bauch.

»Wie ist das?«, fragte Barbara. »Die große Fünf, das ist doch im nächsten Jahr, oder? Die meisten Fünfzigjährigen schleppen mehr mit sich herum als du.«

»Ich bin ja auch noch nicht fünfzig«, sagte er mit großem Ernst, zwinkerte dann aber kurz und verschwand auf der Treppe.

6.

Die Zahl der Reporter, die das Gefängnis belagerten, war nicht kleiner geworden. Barbara fragte sich, ob es immer noch eine undichte Stelle irgendwo gab. Wenn es der Justizbeamte Ulf Maier gewesen war, dann hatte Jakubian das sicher inzwischen abgestellt.

Sie dachte lächelnd an das Frühstück in Heinz' Küche am Morgen. Die Mengen Spiegelei, die die beiden Männer verdrückt hatten, während Barbara an ihrem Käsebrot knabberte! Gesprochen hatten sie natürlich über den Fall.

Dies würde nun für lange Zeit Barbaras letzte Begegnung mit Hirschfeld sein. Sie war gespannt, ob der Gutachter in der Klinik irgendwann Kontakt zu ihr aufnehmen würde. Nach der Veröffentlichung ihrer damals Aufsehen erregenden Doktorarbeit über Serientäter hatten die klinischen Psychiater ihr eher skeptisch gegenübergestanden, doch im Laufe der Zeit hatte sie sich auch deren Respekt erarbeitet. Aber immer noch nahmen einige ihr ihre Zweifel an der Therapierbarkeit einiger Persönlichkeitsstörungen übel und sprachen ihr als Psychologin und Kriminalistin ohne medizinischen Hintergrund die Kompetenz schlicht ab.

Hirschfeld war guter Dinge an diesem Morgen, das merkte sie gleich. Das Veilchen begann bereits, bunt zu schillern, aber das Auge war gegenüber ihrer letzten Begegnung doch sehr abgeschwollen.

Barbara drückte den Knopf des Diktiergerätes.

Hirschfeld sah sie erwartungsvoll an.

»Zunächst würden wir gerne wissen, wo genau auf dem Gelände in Styrum Sie Julia ermordet haben.«

Er lehnte sich lässig zurück. Barbara kannte das schon. Das war die Vorfreude, jetzt doch noch die Einzelheiten von Julias

125

Ermordung erzählen zu können. »Also, es nach der Zeit noch zu beschreiben ... Wenn ich dort wäre, dann ...«

»Für einen Lokaltermin ist keine Zeit mehr. Also? War es in der Nähe vom Tatort Herborn? Oder näher beim S-Bahnhof?«

»Irgendwo dazwischen. Ich weiß es wirklich nicht mehr genau. Aber da waren keine Schienen mehr.«

Barbara schob ihm einen Zettel und einen Stift hin. Sie malte den S-Bahnhof auf, die vielen Schienen, die daran vorbeiführten. Die Mauer, an der Herborn gefunden worden war. »Wo etwa?«

Er nahm den Stift, machte ein Kreuz, überlegte kurz und machte ein zweites, dann zog er einen Kreis herum. »So etwa da. Ich weiß es wirklich nicht mehr genau.«

Es war immer noch ein großes Terrain, aber Barbara beließ es dabei. Er war zu erpicht auf einen Ausflug nach Styrum als dass sie Genaueres darüber herausbekommen hätte.

»Kommen wir jetzt zu Fatma.«

»Und Julia?«

Barbara ging nicht darauf ein. »Warum plötzlich ein Kind, Herr Hirschfeld?«

»Warum nicht?« Seine Stimme klang widerwillig, dann unterschwellig aggressiv. »Es war an der Zeit, oder? Ich hatte Frauen und einen Mann getötet, und nun war eben ein Kind dran.«

»Aber Sie sagten bei Julia, dass Sie erwischt werden wollten. Warum wieder ein ganz anderes Opfer?«

»Warum, warum?« Hirschfeld wurde ungeduldig. »Das gibt doch immer die größte Aufmerksamkeit, oder? Ich dachte, wenn ich eine taube Sechzehnjährige umbringe, dann genügt das. Und es hat ja auch mächtig Wirbel gegeben in den Zeitungen und im Fernsehen.«

»Sie haben es also getan, um noch mehr Aufmerksamkeit

zu bekommen?« hakte Barbara nach. »Wenn Sie so gemordet hätten, dass eine Serie erkennbar gewesen wäre, hätten Sie weit mehr Aufmerksamkeit erregt, das wissen Sie doch, oder?«

Er schwieg einen Moment und dachte nach. »Dann wäre ich nur einer von vielen Serienmördern gewesen. Das bin ich aber nicht.« Er lächelte, und die Zahnlücke wurde sichtbar. »Ich bin etwas Besonderes. Ich bin der, den Sie nie gekriegt hätten, wenn ich mich nicht gestellt hätte.«

War das von Anfang an sein Plan gewesen? Möglich war es. Barbara versuchte, zum einem diesem Gedanken nachzugehen, zum anderen, das Gespräch in Gang zu halten. »Wie haben Sie Fatma ausgesucht?«

»Ich dachte, es wäre Zeit für einen anderen Ort. Und da begann ich, mich in Dortmund auf den Bahnsteigen umzusehen. Und ich kriegte mit, dass sie mehrmals die Woche um fünf dieselbe Strecke Richtung Essen fuhr. Zu einer Musikschule.«

»Aber gepackt haben Sie sie auf dem Rückweg?«

Er nickte. »Ich hatte schon überlegt, ob ich es lassen soll. Es war ja noch hell, wenn sie um sieben nach Hause fuhr. Aber dann hatte ich Glück. Der kleine Bahnhof ist relativ einsam, sie wohnt ganz in der Nähe, aber es führt ein Weg zwischen Hecken hindurch. Da war niemand, und da habe ich sie gewürgt, bis sie bewusstlos war. Sie war ganz leicht, ich habe auf dem Bahngelände eine geeignete Stelle gesucht und ihr dann die Kehle durchgeschnitten.« Gegen Ende war seine Stimme leiser geworden.

»Wie war das, diesmal ein Kind zu töten?«

»Sie blutete wie die anderen.«

Barbara lehnte sich zurück, um seine Reaktion beobachten zu können. »Wir haben nur sehr wenig Sperma an ihr gefunden.«

»Was wollen Sie hören? Das es mir Leid tut, ein Kind

127

getötet zu haben?« Er stieß die Worte wütend hervor.

Das ist es, dachte Barbara, es tat ihm wirklich Leid um das Kind. Es war nicht dasselbe wie vorher.

Der Rest des Gesprächs ging weitaus zäher vor sich als bei den anderen Opfern. Hirschfeld schien längst nicht so erpicht auf die Schilderungen der grausamen Details wie sonst. Schließlich meinte er: »So wie es aussieht, werde ich morgen verlegt. Wollen wir nicht noch über Julia sprechen? Wir haben doch gestern so viel Zeit vertan.«

Barbara sah auf die Uhr. Es war kurz vor eins. »Ich fürchte, dazu ist keine Zeit mehr. Gleich bekommen Sie Ihr Essen.«

»Es scheint Sie so gar nicht zu interessieren, was ich zu erzählen habe. Wie wollen Sie denn dann ein Buch über mich schreiben?« Hirschfeld klang enttäuscht und lauernd.

Barbara schaltete das Diktiergerät ab, bevor sie antwortete. »Eigentlich, Herr Hirschfeld, haben Sie ja immer dasselbe erzählt. Ich würgte hier, ich schnitt da. Auf Dauer ist das sehr ermüdend. Wenn Sie jemanden wie mich beeindrucken wollen, dann muss das schon ein bisschen mehr sein. Motive sind interessant. Auslöser. Die Planung und das Vorher und Nachher. Dazu haben Sie wenig geliefert. In die Zeitung haben Sie es geschafft, aber ein Buch werde ich kaum über Sie schreiben.«

»Sie arrogante Ziege«, zischte er.

»Nun, Sie haben ja in Bedburg eine neue Chance, jemanden zu beeindrucken. Dort gibt es auch Leute, die gern Bücher veröffentlichen.« Barbara klopfte an die Tür, damit er abgeholt wurde, und packte dann langsam ihre Sachen. Sie hatte genug. Genug von Blut und Mord. Genug von diesem Mann, der sich daran ergötzte. Wie so häufig in ihrer Karriere hatte sie eigentlich für den Rest ihres Lebens genug von all dem. Bis zum nächsten Fall. Sie atmete tief durch und verließ den Raum.

Sie fuhr ins Präsidium, um die Kassetten abzugeben und

sich die abgetippten Protokolle der letzten Tage zu holen. Am Nachmittag wollte sie es sich in Heinz' Küche gemütlich machen und anfangen, ihr Abschlussgutachten über die Vernehmungen Hirschfelds zu schreiben.

Sie fand Jakubian hinter seinem kleinen Schreibtisch, auf dem sich inzwischen so viele Akten türmten, dass er nur noch wenig Platz zum Arbeiten hatte.

»Was ist denn das?«, fragte sie und deutete auf die Stapel.

»Ach, das hat Zeit. Und? Wie war dein letztes Gespräch mit Hirschfeld?«

»Ich habe eine kleine räumliche Eingrenzung zum Tatort Julia.« Sie zog den Zettel aus der Tasche.

Jakubian sah ihn sich an. »Das ist nicht sehr hilfreich«, meinte er.

»Hirschfeld war auf einen Ortstermin aus. Er behauptet, sich nur dann erinnern zu können. Ich dachte, das hier ist besser als nichts. Wir können die Zeit seiner Begutachtung nutzen.«

Jakubian nickte. »Erhard wird sich freuen, ein so großes Gelände umpflügen zu müssen. Und sonst? Hat er noch etwas Interessantes zu Fatma gesagt?«

»Möglicherweise tut es ihm um Fatma Leid und er hat sich deswegen gestellt. Er behauptet, er hätte ein Kind gewählt, weil das die größte Aufmerksamkeit erregt. Ekelhaft. Er spekuliert darauf, in einem meiner Bücher zu landen.« Sie setzte sich. »Ich bin total erschöpft.«

»Du hast ja auch kaum geschlafen letzte Nacht.«

»Nein, das ist es nicht. Es ist, weil es nun erst einmal vorbei ist mit dem Fall Hirschfeld, denke ich.«

Er nickte. »Du musst jetzt nicht mehr so oft herkommen.«

Barbara glaubte, etwas Bedauern aus dem Satz heraushören zu können. Sie lächelte. »Es wird noch oft genug sein.

Schließlich stütze ich meine Arbeit nicht nur auf Hirschfelds Aussagen.«

»Wirst du bei Heinz bleiben?« Er sah sie nur kurz an, als er die Frage stellte, und notierte dann hastig etwas auf einen Zettel.

»Ein paar Tage, denke ich. Wenn sich dann nichts getan hat, gehe ich in ein Hotel.«

Eigentlich hatte sie gleich heute in ein Hotel gehen wollen, aber Heinz hatte sie überredet zu bleiben. »Es ist schön, Gesellschaft zu haben«, hatte er gemeint. »Und du kannst ja ins Gästezimmer, schließlich übernachtet Jakubian nicht immer hier.« Die Pempelforter Wohnung sprach er nicht an. Er wusste auch so, dass Barbara nirgendwo hinwollte, wo Thomas mit Katharina geschlafen hatte.

»Jakubian, fragst du wegen des Gästebetts?«, neckte sie ihn.

Er lachte. »Das ist schon verlockend. Seit gestern weiß ich, dass ich mir eine neue Bleibe suchen muss. Mit einem großen Bett. Ich habe zwar nicht viel geschlafen, aber es war sehr erholsam. Wenn der Fall abgeschlossen ist, werde ich auf Wohnungssuche gehen.«

»Das wird ja auch nicht mehr lange dauern.«

»Wenn diese S-Bahn-Sache nicht noch durchgezogen und ausgewertet werden müsste, könnten wir schon fertig sein.« Er seufzte. »Stattdessen haben wir uns damit noch jede Menge Arbeit aufgehalst. Kommst du morgen, wenn Hirschfeld verlegt wird?«

»Ich kann nur vormittags. Nachmittags habe ich einen privaten Termin.« Barbara erinnerte sich daran, dass Jakubian Bescheid wusste. »Thomas hat den ersten Termin bei der Eheberatung gemacht.«

»Der Transport ist am späten Vormittag.«

»Das werde ich schaffen.«

Barbara verabschiedete sich von Jakubian. Die Wand, auf der die Ergebnisse der S-Bahn-Befragungen festgehalten wurden, war inzwischen übersät mit Fotos und Aussagen. Irgendjemand hatte sie neu geordnet und eine Zeitleiste angebracht.

Düsseldorf -> Dortmund, 7.00 - 9.30 Uhr stand dort, darunter alles zu den Fällen Langhorn, Herborn und Janicek.

Dortmund -> Düsseldorf, 16.00 - 19.00 Uhr war die zweite Kategorie. Auch hier fanden sich neben Fatma und Oma Koslinski die Fälle Herborn und Janicek. Aussagen, die sich auf Hirschfeld bezogen, waren besonders gekennzeichnet.

Barbara trat näher heran. Da war die Aussage von Verena Bläcker, einer rothaarigen Neunundzwanzigjährigen. Sie beschrieb sehr genau die Leute, die regelmäßig morgens mit der gleichen S-Bahn fuhren, darunter drei Männer verschiedenen Alters, meist mit hellen Mänteln, teuren Aktentaschen und der *FAZ* unter dem Arm – oder dem *Handelsblatt*. Einer von ihnen frühstückte immer in der S-Bahn, mit der Thermoskanne und seinem Brot ausgebreitet auf dem Aktenkoffer auf dem Schoß. Dann war da die Frau, die immer Krimis las, und die beiden Malergesellen, die stets in ihrer mit Farbe beklecksten Arbeitskleidung unterwegs waren. Hirschfeld gehörte nicht zu denen, die so regelmäßig fuhren, dass es einem auffiel, wann sie Urlaub hatten oder krank waren. Aber wiedererkannt hatte sie ihn doch. »Ich mochte ihn nicht, ich kann nicht mal sagen warum. Ich habe mich nie dahin gesetzt, wo er war.«

Oder Markus Metze, ein Jurist aus Dortmund, der in Bochum arbeitete und Hirschfeld in der Nähe der kleinen Fatma gesehen hatte. Auch er lieferte gute Beschreibungen der Leute, mit denen er regelmäßig fuhr. »Natürlich nehme ich nicht jeden Abend die gleiche Bahn«, sagte er. »Ich mache oft Überstunden,

131

aber manchmal schaffe ich es auch eher aus dem Büro.« Doch meist wurde es sieben, und dann begegnete er Fatma mehrmals, die manchmal eine Stoff-Klaviatur auf ihren Knien liegen hatte und Trockenübungen machte. Eine junge Frau namens Ursula Langer hatte auch ein paar Beschreibungen beigesteuert. Hirschfeld kannte sie nicht. Aber eine weitere junge Frau, Tanja Dalgicer, bestätigte das häufig geäußerte Unbehagen gegenüber Hirschfeld. »Er wirkte irgendwie schmierig.«

Irgendetwas an dieser Wand beunruhigte Barbara. Sie kannte das. Es war das Gefühl, etwas übersehen zu haben. Leider konnte man sich nicht darauf verlassen. Man hatte immer den Eindruck, etwas vergessen zu haben. Aber hier war das nicht wichtig. Denn der Mörder war ja bereits gefasst.

Sie holte sich die für sie bereits vorbereiteten Protokoll-Abschriften der letzten Tage und verließ das Polizei-präsidium.

Als sie im Auto ihr Handy wieder einschaltete, fand sie eine Nachricht von Thomas' Mutter. Sie rief sofort zurück.

»Barbara, gut dass du dich endlich meldest.«

»Was ist los, Annette?«

»Das Mädchen ist immer noch hier.«

»Das ist seine Sache.«

Sie hörte Annette schlucken. »Barbara, ich kann wirklich verstehen, dass du ausgezogen bist. Thomas sagte mir, dass sie heute geht, aber er rührt keinen Finger. Redet mit ihr im Gästezimmer, geht dann wieder in eure Wohnung. Sie ist mir unheimlich.«

»Das sollte sie dir auch sein. Ich halte sie für gefährlich.«

»Thomas sagt, du übertreibst.«

»Annette, auf dem Gebiet habe ich wohl mehr Erfahrung, oder?«

»Ja.« Annette klang kleinlaut. »Kannst du sie nicht aus dem Haus schaffen? Bitte!«

»Nein. Das ist Sache deines Sohnes.«

»Aber er tut es doch nicht! Barbara!«

»Solange sie da ist, werde ich das Haus nicht betreten, Annette. Tut mir Leid, ich kann dir nicht helfen.«

Annette machte eine Pause. Barbara hätte am liebsten aufgelegt, aber sie traute sich nicht. Ihr gutes Verhältnis zu Annette war schwer erkämpft und hatte bereits Risse. Und Annette hatte es nicht verdient, unter ihrer Ehekrise zu leiden.

»Barbara, ich möchte nicht, dass eure Ehe an so etwas scheitert.«

»Das möchte ich auch nicht. Aber Thomas hat ihr erlaubt zu bleiben, und er muss das regeln. Hör zu, Annette.« Barbara überlegte kurz. »Wenn sie am Samstag nicht aus dem Haus ist, dann werde ich helfen, in Ordnung?«

»Gut.« Annette seufzte. »Wie geht es dir denn? Wo schläfst du?«

»Ich bin bei Heinz. Aber bitte sag Thomas nichts davon. Wir werden uns ohnehin morgen Nachmittag sehen.«

Annette versprach es. Sie klang nicht beruhigter mit der Aussicht, Katharina noch ein paar Tage in der Villa zu haben.

Barbara machte sich auf den Weg nach Rheinhausen und nahm sich von unterwegs eine Pizza mit. Heinz' Eintopf mochte noch so gut sein, wie Jakubian ihr bestätigt hatte, sie würde ihn nicht herunterbekommen.

Den ganzen Nachmittag bis tief in die Nacht hatte Barbara in Heinz' Küche gesessen und gearbeitet. Der Bericht war zwar nicht fertig, aber Barbara wusste, wo es langging. Es war ihr immer leicht gefallen, Material zu strukturieren und ihrer Arbeit ein vernünftiges Gerüst zu geben. So ging ihr das

133

Schreiben leicht von der Hand.

Heinz versorgte sie zwischendurch mit Kaffee und Wasser. Sie machte eine Pause zum Abendbrot.

»Zu welchem Schluss kommst du?«, fragte Heinz. »Wollte er nur Aufmerksamkeit erregen?«

»Das ist sein Hauptmotiv für die Morde und auch das Motiv dafür, dass er sich gestellt hat, soviel ist klar. Aber die Art, wie er die Morde begangen hat, zeigt, dass die sexuellen Motive mindestens ebenso stark waren. Wenn er nur Publicity gewollt hätte, hätte er es anders anstellen können. Einen Promi umbringen zum Beispiel.«

Heinz sah nachdenklich in sein Wasserglas. »Jakubian hat mir das meiste Material mitgebracht. Ich finde, da ist ein Widerspruch zwischen der Person Hirschfeld, der Art wie er spricht und denkt und seiner überlegten Handlungsweise.«

»Aber Hirschfeld ist nicht dumm, wenn du das meinst.« Barbara ließ das Messer sinken. Wieder war da dieses ungute Gefühl. »Wie intelligent er ist, werden sie in der Forensik testen.«

»Aber er ist doch allenfalls Durchschnitt.«

Also spürte Heinz es auch. »Heinz, ich habe da immer mal wieder Zweifel. Nein, Zweifel wäre zuviel gesagt, aber da ist das Gefühl, dass wir nicht alles wissen. Aber du hast selbst neulich gesagt, wir haben den Täter bereits. Wir haben seine DNA-Spuren, wir haben die Tatwaffen aus seiner Wohnung. Durch die S-Bahn-Aktion haben wir zumindest Zeugen, die ihn in der Zeit vor der Tat mit dem jeweiligen Opfer gesehen haben.« Sie schnitt ein Stück von der kalten Butter ab und versuchte es auf dem Brot zu verstreichen. »Ich glaube, wir sind nur einfach nicht gewöhnt, so zu arbeiten. Den Mörder zu kennen und nur hinter ihm herzuräumen.«

Er lachte. »Nanntest du das nicht mal die automatische

Polizistin in dir?«

»Ja. Sie kommt mit der Situation, dass sich einer gestellt hat, gar nicht klar.«

Erst gegen Mitternacht fiel Barbara in das frisch bezogene Gästebett und war sofort eingeschlafen.

Barbara erwachte erst gegen neun, aber sie hatte es heute ja nicht eilig. Sie duschte sich in Heinz' altmodischem Badezimmer und fand keinen Fön, um ihre Haare zu bändigen. Heinz trug seine Haare ganz kurz, er brauchte keinen. Sie rubbelte ihre Haare so gut es ging trocken und versuchte sie in Form zu kämmen, was gründlich misslang. Plötzlich kam eine Erinnerung hoch: Sie, in Thomas' Badezimmer in Pempelfort, kurz nachdem er sie in einer Kneipe aufgelesen hatte, ihr während ihrer langen Depression völlig herausgewachsener Kurzhaarschnitt.

Sie kam sich zwar ein wenig indiskret vor, in Heinz' Badezimmerschrank herumzuwühlen, aber dann fand sie, was sie suchte: seinen Haarschneider. Sie stellte ihn ein und bald darauf fielen die halblangen dunklen Haare auf den Boden. Wie damals ließ sie vorn ein paar längere Fransen stehen. Fasziniert sah sie sich im Spiegel an. Es war, als hätte sie die Zeit um acht Jahre zurückgedreht. Nur grauer war sie geworden, sie hatte die Haare zuletzt regelmäßig gefärbt. Nun waren sie so kurz, dass da nur noch pure Natur war. »Immerhin bist du fünfundvierzig« sagte sie zu ihrem Spiegelbild.

»Na, du Langschläferin«, sagte Heinz, als sie die Treppe herunterkam. Er goss gerade eine Tasse Kaffee ein und hatte sie gar nicht angesehen. Nun fiel ihm beinah die Kanne aus der Hand.

»Ist es so schlimm?«, fragte Barbara.

»Nein. Aber es ist eine Überraschung. Wenn Du möchtest, gehe ich nachher noch mal über die Stellen, an die du nicht so gut herangekommen bist.«

Es stellte sich heraus, dass er schon seit sechs auf war und sich nun mit ihr ein zweites Frühstück genehmigte. »Was ist das mit deinen Haaren?«, fragte er. »Alles auf Anfang?«

»Ich habe keinen Fön gefunden.« Barbara sah ihn an. »Aber vielleicht hast du Recht. Die Haare haben mich ziemlich genervt in der letzten Zeit.«

»Es sieht gut aus.«

»Danke.«

Sie druckte noch an Heinz' PC die am Vorabend geschriebenen Seiten für Jakubian aus und fuhr dann zum Polizeipräsidium.

Es war der letzte Tag der S-Bahn-Aktion, und die Morgen-Teams trudelten gerade wieder ein. Jakubian war nirgends zu finden. »Ich glaube, der ist bei der Staatsanwaltschaft«, erklärte ihr ein LKA-Beamter.

»Hat irgendjemand etwas dagegen, wenn ich seinen Schreibtisch benutze?«. Sie bekam keine Antwort und wertete das als Nein.

Sie hatte ihr Notebook mitgebracht und schloss es an. Aber irgendwie kam sie in dem Trubel, der um sie herum herrschte, nicht weiter. Ihr Blick fiel auf einen der Aktenstapel auf Jakubians Schreibtisch.

Neugierig nahm Barbara die oberste Akte. Sie stammte aus Essen aus dem Jahr 2003. Eine junge Frau war nachts auf dem Weg von einem der kleineren S-Bahnhöfe nach Hause von einem Mann verfolgt worden. Der hatte sie von hinten angegriffen und gewürgt, bis sie fast bewusstlos war. Dann hatte er von ihr abgelassen und war unerkannt verschwunden.

136

Sie griff sich die nächste Akte. Dieser Fall hatte sich 2001 in Dortmund ereignet. Auch hier war eine Frau nachts verfolgt worden und wurde dann von hinten durch einen Messerstich verletzt. Die Wunde blutete stark, war aber nicht weiter gefährlich.

Plötzlich zuckte sie zusammen, denn Jakubian stand vor ihr. »Ich hätte dich fast nicht erkannt«, meinte er.

Barbara ging nicht darauf ein. »Geht das so weiter?«, fragte sie ihn und deutete auf die Akte.

Er nickte. »Ich habe sie nur überflogen. Aber: ja. Lauter Fälle, die ganz ähnlich liegen wie bei Hirschfeld. Allerdings keine Morde, nicht mal Vergewaltigungen.«

»Verdammt, Ruben, wie lange hast du diese Akten schon? Ich kann mich nicht erinnern, deinen Schreibtisch in der letzten Zeit ohne diesen Aktenstapel gesehen zu haben.«

Er seufzte. »Etwa zwei Wochen. Ich dachte, zur Vollständigkeit der Untersuchung gehört das dazu. Weil im BKA- und im LKA-Computer nichts war, hatte ich schon ganz zu Anfang eine Anfrage an die Städte geschickt, die beteiligt sind.«

»Aber das wirft doch ein völlig anderes Licht auf Hirschfeld und sein Geständnis!«

»Wir haben ihn doch, Barbara! Es gibt ein Geständnis und sechs Morde. Diese Fälle hier sind doch unwichtig dagegen. Niemand ist ernsthaft verletzt worden, sie wurden nicht mal vergewaltigt. Bei so einem großen Fall muss man pragmatisch denken.«

»Scheiße, Ruben, wann immer in einem meiner früheren Fälle pragmatisch gedacht wurde, gab es eine Katastrophe. Ich hatte die ganze Zeit so ein blödes Gefühl.«

Sie wurde von Jost Klasen unterbrochen. »Ich habe wichtige Neuigkeiten in Sachen Hirschfeld«, verkündete er freudestrahlend. »Ich habe eine Cousine von ihm gefunden und

137

stellen Sie sich mal vor …«

»Jetzt nicht, Klasen«, sagte Jakubian barsch.

»Sie sollten es sich aber trotzdem anhören«, versuchte es Klasen noch einmal.

»Später.«

»Nein, nicht später. Jetzt. Es ist wichtig.«

Barbara wunderte sich über die Courage des jungen Mannes. Er kam herein und machte die Tür kräftig zu. Jakubian war zu überrascht, um zu reagieren.

»Ich konnte nicht umhin, mit anzuhören, worüber Sie gerade gesprochen haben«, sagte er. »Und deshalb müssen Sie sich das anhören, das wirft ein völlig anderes Licht auf Hirschfeld.«

Barbara seufzte und sah Jakubian an, der nickte. Klasen hatte bisher ihre Geduld nie überstrapaziert, und er arbeitete gut. Wenn er es für wichtig hielt, dann konnte man davon ausgehen, dass es auch wichtig war. »Dann bitte.«

»Und eine Cousine von Hirschfeld ist interessant?«, fragte Jakubian grimmig.

»Und ob. Ehrlich gesagt, liegt es mir wie ein Stein im Magen.« Klasen hockte sich auf Heyers Schreibtisch. »Weil wir doch keine Nachbarn mehr finden konnten, die irgendwelche Angaben zu Hirschfelds Familie und Kindheit machen konnten, habe ich ein wenig Genealogie betrieben. Und ich bin fündig geworden. Er hat noch Angehörige, und zwar eine etwa gleichaltrige Cousine, die schon sehr lange in Aachen lebt. Ich habe sie gestern besucht.« Er machte eine bedeutungsvolle Pause, bis Jakubian ihn böse anblitzte.

»Nun, er hat Frau Hielmann-Pross einen vom Pferd erzählt.«

»Was?« Barbara war verwirrt.

»Seine schreckliche Kindheit. Der prügelnde Vater, der seine Kinder dazu zwang, beim Schlachten zuzusehen. Die Mutter, die sich einfach ins Bett gelegt hat – all das.«

Klasen weidete sich am Erstaunen der Kollegen. »Die Cousine ist absolut glaubwürdig, so eine grundehrliche und sehr helle Hausfrau. Dazu kommt, dass sie in derselben Siedlung wie Hirschfeld aufgewachsen ist, sie also engen Kontakt hatten. Er lebte in einer armen, aber intakten und liebevollen Familie. Seine Eltern sind erst Ende der 90er gestorben, das habe ich auch schon nachgeprüft. Die Frau bestätigte mir, dass Hirschfeld wie auch andere Kinder, darunter sie selbst, schon bei Hausschlachtungen zugesehen haben, aber immer freiwillig. Tiere gequält hat er ihres Wissens nie. Aber er war ein Einzelgänger, und die Neigung zum Voyeurismus hatte er wohl auch schon als Kind.«

»Verdammt«, sagte Barbara. »Er hat mich zum Narren gehalten, mir die gängigen Forschungsergebnisse zur Kindheit von Serienmördern aufgetischt.«

»Vielleicht glaubte er, eine solche Biografie gehöre einfach dazu«, meinte Klasen.

»Nein«, sagte Jakubian. »Das kann nicht der Grund sein. Wichtig ist, er hat gelogen, und wir müssen herausfinden, wo er noch gelogen hat.«

Er sah auf die Uhr. »Wir haben nicht mehr viel Zeit. Wenn wir ihn jetzt nicht mehr erwischen, Barbara, dann musst du heute noch nach Bedburg-Hau, egal, was die Ärzte sagen. Wir müssen Klarheit haben. Auch wegen der alten Fälle hier.«

Sie sagten Heyer Bescheid, der ohnehin zum Gefängnis hatte kommen wollen. Er und Jakubian beabsichtigten, den Pressesprechern ein wenig zur Seite zu stehen. Sie fuhren los und parkten den Wagen in einiger Entfernung vom Gefängnis in der Innenstadt.

Vor dem Tor herrschten tumultartige Zustände. Ein paar uniformierte Polizisten hatten Mühe, eine Gasse freizuhalten, damit der Transporter in den Gefängnishof fahren konnte. »Was ist denn das für ein Wagen?«, murmelte Jakubian, der als Einziger groß genug war, um ihn aus der Entfernung sehen zu können.

»Was ist denn mit dem Wagen?«, wollte Barbara wissen.

»Das ist jedenfalls kein üblicher Gefangenentransporter!«

Der größte Teil der versammelten Menge waren Medienleute, sie trugen Video- und Fotokameras oder Mikrofone in der Hand. Hinter den Fernsehteams hielten die Tonmänner ihre Angelmikrofone über ihre Leute. Hinzu kamen ein paar Schaulustige, die den Auflauf wohl beim morgendlichen Einkaufsbummel auf Duisburgs Königsstraße mitbekommen hatten und wissen wollten, was da wohl los sei.

»Wir sollten hier alles räumen lassen«, meinte Sven, der zu ihnen gestoßen war.

»Ja, sollten wir«, knurrte Jakubian. »Aber das können wir uns nicht leisten.« Er zückte jedoch sein Handy und forderte Verstärkung an. Dann gab er der Gefängnisleitung die Anweisung, mit der Verlegung auf sie zu warten, damit sie noch mit Hirschfeld sprechen konnten. Außerdem sollte der Transporter keineswegs losfahren, solange die Verstärkung noch nicht eingetroffen war. »Ein Transporter ist unterwegs, der andere in Reparatur. Jetzt haben wir einen Wagen, in dem jeder Hirschfeld sehen kann.«

»Warum haben sie keinen aus einer anderen JVA angefordert?«, fragte Barbara.

»Man hält ihn nicht für so gefährlich«, schnaubte Jakubian wütend.

Sie näherten sich der Meute. Pressesprecher Torsten Mende stand ein wenig verloren seitlich des Eingangs und wurde von einigen Fernsehteams bedrängt. Als Jakubian sich den Weg durch die Reporter bahnte und so auch für Barbara und Sven eine Bresche schlug, schwenkten die Kameraleute sofort auf ihn. Er überragte die meisten hier deutlich und hatte auch in der Vergangenheit schon viel Aufmerksamkeit auf sich gezogen.

»Es wird hier nichts zu sehen geben«, sagte er in ein hingehaltenes Mikro. »Die Verlegung des Gefangenen zur forensischen Begutachtung ist Routine für die Vorbereitung des Verfahrens.«

»Wann wird Anklage erhoben, Herr Jakubian?«, kam eine Frage von irgendwo hinter dem Wald von Mikrofonen.

»Fragen Sie das Staatsanwalt Roters.«

Doch dann war Jakubian plötzlich nicht mehr von Interesse, denn das Tor öffnete sich wieder langsam. Barbara, Heyer und Jakubian sahen sich an. Da war etwas gründlich schief gegangen, Jakubians Anweisung, zu warten, war nicht angekommen oder missachtet worden Der Transporter fuhr im Schritttempo heraus, und Barbara konnte einen kurzen Blick auf Hirschfeld werfen. Wie vorauszusehen, versteckte er sich nicht, sondern drückte sich an dem vergitterten Fenster die Nase platt.

Die Fotografen und Kameraleute stürmten auf den Bus zu, und den Uniformierten gelang es nicht, sie zurückzuhalten. Mindestens drei von ihnen kamen ganz nah heran, hinter sich ihre Tonleute, und konnten Bilder von Hirschfeld in dem langsam rollenden Fahrzeug schießen.

Der Kleinbus stand. Jetzt kam endlich die Verstärkung. Mit gemeinsamen Kräften gelang es, alle hinter eine imaginäre Linie zu bringen.

Plötzlich fiel Barbara auf, dass der Bus schief stand. Sie kam näher heran und sah die Bescherung. »Ruben«, rief sie Jakubian zu, der sich gerade eine leise, aber heftige Auseinandersetzung mit dem Fahrer des Transporters durch das Fenster der Beifahrerseite lieferte. »Das rechte Hinterrad ist platt!«

Jakubian trat einen Schritt zurück und sah die Bescherung. Ein Krähenfuß, eine Art Kralle, messerscharfe Spitzen, die in ein flexibles Band eingelassen waren, lag hinter dem Reifen und hatte ihn auf einer Länge von dreißig Zentimetern aufgeschlitzt. Barbara sah, wie Jakubian sich umblickte, blitzschnell unter seine Jacke griff, und dann geschah etwas, was sie für den Rest ihres Lebens von der Ansicht heilte, er wäre ein gemütlicher Bär.

»Alle runter!!«, hörte sie seinen Befehl, dann flog er schon durch die Luft, um sie zu Boden zu reißen. Mehrere Schüsse fielen, Glas splitterte, Gitter bogen sich auseinander, Blut spritzte. Dann war für einen Moment alles still.

»Heyer! Die Bank. Der Kerl muss in der Sparkasse sein!«, schrie Jakubian in die Stille hinein.

Im nächsten Moment brach der Tumult los. Reporter kreischten ihren Kameramännern und Fotografen Anweisungen zu. Vereinzelt konnte man Uniformierte hören, die die Anwesenden zur Ruhe mahnten.

»Alles in Ordnung?«, fragte Jakubian Barbara.

»Wenn du wieder von mir runtergehst und ich atmen kann, sage ich es dir.«

»Entschuldigung.« Er stand äußerst leichtfüßig auf und reichte ihr die Hand. »Ich hoffe, ich habe dich nicht zusätzlich verletzt.«

»Ich werde ein paar Prellungen haben, alles halb so wild.« Sie rieb sich den Arm und sah zu Heyer hinüber, der bereits per Handy die Verfolgung des oder der Attentäter organisierte. Einen zweiten Verstärkungstrupp, der eigentlich ebenfalls die Abfahrt des Gefangenen hatte sichern sollen, hatte er bereits zu den Ausgängen des Bankgebäudes geschickt, um diese zu sichern.

Jakubian steckte seinen Kopf in den Bus. Hirschfeld hatte es voll erwischt. Die Geschosse hatten mit Leichtigkeit Scheibe und Gitter des Wagens durchschlagen. Eins war in seinen Kopf eingedrungen und hatte ihm den Hinterkopf regelrecht zerfetzt und über den hinteren Bereich des Busses verteilt. Jakubian blickte sich um. »Wie sieht's hier aus?«

»Ich bin in Ordnung«, sagte der Fahrer. »Aber der Kollege ist wohl verletzt.«

Um Hirschfelds direkten Bewacher kümmerten sich jetzt Kollegen als Ersthelfer. Er hatte eine blutende Wunde am Arm. Doch das meiste Blut, dass seine gesamte rechte Körperhälfte bedeckte, musste von Hirschfeld stammen.

Von überall her tönten Polizeisirenen. Ein übereifriger Kameramann filmte gerade über Jakubians Schulter Hirschfelds Leiche. Jakubian richtete sich auf und riss dabei – scheinbar versehentlich – dem Mann die Kamera aus der Hand, die auf den Boden fiel. »Oh, Verzeihung«, sagte er bedauernd und erntete einen giftigen Blick.

Da er über die meisten hinwegsehen konnte, sah er, dass nun genug Verstärkung eingetroffen war, um die gesamte Meute zu umstellen. »Meine Damen und Herren, Sie alle sind vorläufig festgenommen und werden uns zur Feststellung Ihrer Personalien auf das Präsidium begleiten. Sämtliche Bild- und Tonträger, Kameras etc. sind beschlagnahmt, da sie Beweismaterial darstellen.«

Protest brach aus, doch in der relativ engen Straße vor dem Gefängnis konnte keiner verschwinden. Ohnehin ging es den Reportern eher um ihre Filme und Bilder und darum, wie rechtzeitig sie in ihren Redaktionen und Sendern sein konnten. Barbara wusste, dass sie sich kaum Hoffnungen machen

143

konnten, den Helfershelfer des Schützen noch zu fassen, der den Krähenfuß vor dem Rad des Busses platziert hatte. In dem Chaos kurz vor und auch nach den Schüssen hatte der sicher Zeit genug gehabt zu entkommen. Aber es bestand die Möglichkeit, dass auf dem Videomaterial irgendetwas zu entdecken war.

Der linke Arm, auf den sie gefallen war, als Jakubian sie umgerissen hatte, tat höllisch weh. Etwas abseits des Geschehens schob sie ihren Ärmel hoch und sah eine Abschürfung, die auch ein wenig blutete. Inzwischen waren auch mehrere Krankenwagen eingetroffen. Sie überlegte, ob sie sich dort versorgen lassen sollte, doch dann zog sie den Ärmel wieder herunter und ging zu Heyer und Jakubian, die mithalfen, die Anwesenden in die rasch herbeigeholten Mannschaftsbusse zu verfrachten, die sie ins Polizeipräsidium brachten. Jakubian wollte die Straße so schnell wie möglich räumen, damit die Kriminaltechniker arbeiten konnten. Als eine halbe Stunde später Max Erhard mit seinen Leuten eintraf, waren nur noch Barbara, Heyer und Jakubian dort und einige Uniformierte, die die Straße weiterhin absperrten.

Die drei fuhren gemeinsam zurück ins Polizeipräsidium.

»Das war's dann mit dem Fall Hirschfeld«, seufzte Jakubian. »Und es passt mir gar nicht, jetzt nach seinem Mörder suchen zu müssen.«

»Das müssen Profis gewesen sein«, meinte Sven. »Die Vorbereitung mit dem Krähenfuß. Und in das Sparkassengebäude gelangt man auch nicht ohne weiteres. Das war ein unglaublich guter Schütze, und die Geschosse müssen präpariert gewesen sein, damit es Hirschfeld derart den Kopf wegreißt.«

Barbara sprach aus, was alle drei dachten. »Das einzige Motiv dürfte wohl Rache sein. Also müssen wir im Umfeld der Opfer suchen.« Sie blickte zu Jakubian. »Und das bedeutet nicht, dass die Arbeit an den Mordfällen so schnell abgeschlossen ist.« Sie deutete auf den Aktenstapel.

Er nickte. »Hilfst du mit, das Material der Medienleute zu sichten? Ich habe die komplette Soko ins Präsidium bestellt, die waren nicht gerade glücklich, denn heute sollte ihr erster freier Tag seit langem sein. Aber die Redaktionen machen schon Druck, weil wir ihre Leute und ihr Material festhalten, daher brauchen wir jeden.«

»Ja, sicher.«

Im Präsidium hatte Lutz Kramer kurzzeitig das Regiment übernommen. Er hatte die eintreffenden Zeugen in drei Gruppen eingeteilt: Diejenigen, die auf der linken Seite des Busses gestanden hatten, hatten vermutlich das wenigste mitbekommen, diejenigen, die das Geschehen frontal miterlebt hatten und dann die leider doch recht große Gruppe, die rechts vom Bus mitten drin gewesen waren.

Drei Ü-Wagen standen auf dem Hof des Präsidiums. Die Fernsehleute hatten angeboten, alles Videomaterial auf den Geräten der Ü-Wagen zu sichten, da die technische Ausstattung des Präsidiums nicht ausreichte.

»Wir können Ihnen direkt Kopien der Bänder ziehen«, hatte einer der Techniker vorgeschlagen. Mit ihm kletterte Barbara in den Kleinbus, der mit Übertragungstechnik vollgestopft war. Er nahm ein VHS-Leerband und legte es ein. »Oder wollen Sie lieber eine DVD? Das ist natürlich eine bessere Qualität.«

Barbara schüttelte den Kopf. »Das können wir immer noch machen, wenn sich die Aufnahmen als relevant erweisen.«

Es hatte sieben Kameras vor Ort gegeben. ARD, ZDF, RTL und ProSieben/SAT1 sowie drei freie Kameramänner. Es war erstaunlich, dass die großen Sender fast alle falsch gestanden

145

hatten, während die »Videogeier« instinktiv den richtigen Standort gewählt hatten. Ihre Bilder waren die aussagekräftigsten, möglicherweise war auf ihnen auch der Helfershelfer zu finden.

Der letzte der drei, ein kleiner, schmuddeliger Typ mit Bauchansatz kam missmutig herein, die Kamera in der Hand. »Dieser große Tollpatsch hat mir meine Suzie kaputtgemacht«, maulte er. »Das wird teuer für euch!«

Barbara vermutete, dass er zu wenig Geld für eine Reparatur hatte. Es dauerte einen Moment, bis er das Band aus der Kamera geholt hatte, weil das Fach klemmte. Er gab es dem Techniker. Während der einlegte und zurückspulte, fragte Barbara: »Wie heißen Sie?«

»Gonzo.« Er grinste.

»Und mit vollem Namen, Herr Gonzo?«

»Heinrich Gonschorek.«

»Danke.« Sie trug es auf dem improvisierten Formular ein. »Wo wohnen Sie?«

»In Essen.« Gonschorek gab freiwillig seine Adresse an.

»Für welchen Sender arbeiten Sie?«

Der Techniker des WDR schnaubte. »Fragen Sie ihn lieber, für wen nicht!«

»Ich bin freier Kameramann.« Es war dem verächtlichen Blick Gonschoreks anzusehen, wie sehr ihn die Arroganz des Festangestellten nervte. »Verkauft wird an den Meistbietenden.«

Gonschoreks Material war spektakulär. Während einige einfach aufs Tor gehalten und gehofft hatten, dass der Bus schon irgendwie an ihnen vorbeifahren würde, hatte Gonschorek mehrere Male die Position gewechselt und dabei immer wieder die Szene abgeschwenkt. Jakubian war zu sehen, wie er sich den Weg durch die Menge bahnte. Barbara

146

musste schmunzeln, denn sie neben dem Riesen, das war schon ein witziger Anblick.

Nun kam der Moment, als sich das Tor öffnete. Man sah eine kurze Einstellung von einem Uniformierten, der entnervt aufgab, die Umstehenden zurückzuhalten, aber gleich einen Schwenk auf den langsam rollenden Bus und einen Zoom auf Hirschfelds Gesicht hinter dem vergitterten Fenster. Da das Licht günstig stand, gab es keine Spiegelung. Hirschfelds Gesichtsausdruck, soweit hinter dem Gitter auszumachen, zeigt große Zufriedenheit, fast Stolz. Dann kam einer von denjenigen, die den Bus bedrängten, vor Gonschoreks Kamera, und Barbara konnte sehen, wie er sich kurz bückte. Der Bus rollte weiter.

»Halten Sie mal an und fahren Sie zurück«, sagte sie zum Techniker. Bild für Bild wiederholten sie die Stelle. Es waren keine deutlichen Bilder, trotzdem konnte man den Mann ganz gut erkennen.

»Können Sie hiervon einen Ausdruck machen?«, fragte Barbara.

»Das nicht, aber die Passage auf DVD brennen. Das können Sie im Präsidium sicher ausdrucken.«

»Dann machen Sie mal.« Der Techniker begann, und Barbara wandte sich an Gonschorek. »Sie kommen doch sicher viel rum?«

»Und wenn?«

»Haben Sie den Typen schon mal gesehen?«

Gonschorek schüttelte den Kopf. »Das war irgendein Zeitungsfuzzi. Fotograf oder so. Der hing da schon vor dem Gefängnis herum, seit durchgesickert war, dass Hirschfeld verlegt wird.«

»Gutes Stichwort«, meinte Barbara. »Wie haben Sie eigentlich davon erfahren?«

»Hab ich vergessen.« Er grinste trocken. »Irgendwo aufge-schnappt, nehm ich mal an.«

Barbara sah ihn streng an. »Oder Polizeifunk abgehört? Sollen sich die Kollegen mal in Ihrem Wagen nach einem Funkscanner umsehen?«

Er seufzte. »Ich weiß es von einem *Rheinblitz*-Reporter aus Essen. Ich meine, der arbeitet in Düsseldorf, wohnt aber in Essen.«

»Name?«

»Kalle Wendt.«

Die DVD war fertig, Barbara gab sie und einen Zettel mit dem Namen *Kalle Wendt* an einen Beamten, der gerade an dem Ü-Wagen vorbeiging. »Auf der DVD ist eine Passage mit einem Mann, vom dem wir schnellstens ein Videoprint für eine Fahndung brauchen. Es ist vermutlich der Mann mit dem Krähenfuß.« Sie erklärte ihm noch, welche Bewandtnis es mit Kalle Wendt hatte und kletterte wieder in den Bus.

»Ihre Bilder haben uns bei unseren Ermittlungen sehr ge-holfen, Herr Gonschorek«, sagte sie.

»Immer zu Diensten.« Gonzo lächelte abwesend und han-tierte mit seinem Handy.

»Ich hoffe, dass sie auch ne Menge Kohle bringen werden.«

Das Band lief weiter: Die Leute wurden wieder zurückge-drängt, und Gonschorek, der vorher nicht mit nach vorn gegangen war, stand offensichtlich fest wie ein Fels in der Brandung.

Barbara spürte, wie Gonschorek sich über sie beugte, um einen besseren Blick auf den Monitor zu haben. Er roch nach Schweiß und Knoblauch. »Spitzenbilder!«, zischte er in sein Handy. »Der Preis hat sich gerade verdoppelt.«

Man konnte sehen, wie Barbara an den Bus herantrat, wie Jakubian seine Waffe zog und sich auf sie stürzte, wie die

Schüsse die Scheibe durchschlugen und ein Teil von Hirschfelds Gehirn durch den Wagen spritzte. Dann Jakubians Ruf und ein blitzschneller Schwenk zum Dach der Sparkasse, wo man ganz kurz den Schützen sehen konnte, der sein Gewehr wegwarf und floh.

»Wow«, sagte der Techniker anerkennend. »Ich wette, das hat niemand.« Dann wandte er sich grinsend an Gonschorek. »Schade, dass das meiste nicht sendefähig ist. Zu viel Splatter.«

»Werden wir noch sehen.«

Der Film war gerade beim Schwenk über Jakubians Schulter auf Hirschfelds Gesicht mit dem Einschussloch und dem weggeplatzten Hinterkopf, dann drehte Jakubian sich um, die Kamera fiel und alles war schwarz.

Gonschorek steckte sein Handy ein und griff nach den Resten seiner Kamera. »Die bezahlt ihr mir. Plus Arbeitsausfall. Plus …«

»Ziehen Sie noch eine Kopie«, wies Barbara den Techniker an. Zu Gonschorek gewandt sagte sie: »Dann stellt Herr Jakubian am besten mal alles hier sicher. Kamera und Band. Als Beweismittel!«

Gonschorek kniff die Lippen zusammen. »Ich hätte da noch was«, meinte er in einer Mischung aus Verlegenheit und Dreistigkeit. »Mir wird es immer langweilig bei solchen Aktionen wie dem Warten auf den großen Moment vor dem Gefängnis.«

»Und?«

»Und dann drehe ich halt immer mal ein bisschen. Kann ich ja wieder überspielen.«

Barbara hob die Brauen. »Das heißt, Sie haben Ihre Kollegen in den letzten Tagen vor dem Knast gefilmt?«

»Nicht nur die. Sie zum Beispiel auch, wenn Sie zu Hirschfeld gingen.« Er zerrte ein Band aus seiner Ranger-

149

jacke. »Vielleicht ist da ja noch was für Sie drauf.«

Barbara wollte nach den Kassetten greifen, aber Gonzo zog sie weg. »Material ist teuer.«

»Wir können gleich hier kopieren.« Barbara sah den Techniker an und der nickte.

Gonzo fixierte sie. »Ihr zieht euch eine Kopie und ich nehm auch das Band mit dem Schuss wieder mit. Keine Beschlagnahme.«

»Die Bilder mit dem Schuss wird doch ohnehin niemand senden. Zu blutig.«

»Machen Sie Ihren Job, und lassen Sie mich meinen machen. Was man sendet, kann man immer noch überlegen. Aber erst mal muss man es haben, klar?«

Barbara zögerte einen Moment. »In Ordnung!«, sagte sie dann. Sie bekam das Band mit Gonschoreks Schnittbildern zum Kopieren, und noch während die Rekorder liefen, zerrte der Videogeier seine Aufnahme von Hirschfelds zerplatzendem Kopf aus der Maschine, kletterte aus dem Wagen und tigerte mit dem Handy am Ohr hinüber zum RTL-Übertragungswagen.

Barbara sah auf ihre Uhr und erschrak. Viertel nach vier. Vor einer Viertelstunde hätte sie in Düsseldorf sein müssen zur ersten Sitzung ihrer Eheberatung. »Oh, Scheiße!« Sie nahm ihr Handy und wählte Thomas' Handynummer. Die Mailbox meldete sich. Er hatte es ausgeschaltet. Barbara sprach nicht auf die Box. Jetzt war sowieso alles zu spät.

Mit einer DVD von Gonschoreks gesamtem Material ging sie zurück ins Gebäude. Dort verglichen gerade Patrick Linssen und Kramer das Bild, das Gonschorek von dem möglichen Helfershelfer gemacht hatte, mit den Fotos aus den Digitalkameras der Fotoreporter.

»Hier, das könnte er sein.« Linssen zeigte auf einen Mann in einem braunkarierten Hemd.

Kramer nickte. »Ja, das ist er. Ist aber auch nicht besser als das Bild, das vom Video gezogen wurde. Also weiter.«

Barbara ging an den beiden vorbei in Heyers Büro, wo sie Jakubian vermutete, aber nur Heyer war da.

»Jakubian hält Kriegsrat mit der Staatsanwaltschaft. Er möchte gern, dass die Soko für die Suche nach dem Mörder erhalten bleibt, der Staatsanwalt überlegt, ob der Fall nicht als Duisburger Fall von uns hier bearbeitet werden sollte.« Heyer wirkte nicht unglücklich bei der Aussicht, sein Büro bald wieder für sich allein zu haben.

»Wieso? Der Fall Hirschfeld muss ordentlich abgeschlossen werden, das dauert ohnehin noch ein paar Tage. Und da könnte man die Kompetenz der Leute doch nutzen.«

»Hirschfeld ist tot, und der Fall ist tot, Barbara.«

»Wenn du meinst.« Sie hatte keine Lust, in dieser Stimmung Sven zu erklären, welche Gründe Jakubian hatte, die Soko aufrechterhalten zu wollen. Sie überlegte kurz. Die Sitzung bei der Eheberatung dauerte neunzig Minuten. Wenn sie jetzt losfuhr ...

Doch in diesem Moment kamen Jakubian und Staatsanwalt Roters durch die Tür. »Ich weiß nicht, wie ich das meinen Vorgesetzten erklären soll. Ich meine, alle gehen davon aus, dass wir den Täter haben. Und dass er jetzt tot ist.«

Heyer wurde sofort hellwach. »Was ist hier los? Und was, Herr Roters, sollen Sie Ihren Vorgesetzten erklären?«

»Es haben sich Unstimmigkeiten ergeben, Heyer«, sagte Jakubian und griff sich eine der Akten von seinem Schreibtisch, um sie Roters zu zeigen. »Das sind die Fälle, von denen ich gesprochen habe. Überfälle auf Frauen mit Würgen und kleineren Schnitten. Keine Vergewaltigungen, keine Morde.

151

Aber sie sind Hirschfelds Vorgehensweise sehr ähnlich.«

Roters sah ihn stirnrunzelnd an. »Möglicherweise der Auftakt der Serie, nach dem wir bisher vergeblich gesucht haben?« Er sah Barbara an. »Stimmt doch, Frau Dr. Hielmann-Pross, Sie waren immer etwas unzufrieden, dass er so unvermittelt vor anderthalb Jahren angefangen hat zu morden. Das Spannen hat Ihnen doch nicht genügt, oder?«

»Ja schon.« Barbara zögerte. »Es gibt da aber noch eine andere Möglichkeit.«

»Hirschfeld hat uns belogen«, mischte sich Jakubian ein. »Das wissen wir erst seit heute Morgen. Er hat Barbara eine schreckliche Kindheit geschildert, die es so nicht gegeben hat. Vermutlich hat er sich einiges über Serienmörder angelesen und sich so diese Geschichte zurechtgebastelt. Leider können wir ihn jetzt nicht mehr dazu befragen.«

»Wollen Sie das etwa zum Anlass nehmen, die Soko aufrechtzuerhalten, Herr Jakubian?« Roters hatte immer noch nicht begriffen, worauf Jakubian hinauswollte.

»Wir müssen.«

Heyer sprach es aus. »Wir müssen sichergehen, dass Hirschfeld wirklich der Mörder war, meinen Sie das?«

»Mein Gott!« Roters war entsetzt. »Sie meinen, er könnte uns an der Nase herumgeführt haben? Ein Trittbrettfahrer?«

»Das müssen wir versuchen herauszufinden.« Jakubian dachte kurz nach. »Im Moment tun wir Ihnen den Gefallen. Alle Duisburger Mitglieder der Soko werden sich ab sofort um den Mord an Hirschfeld kümmern. Das ist jetzt Ihr Ding, Heyer. Und die anderen … Wir haben ein paar Tage Galgenfrist, um den Fall abzuschließen. Und die werden wir nutzen.«

»Wie nutzen?«, fragte Roters.

»Wir tun mal für ein paar Tage so, als wäre Hirschfeld nicht hier hereinmarschiert und hätte behauptet, sechs Morde

152

begangen zu haben. Aber wir tun so, als wüssten wir trotzdem, dass das eine Serie ist.«

Er sah Barbara an. »Hier bist du gefragt, Barbara. Wir brauchen ein Profil. Wir müssen nochmals nach Gemeinsamkeiten suchen. Und wir müssen versuchen, verwandte Fälle zu finden – kurz, wir müssen einen unbekannten Serienmörder suchen.«

Heyer schüttelte den Kopf. »Das ist Wahnsinn, Jakubian. Sie wollen doch nicht allen Ernstes behaupten, nur weil Hirschfeld Barbara über seine Kindheit belogen hat, dass er nicht der Mörder ist.«

»Es gibt da noch diesen merkwürdigen Widerspruch, der mich ganze Zeit gestört hat, Sven. Die Morde wurde alle so begangen, dass keine Serie erkennbar war. Die ersten Leichen waren sehr gut versteckt. Aber Hirschfeld wollte Publicity. Wenn wir Recht haben«, sagte Barbara leise, »dann wird dieser Mörder wieder zuschlagen, da kannst du sicher sein.«

Roters schüttelte zweifelnd den Kopf. »Ich glaube nicht, dass Sie meine Kollegen davon überzeugen können, Herr Jakubian.«

»Das weiß ich.« Jakubian hieb mit der Faust auf den Tisch, dass die Akten darauf tanzten. »Wir haben vier Tage, um etwas zu finden. Eine kleine Chance haben wir, denn wir wissen, wo ungefähr Julia Janicek ermordet wurde. Vielleicht gibt der Tatort noch Spuren her. Sagt allen Bescheid, wir treffen uns noch heute Abend zu einer Besprechung, dann werde ich die Aufgaben verteilen.«

Der Raum leerte sich. Heyer hatte noch irgendwo im Haus etwas zu erledigen, Roters verabschiedete sich, man konnte ihm ansehen, dass ihm bei Jakubians Aktion mulmig zumute war. Auch Barbara wollte gehen, aber Jakubian hielt sie zurück. »War heute nicht der Eheberatungstermin?«

»Ja. Aber das hier war wichtiger.«

153

Jakubians Blick sagte etwas anderes. Barbara spürte, dass sie ein wenig wütend wurde. Sie hatten einen Abend zusammen in Heinz' Küche verbracht, und er bildete sich ein, ihr sagen zu können, was sie tun sollte?

Sie tippte auf die Akten. »Dir ist klar, dass du hiermit einen großen Bock geschossen hast? Wenn wir uns sofort damit befasst hätten, wären wir Hirschfeld vielleicht auf die Schliche gekommen. Wir haben nur wenig Zeit, diesen Täter zu finden. Er wird eine Weile stillhalten, aber dann muss er wieder töten. Und ich sage dir aus eigener Erfahrung, es lebt sich nicht gut mit dem Wissen, Mitschuld am Tod des nächsten Opfers zu haben.«

»Lass die Vorwürfe, Barbara. Das kann ich ganz gut allein.« Er fuhr sich mit den Händen übers Gesicht. »Jetzt müssen wir Schadensbegrenzung betreiben.«

»Du hast in dem vollen Wissen, dass möglicherweise ein Serienmörder frei herumläuft, diese ganze Aktion angezettelt. Aber in drei bis vier Tagen werden wir ihn nicht haben. Die Soko wird aufgelöst, und er wird weitermachen.« Barbara war immer noch fassungslos.

»Ich brauche diese Zeit nur, um nachzuweisen, dass Hirschfeld nicht der Täter war, mehr nicht. Davon müssen wir die Staatsanwaltschaft und meine Vorgesetzten überzeugen.«

»Du spielst Russisch Roulette.«

»Es ist mein Kopf. Von dir will ich wissen, ob alle diese Fälle wirklich von einem Täter und wenn, ob von unserem Täter begangen wurden.«

»Und du willst das bis heute Abend zur Besprechung.«
Er nickte.

Barbara dachte an Thomas und die Eheberatung und sah auf die Uhr. Jetzt war es wirklich zu spät. Sie stand seufzend auf. »Ich muss versuchen, mit Thomas zu reden. Im Gegensatz zu dir habe ich ein Privatleben.«

Jakubian sagte nichts dazu, sah sie nur an. Er versuchte zwar nach außen ruhig und souverän zu erscheinen, doch Barbara konnte seine Verzweiflung spüren. »Ich nehme die Akten mit. Bis heute Abend um acht.«

Mit einem mulmigen Gefühl fuhr Barbara nach Kaiserswerth. Sie hatte sich zwar geschworen, die Villa nicht mehr zu betreten, bis Katharina sie verlassen hatte, aber dass sie ausgerechnet den ersten Termin der Eheberatung geschmissen hatte, tat ihr unendlich Leid, und sie fühlte sich verpflichtet, es Thomas persönlich zu erklären. Die Akten neben ihr auf dem Beifahrersitz lagen ihr ebenfalls schwer im Magen. Barbara hoffte fast, dass Thomas vielleicht wie so oft nicht zu Hause wäre, doch er arbeitete.

»Thomas, bitte entschuldige.«

»Ich habe im Fernsehen gesehen, was passiert ist.« Kein weiterer Kommentar, kein Vorwurf, nichts.

»Das Schlimmste ist, dass Hirschfeld möglicherweise nicht der Täter war.« Je öfter sie das dachte und sagte, desto klarer wurde ihr, dass sie längst davon überzeugt war, dass ein äußerst gefährlicher Serienmörder frei herumlief.

»Das bedeutet, es geht jetzt erst richtig los mit eurer Jagd«, stellte Thomas nüchtern fest. Er wollte Barbara die Akten abnehmen, aber sie ließ ihn nicht. »Haben wir noch Zeit, etwas miteinander zu essen?«, fragte er.

»Ich wollte dir eigentlich nur erklären, warum ich nicht gekommen bin. Ansonsten gilt, was ich vorgestern gesagt habe. Solange Katharina hier ist, werde ich nicht hier bleiben. Auch nicht, um zu essen.«

Thomas seufzte. »Versteh doch, ich kann sie nicht einfach …«

»Was willst du, Thomas? Willst du, dass sie hier ist?«

155

»Nein. Aber …«

»Was aber?« Barbara war entschlossen, ihm keine Möglichkeit zu geben, ihr auszuweichen.

»Ich bringe es nicht fertig. Immer, wenn ich sie darauf anspreche, fängt sie an zu weinen. Sie hat große Angst, was mit ihr in der Psychiatrie passieren wird.«

»Soll ich es für dich tun?«

Thomas sah sie erschrocken an.

»Sag mir, du willst, dass sie geht, dann helfe ich dir.«

»Und wenn ich das nicht sage, dann gehst du endgültig?« Thomas blickte auf den Boden.

»Thomas, ich will dich doch nicht erpressen. Ich finde es nicht prickelnd, dass du die Kraft nicht aufbringst, zu tun, was getan werden muss. Aber ich verstehe es und biete dir meine Hilfe an. Deine Mutter hat mich auch schon darum gebeten.«

»Hat sie das?« Er seufzte. »Ja, ich will, dass Katharina geholfen wird. Ich kann das ja offensichtlich nicht.«

»Gut.«

Entschlossen stieg Barbara die Treppe hinauf und öffnete die Tür des Gästezimmers. »Hallo Katharina.«

Katharina sah sie erschrocken an. Mit ihr hatte sie offensichtlich nicht gerechnet. »Er will Sie nicht mehr. Er will mich«, sagte Katharina leise, aber keinesfalls mit der kindlichen Stimme, die sie immer bei Thomas hervorholte, und ein kleines Lächeln erschien auf ihrem Gesicht.

»Sie brauchen Hilfe, Katharina. Sie müssen in eine Klinik und zwar schnell.«

Katharina setzte sich, als wollte sie demonstrieren, wo sie in der nächsten Zeit sein wollte. »Thomas sagt, ich kann es mir überlegen, solange ich will.«

»Ja, das sagt er. Aber ich bin seine Frau, das Haus hier

gehört mir wie ihm, und ich will Sie hier nicht haben.« Barbara wunderte sich, wie ruhig sie war. Aber irgendwie hatte sie das gleiche Gefühl, als rede sie mit einem inhaftierten Mörder. Das war die professionelle Barbara, die hier sprach.

»Das hat Thomas zu entscheiden.« Katharina kannte ihre Macht über Thomas recht gut, schließlich hatte sie ihn eben noch eingewickelt.

»Nein, das habe ich zu entscheiden. Sie wissen, was ich von Beruf bin?«

Katharina schüttelte langsam den Kopf.

»Ich bin Polizistin und Psychologin. Ich kenne so gut wie jeden Polizisten in Düsseldorf persönlich. Neulich abends haben Sie mich tätlich angegriffen. Wenn Sie also nicht freiwillig nach Grafenberg gehen, dann lasse ich Sie zwangseinweisen. Das geht ganz schnell, da brauche ich nur mit dem Finger zu schnippen.«

Auf Katharinas Gesicht erschien eine Spur von Angst, doch sie verschwand schnell wieder: »Das würde Thomas nie zulassen.«

»Und ob. Glauben Sie, er möchte mit einer gefährlichen Psychopathin unter einem Dach leben?«

»Ich bin keine Psychopathin!«

»Sie sind eine, wenn ich sage, dass Sie eine sind. Psychopathen sind mein Spezialgebiet, und jeder wird meine fachliche Meinung respektieren. Haben wir uns verstanden?« Barbara öffnete die Tür. »Gehen Sie nach unten. Sofort.«

Katharina tat, was ihr gesagt wurde. Barbara stand noch einen Moment in der Tür und atmete tief durch. Erst jetzt bemerkte sie Annette, die wohl schon eine Weile im Flur gestanden hatte.

»Gut gemacht«, sagte sie und verschwand in ihrem Schlafzimmer.

Als Barbara nach unten kam, hockte Katharina tränenüberströmt auf dem Sofa. Thomas stand hilflos daneben. »Das lässt du doch nicht zu, Thomas, du zwingst mich doch nicht wegzugehen?«

Thomas sah Barbara an. »Hast du ihr gesagt, du lässt sie zwangseinweisen?«

»Ja. Aber sie kann ja freiwillig gehen. Es ist ihre Entscheidung. Und es macht einen großen Unterschied, ob man sie dann so oder so in der Klinik behandelt.«

Thomas kniete sich vor Katharina hin und zwang sie, ihn anzusehen. »Barbara will nur dein Bestes, Katharina. Du brauchst Hilfe, und ich kann sie dir nicht geben. Darüber haben wir doch schon gesprochen. Ich werde dich dort besuchen, das verspreche ich dir.«

Katharina hörte langsam auf zu schluchzen. »Du willst wirklich, dass ich dorthin gehe? Nicht nur, weil sie es will?«

Er zögerte kurz, und Barbara befürchtete, er würde es sich wieder anders überlegen. Aber dann sagte er fest: »Ja. Du musst.«

Er stand wieder auf. »Ich fahre sie selbst.«

»Ich komme mit«, sagte Barbara. »Nur für alle Fälle.« Ihr Blick fiel auf den Aktenstapel. Das musste warten.

Barbara hatte noch knappe neunzig Minuten, um die Akten durchzugehen. Zum ersten Mal seit ihrem Auszug saß sie wieder an ihrem gewohnten Arbeitsplatz, doch sie konnte sich kaum auf die Arbeit konzentrieren. Ab und an biss sie in ein Brot, dass Thomas ihr gebracht hatte.

Auf der Fahrt nach Grafenberg war Katharina sehr gefasst gewesen. Aber dort, während der Aufnahme, hatte sie dann herumgetobt und behauptet, man hätte sie gegen ihren Willen hergebracht. Sie warf sich auf den Boden und um-

158

klammerte Thomas' Knie wie ein kleines Kind. Bei diesem Verhalten hätte einer Zwangseinweisung nichts im Wege gestanden. Der Arzt, den Barbara gut kannte, kreuzte dennoch »freiwillig« an, weil Barbara ihn darum bat. Sie hatte es für Thomas getan. Die ganze Fahrt über zurück nach Kaiserswerth war er sehr in sich gekehrt. Nicht sein übliches Schweigen, das war Barbara klar. Er hatte Gewissensbisse. Er hatte seine Geliebte verraten. Der Verrat an seiner Frau schien ihn nicht so sehr zu interessieren.

Angesichts der knappen Zeit hatte sie beschlossen, eine Matrix der Überfälle anzulegen und systematisch alles einzutragen, in der Hoffnung, ein Muster zu finden, etwas das vielleicht auf Hirschfeld deuten könnte – oder auf einen unbekannten Täter.

Eines wurde dabei schnell deutlich: Die Frequenz der Überfälle hatte sich seit 1999 gesteigert. Zunächst lagen noch mehr als zwölf Monate dazwischen. Seit Ende 2003 waren es nur noch drei Monate. Wie bei den Morden variierten auch hier die Orte, aber immer lagen sie in der Nähe der S 1. Einen Unterschied gab es jedoch: Der Mörder hatte nach einem bestimmten Typ Frau gesucht, blond, höchstens mittelgroß, nicht unter zwanzig und nicht über dreißig. Unter den Mordopfern kam höchstens die immer noch nicht identifizierte Prostituierte diesem Typ nahe. Sie war blond, und ihr Alter wurde auf Mitte zwanzig geschätzt.

Barbara ließ die letzte der Akten sinken. Von dort bis zu Oma Koslinski war es ein weiter Weg. Doch vieles sprach dafür, dass ein und derselbe Täter die Tat begangen hatte. Sie war sich sicher: Es musste ein weiteres Opfer geben. Eines, das entweder noch lebte und keine Anzeige erstattet hatte oder – das war wahrscheinlicher – eines, dass er ermordet

159

hatte und das noch nicht gefunden war. Der Auslöser. Die Tat, die ihn auf den Geschmack gebracht hatte, dass Töten erregender war als nur Würgen.

Vermisstenfälle und unaufgeklärte Morde in der Zeit von November 2003 bis März 2004 notierte sie sich unter der Matrix und unterstrich es dick.

In diesem Moment bemerkte sie Thomas in der Arbeitszimmertür. Sie lächelte ihn an. »Es tut mir wirklich sehr Leid, dass ich nicht bei der Therapie war. Ich möchte nicht, dass du denkst, es wäre mir nicht wichtig.«

»Das weiß ich. Ich habe gesehen, dass du während der Sitzung versucht hast, mich anzurufen. Es kommt ja nicht alle Tage vor, dass ein Gefangener erschossen wird. Ich bin froh, dass dir nichts passiert ist.« Er sah ihr in die Augen. »Ich bin dir nicht böse, Barbara. Beim nächsten Mal sitzen wir gemeinsam da.«

»War es denn gut?«

Er nickte. »Die Therapeutin ist sehr einfühlsam, sie kommt auf den Punkt. Denke ich wenigstens. Du wirst ja sehen, ob du mit ihr zurechtkommst.«

Die Uhr zeigte bereits Viertel nach sieben. »Die nächsten Tage werden sehr turbulent, Thomas. Ich glaube nicht, dass ich viel zu Hause sein werde.«

»Ich habe einen neuen Termin für nächsten Donnerstag gemacht. Soll ich ihn noch mal verschieben?«

Sie schüttelte heftig den Kopf. »Nein. Ich werde da sein.« Sie nahm den letzten Bissen. »Ich muss gleich noch mal nach Duisburg.«

»Gut.« Er sah sie an. »Kommst du heute Abend ... nach Hause?«

»Ich ...«, sie zögerte. »Ich denke schon.«

»Schön.« Er drehte sich um und ging. Sie hörte ihn die

160

Treppe nach oben steigen. Ordentlich wie er war, würde er jetzt sicher das Gästezimmer in Ordnung bringen.

Was war da eben passiert? Oberflächlich war es der alte Thomas gewesen, mit dem unendlichen Verständnis für sie, für ihren Job. Aber es hatte sich nicht so angefühlt. Es war, als hätte er nur die alten Gesten wiederholt. Sie vermisste seine Wärme.

Um zwanzig nach acht hastete Barbara ins Polizeipräsidium, aber die Besprechung hatte gerade erst angefangen. Heyer referierte gerade erste Erkenntnisse zum Mord an Hirschfeld. Man hatte das Präzisionsgewehr, ein Artic Warfare mit Zielfernrohr, auf dem Dach der Sparkasse gefunden, der Schütze war jedoch unerkannt entkommen. Seine Skimaske und einen dunklen Overall hatte man im Treppenhaus gefunden, sie wurden gerade untersucht. »Die Vorgehensweise war absolut professionell. Der erste Schuss wurde mit einem Hartkerngeschoss abgegeben, um die Scheibe samt Gitter zu durchschlagen, die folgenden vier Geschosse waren Vollmantelweichkerngeschosse, von denen ihm eines den Kopf zerfetzt hat. Wir vermuten, dass dieser Profikiller nicht aktenkundig ist – wir werden also nichts finden, womit wir mögliche DNA-Spuren an der Kleidung vergleichen können.« Auch die Fahndung nach dem Helfershelfer lief auf Hochtouren, hatte bisher aber noch nichts gebracht.

»Kommen wir jetzt zu einem sehr unangenehmen Kapitel«, sagte Jakubian, als Heyer sich gesetzt hatte. »Wir wissen immer noch nicht, wie die Tatsache, dass Hirschfeld verlegt wird, durchsickern konnte. Vermutlich war es zwar der Justizbeamte Ulf Maier, der schweigt aber, und beweisen können wir ihm nicht mehr, als dass seine Tochter mit Julia zur Schule ging. Wir müssen trotzdem noch einmal alle Möglichkeiten prüfen. Unter den gegebenen Umständen muss man leider auch davon ausgehen, dass es kein Zufall war, dass kein normaler Gefangenentransporter vor Ort war und auch kein Ersatz beschafft wurde.«

Jakubian machte eine Pause. »Die meisten, die hier sitzen, wundern sich vielleicht, dass diese Besprechung angesetzt wurde. Hirschfeld ist tot, die Fahndung nach seinem Mörder läuft, was also gibt es noch zu besprechen?«

Barbara konnte den einen oder anderen Kollegen verstohlen zustimmen sehen.

Jakubian fuhr fort: »Es haben sich einige neue Aspekte ergeben in Bezug auf Hirschfeld und die Morde, die es nötig machen, wieder ganz neu in den Fall einzusteigen.«

Er ließ Jost Klasen noch einmal die Geschichte wiedergeben, die Hirschfelds Cousine ihm erzählt hatte, und bat dann Barbara, über die alten Fälle zu berichten. »Bis zu diesem Zeitpunkt«, sagte er, »gab es keinen Grund, an Hirschfelds Geständnis zu zweifeln. Aber jetzt muss man diese alten Fälle in einem ganz neuen Licht betrachten. Bitte, Barbara.«

Barbara ging nach vorn, sie hatte ein paar Notizen dabei. »Es handelt sich um elf Fälle, die in den Archiven zwar irgendwo unter »Vergewaltigung« geführt wurden, bei denen es aber nie zum Sexualverkehr kam. Wir haben einmal Düsseldorf, zweimal Duisburg, zweimal Mülheim, viermal Essen, zweimal Bochum und zweimal Dortmund. Es gibt möglicherweise noch mehr, aber es waren nur die Städte angefragt, die in Zusammenhang mit der Mordserie stehen. Zeitlich liegen sie von 1999 bis 2003, also vor der Serie.«

Sie überflog ein paar Seiten, bis sie an die maßgeblichen Stellen in ihren Aufzeichnungen kam. »Einheitlich war das Vorgehen des Täters, sich an sein Opfer heranzumachen: spät abends in relativ einsamen Gegenden, meist auf dem

Heimweg von der Bahn. Er greift sie von hinten. Und dann haben wir wie bei den Morden verschiedene Muster: Würgen, Messerstiche, Schläge, die vermutlich von einem Hammer stammen. Nur ein Opfer wurde ernsthafter verletzt, nämlich das im September 2002 mit den Hammerschlägen, da gab es eine Schädelfraktur, die glücklicherweise keine schwerwiegenden Folgen hatte. Bei diesem Opfer wurde zwar ein Raub vorgetäuscht, der Fall gehört aber eindeutig dazu.«

»Wieso?«, fragte Jost Klasen.

»Im Unterschied zu den Morden handelt es sich immer um Opfer des gleichen Typs: relativ attraktive, schlanke, blonde und höchstens mittelgroße, eher zierliche Frauen zwischen zwanzig und dreißig«, antwortete Barbara und referierte dann weiter: »Da es sich nicht um vollendete Vergewaltigungen, sondern ,nur' um Überfälle handelte, wurden die Fälle – sagen wir einmal – mit weniger Nachdruck bearbeitet. Eine Serie war über die lange Zeit und die räumliche Verteilung auch nicht zu erkennen. Erst wenn man alle diese Akten gemeinsam auf dem Tisch hat, wird der Zusammenhang klar.«

»Und der Zusammenhang mit den Morden?« Lutz Kramer hatte die ganze Zeit mit zunehmendem Stirnrunzeln zugehört.

»Ich habe in der kurzen Zeit natürlich noch kein komplettes Profil des unbekannten Mörders erstellen können«, sagte Barbara. »Aber ich denke, es handelt sich um jemanden mit ausgeprägt sadistischen Neigungen in der klassischen Bedeutung, will sagen, er befriedigt seinen Sexualtrieb durch Gewalt und zwar in diesem Falle ausschließlich durch Gewalt. Möglicherweise hat er früher seinen Sexualpartnerinnen beim Beischlaf Schmerzen zugefügt, aber inzwischen hat er gemerkt, dass ihm die Gewalt genügt. Vielleicht hat er auch Erektionsprobleme – wir haben ja immer nur Hirschfelds

Sperma entdeckt. Deshalb gab es bei den Überfällen auch keine Vergewaltigungen im eigentlichen Sinne. 2004 hat er dann den nächsten logischen Schritt getan: das Opfer zu töten.«

»Aber das war eine alte Frau«, warf Heyer ein.

»Ja. Aber wir können uns nicht sicher sein, dass Anna Koslinski wirklich das erste Opfer ist. Meine Hypothese ist, dass es ein Bindeglied gibt zwischen den Überfällen und den Morden. Es könnte ein Überfall mit größerer Gewaltanwendung als bisher sein. Was ich aber eher vermute, ist ein weiterer Mord. Ein Mord an einem Opfer, das in das Schema der Überfallopfer passt. Er tötet sie – vielleicht sogar versehentlich – und kommt auf den Geschmack.«

»Der berühmte Auslöser«, murmelte Kramer.

»Genau.« Barbara sah zu Jakubian. »Wir müssen den Zeitraum zwischen dem letzten Überfall und dem ersten Mord ganz genau überprüfen.«

Jakubian nickte. »Das sollte das LKA-Team übernehmen.«

Barbara fuhr fort: »Das Beängstigende ist: Er begann zu morden und suchte sich nach diesem ersten Mord mit Oma Koslinski zunächst ein Opfer aus, das auf keinen Fall mit den Überfällen in Verbindung gebracht werden konnte. Er wollte nicht riskieren, dass doch einmal ein Datenabgleich die Polizei darauf gebracht hätte, dass ein Zusammenhang zwischen den Überfällen bestand. Die Prostituierte entsprach zwar dem Typ, war aber eine Illegale, das muss er gewusst haben, sie bedeutete keine Gefahr, weil niemand nach ihr suchte. Und er hat seine Opfer sehr sorgfältig versteckt.«

»Moment mal«, Kramer rutschte unruhig auf seinem Stuhl hin und her. »Langhorn, Herborn, Janicek und die Kleine, die waren nicht besonders versteckt. Sie sind alle relativ schnell gefunden worden. Und Hirschfeld, so haben wir es doch angenommen, wollte, dass sie gefunden werden.«

»Ja. Hirschfeld wollte das.« Barbara hatte Mühe, gegen das aufkommende Gemurmel anzusprechen. Sie wartete, bis es wieder ruhiger wurde. »Hirschfeld war ein Spanner. Er war dabei so etwas wie ein Profi, wir haben ja sogar ein Nachtsichtgerät bei ihm gefunden. Ich gehe inzwischen davon aus, dass der Mörder und seine Aktivitäten sein bevorzugtes Objekt wurden. Bei den ersten beiden Morden hat er es noch belassen, wie der Mörder es wollte: Er hat die Fässer wieder vor die Leiche der alten Frau gestellt und auch die Prostituierte wieder eingebuddelt, nachdem er über ihnen masturbiert hatte. Aber dann hat er begonnen, sich die Morde zu Eigen zu machen. Und hoffte, berühmt zu werden. Deshalb hat er die Leichen aus den Verstecken geholt und sie so platziert, dass sie gefunden wurden. Eine Theorie, aber ich denke, dass wir Beweise dafür finden werden.«

Sie machte eine Pause. »Der eigentliche Mörder ist ganz anders gestrickt. Er will auf keinen Fall entdeckt werden. Und seien wir ehrlich: Wenn es Hirschfeld nicht gegeben hätte, wüssten wir gar nichts von einer Serie. Der wahre Mörder will nur eines: Würgen, Morden, Blut sehen. Für ihn kann das immer so weitergehen, nichts wird ihn stoppen.«

»Aber seit Hirschfelds Verhaftung hat es keinen weiteren Mord mehr gegeben.« Patrick Linssen schien sich mit dem Gedanken, dass Hirschfeld nicht der Mörder sein könnte, nicht recht anzufreunden. »Und könnte nicht Hirschfeld die Überfälle begangen haben?«

»Nein, kann er nicht.« Jost Klasen hatte sein kleines Notizbuch in der Hand. »Frau Pross, Sie sprachen von einem Überfall im September 2002?«

Barbara nickte.

»Da war Hirschfeld in einer längeren Rehamaßnahme in Bad Driburg, die aber letztlich nichts brachte, er wurde im

165

Dezember 2002 endgültig für berufsunfähig erklärt.« Klasen klappte das Notizbuch wieder zu.

»Es gibt noch einige lose Enden in der Geschichte«, meinte Jakubian. »Und unsere Aufgabe in den nächsten Tagen ist es, möglichst viele davon festzuzurren, damit wir die Staatsanwaltschaft davon überzeugen können, dass Hirschfeld der falsche Mann war.« Er begann, die Leute in Teams einzuteilen und ihnen ihre Aufgaben zu nennen.

»Jetzt rollen wir den Fall Fatma ein drittes Mal auf«, stöhnte Linssen. »Der Umgang mit der Familie Yildirim ist nicht gerade einfach. Sie sind viel emotionaler als die Deutschen.«

»Wenn ich daran denke, dass wir Hirschfeld einfach hätten fragen können, wenn er jetzt nicht tot wäre!« Auch Kramer wirkte nicht besonders glücklich.

»Wir können ihn gewissermaßen fragen«, meinte Barbara. »Wir haben seine Aussagen, die wir nun als Beobachtungen interpretieren müssen. Und immer wenn unsere S-Bahn-Zeugen Hirschfeld in der Bahn gesehen haben, dann ist vielleicht auch der Mörder dort gewesen.«

»Ja. Aber genau das macht mir Sorgen.« Kramer sah Barbara nachdenklich an. »Mit der S-Bahn-Aktion haben wir ihn möglicherweise aufgescheucht.«

»Nicht unbedingt. Schließlich war ja bekannt, dass Hirschfeld gefasst war. Aber er wird wieder zuschlagen, und wenn er das tut, wird sein Jagdrevier nicht mehr die S-Bahn sein, dazu ist er zu schlau und zu vorsichtig.«

»Es gibt weiß Gott genug zu tun.« Jakubian erhob seine Stimme, und die aufgekommene Unterhaltung verstummte. »Das hier hätte für die meisten der erste freie Tag seit Wochen sein sollen. Jetzt haben wir fast zehn Uhr. Ich schlage vor, jeder geht nach Hause und schläft sich wenigstens mal richtig aus. Morgen um neun geht es wieder weiter.«

Während alle den Raum verließen, blieb Jakubian auf einem Stuhl in der ersten Reihe sitzen. Er sah erschöpft aus. Barbara ging zu ihm. »Du solltest dich auch ausschlafen.«

Er lächelte müde. »Du weißt doch, ich habe kein Privatleben.«

Sie setzte sich neben ihn. »Tut mir Leid, wenn ich dich damit verletzt habe.«

Er schüttelte den Kopf. »Du hast ja Recht damit.«

»Und wo ist dein Privatleben? In Hannover?«

»Das war mal.« Er stand auf. »Ich würde gern noch was trinken, hättest du Lust?«

Eigentlich wäre Barbara gern nach Hause gefahren, aber sie spürte, dass Jakubian nach der schweren Arbeit der letzten Wochen und dem Drahtseilakt, den er jetzt probierte, dringend Gesellschaft brauchte. »Lass uns in Richtung Innenstadt gehen, da finden wir vielleicht was.«

Sie gingen immer die Hauptstraße entlang und landeten schließlich im *Schacht 4/8*, einem Brauhaus an der Düsseldorfer Strasse. Es schmückte sich mit vielen Bergbaugegenständen, und eine Biersorte hieß »Grubengold«, darüber hinaus waren die Räumlichkeiten imponierend hoch, mit prachtvoll getäfelten Decken und Wänden, denn – so stand es in den informativen Karten –, in diesem Gebäude war früher einmal die Landeszentralbank untergebracht gewesen.

Barbara war sich sicher, dass einige Gäste Jakubian, seiner häufigen Präsenz im Fernsehen wegen, erkannten. Sie suchten sich ein Plätzchen auf der Galerie, in der Hoffnung, dort nicht allzu sehr auf dem Präsentierteller zu sitzen.

Das Bier schmeckte beiden gut. Sie vermieden es, über den Fall zu reden, weil immer die Gefahr bestand, dass jemand etwas mithören konnte. Schließlich fragte Barbara Jakubian direkt nach dem, was er in Hannover zurückgelassen hatte. »Ich hätte Verständnis, wenn du nicht darüber reden willst«, fügte sie hastig hinzu, denn sein Gesicht sprach Bände.

Aber er war bereit zu erzählen. »In Hannover sind eine Frau und ein Kind«, sagte er leise, sodass Barbara ihn kaum verstehen konnte. »Eigentlich nur ein Kind.« Er seufzte. »Und wenn man es genau nimmt, nicht mal das.«

Der Kellner kam, und er bestellte sich noch ein Bier, auch Barbara nahm noch eines.

»Du bist also verheiratet«, wollte Barbara ihm weiterhelfen.

Er schüttelte heftig den Kopf. »Nein, verheiratet war ich nie. Dann hätte ich die Probleme wahrscheinlich gar nicht. Petra und ich haben fünfzehn Jahre zusammengelebt. Gekriselt hat es vorher schon einige Jahre. Sie war nicht immer treu, und dann lernte sie jemanden kennen, der es ernster meinte. Ich habe das zuerst gar nicht bemerkt. Polizistenbeziehungen: Man ist nie zu Hause, der Job geht immer vor, die Frau hat Angst, dass man erschossen wird, du kennst das. Dann haben wir uns letztes Jahr endgültig getrennt. Und leider nicht im Guten.« Er sah auf seine großen Hände. »Es gab Situationen, wo ich mich kaum noch unter Kontrolle halten konnte. Ich war wirklich kurz davor, sie zu schlagen.«

Barbara nickte. »Was ist mit dem Kind?«

Sie merkte, dass es ihm sehr schwer fiel, darüber zu reden. Der ganze riesige Mann schien ein bisschen zu beben.

»Ich darf Jan nicht sehen. Das hat Petra durchgesetzt.«

Barbara sah ihn zweifelnd an. »Du sagtest, ihr seid nicht verheiratet, aber auch unverheiratete Väter haben Rechte.«

»Das ist es ja. Als wir uns trennten, behauptete Petra, dass Jan nicht mein Sohn wäre. Sie willigte sogar in einen Vaterschaftstest ein.« Er fuhr sich mit der Hand durch sein Gesicht. »Und es stellte sich heraus, dass ich wirklich nicht sein Vater

168

bin. Und dazu ein potentieller Gewalttäter, dessen Beruf belastend und gefährlich für den Jungen sein könnte.«

Barbara hasste sich dafür, dass sie jetzt nicht die richtigen Worte fand. Sie sah Jakubian einfach nur an, fühlte, wie viel Schmerz er hinter seiner Macherfassade verbarg. Er schluckte, bevor er weitersprach, und Barbara musste noch ein wenig näher heranrücken, um ihn in der Geräuschkulisse der Kneipe zu verstehen.

»Jan ist mein Sohn, egal, ob ich ihn gezeugt habe oder nicht. Ich habe ihn gehalten und gewickelt, habe mit ihm Laufen und Fahrradfahren geübt. Ich mag nicht so oft zu Hause gewesen sein, wie ich es mir gewünscht hätte, aber ich bin ein guter Vater. Nur das Gericht war anderer Meinung. Petra hatte schwerstes Geschütz aufgefahren, um mich auf Dauer von ihm fern zu halten.«

»Und deshalb bist du weg aus Hannover?«

»Ich weiß, ich hätte Dummheiten gemacht. Hätte an der Schule auf Jan gewartet oder ihn nach dem Fußballtraining abgepasst. Ich konnte es nicht ertragen, dass er so nah sein sollte und trotzdem unerreichbar.

»Wie alt ist er denn?«, fragte Barbara.

»Zwölf.«

»In zwei Jahren ist er vierzehn. Und wenn du wirklich so ein guter Vater bist – woran ich keinen Augenblick zweifle –, dann wird er dich sehen wollen und wieder Kontakt zu dir haben.«

»Wer weiß, was sie ihm über mich erzählt.«

Für einen Moment blitzte Wut in seinen Augen. »Ich bestrafe sie gerade, indem ich darauf bestehe, dass unsere Wohnung verkauft wird. Ich will nicht, dass sie mit ihrem neuen Mann dort lebt. Und weißt du was?« Barbara konnte deutlich sehen, dass seine Augen voller Tränen waren. »Ich fühle mich beschissen dabei.«

Er wischte sich über die Augen und sah Barbara an. »Das sind Probleme, die du nicht nachvollziehen kannst, oder? Du hast keine Kinder.«

»Ich kann aber nachvollziehen, wie das ist, wenn man von jemandem, den man liebt, fern gehalten wird. Und ich kann gerade jetzt verdammt gut nachvollziehen, wie das ist, betrogen zu werden.« Sie starrte auf den Tisch.

»Komm, Barbara, wir haben zwar jeder schon ein Bier zu viel, aber wir sollten jetzt nach Hause fahren und endlich etwas schlafen.«

»Du hast Recht.«

Er winkte dem Kellner und zahlte für beide. Als sie an die Treppe der Galerie kamen, hielt ein Gast sie auf. »Entschuldigen Sie bitte. Meine Freunde und ich streiten schon die ganze Zeit darüber, ob Sie dieser Polizist sind, der aus dem Fernsehen mit dem Serienmörder.«

»Nein, da verwechseln Sie mich«, sagte Ruben. »Aber das passiert mir nicht zum ersten Mal, seit dieser Kerl dauernd im Fernsehen ist.«

Er ging mit Barbara hinaus. Draußen konnten die beiden ihr Lachen nicht mehr unterdrücken, und sie merkten, wie gut ihnen das tat. Den ganzen Weg bis zum Polizeipräsidium alberten sie herum, und das Lachen brach immer wieder aus ihnen heraus. An Barbaras Wagen verabschiedeten sie sich, beide hatten wieder Tränen in den Augen, doch es waren Lachtränen. Jakubian wurde für einen Moment wieder ernst. Er vergewisserte sich, dass sie keiner beobachtete, dann umarmte er Barbara, die für einen Moment fast völlig in seinen Armen verschwand. »Danke«, sagte er leise und ließ sie wieder los.

»Wofür?«

»Fürs Dasein. Und Zuhören.«

170

»Es gibt sicher viele, die das besser können. Du zum Beispiel.«

Er lächelte nur. »Gute Nacht!«

»Gute Nacht!«

Sie sah, wie er über den schwach beleuchteten Parkplatz zu seinem Wagen ging, und spürte jetzt noch die Wärme in seiner Stimme und seiner Umarmung. Und plötzlich tat es ihr weh, weil ihr klar wurde, wie sehr und wie lange sie diese Wärme vermisst hatte.

Als sie in der Tasche nach ihrem Autoschlüssel suchte, fühlte sie plötzlich einen anderen Schlüssel, der an einem Einmachgummi hing. Heinz' Schlüssel. Sie überlegte kurz. Wenn sie nach Hause fuhr, wo würde sie dann schlafen? Im Gästezimmer, das Thomas sicher in Ordnung gebracht hatte und dessen Bett nach Katharinas Aufenthalt frisch bezogen war? Sie würde den Gedanken an Katharina dort nicht loswerden. Im großen Ehebett bei Thomas?

Nein, sie musste Schlaf finden und sich ausruhen für die Anstrengungen der nächsten Tage. Das Einfachste war, sie fuhr nach Rheinhausen.

7.

Am nächsten Morgen, nach einer erholsamen Nacht in Heinz' Gästezimmer, checkte Barbara ihr Handy, doch Thomas hatte nicht versucht, sie anzurufen. Das löste merkwürdige Gefühle in ihr aus. Auf der Fahrt ins Präsidium versuchte sie, ihre Gedanken zu ordnen. Natürlich hatte sie Thomas gegenüber ein schlechtes Gewissen. Sie hatte ihm gesagt, sie würde nach Hause kommen und hatte ihn nicht einmal benachrichtigt, als sie es sich anders überlegt hatte. Aber irgendwie schmerzte es sie doch, dass er anscheinend nicht nach ihr gesucht hatte. Und dann gab es da doch eine Spur von Erleichterung darüber. Und plötzlich kam ihr das Lachen mit Jakubian auf dem Weg zu ihrem Wagen wieder in den Sinn. Sie waren so albern gewesen. Und es hatte so gut getan.

Im Polizeipräsidium herrschte Hochbetrieb. Barbara zog zwei Tassen Kaffee aus dem Automaten und ging zu Sven Heyer, der über seinem Schreibtisch brütete.

»Hallo, Barbara«, begrüßte er sie, offensichtlich ganz froh, gestört zu werden. »Ist der für mich?« Er rümpfte ein wenig die Nase bei dem Duft, nahm aber einen Schluck. Barbara kannte das. Der Automatenkaffee taugte nichts, aber wenn man nicht mal dazu kam, die Kaffeemaschine im eigenen Büro anzuwerfen, war man für alles dankbar, Hauptsache, es war Koffein drin. »Schon irgendetwas Neues über den Hirschfeld-Mord?«, fragte sie Sven.

»Nein, seit gestern nicht.«

Sie zog sich einen Stuhl heran. »Arbeitet ihr hier jetzt nur noch an dem Hirschfeld-Mord oder kümmert sich noch jemand um den Fall Janicek und die Prostituierte?«

»So viele Leute haben wir nicht. Offiziell gelten die Fälle als aufgeklärt, die Arbeit kann also erst mal ruhen.«

Barbara nickte verständnisvoll. »Dann hättest du also nichts dagegen, wenn ich mir den Fall Janicek noch einmal genauer ansehe? Hirschfeld selbst gibt nicht genug her, vielleicht gibt es irgendwelche Hinweise aus dem Umfeld, etwas, was bisher übersehen wurde.«

»Warum nicht? Im Zuge unserer Ermittlungen zum Hirschfeld-Mord müssen wir uns ohnehin noch mal mit den Fällen befassen.«

»Seid ihr denn mit dem Gewehr weitergekommen?«

»Nun, es gibt nur zwei Möglichkeiten. Entweder der Mörder hat Hirschfeld beseitigt, weil er ihm die Schau gestohlen hat …«

»Was relativ unwahrscheinlich ist, weil dem Mörder daran gar nicht gelegen sein kann.«

»… oder es handelt sich um Rache«, beendet Sven seinen Satz. »Und da kommen in erster Linie drei Kreise von Verdächtigen in Frage.«

»Drei?« Barbara runzelte die Stirn. »Die Angehörigen von Julia Janicek, schon allein, weil dieser Ulf Maier mit drinsteckt. Und die große Familie Yildirim. Wer denn noch?«

»Omas Enkel.« Sven grinste. »Kaum zu glauben, aber Oma Koslinski war die Stammmutter einer ganzen Sippe strammer Bochumer Kleinkrimineller.«

»Kleinkrimineller?«

»Nun ja, schon ein bisschen mehr als das. Einige Jahrzehnte Knast sind da in drei Generationen schon zusammengekommen. Und du weißt, dass solche Leute Verbindungen haben.«

»Und die Angehörigen von Herborn und Rebecca Langhorn kommen nicht in Frage?«

»Irgendwo müssen wir anfangen, Barbara. Die beiden lebten relativ unauffällig und einsam, wenn wir bei den anderen nicht weiterkommen, nehmen wir sie uns auch noch vor.

173

Und die Prostituierte ist nach wie vor nicht identifiziert.«

»Also auch keine Suche nach dem großen Unbekannten, den die Medien aufgestachelt haben.«

Sven schüttelte den Kopf. »Solch ein aufwändiger Mord kostet Geld, und das macht man nicht, wenn man nicht persönlich betroffen ist. So etwas mag bei Julia Janicek mit hineinspielen. Die Mutter ist eine einfache Hausangestellte, aber ihr Chef Dewus, der Yildirim-Clan und die Koslinskis haben vermutlich genug Kohle, um einen Killer zu bezahlen.«

Er lehnte sich zurück und trank den nun kühler gewordenen Kaffee aus. »War es nett gestern mit Jakubian?«, fragte er plötzlich.

Barbara wusste, dass ihr für einen Moment die Gesichtszüge entglitten. Aber sie hätte damit rechnen müssen, gesehen zu werden, wenn sie ausgerechnet eine der frequentiertesten Duisburger Kneipen aufsuchten. »Wer hat uns denn gesehen?«

»Frank Schmitz war mit seiner Freundin da.«

»Wir hatten einfach Lust auf ein Bier nach der Katastrophe gestern.«

»Aber du magst ihn.«

»Natürlich mag ich ihn, Sven«, sagte Barbara unwillig. »Er ist einer der besten Polizisten, mit denen ich je gearbeitet habe, und er hat Führungsqualitäten wie kein zweiter. Warum also sollte ich ihn nicht mögen?«

»Ja, warum nicht. Alle Frauen hier im Präsidium schmelzen dahin, wenn er auftaucht.«

»Er weiß seinen Charme genauso gut einzusetzen wie du, Sven. Du kriegst von den Frauen hier doch auch immer alles, wenn du sie nur nett anlächelst.«

»Und was kriegt Jakubian von dir?«

Sie sah ihn wütend an. »Ich bin verheiratet, Sven.«

»Ja, ich weiß. Thomas schwebt immer über allem.«

Barbara griff nach ihrer Tasse und stand auf. »Ich dachte, wir könnten uns mittlerweile wieder wie zwei normale Menschen oder wenigstens wie zwei Kollegen unterhalten, Sven.«

Sie ging aus dem Büro und stellte die Tasse in die Spülmaschine. Er hat Probleme zu Hause, dachte sie plötzlich. Aber er hat eine verdammt merkwürdige Art, um Hilfe zu bitten.

Sie hatte gar nicht bemerkt, dass Sven ihr gefolgt war. »Entschuldige bitte, Barbara. Das war idiotisch von mir.«

»Ja, das war es.«

»Willst du mitkommen zu Harald Dewus?«

»Gern.«

»Oh, da komme ich auch gleich mit.« Wie aus dem Nichts war Jakubian plötzlich aufgetaucht. Sven biss die Zähne zusammen.

Sie fuhren in Jakubians BMW zum Hafenstadtteil Ruhrort. Barbara sah die »Inseln« des Hafens, an der Schrottinsel war Julias Leiche angeschwemmt worden. Hinter der letzten Brücke direkt an der Wasserschutzpolizei, bogen sie in eine Straße ein, die wie eine andere Welt wirkte. Bäume beiderseits der Straße tauchten sie in grünes Zwielicht, auf der einen Seite war wieder Wasser, doch bis auf den Blick auf den Containerhafen war hier nichts von Industrie zu bemerken, alles war Grün.

»Soweit ich weiß, ist das der alte Werfthafen«, erklärte Jakubian. »Hier ist die Geburtsstätte des Hafens. Er stammt aus dem 18. Jahrhundert.«

»Da sind wir«, unterbrach ihn Sven und deutete auf eine hübsche Villa aus den Zwanzigern.

Sie stiegen aus.

»Sehr feudal«, meinte Barbara.

175

Sven nickte. »Das ist die alte Villa der Reederfamilie Dewus. Haralds Brüder haben anderswo gebaut, er ist hier geblieben. Olga Janicek hat eine kleine Wohnung über dem Anbau.«

»Dewus! Besteht die Reederei noch?«, fragte Jakubian, als er den Namen auf dem Türschild las.

Sven nickte. »Die Brüder führen sie. Harald Dewus hat sein eigenes Geschäft aufgebaut, Im- und Export mit mehreren kleinen Niederlassungen.«

Sven klingelte, und eine schwarz gekleidete Frau öffnete. Barbara schätzte sie auf Ende dreißig. Sie war schlank, blond und auch ungeschminkt recht attraktiv. Die Ringe unter ihren Augen zeugten von durchwachten und durchweinten Nächten.

»Kommen Sie herein.«

Sven stellte Barbara vor, Jakubian kannte Olga Janicek schon.

»Kommen Sie. Herr Dewus telefoniert noch, aber er wird Sie gleich im Wohnzimmer empfangen.« Sie sprach ein sehr gutes Deutsch mit einem tschechischen Akzent.

»Wie lange sind Sie hier Haushälterin?«, fragte Barbara.

»Schon zwanzig Jahre. Ich kam als – nun, als eine Art Au-pair-Mädchen her für Herrn Dewus' Kinder, und dann bin ich richtig übergesiedelt und habe als Kindermädchen gearbeitet.«

»Kindermädchen? Ich dachte, Herr Dewus sei alleinstehend.«

»Er lebt getrennt, schon seit über zehn Jahren. Als seine Frau auszog, blieb ich als Haushälterin bei ihm.«

Barbara ergriff die günstige Gelegenheit, etwas näher an das Opfer Julia heranzukommen. »Ich weiß, es ist schmerzhaft für Sie, aber dürfte ich mal Julias Zimmer sehen?«

»Kommen Sie mit.« Sie drehte sich zu Sven Heyer und Jakubian. »Ich bin gleich wieder da.«

Sie stiegen in den zweiten Stock. Olga Janicek deutete auf eine Tür. »Hier geht es zu meiner Wohnung. Aber als Julia zwölf wurde, hat ihr Herr Dewus ein Zimmer zum Geburtstag geschenkt. Sie hatte bis dahin kein eigenes Zimmer. Er ist immer sehr großzügig.«

Sie holte eine Stange hervor, mit dem sie eine Klappe in der Decke öffnete und eine Ziehleiter herunterzog. »Da oben«, sagte sie und deutete hinauf. Sie versuchte, ein Schluchzen zu unterdrücken. »Entschuldigen Sie bitte. Aber ich kann nicht da raufgehen. Es ist alles noch so, wie sie es verlassen hat, nur die Polizei war da oben seitdem. Harald – Herr Dewus sagte, er wird irgendwann selbst hochsteigen, und er sagt, es ist nicht gut, wenn das Zimmer so bleibt, weil wir ... weil ich ja darüber hinwegkommen muss.«

»Sie nennen Ihren Chef beim Vornamen?«, fragte Barbara vorsichtig.

»Wissen Sie, damals vor zwanzig Jahren haben er und seine Frau noch studiert, sie waren moderne Leute und wollten, dass ich sie duze. Und das ist bis heute so geblieben.«

»Ich gehe dann mal da rauf. Sie brauchen nicht hier zu warten, ich finde schon wieder zurück.«

Olga ging, und Barbara stieg hinauf in Julias Zimmer. Die Beamten, die es besichtigt und durchsucht hatten, hatten sich sehr bemüht, keine Unordnung zu hinterlassen und nichts zu verändern.

Es war ein großer, wunderschön ausgebauter Spitzboden mit einer nachträglich eingebauten, raumschaffenden Dach-gaube, die die Schräge an einer Seite abmilderte und die Einrichtung in schönes Licht tauchte. Harald Dewus hatte viel Geld ausgegeben, um der Tochter seiner Haushälterin dies Zimmer zu schenken.

Über dem Bett hingen Poster von Boygroups und Popstars,

177

die Barbara nicht kannte. Sie ging zum Computer und machte ihn an. Er war nicht durch ein Passwort gesichert. Barbara las ein paar E-Mails, fand heraus, in welchen Chats Julia gewesen war, sogar ein elektronisches Tagebuch gab es, voll mit Teenagerträumen und Teenagerwut.

Barbara schaltete den Computer wieder aus und setzte sich in einen der gemütlichen Sessel. Sie war es gewöhnt, dass die Aktivitäten der Opfer ihr etwas erzählten, aber in diesem Fall, wo es keine Gemeinsamkeiten gab, wartete sie vergeblich. Julias Gehörlosigkeit fiel ihr ein. Die Gebärdensprache, mit der Julia und ihre Freundinnen so vielen S-Bahn-Reisenden aufgefallen waren. Es war, als würde sie die Sprache des Opfers diesmal nicht beherrschen.

An der Wand neben dem Sessel hingen Ausdrucke von Fotos, die Qualität war nicht sehr gut, Barbara schätzte, dass es Handyfotos waren. Sie zeigten Julia und andere etwa gleichaltrige Mädchen in verrückten Posen und Grimassen. Ein fröhliches Mädchen. Und Barbara war so weit davon entfernt, deren Mörder zu finden wie noch nie in ihrer Laufbahn.

Sie stieg die Zugtreppe wieder nach unten, schob sie ineinander und gab der Klappe eine Stoß. Butterweich fuhr sie nach oben.

Als Barbara wieder ins Wohnzimmer kam, saßen bei Jakubian und Sven nicht nur Olga sondern inzwischen auch Harald Dewus. Barbara erinnerte sich an ihre kurze Begegnung mit ihm im Präsidium nach Hirschfelds Verhaftung. Er machte zwar äußerlich nach wie vor einen sehr distinguierten Eindruck, aber gerade als Barbara den Raum betrat, sagte er sehr scharf: »Frau Janicek wird Ihnen kein Wort mehr sagen, bis mein Anwalt da ist und sie vor solchen Unverschämtheiten schützt. Es ist wirklich nicht zu glauben. Dieser Hirschfeld bringt ... bringt Julia um, wird selbst ermordet, was nun wirklich keinem Leid tun muss, und plötzlich werden völlig unschuldige Leute mitten in ihrer Trauer beschuldigt, ihn ermordet zu haben.« Er stand auf und begann, auf und ab zu gehen. »Wissen Sie was? Ich wünschte, ich hätte es getan. Ich wünschte, ich hätte ihn eigenhändig umgebracht.«

»Und? Haben Sie?«, fragte Barbara provokant.

Dewus bemerkte sie erst jetzt. »Wer sind Sie denn? Kenne ich Sie nicht?«

»Das ist Dr. Barbara Hielmann-Pross«, stellte Jakubian Barbara vor. »Sie ist unsere Fallanalytikerin.«

»Da hätten Sie mal eher etwas tun müssen, Frau Dr. - ?«, sagte Dewus verächtlich. »Dann könnten Julia und die kleine Türkin vielleicht noch leben.«

Barbara ließ sich nicht aus der Ruhe bringen. »Im Moment geht es nur um den Anschlag auf Hirschfeld. Sie erregen sich sehr über den Mord an Julia, das geht Ihnen an die Nieren, nicht wahr?«

Er wurde von einem Moment zu anderen ruhig. »Olga lebt seit zwanzig Jahren in meinem Haus, und ich habe Julia aufwachsen sehen. Wir ... wir sind so etwas wie eine Familie.« Entschlossen sah er Jakubian an. »Wenn Sie Olga vernehmen wollen, dann im Beisein eines Anwalts. Jetzt möchte ich Sie bitten zu gehen.«

Die drei gingen zurück zum Auto. »Warum zum Teufel hast du ihn so provoziert, Barbara?«, fragte Sven.

»Du hast ihn doch mit Samthandschuhen angepackt, oder?«

»Ich war höflich.«

»Er wäre jemand, der genug Geld hätte, einen Killer zu engagieren.«

»Aber er hat kein Motiv.«

»Nun, eben hat er doch eines genannt«, mischte sich Jakubian ein. »Er nannte Olga und ihre Tochter ‚Familie'«.

»Ohne Beweise lege ich mich mit ihm nicht noch einmal an.«

»Daher weht der Wind also«, meinte Barbara. Sie verkniff sich hinzuzufügen, dass Sven früher solche Skrupel nicht gehabt hatte.

Schweigend setzten sie sich ins Auto, Sven nahm auf dem Rücksitz Platz. Jakubian fädelte sich in einen Kreisel mit etwas verwirrender Verkehrsführung ein.

»Halt, das ist falsch!«, rief Sven, »wir wollen doch nicht nach Homberg!«

Jakubian bog vor der Rheinbrücke links ab, sodass sie wenigstens nicht in die linksrheinischen Stadtteile gerieten. Sie kurvten eine Weile durch Ruhrorts kleines Zentrum, was sich als sehr trickreich erwies, wenn es darum ging, Fremden mit Einbahnstraßen die Orientierung zu rauben. Plötzlich hielt Jakubian an und deutete auf ein altes Haus mit wunderbarer Jugendstilfassade. »Dort habe ich als Kind gewohnt. Unten meine Großeltern, darüber meine Eltern und ich.« Sein Gesicht war für einen Moment ganz verklärt.

»Sollen wir vielleicht aussteigen und klingeln?« Sven verdarb ihm diesen Moment gründlich. Jakubian fuhr wieder los und fand die richtige Straße zurück zur Innenstadt.

»Ich zähle Dewus durchaus zum Kreis der Verdächtigen«, sagte Sven plötzlich in die ungemütliche Stille. »Aber ich werde trotzdem morgen nach Dortmund fahren und die Yildirims nach ihrem Onkel Hassan Ali fragen. Über den gibt es beim BKA eine dicke Akte. Es ist Waffenhändler. Und heute Nachmittag geht es nach Bochum, um mir den Koslinski-Clan mal vorzunehmen. Alter Knastadel. Die Nachbarn sagen aus, die Enkel hätten sich rührend um ihre Oma gekümmert,

180

sie war ihre einzige Familie und hat sie aufgezogen. Das nenne ich ein Motiv.«

Barbara ging noch kurz mit ins Präsidium, weil sie ein paar Akten mitnehmen wollte. Das Gefühl der Aussichtslosigkeit, das sie in Julias Zimmer überfallen hatte, war nicht wieder verschwunden. Es war erst Mittag, aber sie sehnte sich nach einem Bad, einem Glas Rotwein und viel Schlaf.

»Barbara!« Jakubian hielt sie auf, als sie in der Tür stand. »Hast du irgendetwas gefunden in Julias Zimmer?«

Sie schüttelte resigniert den Kopf. »Eigentlich ist das auch nicht zu erwarten. Es sind Zufallsopfer, möglicherweise beobachtete er sie ein paar Tage, aber mehr Berührungspunkte gibt es nicht. Ehrlich gesagt, bin ich ratlos.«

»Wir haben nicht mehr viel Zeit.«

»Aber wir können nichts anderes tun als so weitermachen wie bisher.«

»Vielleicht doch. Du hast doch erzählt, dass du Ellen Zeiss nach sadistischem Sex gefragt hast.« Jakubian überlegte. »Die Essener müssen sich noch mehr reinhängen, um die Identität der Prostituierten zu klären. Wir könnten dort nach ihren Spuren suchen und gleichzeitig nach einem Freier, der gern den Frauen die Kehle zudrückt oder ihnen kleine Wunden zufügt.«

»Das ist eine gute Idee, das könnte etwas bringen«, meinte Barbara. »Aber die haben es in der ganzen Zeit nicht geschafft, sie zu identifizieren.«

Jakubian sah sie prüfend an. »Lass dich nicht hängen, Barbara. Es ist erst vorbei, wenn es vorbei ist. Und das ist, wenn die Soko aufgelöst wird.«

»Wovor ich mehr Angst habe, ist, dass es dann nicht wirklich vorbei ist, Ruben. Er wird wieder zuschlagen.«

181

»Wir schaffen es.« Er lächelte sie an. »Lass uns nach Dortmund fahren.«

»Jetzt?«, fragte Barbara erstaunt. »Sven will doch morgen hin.«

»Er will die Männer der Familie zum Hirschfeld-Mord befragen. Wir haben heute eine Chance, die Mutter der kleinen Fatma allein zu sprechen. Du brauchst doch noch ein paar Eindrücke von den Opfern, nicht wahr? Ich habe gerade dort angerufen.«

Sie gingen hinaus zum Wagen. Barbara wollte gerade einsteigen, als sie sah, wie ein schwarzer CLK auf den Parkplatz einbog. Thomas. Sorgte er sich doch um sie?

»Einen Moment, Ruben. Ich muss kurz mit jemandem sprechen.« Sie lief auf den Mercedes zu und winkte. Er hielt und stieg aus.

»Sie ist verschwunden«, sagte er.

»Wer?«, fragte Barbara, dann dämmerte es ihr. Katharina war wieder untergetaucht.

Thomas sah, dass sie begriffen hatte. »Der Arzt rief an. Sie war freiwillig dort, er konnte nicht verhindern, dass sie gehen wollte. Er meinte, sie käme vielleicht wieder zu mir. Ich habe gewartet. Aber sie ist nicht gekommen.«

»Wann war das? Wann hat sie die Klinik verlassen?«

»Um halb acht heute morgen. Was soll ich denn jetzt tun? Der Arzt hält sie für suizidgefährdet.«

Da hat der Arzt wohl Recht, dachte Barbara. »Mach, was du schon einmal getan hast, Thomas. Engagiere Özay. Wenn einer sie finden kann, dann er.«

Thomas sah sie unschlüssig an. »Ich dachte, vielleicht könntest du … oder die Düsseldorfer Polizei …«

Barbara runzelte die Stirn. »Sag mal, warst du schon bei der Polizei?«

182

Er nickte. »Du weißt ja, die tun nichts. Sie ist eine erwachsene Frau, und auch der Klinikaufenthalt hat sie nicht überzeugt. Barbara, bitte.«

»Ruf Özay an. Eine andere Möglichkeit gibt es nicht.« Sie streichelte ihm leicht über die Schulter. »Ich muss jetzt mit Jakubian nach Dortmund.«

»Kommst du ... heute Abend?« Thomas sah sie flehend an.

Barbara wollte im ersten Moment ein klares »Ja« sagen, aber dann hielt sie irgendetwas zurück. »Ich werde es versuchen, Thomas. Ich denke, ich werde vorbeikommen und hören, was es Neues gibt. Ob ich bleibe, weiß ich nicht.«

»Sie ist doch jetzt weg«, sagte er leise.

Das war mehr als die Feststellung, dass der Grund für ihren Auszug nicht mehr da sei. Konnte sie da einen Vorwurf heraushören oder war sie inzwischen so empfindlich, dass sie etwas hineininterpretierte? Ich fühle mich zurzeit nicht mehr wohl in der Villa, hätte sie ihm am liebsten gesagt, doch stattdessen gab sie ihm einen flüchtigen Kuss auf die Wange. »Wir sollten später darüber reden. Jakubian wartet auf mich.«

Kurz bevor sie in Jakubians BMW stieg, sah Barbara Thomas immer noch verloren an seinem Auto stehen. Jakubian wartete, bis Barbara sich angeschnallt hatte. »War das eben dein Mann?«, fragte er, als sie losfuhren.

»Ja. Das war Thomas.«

»Und verrätst du mir auch, warum er hier war?«

Barbara seufzte. »Wir haben gestern Thomas' Geliebte in der Landesklinik in Grafenberg abgeliefert.«

»Oh.« Er fuhr konzentriert weiter, dann meinte er plötzlich: »Das heißt dann wohl, dass du gewonnen hast, oder?«

»Bei dem Spiel gibt es nur Verlierer. Er war hier, um mir zu sagen, dass Katharina die Klinik verlassen hat und untergetaucht ist.«

183

Er fragte nicht weiter, was Barbara sehr zu schätzen wusste.

Die Yildirims besaßen ein Mehrfamilienhaus, das die Großfamilie jedoch allein bewohnte. Fast auf jedem Klingelknopf stand *Yildirim*. Jakubian war bereits hier gewesen und wusste, wo er klingeln musste.

Doch ganz allein, wie er gehofft hatte, war Frau Yildirim nicht. Ein junger Mann, vielleicht Anfang zwanzig, öffnete ihnen. »Ich bin Bülent Yildirim«, stellte er sich in akzentfreiem Deutsch vor. »Meine Mutter hat mich gebeten, heute nicht zur Uni zu gehen, um bei dem Gespräch zu dolmetschen.«

»Ich hoffe, niemand bekommt Ärger …«, sagte Jakubian, doch der junge Mann lachte. »Wir sind zwar eine relativ traditionelle Familie, aber wenn meine Mutter mit Ihnen reden will, ist das ihre Entscheidung. Kommen Sie doch bitte.«

Er führte sie ins Wohnzimmer, das fast ganz in Blau gehalten war. Es unterschied sich nur wenig von deutschen, gutbürgerlichen Wohnzimmern, eine Schrankwand, schwere Polstermöbel von guter Qualität, ein großer Fernseher. Allenfalls die vielen wertvollen Teppiche und ein paar Bilder und üppige Blumengestecke gaben ihm einen leicht orientalischen Anstrich. Und natürlich die Tatsache, dass hier leicht Platz für zwanzig Personen war.

Frau Yildirim war Anfang fünfzig, eine kleine, zarte, aber recht zäh wirkende Frau. Sie trug ein klassisches dunkles Sommerkleid mit dreiviertellangen Ärmeln und ein farblich darauf abgestimmtes Kopftuch. Barbara wusste, sie war sechsfache Mutter und vierfache Großmutter. Fatma, ihr jüngstes Kind war ein Nachzügler gewesen.

»Deutsch nicht so gut, deshalb Bülent«, sagte sie, nachdem sie Barbara und Jakubian die Hand geschüttelt hatte. Bülent

184

kam inzwischen mit Kaffee herein.

Barbara erklärte zunächst, dass sie zurzeit noch einmal die Gewohnheiten der Opfer nachvollzogen und auch, dass sie selbst mehr über die Opfer erfahren wolle. Bülent übersetzte, und Frau Yildirim nickte. Sie schilderte Fatmas Alltag: Schule, Sport, Klavierunterricht.

»Sie hat gut gelernt«, sagte sie. »Ich wollte, das sie gut lernt. Sie war meine einzige Tochter. Sie sollte frei leben und entscheiden können. Kein Kopftuch tragen müssen, wenn sie sich nicht dafür entschied.«

Barbara spürte, wie viel Hoffnungen für Fatiye Yildirim mit dem Tod ihrer Tochter zerbrochen waren. Sie erzählte lange und ausführlich, weinte manchmal, aber wollte nicht unterbrechen. Es war, als hielte das Erzählen über sie ihre Tochter ein wenig lebendig. Auch der Bruder schien ähnlich zu empfinden.

»Am Tag ihres Todes, wo war sie da?«, fragte Jakubian.

Fatiye streckte die Arme nach vorn und bewegte die Finger. »Eine deutsche Schulfreundin hatte ein Klavier, und die Mädchen spielten manchmal damit herum. Die Mutter des Mädchens war Klavierlehrerin, sie kam zu uns, um uns davon zu überzeugen, dass sie talentiert sei. Daraufhin bezahlten wir ihr Klavierunterricht, dreimal die Woche. Und sie fuhr alleine hin, mit der S-Bahn, nachmittags um fünf. Im Winter, im Dunkeln, hätte ich darauf bestanden, dass einer ihrer Brüder oder sonst jemand aus der Familie sie fährt, aber sie war ein sehr selbstständiges Mädchen und ja immer spätestens um halb acht zu Hause. Und der S-Bahnhof ist doch gleich da drüben.« Sie wies aus dem Fenster.

»Dreimal in der Woche ist ziemlich oft.«

»Sie musste üben, und wir hatten kein Klavier«, sagte Bülent und bemerkte, dass Barbaras Blick an dem weißen

185

Instrument an der gegenüberliegenden Wand hängen blieb.

»Drei Tage als Fatma tot, Klavier ist gekommen.« Fatiye Yildirim begann zu weinen, Bülent nahm sie in den Arm und versuchte, sie auf Türkisch zu trösten. »Ich glaube, es ist doch besser, wenn Sie jetzt gehen«, sagte er.

Jakubian und Barbara erhoben sich.

»Sie suchen Mörder«, sagte Fatiye plötzlich.

Bülent sagte etwas auf Türkisch, aber Fatiye schüttelte den Kopf. »Wenn der Mörder tot wäre, würden Sie sich nicht mehr so für die Opfer interessieren«, übersetzte er.

Barbara sah Jakubian an, er nickte unmerklich. »Wir sind uns noch nicht sicher, Frau Yildirim. Aber es ist gut möglich, dass Hirschfeld nicht der Mörder war. Aber bitte behalten Sie das für sich.«

Fatiye und Bülent nickten stumm.

Bülent löste sich aus der Starre. »Ich begleite Sie noch hinaus.«

Im Flur sagte er leise: »Fatma war unser Liebling, unser Ein und Alles. Wir haben hier immer nur Jungs, auch meine Brüder haben nur Söhne. Sie war das einzige Mädchen, und wir haben sie so sehr geliebt.« Auch er hatte Tränen in den Augen.

»Die Duisburger Polizei ermittelt wegen des Mordes an Hirschfeld«, sagte Jakubian vorsichtig. »Sie werden auch Ihren Vater befragen, was er und seine Familie bereit waren zu tun, um Fatmas Tod zu rächen.«

»In meiner Familie wird seit Generationen keine Blutrache mehr verübt«, meinte Bülent Yildirim mit bitterem Spott.

»Trotzdem hätten Sie die Möglichkeit gehabt. Was ist zum Beispiel mit Ihrem Onkel Hassan Ali? Finanziert er nicht auch das Teppichhaus?« Eine nettere Umschreibung für das Stichwort »Geldwäsche« hätte Jakubian nicht finden können.

»Ich habe keine Ahnung, mit welchen Geschäften mein

Vater und seine Brüder ihr Geld verdienen, Herr Jakubian. Und ich will es auch nicht wissen. Ich studiere Elektrotechnik, und ich habe nicht vor, in die Türkei zurückzukehren. Ich hoffe, dass ich bald meinen deutschen Pass bekomme.« Er machte eine kleine Pause. »Auch meinen Onkeln und meinem Vater ist klar, dass ein weiterer Mord uns Fatma nicht mehr zurückbringt.« Er verabschiedete sich.

»Ein vernünftiger junger Mann«, meinte Barbara auf dem Weg zum Wagen.

»Ja«, meinte Jakubian. »Aber vielleicht sieht er seine Familie ein wenig zu sehr in rosarotem Licht. Hassan Ali Yildirim ist ein bekannter Waffenhändler, und die verschiedenen Geschäfte seiner Brüder und Neffen dienen der Geldwäsche. Nicht, dass er oder die anderen sich hier je etwas zu Schulden haben kommen lassen. Aber er hätte sowohl die Verbindungen als auch das Material für den Anschlag gehabt. Vom Geld gar nicht zu reden.«

Auf der Rückfahrt war Barbara sehr schweigsam. Gespräche mit den Angehörigen der Opfer fielen ihr immer schwer. Es hatte mal eine Zeit gegeben, wo sie ihre Emotionen in solchen Situationen völlig abgeblockt hatte, damit sie den Job überhaupt machen konnte. Das hatte zu einer inneren Erstarrung geführt, die fast in einer Katastrophe geendet hatte. Bei einem Kindesmordfall war plötzlich alles über sie hereingebrochen, und als dann noch die Schuld dazukam, dass sie den letzten Mordfall dieser Serie vielleicht hätte verhindern können, kam es zum Nervenzusammenbruch. Kurz danach hatte sie Thomas kennen gelernt. Seitdem war er derjenige gewesen, der ihr geholfen hatte, mit den Belastungen fertig zu werden. Sie fühlte wieder mit den Opfern und ihren Angehörigen, hatte das Gleichgewicht gefunden zwischen professioneller

Distanz und emotionaler Anteilnahme. Aber Thomas war weit weg. Katharina baute geschickt ein Netz von Verstrickungen und Schuldgefühlen auf, und er war nicht in der Lage, das wirklich zu erkennen. Und Barbara war allein.

Fatiye Yildirim hatte sie sehr beeindruckt. Ja, sie hatte geweint, aber trotzdem war sie weit gefasster gewesen als viele, mit denen sie bisher gesprochen hatte. Wenn Fatma ihr nur halbwegs ähnlich gewesen war, was hätte aus der Kleinen werden können!

»Eine kluge Frau«, sagte Jakubian in die Stille.

»Ja. Ich mochte sie einfach nicht anlügen.«

»Ich auch nicht.« Er zog eine Tüte Bonbons aus dem Handschuhfach. »Magst du?«

Sie nahmen beide eins. »Weißt du, was mir nicht aus dem Kopf geht?«, fragte er und sprach gleich weiter: »Wenn es nicht Sommer gewesen wäre, dann hätte sie jemand aus der Familie zum Klavierunterricht gefahren. Dann würde sie vielleicht noch leben.«

»Ja, das ist wirklich tragisch.«

In diesem Moment klingelte Jakubians Handy. Er nahm das Gespräch an, und Barbara versuchte, in seinen Wortfetzen irgendeinen Sinn zu erkennen, gab aber bald auf.

»Wir sind auf der A 40, wir kommen hin. – Das war Max Erhard. Wir sollen nach Styrum kommen, sie haben den Tatort entdeckt.«

»Ist das sicher?«, fragte Barbara.

»Ja. Da ist viel Blut. Und Julias Handy.«

Barbara erinnerte sich. Das war etwas, was sie Hirschfeld noch hatte fragen wollen, sie hatte es sich auf einem Zettel notiert, der irgendwo im Arbeitszimmer der Villa liegen musste. Das Handy war nicht bei der Leiche gefunden worden, man hatte vermutet, dass der Mörder es mitgenommen habe. Aber in Hirschfelds Wohnung lag es auch nicht.

Jakubian raste über die A 40, die um diese Tageszeit noch nicht völlig verstopft war. Knappe fünfzehn Minuten nach dem Anruf parkten sie den Wagen an der Straße und kletterten über das Gelände. Barbara hoffte, ihre weichen, bequemen Schuhe würden das aushalten.

Ganz so unpräzise war Hirschfeld bei der Ortsangabe doch nicht gewesen. Der Tatort, an dem das Spurenermittlungsteam gerade arbeitete, lag tatsächlich ziemlich genau in der Mitte zwischen dem Herborn-Tatort und dem S-Bahnhof. Barbara und Jakubian mussten einen Bogen schlagen, denn direkt vor ihnen wurden gerade Reifenspuren gesichert. Der Kombi von Hirschfelds Freund Heiner Grundeisen war von Erhard bereits gründlich untersucht worden. Man hatte genügend Spuren von Julia darin entdeckt. Auch in der Nähe von Julias Fundort im Hafen hatte man Abdrücke seiner Reifen entdeckt.

Max kam gerade vom Kombi des Teams zurück mit ein paar Fotos in der Hand. Er begrüßte Barbara und Jakubian und hielt dann die Fotos an die Reifenspur. »Derselbe Wagen, ganz eindeutig.« Er deutete auf eine Stelle, an der sich ein Stein in das Profil gedrückt haben musste, was die Spur unverwechselbar machte.

»Sie wollten uns etwas Bestimmtes zeigen, Herr Erhard.«

Max nickte. »Das ist ein ziemlicher Hammer. Ich habe ja schon gehört, dass Hirschfeld möglicherweise nicht unser Mann war. Und jetzt können wir es vielleicht auch beweisen. Kommt mit.«

Er brachte sie an eine Stelle, die mit Markierungen übersät war. Hier lag jede Menge rostiges Metall herum, nur ein absoluter Fachmann hatte entdecken können, dass es sich bei der rotbraunen Verfärbung des Bodens nicht um Rost, sondern um Blut handelte. »Vorsicht«, sagte Erhard. »Da sind Fußspuren, die wir noch sichern müssen.«

189

»Hirschfelds oder auch andere?«, fragte Jakubian. Barbara spürte, dass er erregt war. Erhards Ankündigung hatte beiden Hoffnung gemacht, die Staatsanwaltschaft doch noch überzeugen zu können, dass nicht Hirschfeld der Mörder war.

»Als Julia ermordet wurde, muss es geregnet haben. Hier war alles aufgeweicht und matschig. So wie das Blut verteilt ist, ist es in die Pfützen gelaufen.«

Für einen Moment fröstelte es Barbara. Sie stellte sich die Szene bildlich vor. Ein Mann, der die bewusstlose Julia im Regen über den Platz zerrte. »Gibt es Schleifspuren?«, fragte sie.

Erhard deutete in Richtung S-Bahnhof, den man gerade noch erkennen konnte. »Da vorn. Wir hoffen, dort auch noch vernünftige Fußspuren zu finden. Aber das wollte ich euch gar nicht zeigen. Wir haben es noch nicht eingetütet, weil wir eine andere Kamera nehmen mussten, die erste hat gestreikt. Und als Sie sagten, dass Sie auf dem Weg sind, habe ich es noch liegen lassen.« Max machte einen vorsichtigen Schritt neben den größten Blutfleck. »Da! Sehen Sie genau hin.«

Barbara und Jakubian beugten sich vor zu der Markierung 25, auf die Max Erhard gedeutet hatte. Es war ein winziges Stück Metall, gerade mal einen Zentimeter im Quadrat. Aber quadratisch war es nicht, eher dreieckig, mit einer abgerundeten Seite und einer Spitze.

»Eine Messerspitze«, murmelte Jakubian fasziniert. Er richtete sich auf. »Glauben Sie, dass Sie noch einen Fingerabdruck darauf finden?«

»Zwei, hoffe ich. Allerdings wären sie eher von Hirschfeld.« Erhard grinste, wurde dann aber wieder ernst. »Sie hat wochenlang hier draußen gelegen, kann sein, dass wir gar nichts finden außer Blut, wenn wir Glück haben.«

»Moment mal.« Barbara war verwirrt. »Hirschfelds Messer ist abgebrochen, nicht wahr?«

»Ja«, sagte Jakubian. Auf seinem Gesicht sah Barbara so etwas wie Jagdfieber aufblitzen. Er hatte Hoffnung geschöpft. »Die Spitze von Hirschfelds Messer steckte in Julias Kopf.«

»Und sie passte auch eindeutig zu dem Messer aus seiner Wohnung«, ergänzte Max.

»Dann ist das hier eine andere Messerspitze, die von einem anderen Messer abgebrochen ist.« Barbara dämmerte es langsam. »Und Hirschfeld hat sie aus Julias Kopf gezogen, um sein eigenes Messer abzubrechen und die Spitze dann in die Wunde zu stecken.« Sie dachte kurz nach und war dann ernüchtert. »Und wenn Hirschfeld zwei Messer hatte?«

»Dann hätte er sie beide aufbewahrt.« Jakubian war überzeugt, dass hier der Beweis für einen anderen Mörder lag. »Zusammen mit den Fußspuren sind wir ein ganzes Stück weiter.«

»Ja, das denke ich auch«, meinte Erhard. »Leider haben wir keine Fußspuren aus den anderen Fällen, mit denen wir die hier vergleichen könnten.«

»Das wäre ja auch zu einfach gewesen.« Barbara ging hinüber zu dem Mann, der die Fußspuren sicherte. »Welche Schuhgröße ist das wohl?«, fragte sie.

»Ich muss es natürlich nachmessen, aber ich denke, das ist höchstens 42 oder 43«, sagte der Mann.

Das Bild von einem Mann, der Julia über das Gelände schleifte, kam Barbara wieder in den Sinn. »Er ist nicht besonders groß und kräftig«, sagte sie. »Kleiner als Hirschfeld.«

Als sie im Duisburger Polizeipräsidium ankamen, merkte Barbara gleich, dass etwas passiert sein musste. Irgendwie vibrierte die Luft. »Sven hat die Koslinki-Zwillinge verhaften lassen. Sie haben für die Tatzeit kein Alibi«, erzählte Jost Klasen, der auf dem großen Tisch im Besprechungsraum die Eisenbahnbilder erneut ausgebreitet hatte.«

»Zwillinge?«, fragte Barbara.

»Eineiige«, bestätigte Klasen. »Auf diese Art haben sie sich schon mal aus einem Prozess gewunden. Die Staatsanwaltschaft konnte nicht nachweisen, welcher Bruder es gewesen ist.«

Wie aufs Stichwort öffnete sich die Tür, und Sven kam herein, hinter ihm zwei Beamte mit den Koslinski-Zwillingen.

Die zwei waren genau der Typ des zu kleinen, dafür aber umso breiter geratenen Schlägers mit einem Aggressionspotential, das sie befähigte, jeden umzuhauen, selbst wenn er zwei Köpfe größer war als sie. Beide waren muskelbepackt und trugen die klassische Vokuhila-Frisur der Achtziger. Die Gesichter wirkten fast gegerbt durch eifrige Sonnenbanknutzung. Beide trugen Jeans und Muskelshirts und hielten sich offensichtlich für ein Gottesgeschenk an die Frauen. Sie sahen sich wirklich täuschend ähnlich. Barbara war sich sicher, dass sie nur durch ihre malerischen Tätowierungen zu unterscheiden waren.

Die Beamten führten die beiden in getrennte Verhörräume.

»Sie behaupten, am Tag von Hirschfelds Ermordung bei einer Nutte gewesen zu sein«, erklärte Sven.

»Beide gleichzeitig bei einer?«, fragte Jakubian spöttisch.

»Genau das. Nur ist die Dame zurzeit nicht aufzufinden, und bevor die beiden sich aus dem Staub machen, habe ich sie lieber festgenommen.«

»Reicht denn das fehlende Alibi?«, fragte Jakubian. »Gibt es noch andere Verdachtsmomente?«

Barbara registrierte, dass Sven auf diese Bemerkung gereizt

reagierte, sich aber zurückzuhalten versuchte. »Als sie die Nachricht bekamen, dass die Leiche ihrer Großmutter gefunden wurde, ist einer von ihnen unter Weinen zusammengebrochen. Und bei ihrem Background ist es nicht unwahrscheinlich, dass sie das Gesetz in die eigene Hand nehmen.«

Jakubian nickte. »Beißen Sie sich nicht zu fest, Heyer. Es gibt ja noch mehr Verdächtige.«

Er drehte sich um und ging. Nur Barbara konnte hören, wie Sven zischte: »Ich bin doch kein Anfänger!« Er sah zu ihr. »Na, was haben Du und der große starke Mann getrieben?«

»Wir waren am Tatort in Styrum, wo Julia ermordet wurde. Es gibt Fußspuren und eine zweite Messerspitze.«

Sie ließ Sven stehen und ging zu Jost Klasen an den Tisch. Er hatte die mehr als tausend Fotos schon vor einiger Zeit vorgeordnet in verschiedene Kategorien. Glücklicherweise zeigte der weitaus größte Teil, nämlich rund siebenhundert, lediglich verschiedene Zug- und Wagentypen. Der Rest aber, und das waren gut dreihundert, war auf den Bahnsteigen der großen Hauptbahnhöfe geschossen worden. Im Mittelpunkt stand zwar meist ein Zug, aber es waren Menschen abgebildet. Einen kleinen Stapel hatte Klasen schon beiseite gelegt.

»Wie läuft's?«, fragte Barbara.

Klasen zuckte die Schultern und ließ die Lupe sinken. »Ehrlich gesagt, weiß ich im Moment gar nicht so recht, wonach ich suchen soll«, meinte er ein wenig frustriert. »Das ist Fischen im Trüben. Vielleicht findet man was, vielleicht auch nicht.«

Barbara nickte. »Was mich gewundert hat, ist, dass wir keine Spannerfotos gefunden haben.«

»Ich habe das mal angesprochen, aber jemand meinte, es gäbe vielleicht keine.«

»Glauben Sie das?«

193

Klasen schüttelte den Kopf. »Nie und nimmer. Aber die Wohnung wurde gründlich durchsucht – da war nichts.«

Barbara zog ihren Autoschlüssel aus der Tasche. »Kommen Sie, Klasen. Wir gehen noch mal in Hirschfelds Wohnung.«

Sie versuchte ein Grinsen zu unterdrücken, als sie das Aufleuchten in seinen Augen sah.

Die Luft in Hirschfelds Wohnung war stickig, Barbara öffnete ein Fenster. Klasen und sie waren bei der Durchsuchung nicht dabei gewesen, sie sahen die Räume zum ersten Mal. Es war die typische Wohnung eines älteren Junggesellen: völlig aus der Mode gekommene Möbel, kaum Dekorationsgegenstände, sah man von einigen Sexpostern aus den Siebzigern ab, die sorgsam eingerahmt im Schlafzimmer über dem Bett hingen.

»Wo sollen wir hier anfangen?«, fragte Klasen entmutigt.

»Ich habe eine Idee.« Barbara lief in den Hausflur und klingelte eine Treppe tiefer. Sie hatte Glück. Ellen Zeiss war zu Hause.

Sie war erstaunt, Barbara zu sehen. »Mit Ihnen habe ich gar nicht gerechnet, nun, wo er tot ist.«

»Frau Zeiss, wir brauchen Ihre Hilfe. Wir suchen etwas, etwas, das wir bei der großen Hausdurchsuchung nach seiner Festnahme nicht gefunden haben.«

»Wie kann ich denn da helfen?« Ellen Zeiss sah sie groß an.

»Haben Sie mal seine Wohnung geputzt?«

Sie nickte. »Ganz zu Anfang, als wir uns kennen lernten. Später wollte er nicht mehr, dass ich in seine Wohnung kam.« Sie dachte nach. »Beim ersten Mal war ich vier Nachmittage beschäftigt. Es sah furchtbar aus. Vermüllt, überall dreckige Wäsche. Ich meine, er war ein Mann, dem sieht man ja ein bisschen Unordnung nach, aber das!«

194

»Haben Sie alles geputzt und aufgeräumt? Jede Ecke?«

»Sicher.« Ellen Zeiss stockte plötzlich. »Das heißt. Nein, im Schlafzimmer habe ich nichts gemacht. Als ich die Schmutzwäsche einsammelte, hat er mich rauskomplimentiert. Wie gesagt, das war zu Anfang, da war er noch höflich. Später hätte er mich sicher angeschrien. Ich durfte es nie wieder betreten.«

»Vielen Dank, Sie haben mir sehr geholfen.« Barbara verabschiedete sich und ging wieder hinauf, wo Jost Klasen auf sie wartete.

»Wir fangen im Schlafzimmer an.« Sie erklärte ihm, warum sie da etwas vermutete, und sie begannen, das Zimmer zu durchsuchen. Sie versuchten es mit ein paar offensichtlichen Verstecken: unter den Matratzen des Doppelbettes, unter der Wäsche. Klasen zog sogar die Nachtischschublade heraus, um nachzusehen, ob etwas darunter klebte. Aber sie fanden nichts, und Barbara war sich auch sicher, dass die Kollegen bei der ersten Durchsuchung an solchen Stellen sehr genau nachgesehen hatten.

»Nichts«, sagte Jost Klasen. Die Freude über den unverhofften Außeneinsatz war verflogen.

»Lassen Sie uns mal genau überlegen«, meinte Barbara und setzte sich auf das Bett, dessen Laken halb heruntergerissen waren, Kissen und Decken türmten sich am Fußende. »Er ist ein Spanner. Wenn er einer Frau oder einem Pärchen zusieht, erregt ihn das. Er hat Fotos davon gemacht, und wenn er die Fotos ansieht, dann erregt ihn das aufs Neue.«

Sie nahm die Füße hoch und setzte sich an die Seite, wo Hirschfeld geschlafen hatte. Dort stand das einzige Nachttischchen, direkt daneben ein altersschwacher Kleiderschrank. Barbara sah genau hin und sprang auf. »Klasen, helfen Sie mir mal.«

195

Gemeinsam rückten sie den Schrank vor. Sofort hörten sie, wie etwas herunterfiel, das sich als schwere, große Briefumschläge entpuppte. Barbara öffnete den obersten. Die Fotos zeigten eine schemenhafte, nackte Frau, durch ein Fenster fotografiert. Ähnliche Motive fanden sich bei den anderen. Dreiundzwanzig Umschläge hatte Hirschfeld hinter den Schrank gesteckt, den neuesten mit den frischesten Erinnerungen immer nach vorn, damit er ihn leichter herausziehen konnte. Trotzdem war Barbara enttäuscht. Sie hatte gehofft, dass er auch andere »Erinnerungsfotos« geschossen habe: Fotos von den Morden.

Klasen steckte den letzten Satz Fotos zurück in die Tüte. »Er hat diese Schweinereien tatsächlich ganz normal im Laden entwickeln lassen«, meinte er angewidert. Dann schaute er noch mal hinter den Schrank, um zu sehen, ob sie nichts vergessen hätten. »Frau Hielmann-Pross!«, rief er plötzlich. »Wir müssen den Schrank weiter abrücken!«

Sie taten es, und dann sah Barbara, was er entdeckt hatte: Da war noch eine Tüte, sie war auf die Rückwand geklebt. Klasen löste sie ab und sah hinein. Es waren nur Negative. »Da ist kaum etwas drauf zu erkennen«, meinte er enttäuscht. »Die müssen nachts aufgenommen worden sein.«

»Wir lassen sie entwickeln.« Barbaras Herz klopfte. Waren das die Fotos, nach denen sie gesucht hatte? Fotos von den Morden? Oder noch besser, Fotos vom Mörder?

Sie fuhren zurück zum Polizeipräsidium. Jost Klasen rannte sofort los, um die Negative entwickeln zu lassen.

Die Atmosphäre war seltsam angespannt. Alle anwesenden Soko-Mitglieder wussten inzwischen von der zweiten Messerspitze. Jakubian war zur Staatsanwaltschaft gefahren. Roters brauchte er sicher nicht lange zu überzeugen, aber was war mit dessen Vorgesetzten? Möglicherweise öffentlich zugeben zu müssen, auf Hirschfeld hereingefallen zu sein, könnte Karrieren kosten. Barbara hoffte, dass die Fotos unangreifbare Beweise lieferten. Die Messerspitze und ein paar Fußspuren reichten nicht.

Sie brauchte Jakubian und Roters gar nicht zu sehen, um zu wissen, dass sie das Präsidium betreten hatten. Binnen kürzester Zeit hatten sich alle im Besprechungsraum versammelt.

Roters sah angespannt aus. Barbara versuchte aus seinem Gesicht herauszulesen, ob es eine gute oder eine schlechte Nachricht war, dass er mit Jakubian hergekommen war. Auch Jakubians Miene war rätselhafter als die der Sphinx.

Patrick Linssen unterbrach als Erster die gespannte Stille: »Was ist nun? Geht es weiter?«, fragte er.

Roters seufzte. »Ja. Es geht weiter. Allerdings …«

»Allerdings nur inoffiziell«, beendete Jakubian den Satz. »Die Staatsanwaltschaft hat zur Kenntnis genommen, dass Hirschfeld möglicherweise nicht unser Mörder ist. Deshalb werden wir jetzt dahingehend ermitteln. Die Öffentlichkeit soll aber weiterhin glauben, dass wir lediglich den Fall abschließen und nach Hirschfelds Mörder fahnden.«

»Meine Vorgesetzten möchten da kein Risiko eingehen«, ergänzte Roters.

»Das ist auch gar nicht so schlecht«, warf Barbara ein, die das leichte Aufstöhnen der Kollegen ignorierte. »Solange der richtige Mörder denkt, dass wir Hirschfeld für den Mörder halten, hält er vielleicht noch eine Weile still.«

»Wie viel Zeit haben wir denn Ihrer Meinung nach, bis er wieder zuschlägt?«, fragte Kramer.

»Er muss sich neue Jagdgründe suchen. Wieder neue Methoden finden, zu morden und die Opfer verschwinden zu lassen. Er muss sicherstellen, dass wir einen neuen Mord nicht mit den anderen in Verbindung bringen.« Barbara machte eine Pause. »Trotzdem wird der Drang, es wieder zu tun, sehr stark sein. Möglicherweise haben wir noch zwei, drei Wochen. Jetzt rächt sich diese S-Bahn-Aktion natürlich. Dort wird er keinesfalls mehr zuschlagen.«

»Der Meinung bin ich auch.« Jakubian vermied es, Roters anzusehen, der einen unglücklichen Eindruck machte. »Allerdings sollten wir es trotzdem zu Ende bringen, vielleicht sogar die besseren Zeugen noch einmal befragen. Wir haben uns zu sehr auf Hirschfeld konzentriert.«

In diesem Moment kam Jost Klasen herein und schwenkte einen Stapel Fotos. »Er hat die Morde fotografiert.«

»Herr Klasen und ich haben heute in Hirschfelds Wohnung Negative entdeckt«, erklärte Barbara.

Klasen breitete die Fotos auf dem Tisch aus. »Ich habe sie mir bereits angesehen. Man kann zwar die Morde sehen, der Mörder ist aber leider nicht zu erkennen.«

Hirschfeld hatte eine gute Kamera gehabt und einen empfindlichen Film benutzt, doch kein einziges Bild war scharf genug, um den Mörder zu identifizieren. Aber das hier war immerhin der Beweis, dass nicht Hirschfeld die Morde begangen hatte, denn der Mann, der auf den Bildern die Opfer traktierte, war eindeutig nicht Hirschfeld. Er war kleiner, wie Barbara schon vermutet hatte, und auf vielen Bildern trug er zunächst einen hellen Mantel. Während er sein blutiges Werk vollbrachte, zog er ihn aus. Ein einziges Bild zeigte ihn, wie er nach dem Mord den Tatort verließ, wieder im Mantel, doch er war so nah an Hirschfeld vorbeigekommen, dass das Teleobjektiv, das Hirschfeld benutzt haben musste, ihn nur völlig verschwommen aufgenommen hatte. Das war nach dem Mord an Anna Koslinski, den

Hirschfeld ja als den ersten bezeichnet hatte. Später hat es Hirschfeld gar nicht abwarten können, zu der Leiche zu kommen und sich zu befriedigen, dachte Barbara.

»Immerhin gibt es jetzt ein Foto, auf dem man die Prostituierte vielleicht erkennen kann.« Klasen ging die Fotos durch und deutete dann auf ein Bild. Es war dunkel und verschwommen, aber jemand, der sie gekannt hatte, war vielleicht in der Lage, sie darauf zu identifizieren.

»Viel ist das nicht gerade«, meinte Jakubian enttäuscht.

»Es ist ein Anhaltspunkt.« Barbara wusste, sie klammerte sich an einen Strohhalm. »Wir können die Eisenbahnfotos noch einmal damit abgleichen. Und die Zeugenaussagen.«

Im Hintergrund seufzte Kramer. »Von Männern im Mantel war ziemlich häufig die Rede.«

»Dann an die Arbeit.« Jakubian versuchte, motivierend zu klingen. »Gehen Sie alle Aussagen der Zeugen noch mal durch und laden Sie sie wenn nötig wieder ein. Klasen, nehmen Sie sich zwei Kollegen und sehen Sie die Eisenbahnfotos, auf denen Personen sind, nochmals durch. Alle, auf denen Männer mit Mänteln sind, werden wir den Zeugen noch mal vorlegen. Heyer, Sie und Ihr Team bearbeiten weiter den Hirschfeld-Mord. Es kann ja immer noch nicht ausgeschlossen werden, dass unser Mörder dahintersteckt.«

Er wandte sich an Roters. »Ich denke, jetzt können Sie Ihren Kollegen mitteilen, dass Hirschfeld definitiv nicht der Mörder war.«

Roters nickte. Er sah nicht weniger unglücklich aus als zuvor und verabschiedete sich rasch.

»Wenn die Sache öffentlich hochkocht, wird er der Sündenbock sein, oder?«, fragte Barbara.

Jakubian nickte. »Dabei hat er es am wenigsten verdient.«

Barbara folgte ihm in sein Büro.

199

»Wir sollten uns schleunigst um die alten Fälle kümmern. Da setze ich LKA-Leute drauf an. Vielleicht hat doch jemand etwas gesehen. Und dann ist da ja noch der mögliche Auslöser!« Er griff zum Telefon. Und wirklich, im LKA war man fündig geworden.

»Oktober 2003«, sagte Jakubian, als er auflegte. Er sah auf seine Notizen. »Nicole Giesen, sechsundzwanzig Jahre alt, eins sechzig groß, blond, schlank, hübsch, fuhr regelmäßig S-Bahn. Wurde in der Nähe eines Bahngeländes in Essen gefunden. Ihr Exfreund sitzt deswegen, es war ein Indizienprozess, und er hat immer seine Unschuld beteuert.« Er lehnte sich zurück. »Ich lasse alle Beweise dem LKA-Labor überstellen, die Akten bekommen wir morgen.« Er sah Barbaras nachdenkliches Gesicht. »Woran denkst du?«

»Essen. Die Prostituierte.«

»Die kommen da nicht weiter. Vielleicht stammte sie ja gar nicht aus Essen und Hirschfeld hat das nur gedacht.«

»Aber wir haben jetzt ein Foto – ein schlechtes zwar, aber immerhin.« Sie stockte. »Wenn die Essener nicht weiterkommen, gäbe es da jemanden, der das herausfinden kann. Wenn einer herausbekommen kann, woher die Tote stammte, dann ist er es.«

»Von wem bitte redest du?«, fragte Jakubian verwirrt.

»Iskender Özay. Ein Privatschnüffler.« Sie lächelte. »Ein Freund.«

Jakubian sah sie halb entsetzt, halb neugierig an. »Barbara, wir können doch nicht ...« Das klang nicht gerade nachdrücklich.

»Ruben, Essen liefert seit fünf Wochen keine Ergebnisse. Jetzt wäre es mal Zeit für ungewöhnliche Methoden.«

»Und wer soll ihn bezahlen?«

»Sag bloß, du hast keinen kleinen geheimen Informantentopf?«

200

»Ja, schon.« Er wand sich ein bisschen. »Aber für einen Privatdetektiv!«

»Ich werde ihn bezahlen.«

Jakubian runzelte die Stirn. »Du willst dein eigenes Geld dafür ausgeben?«

»Nein, du wirst es ausgeben. Von mir nimmt er nämlich nichts. Wie gesagt, er ist ein Freund.« Sie lächelte Jakubian an. »Ruben, mein Mann ist Millionär, wir haben keinen Ehevertrag, und sein Geld ist mein Geld. Du solltest keine Skrupel haben.« Ich habe auch keine, fügte sie in Gedanken hinzu und wunderte sich gleich darüber. Sie hatte sich in all den Jahren mit Thomas nur schwer an die Tatsache gewöhnen können, steinreich zu sein. Für sie war es immer Thomas' Geld geblieben. Jetzt gab sie es für eine halbillegale Aktion aus? »Nun?«, fragte sie Jakubian.

Der atmete tief durch. »Wir müssen jemanden finden, der die Prostituierte kannte. Ruf den Schnüffler an.«

Sie trafen Özay abends bei Heinz – hier war der letzte Ort, an dem irgendjemand dieses kleine konspirative Treffen beobachten konnte. Doch die Situation hatte so gar nichts von einer geheimen Verschwörung. Sie saßen um Heinz' gutbürgerlichen Küchentisch, jeder ein Glas Wasser vor sich. Barbara erklärte Özay die Situation – nicht ohne ihm immer wieder einzuschärfen, dass nichts, aber auch gar nichts davon in die Presse gehörte. Schließlich arbeitete Özay auch als freier Journalist – ein Presseausweis konnte manche Türen öffnen. Diese sicher nicht.

»Wir brauchen die Information schnell und zuverlässig«, schloss Barbara. »Der Mörder wird wieder zuschlagen, schon bald. Es wäre gut, wenn wir ihm schnell das Handwerk legen könnten.«

Özay sah vorsichtig zu Jakubian. Er selbst war nicht besonders groß, und Jakubian hatte aus seinem Misstrauen gegen ihn keinen Hehl gemacht und sich vorhin, als er kam, sehr imposant vor ihm aufgebaut.

»Lass mich nur noch einmal zusammenfassen, damit wir uns alle richtig verstehen. Ihr vermutet, dass es sich bei der unbekannten Toten hier aus Rheinhausen um eine osteuropäische Prostituierte handelt, die illegal hier war. Und Hirschfeld hat behauptet, sie stamme aus Essen, was er aber nicht genau wusste.«

Jakubian nickte.

»Das heißt dann, sie könnte auch eine Deutsche sein, die ganz woanders herkam?«

Barbara seufzte. »Hirschfeld sagte sehr deutlich, dass sie eine Osteuropäerin gewesen ist. Und dass sie in Essen in die S-Bahn gestiegen ist. Dass niemand sie vermisst, deutet daraufhin, dass sie eine Illegale gewesen ist. Wenn du nachforschst und uns sicher sagst, dass sie nicht aus Essen stammt, dann hilft uns das auch schon weiter.«

»Essen. Das ist das zweite Problem. Das ist nicht gerade mein Revier. Ich meine, es gibt da ein paar Kontakte, aber niemand schuldet mir da was. Das könnte teuer werden.«

»Geld spielt keine Rolle«, sagte Barbara schnell.

Özay verdrehte die Augen. »Sag nicht, dass du mich mit deinem eigenen Geld bezahlen willst.«

»Sie wird es schon wiederkriegen, auf die eine oder andere Art«, sagte Jakubian ruhig. »Wir können nur keinen Privatdetektiv aus den offiziellen Informantentöpfen bezahlen.«

»Und was ist mit den inoffiziellen?«

»Das lassen Sie meine Sorge sein, Herr Özay. Ich verspreche Ihnen, sie bekommt jeden Cent zurück.« Jakubian sah nicht so aus, als wäre ihm wohl bei der Sache.

»Siehst du denn eine Möglichkeit, schnell an die Informationen zu kommen, Özay?« Heinz hatte bisher geschwiegen.

»Sagen wir mal so: Ich kann nichts versprechen. Da stecken Schleuserbanden in dem Geschäft, ziemlich fiese Zuhälter und natürlich auch größere Fische, Russenmafia und so weiter. Das kann sehr gefährlich werden, wenn man nicht vorsichtig zu Werke geht. Und sollten sie auch nur eine Ahnung davon bekommen, für wen ich diese Ermittlungen anstelle, könnt ihr gleich einen Sarg für mich ordern.«

»Aber du wirst es tun, oder?«

Özay sah Barbara an. »Ja. Ich tue es für dich.«

Bildete sich Barbara das ein oder rutschte Jakubian gerade auf seinem Stuhl herum?

»Eigentlich habe ich noch einen anderen Auftrag.« Özays Blick glitt weg.

»Ich weiß. Ich habe ihm geraten, wieder zu dir zu gehen.«

»Sonst hätte ich es bestimmt nicht getan. Aber die Sache kann warten, finde ich.« Özay trank den Rest seines Wassers und stand dann auf. »Ich mache mich auf den Weg. Ich muss mit ein paar Leuten telefonieren.«

Er verabschiedete sich. Heinz begleitete ihn zur Tür.

Barbara blieb mit Jakubian in der Küche sitzen. »Wovon zum Teufel hat er geredet?«, fragte der. Er wirkte gereizt.

»Von Katharina, Thomas' Gel…«

»Ich weiß schon, du hast ihren Namen erwähnt.«

»Sie ist weg aus der Klinik, und Thomas macht sich Sorgen.«

»Dieser Özay ist in dich verliebt,« sagte Jakubian plötzlich.

»Natürlich ist Özay in Barbara verliebt, das ist doch nichts Neues«, meinte Heinz, der gerade in die Küche zurückkam.

»Ach was«, sagte Barbara wenig überzeugend.

»Ist doch gut so.« Heinz setzte sich und schenkte noch einmal Wasser nach. »Dann strengt er sich wenigstens richtig an.«

8.

In den nächsten Tagen wurde der Fall Nicole Giesen wieder aufgerollt – die Hauptarbeit lag bei den Spurenermittlern, Gerichtsmedizinern und ihren Laborteams, die sich sämtliche konservierten Beweise noch einmal vornahmen. Sie hatten viel tun, denn parallel dazu wurden alle DNA-Spuren, die nicht von Hirschfeld stammten, untereinander abgeglichen. Barbara hatte sich mit den Kopien der Akten bei Heinz eingeigelt. Im Polizeipräsidium fand sie einfach nicht die nötige Ruhe, geschweige denn einen freien Schreibtisch.

Aber auch in Heinz' ruhigem kleinen Bergmannshäuschen waren ihre Nerven bis aufs äußerste gespannt, und diese Nervosität übertrug sich auch auf den sonst so gelassenen Heinz. Beide wussten, jeder Anruf konnte die Nachricht sein, dass der Mörder wieder zugeschlagen hatte.

Einmal war es fast soweit. Im Duisburger Norden war eine Frau nachts vor ihrer Wohnung niedergestochen worden und verblutet. Doch es stellte sich rasch heraus, dass es sich um eine Beziehungstat handelte. Der Täter, ihr ehemaliger Freund, war geständig.

Sven kam mit den Ermittlungen im Hirschfeld-Mord auch nicht weiter. Die Brüder Koslinski, seine viel versprechenden Verdächtigen hatten nun doch ein wasserdichtes Alibi. Die Prostituierte, bei der sich die Zwillinge gemeinsam vergnügt hatten, war nach einem Mallorca-Urlaub wieder aufgetaucht und absolut glaubwürdig. Sven konzentrierte sich jetzt auf die Familie Yilderim und Onkel Hassan Ali, den Waffenhändler. Immerhin konnte man ihm nachweisen, dass er in der Türkei völlig legal Arctic Warfare-Gewehre verkaufte und das Gewehr, dessen weggeätzte Seriennummer man mühsam wieder sichtbar gemacht hatte, aus einer Lieferung

204

stammte, die eindeutig nicht in Deutschland, wo diverse Polizeibehörden und auch die Bundeswehr es benutzten, verkauft worden war. Für einen Haftbefehl reichte es jedoch nicht, und Hassan Ali Yilderim konnte nicht daran gehindert werden, ins Ausland zu reisen.

»Wieso runzelst du die Stirn?«, fragte Heinz, der Barbara einen Tee auf den Küchentisch stellte.

»Rebecca Langhorn. Irgendetwas passt nicht zusammen.«

»Und was?«

Barbara zog ein Blatt aus der Akte. »Das ist die Aussage einer Kollegin, die bei den weiteren Ermittlungen keine Rolle mehr spielte. Sie erwähnt in einem Nebensatz, dass Rebecca immer gegen neun zur Arbeit kam und meist noch im Büro war, wenn sie selbst schon nach Hause ging.«

Jetzt runzelte auch Heinz die Stirn. Er hatte es sich natürlich nicht nehmen lassen, die von Barbara mitgebrachten Akten ebenfalls intensiv zu studieren. »Du meinst, das waren nicht seine Zeiten in der S-Bahn.«

Barbara nickte.

»Aber was ist mit ihrer Dienstreise? Sie verschwand an dem Tag, an dem sie morgens um neun nach London fliegen sollte, also war sie früher unterwegs.«

Barbara schüttelte den Kopf. »Das ist nicht seine Art. Er hat seine Opfer vorher beobachtet. Er hätte sie sich nicht gegriffen, wenn er sie nicht vorher ins Auge gefasst hätte. Und er hätte es keinesfalls früh morgens getan – nicht auf der Flughafenstrecke.«

Heinz nickte. »Es ist möglich, dass er es abends getan hat. Sie hat drei Wochen draußen gelegen, und es hatte in dieser Zeit immer mal wieder Frost gegeben. Der Todeszeitpunkt konnte nicht sehr genau bestimmt werden.«

Barbara lehnte sich zurück. »Ich glaube aber, er hat sie gekannt.«

»Und sie dann gleich nach der Prostituierten ermordet, wobei du davon ausgehst, dass er sie auch gekannt hat? Hätte er damit nicht eine zu enge Verbindung geschaffen?«

Barbara schüttelte den Kopf. »Langhorn und eine illegale Prostituierte, da liegen solche Welten zwischen, niemand würde eine Verbindung sehen. Und es hat ja auch niemand eine gesehen.« Sie blickte auf den Stapel mit den Protokollen ihrer Hirschfeld-Vernehmungen. »Verdammt, wenn er noch leben würde, könnte er uns viele Fragen beantworten.«

Heinz tippte auf die Langhorn-Akte. »Die Antwort liegt vielleicht da drin, Barbara. Kramer ist ja von einer Beziehungstat ausgegangen. So gründlich wie er ist, wird er sicher Langhorns gesamtes Umfeld durchleuchtet haben.«

Barbara sah ihn an. »Du eine Hälfte und ich die andere?«, fragte sie.

Heinz nickte. Er goss sich selbst noch einen Tee ein und machte sich an die Arbeit.

Sie waren schon etwa zwei Stunden dabei, die Akten zum Fall Langhorn zu durchforsten, als Barbara plötzlich innehielt. »Das könnte es sein«, sagte sie.

»Was?« Heinz legte das Blatt, das er gerade durchlas, zur Seite.

»Eine Kundenliste von Rebecca Langhorns Werbeagentur. Ihre Kunden hat man gelb markiert. Die sind wohl nicht weiter interessant. Aber hier ist ein Name, den wir kennen.« Sie reichte Heinz die Liste und tippte auf einen Namen im oberen Drittel.

»*Dewus Handel*. Dewus? Heißt so nicht …«

Barbara nickte. »Der Mann, dessen Haushälterin die

Mutter von Julia Janicek war. Zum ersten Mal haben wir eine Verbindung zwischen zwei Opfern.«

»Eine vage Verbindung.« Heinz stand auf und schüttete den kalt gewordenen Teerest in die Spüle. »Das würde bedeuten, dass er ein Kind, das in seinem Haushalt lebte, ermordet hat.«

Barbara fiel das Zimmer ein, das Dewus Julia eingerichtet hatte. War er wirklich dazu fähig? Wenn Julia das erste Opfer gewesen wäre, wäre das vorstellbar – aber vier Opfer so auszusuchen, dass es keine Verbindung unter ihnen und schon gar nicht zum Mörder gibt und dann jemanden aus seinem persönlichen Umfeld? »Du hast Recht, Heinz, es spricht wenig dafür. Aber zurzeit müssen wir uns an jeden Strohhalm klammern. Ich fahre ins Präsidium und sehe mir an, was Sven so über Dewus zusammengetragen hat.«

»Und ich sehe die Akten weiter durch, wenn du einverstanden bist.«

»Sicher. Im Gegensatz zu allen anderen in der Soko hast du sie ja nicht mindestens dreimal in Händen gehabt. Da haben wir noch eine Chance, dass du etwas findest, was uns in unserer Betriebsblindheit entgangen ist.«

In der Tür des Präsidiums stieß sie fast mit einem elegant gekleideten, etwas dicklichen kleinen Mann zusammen, in seinem Schlepptau ein smarter Mittdreißiger.

Anwalt, dachte Barbara unwillkürlich, dann fiel ihr ein, dass sie den kleinen Mann von Fotos kannte. Es war Onkel Hassan Ali Yilderim, der Waffenhändler. Er und der Anwalt setzten sich auf den Rücksitz eines 500er Mercedes, der sofort das Gelände des Präsidiums verließ.

Es war wieder viel los im Präsidium, als hätte die S-Bahn-Aktion nie geendet. Überall saßen Zeugen, die erneut befragt wurden. Barbara erkannte zwei Frauen, an die sie sich erin-

207

nerte, weil sie beide ebenfalls Barbara hießen. Eine dritte saß bei ihnen. Sie waren Arbeitskolleginnen, die oft gemeinsam S-Bahn fuhren. Konzentriert beantworteten sie die Fragen der Polizisten. Barbara bewunderte ihre Geduld. Diese drei Frauen sagten nun schon zum dritten Mal aus.

Barbara ging in Svens und Jakubians gemeinsames Büro. Sie hatte erwartet, Sven niedergeschlagen zu sehen, aber er schien guter Dinge – der pure Sarkasmus, wie Barbara feststellen musste.

»Hast Du Onkel Hassan Ali wieder freilassen müssen?«, fragte sie.

»Ich habe ihn gar nicht festgenommen«, meinte Sven. »Erst haben wir ihn tagelang gesucht, und jetzt tauchte er hier plötzlich auf.«

»Mit seinem Anwalt.«

Sven nickte. »Mit dem Anwalt und einem Alibi.«

»Warum ist er dann vorher untergetaucht?«

»War er nicht.« Sven stand auf, um sich einen Kaffee einzuschenken. »Er war auf einer Geschäftsreise im Ausland. Er ist sofort nach seiner Ankunft am Düsseldorfer Flughafen hierher gefahren, um eine Aussage im Fall Hirschfeld zu machen. Auch einen?«

»Nein, danke«, sagte Barbara. »Wenn sein Alibi so gut ist, dann hätte er doch auch seinen Anwalt schicken können, oder?«

»Es lag ihm anscheinend viel daran, persönlich zu erscheinen und uns seine Hilfe anzubieten.« Sven kostete Barbaras Ungeduld genüsslich aus.

Doch dann stand plötzlich Jakubian in der Tür. »Was ist mit Hassan Ali Yilderim?«, fragte er. »Warum haben Sie ihn so schnell wieder laufen lassen?«

Sven warf Jakubian eine Zeitung auf den Tisch. »Das ist die

New York Times vom Tag von Hirschfelds Ermordung. Auf der Seite mit den Gesellschaftsnachrichten ist ein Bild von einer Party, und Onkel Hassan Ali war leider nicht schnell genug, um aus dem Bild zu huschen.«

Jakubian blätterte und fand das Bild. Im Hintergrund sah man Yilderim, der sich zu spät wegdrehte. Sven warf noch eine Karte auf den Tisch. »Das ist die Einladung, damit bewiesen ist, an welchem Abend die Party war. Wasserdichtes Alibi.«

»Was den Mord betrifft, nicht den Auftrag dazu.«

»Das können wir nun gar nicht beweisen. Ich bleibe dran. Auch an Onkel Hassan Ali.«

»Und an Dewus?«, fragte Barbara.

»Natürlich auch an dem. Weshalb fragst du?«

»In den Akten zum Fall Julia stand nicht mehr viel über ihn. Hast du das aussortierte Material noch?«

Sven deutete auf einen Aktendeckel auf seinem Schreibtisch. »Da ist es.«

»Dewus hat eine Niederlassung am Düsseldorfer Flughafen, oder?«

Sven nickte, und Jakubian kam interessiert näher. »Ein kleines Büro, in dem zwei Leute die Luftfracht abwickeln.«

»Und eine weitere Niederlassung in Dortmund.« Barbara sah die anderen an. »Fährt er eigentlich S-Bahn?«

»Entschuldige mal, Barbara, aber ich versuche gerade, mir Dewus als Mörder von Hirschfeld vorzustellen. Und dann verdächtigst du ihn der Serienmorde?« Sven schüttelte verständnislos den Kopf.

Barbara ließ sich nicht beirren. »Ich bin zu dem Schluss gekommen, dass der Mörder Rebecca Langhorn persönlich kannte. Sie ist nicht zu seinen üblichen Zeiten in der S-Bahn gewesen. Und der Name von Dewus' Firma steht auf Langhorns Kundenliste.«

»Aber dann macht es nicht viel Sinn, Hirschfeld umbringen zu lassen, oder?«, warf Jakubian vorsichtig ein.

»Nein. Aber nachprüfen müssen wir es. Außerdem haben wir keine Ahnung, wie unser Mörder tatsächlich tickt.«

Sven seufzte. »Gut, fragen wir ihn, ob er S-Bahn fährt, was ich nicht glaube.«

»Lassen Sie ihn herbringen, Heyer«, sagte Jakubian.

»Aber …«

»Wir fahren nicht zu ihm, er wird hierher kommen.«

Sven merkte, dass Jakubian keine Diskussionen darüber wollte. »Sie wollen, dass er merkt, wie ernst es ist.«

Jakubian nickte. »Er ist leicht erregbar, das könnte uns nützen. Und Heyer – das geht nicht gegen Sie –, ich werde ihn persönlich befragen. Ich brauche keine Rücksichten in dieser Stadt zu nehmen.«

»Gut.« Sven schien erleichtert. Er schickte eine Streife los.

Barbara war neugierig, wie Dewus auf die erneuten Beschuldigungen reagieren würde. Deshalb hatte sie Jakubian gebeten, bei der Befragung dabei sein zu können. Da sowohl Sven als auch Jakubian beschäftigt waren, gesellte sie sich zu den erneuten Gesprächen mit den S-Bahn-Zeugen. Die beiden Barbaras und ihre Kollegin warteten ebenfalls, denn irgendjemand war auf die Idee gekommen, den bereits gesichteten Teil von Hirschfeld Eisenbahnfotos nochmals durchzugehen. Barbara bewunderte die Geduld der drei Frauen. Kurzerhand lud sie sie zu einer Tasse Kaffee ein, – nicht aus dem Automaten, sondern aus der Kaffeemaschine in Svens Büro. »Barbara Klenter«, stellte sich die große Rothaarige vor. »Barbara Mühlenbein«, sagte die kleine Blonde. »Barbara Pross«, erwiderte Barbara, und alle mussten erst einmal lachen.

»Ich falle da aus dem Rahmen«, meinte die Dritte, ebenfalls

blonde. »Mein Name ist Erika May.« Sie nahm einen Schluck und meinte dann: »Wir sind jetzt schon so oft hier gewesen, aber das ist der erste vernünftige Kaffee, den ich hier bekomme.«

Sie saßen im Flur, tranken ihren Kaffee und redeten über Belangloses, als gerade zwei Kripo-Beamte mit Dewus hereinkamen. Sie brachten ihn in Svens Büro. »Damit das gleich klar ist: Ich warte auf meinen Anwalt«, hörten sie ihn gerade noch sagen.

»Das ist doch einer von denen«, meinte Frau Mühlenbein plötzlich. Die anderen nickten. »Der trug im Frühjahr und Herbst immer einen hellen Trench.«

»Aber oft war der nicht in der S-Bahn.« Frau Klenter nippte genüsslich an ihrem Kaffee.

»Oft genug, um uns aufzufallen.« Frau May zwinkerte verschwörerisch. »Er sieht richtig gut aus.«

»Und da sind Sie sich ganz sicher?«, fragte Barbara.

Die drei nickten. »Er war einer der Männer im Mantel, von denen wir gesprochen haben. Und ich erinnere mich auch, dass er mal mit der Kleinen, der Gehörlosen, eingestiegen ist. Wir waren ganz erstaunt, dass er sich mit ihr in Gebärdensprache unterhalten konnte.« Barbara Klenter dachte kurz nach. »Als die anderen gehörlosen Jugendlichen so nach und nach einstiegen, haben er und die Kleine so getan, als würden sie sich nicht kennen.«

»Aber er hat sie angelächelt, als sie in Essen-West ausstieg«, ergänzte Barbara Mühlenbein.

»Und bis wohin ist er gefahren?«, wollte Barbara von den dreien wissen.

»Keine Ahnung. Wir steigen ja in Essen aus, da blieb er noch sitzen.«

Barbara winkte einem Kollegen, der gerade eine weitere

Befragung beendet hatte. »Bis der Kollege mit den Fotos kommt, könnten Sie bitte aufnehmen, was die drei Damen hier zu Harald Dewus erzählen können?«

Er nickte. »Dann kommen Sie mal mit, meine Damen.«

Ohne anzuklopfen betrat Barbara Svens Büro. Dort herrschte eisiges Schweigen, denn Dewus Anwalt war noch nicht eingetroffen. »Sie kannten also Rebecca Langhorn, Herr Dewus?«, fragte sie.

Jakubian schien nicht erfreut über ihre überfallartige Einmischung, ließ sie aber gewähren.

Barbara zog die Kundenliste aus dem kleinen Papierstapel, den sie Jakubian bereits hingelegt hatte. »Hier, das ist doch Ihre Firma, oder?«

Dewus schwieg, sein Gesicht zeigte jedoch Erstaunen.

»Und was ist mit der S-Bahn, Herr Dewus?«, fragte sie und setzte sich auf Jakubians Behelfsschreibtisch. »Sie brauchen gar nichts zu sagen. Wir haben Zeugen. Auch dafür, dass Sie sich mit Julia in Gebärdensprache unterhalten haben.«

Jetzt schien es Dewus zu dämmern, dass es gar nicht um den Hirschfeld-Mord ging. »Ich habe niemanden umgebracht«, sagte er leise, den Kopf gesenkt. »Und Julia schon gar nicht.«

Als er wieder hochsah, blitzte seine Aggressivität wieder auf. »Sie lebte bei mir, warum sollte ich mich mit ihr nicht unterhalten können? Sie können doch sicher auch Fremdsprachen.«

In diesem Moment kam der Anwalt herein. »Ich muss mit meinem Mandanten allein sprechen«, sagte er knapp. »Ist er festgenommen?«

Jakubian schüttelte den Kopf. »Trotzdem würde es ihm nützen, wenn er reden würde. Mag sein, dass wir ihn nicht lange festhalten können, aber es kommen immer mehr Dinge ans

Licht, die durchaus einen Haftbefehl rechtfertigen würden.«

»Wegen des Mordes an diesem Hirschfeld?«

»Nein«, sagte Jakubian ruhig. »Wegen mindestens zweier der Morde, die Hirschfeld zugeschrieben werden.«

Barbara bewunderte, wie kühl und sicher er diesen ungeheueren Bluff platzierte. Aber der Anwalt ließ sich nicht darauf ein. »Zuerst spreche ich mit Herrn Dewus allein.«

Barbara und Jakubian blieben zurück, als ein Beamter Dewus und seinen Anwalt in einen freien Raum brachte, damit sie sich besprechen konnten. »Was war das mit den Zeugen?«

»Die drei Frauen, die gerade noch mal befragt werden, haben ihn als einen der beschriebenen Männer im Mantel erkannt. Heller Trenchcoat, du weißt schon. Der Mörder auf Hirschfelds Fotos trug auch so einen.«

»Und sein Name stand auf Langhorns Kundenliste?« Jakubian wartete eine Antwort nicht ab. »Das könnte erst einmal reichen, ihn hier festzuhalten. Aber es ist sehr dünn. Ich habe kein gutes Gefühl dabei.«

Noch bevor Barbara antworten konnte, klingelte ihr Handy. Es war Özay.

Jakubian sah ihr gespannt zu, wie sie nickte und Özay kurze Fragen stellte. Er zog rasch einen kleinen Notizblock und einen Stift aus der Tasche und reichte ihn ihr. Barbara notierte etwas.

»Und?«, fragte Jakubian, als das Gespräch beendet war.

»Wir müssen sofort nach Essen, und wir müssen es während der nächsten zwei Stunden schaffen. Özay hat vielleicht eine Kollegin der Toten gefunden.«

»So schnell?«

»Ich sagte doch, er ist gut. Und er geht an Orte, die wir nicht mal kennen.«

213

»Dann los.«

»Und Dewus?«

Jakubian lächelte. »Ich regele das. Er muss eben warten.«

Auf der Fahrt nach Essen herrschte gespannte Stille. Beide wussten, dass sie sich mit Dewus als Verdächtigen an einen Strohhalm klammerten, und erhofften sich von dem Gespräch mit der Prostituierten den Durchbruch.

Özay erwartete sie in der Nähe des Essener Hauptbahnhofs.

»Wie hast du das wieder geschafft?«, begrüßte Barbara ihn.

»Es gibt eben Leute, die riechen Polizisten schon auf einhundert Meter und würden nie mit ihnen reden. Ich habe mich gestern Nacht am Straßenstrich durchgefragt. Reiner Zufall, dass ich auf Nadeshda traf. Sie spricht allerdings kaum Deutsch. Aber so viel habe ich erfahren: Ihre Kollegin Tatjana Zalevnikova verschwand im November 2004 spurlos. Erst glaubte sie, sie hätte es geschafft zu fliehen, doch sie hatten ein Zeichen ausgemacht, mit der diejenige, die es geschafft hat, ein Lebenszeichen geben sollte. Es ist nie eingetroffen.«

»Wo ist sie?«, fragte Jakubian.

»In der Bahnhofsgaststätte. Sie hat unglaubliche Angst vor ihrem Zuhälter. Jede Minute länger, die sie weg ist, bringt sie in Gefahr.«

Özay ging los, und Barbara und Jakubian folgten ihm.

In einer düsteren Gaststätte im Bahnhof hockte ganz in der Ecke eine junge Frau. Sie trug Özays Jacke, darunter blitzte etwas Knappes, Glitzerndes auf.

»Hallo, Nadeshda«, sagte Barbara und setzte sich zu ihr.

Jakubian nahm ebenfalls Platz. »Dobryj djen, ja Ruben Jakubian, polizejskij, ot Landeskriminalamt«, begann er.

Barbara und Özay hörten staunend zu, wie er ein halbstündiges Gespräch in fließendem Russisch führte. Nur ab und an übersetzte er für sie die wichtigsten Informationen.

»Es gab einen Freier, der regelmäßig zu Tatjana kam. Er trug häufig einen hellen Trench.«

»Frag sie, ob er sadistischen Sex wollte.«

Jakubian übersetzte, und Nadeshda nickte. Dann kam ein ganzer Schwall Russisch. Jakubian nickte.

»Ja. Er hat sie gequält und verletzt, hatte aber nie richtigen Sex mit ihr.« Er ließ Nadeshda gegenüber eine Hand schlaff herunterfallen, und sie nickte, dann redete sie wieder wie ein Wasserfall.

»Tatjana hatte Angst vor ihm«, dolmetschte Jakubian. »Sie flehte den Zuhälter an, nicht mehr mit diesem Mann gehen zu müssen, aber der sah nur das Extrageld, das es brachte. Zweimal war sie schwer verletzt. Stichwunden.«

»Schade, dass wir kein Bild von Dewus haben.«

»Sie hat sein Gesicht nie gesehen. Aber sie hat ein paar von Tatjanas Sachen aufgehoben, an denen wir vielleicht Spuren finden können. Zumindest ihre Identität könnten wir dann einwandfrei klären.« Jakubian überlegte kurz, dann zückte er sein Handy und rief im Essener Polizeipräsidium an.

Als er es ausschaltete, schüttelte er den Kopf. »Sie wollen, dass wir persönlich hinkommen. Diese verdammten Büro-kraten.«

»Ich muss zurück«, sagte Nadeshda leise. »Wenn Sergej mich suchen, er schlägt mir.«

»Wir werden Sie da rausholen, Nadeshda, versprochen. Es geht zurück nach Hause, schon bald«, sagte Barbara auf-munternd.

Nadeshda nickte nur müde, stand auf und gab Özay die Jacke wieder. Darunter trug sie ihre aufreizende Arbeitsklei-dung, einen knappen Mini mit Netzstrümpfen und ein glit-zerndes, bauchfreies Top. »Keine von uns hat normale Kleider.«

215

Die Männer an der Theke starrten sie an, als sie die Kneipe verließ.

Barbara wühlte in ihrer Geldbörse und drückte Özay, drei Fünfzig-Euro-Scheine in die Hand. »Geh ihr nach, Özay, und fahr sie nach Hause. Und gib ihr das, falls der Zuhälter sie vermisst hat. Dann wissen wir auch gleich, wo sie lebt.«

Özay nickte und verschwand.

»Lass uns zum Präsidium fahren«, meinte Jakubian.

Barbara und Jakubian waren zum ersten Mal im Essener Polizeipräsidium, und Barbara fand, dass sich die Präsidien der Ruhrgebietsstädte sehr glichen.

Sie wurden schon erwartet. Zwei Männer begrüßten sie freundlich. Der eine kam Barbara für einen Moment bekannt vor, und als er sich vorstellte, wusste sie auch warum. »Horst Wolter, LKA. Abteilung Organisierte Kriminalität.«

Sie folgten dem Hauptkommissar der Essener Polizei, der Werner Schmidt hieß, und Wolter in ein Büro.

»Ich vermute, dass Sie sich schon gewundert haben, warum die Essener Polizei bei der Identifizierung Ihrer Leiche aus Duisburg nicht weitergekommen sind«, begann Schmidt.

»Das haben wir in der Tat.« Jakubian setzte sich widerwillig hin.

»Nun, wir sind an einem Menschenhändlerring dran«, erklärte nun Wolter. »Eine sehr diffizile Operation, die bereits mehrere Monate andauert. Wir wollen die großen Tiere, die wirklichen Schleuser, nicht nur ein paar kleine Zuhälter. Deshalb hatten die Kollegen der hiesigen Polizei die Anweisung, sich rauszuhalten.«

Barbara spürte, dass Jakubian zornig wurde. Sie war versucht, seine Hand beruhigend zu tätscheln, riss sich aber zusammen. Und das tat er offensichtlich auch, denn er sprach noch recht ruhig. »Wir suchen einen sehr gefährlichen Serienmörder.«

»Sie hatten einen Serienmörder festgesetzt, der jetzt leider tot ist. Wenn Sie ein Opfer nicht identifizieren können, haben Sie ja noch genug andere.«

»Die Lage hat sich aber geändert«, sagte Barbara leise. »Wir wissen seit kurzem, dass Hirschfeld nicht der Mörder war, sondern nur ein Spanner. Der wirkliche Mörder ist sehr gefährlich und raffiniert. Im Gegensatz zu Hirschfeld geht es ihm nicht darum, öffentlichen Wirbel zu veranstalten. Er will morden, nicht mehr und nicht weniger. Und er wird weitermorden, wenn wir ihn nicht stoppen. Die privaten Habseligkeiten des Opfers könnten wichtige Spuren enthalten, denn der Mörder war einer ihrer Stammkunden. Und die Aussage des Zuhälters könnte wichtig sein, denn im Gegensatz zu unserer Zeugin muss er ihn gesehen haben.«

»Es tut mir Leid, Frau Hielmann-Pross, aber dafür können wir eine solche Operation nicht gefährden.« Wolter lehnte sich überlegen im Stuhl zurück. »Es ist aber möglich, dass wir noch diesen Monat zuschlagen und dann können Sie den Mann gern befragen.«

»Bis dahin könnte der Mörder wieder eine Frau getötet haben. Wollen Sie das verantworten?« Jakubian wurde etwas lauter.

»Wenn Sie Menschenleben ins Feld führen, Herr Jakubian, dann darf ich Ihnen sagen, dass an dieser Operation auch einige Menschenleben hängen. Und ich untersage Ihnen offiziell, irgendetwas in dieser Richtung zu unternehmen. Wie sind Sie überhaupt zu Ihrer Zeugin gekommen?«

»Ich habe so meine Quellen«, sagte Jakubian. »Wir bekommen also keine Hilfe von der Essener Polizei?«

»Nein«, sagte Schmidt knapp.

»Dann verschwenden wir hier nicht länger unsere Zeit.«
Jakubian stand auf. »Komm, Barbara, wir gehen.«

Barbara hatte sich gewundert, dass Jakubian nicht mehr
gekämpft hatte, aber im Auto wurde sie eines Besseren be-
lehrt. Er zückte sofort sein Handy und beorderte die LKA-
Beamten, die in der Soko arbeiteten, nach Essen.

»Ruben, das ist Wahnsinn. Du hast hier doch gar keine
Befugnisse, schon gar nicht, wenn es dir offiziell untersagt
wurde.«

Er sah sie nur kurz an. »Wolter hat mir gar nichts zu sagen,
das kann höchstens sein Vorgesetzter meinem Vorgesetzten
übermitteln. Die von der OK können mich mal mit ihrer jahre-
langen Operation – als ob sie den Menschenschiebern ernsthaft
schaden könnten! Wenn der Mörder wieder zuschlägt, heißt es,
wir hätten nicht alles getan. Wir brauchen unsere Ergebnisse
jetzt. Ruf bitte Özay an, damit wir wissen, wo wir hinmüssen.«

Während Barbara mit Özay telefonierte, rief Jakubian den
Essener Kommissar Jürgen Brandeis an, der die Ermittlungen
im Auftrag der Soko geleitet hatte. »Sie hätten mir ruhig
sagen können, dass die OK-Leute Sie gestoppt haben«, sagte
er. Er hörte eine Weile zu, dann meinte er: »Was ich jetzt
vorschlage, könnte Sie in Schwierigkeiten bringen.«

Barbara war gerade mit Özay fertig, als auch Jakubian sein
Gespräch beendete. »Özay hat mir die Adresse gegeben. Na-
deshda hatte noch Zeit, ihm einen kleinen Koffer mit Tatjanas
Sachen zum Wagen zu geben. Ich sagte ihm, er solle ihn zu
Max Erhard bringen. Und was hast du vor?«

»Ich hole mir diesen Zuhälter. Brandeis ist dabei. Er ist
stinkwütend auf Wolters, der sich im Präsidium wie der liebe
Herrgott aufführt.«

»Das könnte ihn seinen Job kosten«, meinte Barbara knapp.

218

»Dich deinen übrigens auch.«

»Ich weiß. Aber wir müssen endlich weiterkommen.«

Barbara sah ihn zweifelnd an. »Dafür gibt es aber keine Garantie.«

»Hast du eine bessere Idee?«

»Nein. Vielleicht. Möglicherweise bringt Tatjanas Koffer etwas.«

»Nein, das dauert zu lange. Wir nehmen den Zuhälter hoch, heute noch. Wir warten, bis alle Mädchen auf der Straße sind. Özay soll Nadeshda im Auge behalten, damit sie die Kolleginnen informieren kann. Es gibt Programme für Opfer von Schleuserbanden.«

»Ich kann dich nicht dazu bringen, noch mal darüber nachzudenken?«

Aber Barbara wusste, dass es sinnlos war. Sie sah zu, wie er sein Handy ausschaltete. So war er unerreichbar für den Fall, dass Wolters Lunte roch und seine Vorgesetzten informierte.

Barbara und Jakubian warteten im Wagen in der Nähe des Hauses, das Özay ihnen genannt hatte. Sie behielten das Haus gerade noch im Blick, näher wollten sie nicht heran, für den Fall, dass die OK-Leute es beschatteten. Zwei weitere LKA-Leute aus Jakubians Team hielten sich ebenfalls in der Nähe auf. Etwa gegen acht verließen die Prostituierten das Haus. Es lag nicht weit vom Straßenstrich, deshalb gingen sie zu Fuß. Im Rückspiegel konnte Barbara Özays schwarzen Golf entdecken, der wieder von Düsseldorf zurück war. Jakubian wählte Brandeis' Nummer. »Es kann losgehen«, sagte er knapp.

»Hast du irgendwelche Nachrichten?«, fragte Barbara.

Er nickte. »Vier und drei SMS.« Er sah sie an. »Du musst hier nicht dabei sein, das weißt du doch?«

»Ich habe nur einen lausigen Beratervertrag, den ich verliere …« Sie stiegen aus und gingen langsam und unauffällig in Richtung des Hauses.

In diesem Moment kam ein Zivilwagen der Essener Polizei mit Brandeis und einem Kollegen. Wie abgemacht, hielt er direkt vor dem Haus. Die LKA-Beamten kamen ebenfalls dazu, einer ging durch die Hofeinfahrt nach hinten.

Als Barbara und Jakubian dort ankamen, sahen sie, wie einer sich an den Reifenventilen eines BMWs zu schaffen machte. Jakubian gab ihm ein Zeichen, und der Mann ging zum Hintereingang.

»Hinten ist gesichert«, sagte er zu Brandeis.

Der nickte. »Dann los.« Er zog eine Waffe. Die Haustür war offen. »Der Zuhälter hat die Wohnung unten links, damit er alles im Blick hat.«

»So weit wart ihr also schon.«

»Ja. Und wenn man uns gelassen hätte, hätte der Kerl längst seine Aussage gemacht und wäre auf dem Rückweg nach Russland.«

»Du bleibst hinter mir, Barbara«, zischte Jakubian noch kurz, dann gingen sie zu fünft hinein. Die Tür zur Wohnung des Zuhälters stand offen, ein großer Kerl lehnte im Flur an der Wand, wohl um das Kommen und Gehen der Mädchen zu kontrollieren. Völlig verblüfft hob er seine Hände, als Jakubian, der ihn knapp überragte, mit der Waffe vor ihm stand. Der hielt ihm seine Marke hin. »Keinen Laut. Wo ist Dein Chef?« Der Mann sah ihn verwirrt an. »Gdje twoj schef?,« wiederholte Jakubian auf Russisch.

Der Mann antwortete ebenfalls auf Russisch.

»Das Zimmer vor Kopf«, übersetzte Jakubian. Nun übernahm ein Kollege von Brandeis den Wächter.

Jakubian, Brandeis und der LKA-Mann näherten sich der Tür. Plötzlich öffnete sie sich einen Spalt, ein paar russische

Sätze waren zu hören, es klang nach einer harmlosen Frage. Jakubian gab der Tür einen Tritt, von der anderen Seite gab es einen Schmerzensschrei, und dann ging alles sehr schnell. Eine halbe Minute später kniete Jakubian auf dem Zuhälter, was sicher recht schmerzhaft für den Mann war. »Name?«, fragte Jakubian. Der Mann schwieg.

»Er heißt Sergej Tarasow«, knurrte Brandeis.

»Sergej Tarasow, ich verhafte Sie wegen dringendem Tatverdacht des Mordes an Tatjana Zalevnikova. Sie werden ins LKA nach Düsseldorf gebracht.«

»Ich will meinen Anwalt«, sagte der Russe, mit starkem Akzent, aber in tadellosem Deutsch.

»Den können Sie von Düsseldorf aus benachrichtigen.«

Etwa eine Stunde später saß Tarasow in einem Verhörraum beim LKA und wartete auf seinen Anwalt. Es war nicht ganz so gelaufen, wie Jakubian es sich vorgestellt hatte, denn noch bevor er Tarasow befragen konnte, war Wolters mit seinem Chef hereingeplatzt. Werner Petermann, Jakubians Vorgesetzter und der Nachfolger von Barbaras Intimfeind Lohberg aus alten Zeiten, kam kurze Zeit später dazu. Sie konnte deutlich erkennen, dass er sie auch nicht mehr wertschätzte als sein früherer Chef. Er hatte immer in Lohbergs Schatten gestanden und war überraschend nach dessen Pensionierung auf den Posten berufen worden. Barbara hatte Petermann lange nicht mehr gesehen, und er hatte inzwischen einen noch größeren Bauch bekommen und noch weniger Haare. Langsam sah er aus wie Lohbergs jüngerer Bruder.

Barbara war nicht zu der Besprechung eingeladen, und auch Wolters musste sie kurze Zeit später verlassen – wohl nachdem er geschildert hatte, was im Essener Polizeipräsidium passiert war.

221

»Der kann sich auf etwas gefasst machen«, brach es aus Wolters heraus, als er auf den Flur kam. »Wir arbeiten so lange an dem Fall und nun …«

»Im Grunde ist doch nichts passiert«, sagte Barbara ruhig. »Der Russe denkt, er sei wegen Mordes festgenommen worden. Und da der Vorwurf absurd ist, wird er schnell wieder freikommen und Sie können ihn noch ein paar Monate observieren.«

»Und warum zum Teufel haben Sie dann diese ganze Farce durchgezogen?«

»Jakubian musste ihn hierher bringen, sonst hätte er nie geredet, und dazu brauchte er einen Verdacht, der das rechtfertigte. Denn in Essen hätten Sie uns ja dazwischengefunkt.« Barbara dachte fieberhaft nach. Wenn erst der Anwalt da war, konnten sie eine Aussage vergessen. »Wolters, Sie sind schließlich auch Polizist, und Sie wollen sicher nicht, dass ein Serienmörder frei herumläuft. Helfen Sie mir, damit ich mit Tarasow reden kann. Und dann …«

»Dann kann ich ihn wieder observieren, ich weiß.« Wolters klang noch immer wütend.

»Wenn Sie nicht so schnell gewesen wären, hätten wir das, was wir wollen, längst.«

»Wenn er etwas weiß.«

»Lassen Sie uns das herausfinden, bitte. Lassen Sie mich mit ihm reden.«

Wolters überlegte einen Moment. »In Ordnung. Kommen Sie.«

Es dauerte anderthalb Stunden, bis die beiden Vorgesetzten mit Jakubian fertig waren. Als er aus der Besprechung kam, wirkte er erschöpft, Barbara, die draußen auf ihn wartete, hatte fast das Gefühl, er wäre geschrumpft.

»Und?«, fragte sie.

»Petermann fällt morgen eine Entscheidung.« Er sah auf die Uhr. »Es ist fast Mitternacht. Aber ich brauche jetzt was zu trinken.«

»Gehen wir in die Altstadt«, schlug Barbara vor.

»Also, wenn du lieber nach Hause …«

»Nein. Es war ein turbulenter Tag, ich könnte auch noch was vertragen. Aber sieh dir erstmal das hier an.« Sie hielt ihm ein Papier hin.

»Ist das …?«, fragte er verwirrt.

»Das ist ein Phantombild von Tatjanas gewalttätigem Freier. Und ich habe die Aussage des Russen.«

Jakubian kniff die Augen zusammen, dann holte er seine Lesebrille heraus. »Nicht sehr markant«, meinte er.

»Der Russe hat ihn seit Tatjanas Verschwinden nicht mehr gesehen, und das ist lange her.«

»Könnte das Dewus sein?«

»Ein bisschen ähnlich sieht er ihm schon. Der Russe konnte sich nicht mehr genau erinnern, wie groß der Mann war.«

Barbara und Jakubian gingen gemeinsam zum Wagen.

»Der Mann zahlte immer mit großen Scheinen«, fuhr Barbara fort. »Er war dunkelhaarig mit ein paar grauen Stellen. Der Russe schätzte ihn auf Mitte vierzig.« Jakubian hielt ihr die Wagentür auf. Sie musste lächeln. Es war das erste Mal, dass er das tat.

Er beugte sich zu ihr in den Wagen und drückte ihr das Phantombild in die Hand. »Nimm das besser wieder an dich«, sagte er. »Vielleicht kann ich ja morgen für immer meine Sachen packen. Probezeit, du weißt schon. Und Petermann kann ich gar nicht einschätzen.«

»Ich leider auch nicht. Ich hatte bisher nur wenig mit ihm zu tun.«

Jakubian stellte den Wagen in der Altstadt-Tiefgarage ab. Sie verließen die Garage und schlugen den Weg zum *Uerige* ein, dem Düsseldorfer Traditionslokal. Es war angenehm warm, und an den Tabletttischen rund ums *Uerige* standen Trauben von Menschen, denen unaufgefordert Altbier hingestellt wurde. Barbara und Jakubian sahen sich an und wussten, ihnen war heute nicht nach solchem Trubel. »Hast Du schon etwas gegessen?«, fragte sie.

Er schüttelte den Kopf.

»Appetit?«

Er sah sie an und grinste. »Immer. Selbst jetzt.«

Sie lotste ihn am Carlsplatz vorbei zur Bastionstraße. Hier lag einer von ihren Lieblingsitalienern, das *Vini Divini*, ein kleines Lokal mit blanken Tischen und unverputzten Wänden, wo hinter einer Theke offen gekocht wurde. Es gab nur eine kleine Karte mit einfachen Gerichten, die aber höchst schmackhaft waren. Und es gab guten Wein, denn hier wurde auch damit gehandelt. Gerade hatten die letzten Gäste das Lokal verlassen. Eigentlich hatte es schon Weile geschlossen, aber Barbara wurde freundlich begrüßt. »Können wir noch etwas essen?«, fragte sie.

»Sie immer!«, war die Antwort.

Sie nahmen an einem der kleinen Tische Platz. »Ich hoffe, Wein ist in Ordnung als Besäufnis«, meinte Barbara launig. »Wenn du etwas Härteres brauchst, müssen wir hinterher noch woanders hin.«

»Wein ist vollkommen in Ordnung«, sagte Jakubian, während er die Karte studierte. »Eins noch«, er sah sie über den Rand seiner Lesebrille an. »Wir reden heute nicht mehr über den Fall.«

Das war keine Frage oder Bitte, einfach nur eine Feststellung. Barbara war es recht. Sie sprachen über Belangloses

224

und Persönliches, seine Kindheit in Ruhrort und Oberhausen, ihre in Essen, über das, was sie als Teenies getrieben hatten und wie sie zur Polizei gekommen waren. Jakubian orderte die nächste Flasche Wein.

»Woher sprichst du so gut Russisch?«, fragte sie plötzlich.

»Machst du Witze? Denk mal an meinen Familiennamen.«

Barbara war verwirrt. »Nun, Jakubian, das ist doch armenisch, oder?«

»Ja, sicher. Aber meine Familie lebte seit dem 18. Jahrhundert in Moskau. Und wir sprechen seit Generationen russisch.«

»Und wie seid ihr nach Deutschland gekommen?«

Er lachte. »Das ist eine lange Geschichte. Oder eine kurze. Je nachdem. Die kurze Variante ist, dass die Familie meines Großvaters während der Revolution geflohen ist, zuerst nach Paris und später dann nach Deutschland. In den Dreißigern sind sie dann weiter nach New York geflohen, weil es ihnen unter Hitler nicht geheuer war. Aber wohl gefühlt hat sich mein Großvater dort nie. Meine Mutter kommt aus einer jüdischen Familie – das klassische Brooklyn-Klischee –, ihre Eltern haben es meinem Vater nie verziehen, dass er Großvater zurück nach Deutschland gefolgt ist. Zu Hause wurde deutsch gesprochen und russisch, nicht zu vergessen Mutters jiddische Flüche und natürlich englisch. Meine Geschwister und ich konnten wahrscheinlich, ehe wir zur Schule kamen, keine dieser Sprachen richtig sprechen.«

»Und Ruben heißt du ...?«

»Um meine New Yorker Großmutter friedlich zu stimmen.« Er sah sie an. »Und du? Bist du ein Einzelkind?«

»Ja. Wie kommst darauf?«

»Nur so eine Ahnung.« Er lächelte in sich hinein.

»Bin ich so unausstehlich?«

225

»Nein.«

»Aber?«

Jetzt blickte er ihr direkt in die Augen. »Kein aber. Ich habe mir nur früher immer vorgestellt, dass Einzelkinder sehr einsam sein müssen.«

»Ich bin nicht ...«, Barbara brach ab. Natürlich war sie einsam. Eine Weile hatte sie geglaubt, es nicht zu sein. Dabei war es gar nicht so schwer, auch mit Thomas an ihrer Seite einsam zu sein.

»Tut mir Leid«, sagte Jakubian leise. »Ich wollte an nichts rühren.«

»Da gibt es nicht mehr aufzustören.« Barbara schaute in ihr Weinglas. »Es liegt alles offen. Ich hätte längst zu Thomas zurückkehren können, er hat mich wirklich sehr darum gebeten. Aber ich kann es nicht. Ich kann es einfach nicht.«

Jakubian schenkte noch mal nach und wechselte das Thema. Er und Barbara waren erstaunlich trinkfest, denn beide schienen den Alkohol nur wenig zu spüren.

In diesem Moment kam der Kellner an den Tisch. »Es tut mir sehr Leid, aber wir müssen jetzt wirklich schließen.« Er legte die Rechnung auf den Tisch.

Barbara sah auf die Uhr. Es war nach zwei, ihretwegen wurden hier gerade eine Menge Überstunden gemacht.

Jakubian nahm die Rechnung an sich und Barbara protestierte nicht. Er kaufte auch noch zwei weitere Flaschen und gab ein großzügiges Trinkgeld. Dann standen sie plötzlich auf der Straße.

»Also, ich kann nicht mehr fahren«, sagte Jakubian.

Barbara sah ihn ratlos an. »Und ich möchte nicht unbedingt ein Taxi bis Rheinhausen nehmen.«

»Und bis Kaiserswerth?«

Sie schüttelte heftig den Kopf. »Auf keinen Fall.«

»Dann also zu mir.«

Für einen Moment schoss Barbara der Gedanke an ein Hotel durch den Kopf, aber dann wischte sie ihn weg. Sie waren schließlich zwei erwachsene Menschen.

Am Carlsplatz fanden sie ein Taxi, das sie zu seiner Wohnung in Derendorf brachte. Dass er sie als »Loch« bezeichnet hatte, war noch geschmeichelt. Hier hatte der Vermieter sämtliche Sperrmüllmöbel abgestellt, derer er habhaft werden konnte.

Barbara sah das neunzig Zentimer breite Einzelbett zweifelnd an, während Jakubian in einem klapprigen Schrank nach einer Decke suchte und schließlich fand. »Für dich ist die Couch groß genug.«

»Wie konntest das hier nur mieten!« Barbara war fassungslos.

»Trinken wir sie schön!«, sagte er nur, fischte in der Kochnische nach einem Korkenzieher und öffnete eine der Flaschen, die er aus dem *Vini Divini* mitgebracht hatte.

Er holte zwei Wassergläser und goss ein. Als er sich auf die Couch setzte, gab sie heftig nach.

»Ich hatte einfach die Nase voll von Hotels.«

Sie stießen mit den randvollen Wassergläsern an. Barbara musste kichern, als sie ein wenig verschüttete, dann trank sie schnell, um weitere Pannen zu verhindern.

Jakubian runzelte plötzlich ganz ernst die Stirn. Er stellte das Glas auf den Kachelcouchtisch. »Weißt du, was ich schon den ganzen Abend tun möchte?«

»Nein.«

Er nahm Barbara das Glas aus der Hand und stellte es ebenfalls weg. »Ich möchte dich küssen. Und das werde ich jetzt auch tun.«

Barbaras Kopf funktionierte inzwischen so schwerfällig,

dass sie gar nicht reagieren konnte, aber im nächsten Augenblick fand sie, dass das auch gar nicht nötig war. Er hatte sie in seine Arme genommen, und nun küssten sie sich lange, sehr lange. Das war kein kleiner, unverbindlicher Kuss, kein Versuch, das war Leidenschaft, wie Barbara sie selten erlebt hatte. Als er endete, schnappte sie nach Luft.

»Tut mir Leid«, sagte er.

»Das war schön.«

»Ja?«

»Ja.«

Sie kuschelte sich an ihn. Er beugte sich noch mal vor, um ihre Gläser zu nehmen, dann saßen sie gemeinsam auf diesem Albtraum von Couch, er den Arm um sie gelegt und tranken langsam Schluck für Schluck ihren Wein.

»Das schmeckt nach mehr«, sagte Barbara, und langsam merkte sie, wie ihre Sprache verwischte. »Nein, nicht noch mehr Wein.«

Sie drängte sich enger an ihn, er küsste ihr Haar und ihr Gesicht, und irgendwann war er wieder an ihrem Mund angelangt. Doch er machte nicht weiter. Er hielt sie und sagte leise: »Wir sind beide betrunken, Barbara.«

Er hatte Recht. Dies alles würde nicht geschehen, wenn sie nüchtern wären. Barbara spürte seinen Widerstand wie eine Ernüchterung, und alles in ihr wehrte sich dagegen.

Sie wollte diesen Moment festhalten, aber er machte sich los. »Ich sage nicht, dass ich nicht auch Lust hätte auf dich. Aber so will ich das nicht. Ich will später nichts bereuen müssen.«

Barbara atmete tief durch. Verwirrt registrierte sie, dass sich in ihre Enttäuschung auch eine Spur Erleichterung mischte.

Sie saßen noch eine Weile dicht nebeneinander auf der Couch. Die Gläser rührten sie nicht mehr an.

»Um zehn muss ich bei Petermann antanzen«, sagte er nach einer Weile.

Sie nickte heftiger, als sie beabsichtigt hatte. »Ich werde das Phantombild zur Soko bringen und alles veranlassen. Vergleich mit den Eisenbahnfotos usw.«

»Den Namen kannte der Zuhälter nicht?«

Das Kopfschütteln funktionierte irgendwie nicht. »Er sagte aber, bei einer Gegenüberstellung würde er den Mann erkennen.«

Jakubian schüttelte plötzlich den Kopf.

»Was ist denn?«, fragte Barbara.

»Nicht zu fassen. Gerade haben wir uns geküsst, und jetzt reden wir über unseren Fall.«

Sie zuckte die Schultern. »Ich finde das ganz normal.«

»Ich auch. Und das macht mir Angst.« Er stand auf. Der Moment war endgültig vorbei. »Ich leg mich hin. Wir haben noch knappe vier Stunden, um ein wenig zu schlafen.«

Barbara schob sich ein Sofakissen unter den Kopf und deckte sich mit der Decke zu. »Gute Nacht«, sagte sie leise.

»Gute Nacht.«

Sie hätte sich gewünscht, er würde sich nochmals herunterbeugen und ihr einen Kuss geben, aber er stieg bereits in sein Bett. Es dauerte noch Weile, bis sie einschlief, dauernd fragte sie sich, was da heute Abend passiert war. Sie wusste keine Antwort.

9.

Jakubians Handy weckte sie. Barbara sah auf ihre Uhr. Es war kurz nach halb acht, sie hatte höchstens vier Stunden geschlafen. Jakubian drehte sich stöhnend um und tastete nach dem Störenfried. »Ja?«

Barbara sah, wie er sich aufrichtete. »Wo? Ich komme hin.«

Er sah Barbara an. »Wir haben eine Leiche. Viel Blut.«

»Wo?«

»Auf der Baustelle des Global Gate an der Grafenberger Allee.« Er stieg bereits in seine Hose.

»Kann ich mitkommen?«, fragte sie.

»Sicher.«

»Keine Bedenken, dass wir so früh zusammen irgendwo auftauchen?«

»Was?« Er sah sie verwirrt an. »Nein.«

Barbara verschwand kurz mit ihrer Handtasche im Bad. Sie war heilfroh, ihre Haare so kurz geschnitten zu haben, eine Nacht auf der Couch konnte der Frisur nichts anhaben. Sie besserte ihr Make-up auf, spülte sich den Mund aus und fand noch einen Zahnpflegekaugummi in der Tasche.

Dann wartete sie, bis Jakubian im Bad fertig war. Jetzt, bei Tageslicht, sah das Apartment noch trostloser aus als in der Nacht.

Es klingelte, das war das Taxi, das er bestellt hatte. Kurz darauf waren sie auf dem Weg.

Das Global Gate war ein großes Bürogebäude gegenüber dem Arbeitsamt. Zwei halbrunde Riegel umrahmten ein zentrales Gebäude. Viel Glas und Glanz. Der zweite Riegel war fertig hochgezogen, zeigte aber noch den blanken Beton. An der Ecke Schlüterstraße wies ein Streifenwagen ihnen den Weg.

Der Taxifahrer setzte sie dort ab. Durch eine Lücke im Bauzaun gingen sie auf das Gelände. Kramer erwartete sie.

»Und?«, fragte Jakubian.

»Sie haben sie schon wegtransportiert, ich kam leider zu spät«, knurrte er. Gemeinsam gingen sie zu der Stelle, an der Bauarbeiter am frühen Morgen die Leiche gefunden hatten. Sie war mit Flatterband abgesperrt, zwei Kriminaltechniker, die Barbara nicht kannte und die wohl zur Düsseldorfer Polizei gehörten, sicherten Spuren.

Kramer deutete auf das Gebäude. »Sie muss direkt von der Spitze hinuntergestürzt sein.«

»Dann könnte sie auch gesprungen sein?«, fragte Jakubian.

Kramer nickte. »Bei dem Zustand der Leiche ist alles möglich. Das kann erst die Obduktion klären.«

»Was für ein Typ war sie?«, fragte Barbara.

»Der Kollege beschrieb sie als dunkelhaarig und schlank, wahrscheinlich unter dreißig.«

Jakubian betrachtete die Blutspuren auf dem Bauschutt. »Das war wirklich viel Blut. Wir sollten zur Gerichtsmedizin fahren und sie uns ansehen.«

Barbara nickte. »Und Sie?«, fragte sie Kramer.

»Ich fahre nach Duisburg.«

»Dann sollten Sie das hier mitnehmen.« Sie gab ihm das schon leicht ramponiert aussehende Phantombild. »Sie können es sich noch mal vom LKA übermitteln lassen.«

»Ist er das?« Kramer kniff die Augen ein wenig zusammen. »Hat entfernte Ähnlichkeit mit diesem Dewus, finden Sie nicht?«

»Es beruht auf nicht sehr verlässlichen Aussagen, aber ja, es sieht ihm ein wenig ähnlich.« Barbara sah zu Jakubian, der ungeduldig in einiger Entfernung auf sie wartete.

»War es das wert, dass er seinen Job dafür riskiert hat?«, fragte Kramer.

Barbara antwortete nicht und ging zu Jakubian, der bereits auf dem Weg zum Taxistand an der Schlüterstraße war.

Der Assistent des Gerichtsmediziners begrüßte Barbara und Jakubian, die sich vorher telefonisch angemeldet hatten.

»Es ist gerade jemand da, der sie identifizieren soll. Sie hatte eine Telefonnummer in der Jackentasche«, erklärte er. »Wir hätten sie lieber erst mal etwas hergerichtet, sie sieht wirklich schlimm aus, aber die Polizei wollte das so schnell wie möglich geklärt haben.«

Barbara schluckte. Ein trauernder, geschockter Angehöriger am frühen Morgen auf nüchternen Magen war nicht gerade nach ihrem Geschmack. Man sah Jakubian an, dass er genauso dachte.

Die Tote lag auf einem der Seziertische, mit einem weißen Tuch bedeckt, dass ihr jemand vom Gesicht gezogen hatte. Von weitem sah das Gesicht unversehrt aus. Direkt vor ihr stand mit dem Rücken zu Barbara und Jakubian ein Mann, nicht sehr groß, schlank und mit kurzen grauen Haaren. Er trug eine schwarze Jeans und ein schwarzes Jackett. Barbara sah ihn, und ihr Herz begann sofort bis zum Hals zu schlagen.

»Thomas«, flüsterte sie.

Jakubian sah sie an. »Dein Mann?«

Sie nickte. Und dann wusste sie, dass sie das Gesicht der Toten schon gesehen hatte: Es war Katharina.

Barbara trat an Thomas heran und berührte ihn am Arm. Er zuckte zusammen, bemerkte aber dann, dass es seine Frau war. Sie nahm seine Hand.

»Das hätte ich dir gern erspart«, sagte sie leise, »wenn die Leiche nicht schon vom Fundort weggeschafft worden wäre.«

Thomas sagte nichts. Mit der freien Hand griff er nach dem Tuch und wollte es wegziehen, aber Barbara hinderte ihn daran. »Sie ist von einem zehnstöckigen Gebäude gestürzt, Thomas. Du willst das nicht sehen, glaub mir das.«

Hinter ihnen räusperte sich Jakubian. Thomas drehte sich um.

»Wir müssen uns die Leiche ansehen, Herr Hielmann. Ich nehme an, Sie haben sie bereits identifiziert?«

Thomas nickte. »Das ist Katharina Langen.« Seine Stimme klang heiser, als hätte er sie lange nicht benutzt.

Jakubian sah Barbara fragend an. Sie begriff. Er war in Zeitnot, weil er den Termin bei seinem Chef hatte. »Thomas, bitte geh hinaus und warte da auf mich. Wir ... wir fahren dann gemeinsam nach Hause. Es wird nicht lange dauern.«

Gehorsam ging Thomas hinaus.

Jakubian zog das Tuch von der Leiche. In diesem Moment kam der Gerichtsmediziner herein.

»Kein schöner Anblick, was?«, sagte er.

Es gab diverse offene Knochenbrüche und viele Wunden, die stark geblutet hatten.

»Sie war nicht sofort tot«, bemerkte Jakubian.

»Nein. Ich schätze, sie hat noch mehr als fünfzehn Minuten nach dem Sturz gelebt, sonst hätten wir nicht so viel Blut.«

»Gibt es Hinweise auf Messerstiche oder Strangulation?«

»Da werden keine sein.« Barbara hatte bisher geschwiegen. »Die Frau war psychisch krank und stark suizidgefährdet. Es ist unwahrscheinlich, dass sie das Opfer unseres Mörders gewesen ist.«

Der Gerichtsmediziner sah sie erstaunt an. »Sie kennen das Opfer?«

»Ja. Ich kenne sie.«

Jakubian hatte sich auf den Weg zum LKA gemacht. Barbara fand Thomas draußen vor dem Gebäude. »Gib mir deinen

233

Autoschlüssel«, bat sie ihn. Er suchte in seiner Jackentasche und gab ihn ihr. Auf der ganzen Fahrt nach Kaiserswerth sprach er kein Wort.

Barbara hielt vor dem Tor, das wie immer offen stand. Draußen im Briefkasten, der in die das Grundstück umgebene Mauer eingelassen war, steckte deutlich sichtbar ein Umschlag. Barbara zog ihn heraus. *Thomas* stand darauf, sonst nichts. Sie ahnte, was er enthielt, trotzdem gab sie ihn ihrem Mann.

Es war still im Haus, oben hörten sie Annettes Haushälterin in der Küche hantieren.

Sie schloss die Tür zur Wohnung auf, legte ihre Tasche ordentlich auf den Stuhl im Flur. Immer noch hatte Thomas kein Wort gesagt. Im Flur öffnete er den Umschlag, las die Zeilen und wurde noch ein wenig blasser. Barbara hielt ihre Hand hin, und er gab ihr den Brief. Er war kurz, doch lang genug, ein paar böse Vorwürfe zu formulieren.

»Es tut mir Leid, Thomas. Aber sie war krank. Damit war zu rechnen.« Sie wollte ihn umarmen, aber er stieß sie weg.

»Wenn sie hier geblieben wäre, würde sie noch leben.« Er riss ihr den Brief aus der Hand.

»Ich hätte nicht auf dich hören dürfen, Barbara. Mein Gefühl sagte mir, dass ich ihr helfen muss, aber du …!«

»Nein, Thomas. Den Schuh ziehe ich mir nicht an.«

Sie sah sein Entsetzen und seine Trauer, und plötzlich erkannte sie, dass seine Gefühle für Katharina die einer Affäre deutlich überstiegen hatten. Barbara hatte schon verloren, bevor Katharina in der Villa aufgetaucht war. Die Erkenntnis war bitter für sie, aber sie verschaffte ihr endlich Klarheit.

»Du hättest ehrlich zu mir sein müssen, Thomas. Du hättest mir sagen sollen, wie sehr du sie liebst. Das hätte vieles einfacher gemacht.«

Er schwieg. Er war weiter weg als jemals, seit sie sich kannten.

Sie warf einen Blick in den Spiegel. Die halb durchgemachte Nacht hatte Spuren hinterlassen. Ringe unter den Augen, die Kleidung verknittert. Sie kam sich regelrecht schmutzig vor. Kurz entschlossen ging sie ins Bad und stieg unter die Dusche. Da war viel, das sie abwaschen wollte. Plötzlich dachte sie wieder an Jakubians Kuss letzte Nacht und lächelte einen Moment. Aber hier kam ihr das ganz unpassend vor.

Ein Handtuch um den Körper gewickelt, ging sie ins Schlafzimmer und öffnete den Kleiderschrank. Die meisten leichten Sachen, die sie gerne trug, hatte sie mit zu Heinz genommen. Sie fand eine Jeans, die ihr nie recht gefallen hatte und ein einfaches T-Shirt, das sie seit Jahren nur im Haus getragen hatte. Glücklicherweise hing da noch ein Blazer, der dem Ganzen einigermaßen Stil gab. Ab und an sah sie durch die halb geöffnete Tür zu Thomas, der Katharinas Brief immer und immer wieder durchlas. Barbara setzte den Text aus dem Gedächtnis zusammen:

Geliebter Thomas,

es war schmerzhaft für mich zu erfahren, dass das Wort Liebe wohl für Dich eine andere Bedeutung hat als für mich. Ich habe mich Dir ohne Vorbehalte hingegeben und nun, da ich erkenne, dass dasselbe nicht auch für dich gilt, gibt es nichts mehr, wofür es sich zu leben lohnt. Ich mache es dir leicht, zurück in Deine Kompromisse zu schlüpfen. Wenn Du das liest, werde ich nicht mehr da sein.

Leb wohl
Katharina

Wie geschickt sie ihm die Schuld in die Schuhe schob. Barbara erschrak für einen Augenblick, mit welcher analytischen Kühle sie die Zeilen einer Toten, die immerhin verzweifelt genug gewesen war, von einem Gebäude zu springen, auseinander pflückte. Doch dann machte sie sich klar, dass unter aller Verzweiflung auch der perfide Gedanke des Bestrafens steckte. Thomas hatte sie abgewiesen, als er zuließ, dass Barbara sie in die Klinik zwang, und nun strafte Katharina ihn mit ihrem Tod. Die Saat der Schuldgefühle würde in ihm aufgehen. Thomas tat ihr Leid. Sie kam zurück in den Flur.

»Egal, was du jetzt denkst, du bist nicht schuld an ihrem Tod.«

Er reagierte kaum, sah sie nicht an.

»Wenn du möchtest, bleibe ich eine Weile bei dir,« bot sie ihm zaghaft an.

»Du hast doch sicher zu tun, in Duisburg oder sonst wo.« Das war deutlich. Wortlos nahm sie ihre Tasche und ging.

Im Auto versuchte Barbara, das Geschehene wegzuschieben. Aber irgendwie wollte es ihr nicht gelingen, sich einzureden, dass jetzt nur die Jagd nach dem Mörder zählte. Sie konnte dieses merkwürdige Gefühl, das das Gespräch mit Thomas hinterlassen hatte, einfach nicht loswerden. Es war, als stünde sie bewegungslos da und sah ihre Ehe auf einen Abgrund zusteuern. Plötzlich trat sie auf die Bremse und fuhr rechts auf einen Parkstreifen. Sie atmete ein paarmal tief durch, und dann drehte sie um und fuhr zurück zur Villa.

Thomas saß noch da, wo sie ihn verlassen hatte, Katharinas Brief in der Hand. Sie ging zu ihm und umarmte ihn. Er hielt sich an ihr fest, als müsse sie sein Leben retten. Er weinte.

»Es tut mir Leid, Barbara«, sagte er leise. »Ich wollte dich nicht so verletzen.«

»Und ich wollte dich nicht allein lassen.«

»Das war doch nichts Neues für mich.« Er schloss die Augen und schüttelte den Kopf. »Nein, ich will nicht mit dir streiten.«

Barbara machte sich los. »Vielleicht haben wir ein paarmal zuwenig gestritten, damit es dazu kommen konnte. Wir machen uns gegenseitig Vorwürfe, und eigentlich haben wir beide Recht.«

»Bleib bei mir, bitte, Barbara.«

Sie tat ihm den Gefallen. Aber sie suchte vergeblich nach dem wohligen Gefühl, das ihr ein stiller Tag mit Thomas in der Villa früher bereitet hatte. Beide versuchten zu arbeiten, aber Thomas starrte meist nur vor sich hin, und ihr fehlten die Unterlagen, die entweder bei Heinz oder im Präsidium waren.

Gegen elf Uhr klingelte ihr Handy, Jakubian war dran.

»Ich bin zu Hause«, antwortete sie auf seine Frage. »Thomas braucht mich jetzt«, fügte sie hinzu, nachdem sie auf die Terrasse gegangen war, damit Thomas sie nicht hören konnte.

»Petermann hat mir eine Gnadenfrist gegeben. Er sagte, wenn die Aussage des Zuhälters etwas Konkretes ergibt, dann kann ich meinen Job behalten.« Jakubian versuchte ihr den Gelassenen vorzuspielen. »Ich hätte ihm nicht zugetraut, dass er sich hinter mich stellt.«

»Das heißt, wir sollten den Mörder noch vor Ablauf deiner Probezeit kriegen«, versuchte sich Barbara in gespielter Munterkeit, aber er war nicht in der Stimmung.

»Wir müssen ihn kriegen, bevor er wieder zuschlägt. Die nächste Leiche, die wir finden, ist vielleicht keine Selbstmörderin.« Er wurde wieder sachlich. »Ich fürchte, das Phantombild ist zu vage. Aber hier versuchen jetzt alle, den Mann auf den Eisenbahnfotos zu finden. Wir könnten dich hier brauchen.«

»Ruben ...«

»Schon gut. Ich weiß, dass das wichtig ist. Du hast schon viel zu viel für den Fall geopfert, ich denke nur an den Eheberatungstermin.«

Er hatte die Sache nie mehr erwähnt, es wunderte Barbara, dass er sich daran erinnerte. »Weißt du, ich frage mich ja auch die ganze Zeit, ob ich nicht im Präsidium besser aufgehoben wäre.«

»Nein. Du solltest jetzt bei ihm sein.« Und damit legte er auf.

Warum Barbara ausgerechnet jetzt der Kuss wieder in den Sinn kam, wusste sie nicht. Gedankenverloren ging sie ins Arbeitszimmer und hatte plötzlich ein schlechtes Gewissen, als sie Thomas sah.

»Jakubian?«

Sie nickte.

»Und? Musst du weg?«, fragte er.

»Nein, ich sagte doch, ich bleibe hier.«

Der Tag verging quälend langsam. Sie sprachen kaum etwas, hielten sich in verschiedenen Räumen auf. Früher hatte das genügt, es hatte gereicht zu wissen, dass der andere in der Nähe war. Vielleicht, machte Barbara sich Mut, vielleicht wird es wieder so, wenn wir es nur oft genug versuchen. Wenn da nur nicht dieser Kuss gewesen wäre und Jakubians starke Arme. Und was wäre passiert, wenn sie beide dem Impuls nachgegeben hätten?

Eigentlich hatte Barbara die Arbeitspause dringend nötig gehabt, trotzdem fühlte sie sich nach einem langen Tag des Nichtstuns eher erschöpft. Zu viel hatte sich in ihrer Beziehung zu Thomas geändert, als dass sie hier in der Villa zur Ruhe kommen konnte.

Sie war fast froh, als Thomas vorschlug, gegen zehn ins Bett zu gehen. Sie ließ es zu, dass er sie an sich zog und trotzdem konnte sie das Gefühl nicht loswerden, bei einem Fremden zu liegen. Er schlief eher ein als sie. Eine Weile hörte sie seinen ruhigen Atemzügen zu, dann nickte sie selber ein.

Geweckt wurde sie von ihrem Handy, das irgendwo draußen im Flur immer lauter wurde.

Sie stand auf und tastete sich im Dunkeln hinaus. Für einen Moment fühlte sich die Wohnung wieder vertraut an.

Das Handy steckte in ihrer Tasche. Die Uhr darauf zeigte kurz nach eins. »Ja?«

»Barbara?« Es war Jakubian, und er rief aus dem Auto an. »Es hat einen Überfall auf eine Frau gegeben im IHZ-Park an der Moskauer Straße. Viel, viel Blut, Würgemale. Sie ist bewusstlos, aber sie lebt noch. Kramer ist vor Ort – er schläft anscheinend nie.«

»Nur zwischen zwei Fällen. Ich komme so schnell wie möglich, wir treffen uns da.«

Als sie die rote Taste drückte, ging im Schlafzimmer das Licht an. Thomas war aufgewacht. »Thomas – es tut mir Leid. Aber ich muss jetzt zu einem Tatort fahren.«

»Ich verstehe.« Sein Blick war eine merkwürdige Mischung aus Kühle und Enttäuschung.

»Möglicherweise ist eingetreten, was wir befürchtet haben, und der Mörder hat wieder zugeschlagen. Die brauchen mich da.«

»Sicher.«

Sie ging an ihm vorbei ins Schlafzimmer, während sie das T-Shirt, das sie im Bett getragen hatte, bereits auszog. »Kann ich deinen Wagen nehmen? Meiner steht noch in Duisburg.«

»Du weißt, wo die Schlüssel sind.« Er runzelte die Stirn. »Wieso warst du eigentlich gestern ohne eigenen Wagen in der Gerichtsmedizin, wenn Jakubian noch einen Termin hatte? «

239

Barbara zog sich ihre Kleider an, die auf dem Sessel im Schlafzimmer lagen. »Ich war gestern mit Jakubian in Essen.«

»Und ihr seid danach nicht wieder zum Duisburger Polizeipräsidium gefahren?«

Früher hatte Barbara sich gern Thomas' scharfen Verstandes bedient, wenn sie in einem Fall in eine Sackgasse geraten war. Jetzt hätte sie gern darauf verzichtet. Sie beschloss, lieber gleich die Wahrheit zu sagen. »Diese Sache in Essen hätte ihn den Job kosten können. Er musste im LKA antanzen und wollte sich danach besaufen, und ich habe ihm Gesellschaft geleistet. Ich habe dann bei ihm übernachtet. Auf dem Sofa.« Die ganze Wahrheit musste es ja nicht sein. »Thomas, wir können das gern später ausdiskutieren, aber ich muss jetzt wirklich los.«

»Später? Das heißt, du kommst wieder her?«

Sie seufzte. »Ich weiß es nicht. Wahrscheinlich werden wir die ganze Nacht durcharbeiten.«

»Du kannst ja anrufen.« Er drehte sich um und ging zurück zum Bett. Barbara glaubte nicht, dass er würde schlafen können, aber zumindest wollte er, dass sie das glaubte.

»Bis dann!«, rief sie, griff sich seine Autoschlüssel und verließ das Haus.

Sie raste mit Thomas' CLK zum IHZ-Park. Sie war einmal hier gewesen, vor knapp einem Jahr mit Thomas zu einer Kulturveranstaltung, an der einige seiner Studenten beteiligt gewesen waren. Der Park war relativ neu angelegt, ein großes Rechteck zwischen hohen modernen Bürogebäuden. Barbara hatte die Anlage als sehr gelungen empfunden, und sie schien auch gut von der Bevölkerung angenommen zu werden. An der hinteren Seite gab es einen Weg unter Arkaden aus Stahl, die mit schnell wachsenden Schlingpflan-

240

zen begrünt worden waren. Dort standen nun viele starke Scheinwerfer. Max Erhards Spurensicherungsteam hatte begonnen zu arbeiten.

Hinter den Lichtkegeln konnte Barbara erkennen, dass der Notarzt gemeinsam mit zwei Sanitätern das Opfer versorgte.

Jakubian tauchte hinter ihr auf, er hatte seinen BMW auf der anderen Straßenseite geparkt.

»Ich habe die ganze Zeit mit Kramer telefoniert. Das Opfer ist in kritischem Zustand. Sie müssen versuchen, sie vor Ort zu stabilisieren, bevor sie sie transportieren.«

Gemeinsam gingen sie hinüber zum Tatort. Der helle Weg war blutdurchtränkt. Ein blasser junger Mann mit langen, dünnen blonden Haaren stand etwas abseits, neben ihm eine Staffordshire-Terrier-Hündin ohne Maulkorb. Er trug Jeans und ein ziemlich geschmackloses Heavy Metal T-Shirt.

Kramer begrüßte die beiden und unterbrach dafür eine etwas hitzige Diskussion mit einem Kollegen, der Barbara vage bekannt vorkam. Sie erfasste sofort, was los war: Zuständig war hier die Düsseldorfer Polizei, und Kramer reklamierte den versuchten Mord für die Soko. »Hat er das Opfer gefunden?«, fragte Barbara und deutete auf den jungen Mann.

Kramer nickte. »Sein Name ist Alex Sommer, er wohnt hier in der Nähe.« Er sprach weiter mit einem Beamten.

Jakubian und Barbara gingen zu dem jungen Mann. Jakubian sah die Hündin, die neben ihrem Herrchen saß, misstrauisch an. »Die tut nix«, sagte Sommer.

Barbara beugte sich kurz zu dem Hund hinunter. »Na du«, sagte sie, fasste das Tier aber nicht an. Die Hündin sah verschreckt hoch, sprang auf und versteckte sich hinter ihrem Herrn. »Die is' sensibel. Hat vor allem Schiss.«

»Sie haben die Frau gefunden?«, fragte Jakubian.

241

Er nickte. »Als ich in den Park kam, war der Kerl sogar noch da. Ich dachte, was macht der da, aber da nahm der schon was vom Boden auf und ging weg.«

»Er ist nicht gerannt?« Barbara konnte so viel Kaltblütigkeit nicht fassen.

»Nee. Schnell is er gegangen, das stimmt. Aber nicht weggerannt. Dann wäre ich ja vielleicht schneller bei ihr gewesen.« Er schien sich Vorwürfe zu machen. »Annabella trödelt immer so. Aber dann hat sie was gemerkt und laut gebellt und mich dahin gezogen.«

Die Hündin hatte vorsichtig ihren breiten Schädel mit dem lustigen schwarzen Fleck um das rechte Auge hinter ihrem Herrchen hervorgestreckt und schien genau zu wissen, von wem die Rede war. »Hast du gut gemacht«, sagte Barbara freundlich zu ihr und sofort verschwand der Kopf wieder hinter den Beinen von Alex Sommer. »Un da sagen immer alle Kampfhund«, sagte er und grinste.

»Ich hab dann sofort Polizei und Krankenwagen gerufen, Gottseidank war der Handyakku nich leer. Und dann hab ich versucht zu helfen, aber da wusste man ja gar nicht, wo man anfassen sollte. Alles voller Blut. Aber immerhin hab ich die stabile Seitenlage noch hingekriegt.«

»Danke, Sie haben alles richtig gemacht«, sagte Jakubian. »Ihre Personalien hat man ja schon aufgenommen.«

Sommer nickte. »Ich hab auch schon einen Termin auf dem Polizeipräsidium morgen.«

»Ich denke, dann können Sie jetzt gehen.« Er drehte sich zu Kramer und rief: »Brauchen Sie den Zeugen heute Nacht noch?«

Kramer verneinte.

»Dann geh ich mal los. Die Kleine will auch nach Hause.«

»Nochmals vielen Dank«, sagte Barbara.

Der Notarzt arbeitete immer noch fieberhaft. Barbara ging um die von Max Erhard abgesperrte Stelle herum.

»Sie ist bewusstlos«, fauchte der Arzt.

»Ich will nur einen kurzen Blick auf sie werfen, machen Sie ruhig weiter«, sagte Barbara.

Die Frau bot einen grässlichen Anblick. Barbara konnte die Würgemale am Hals nur zum Teil sehen, weil Gesicht und Oberkörper mit Blut beschmiert waren.

»Von welcher Verletzung kommt das Blut?«, fragte sie.

»Die Halsschlagader hat er knapp verfehlt. Die Handgelenke sind quer eingeschnitten. Und dann gibt es noch ganz viele kleine Wunden.«

Manche der kleinen Stichwunden erinnerten Barbara in ihrer Anordnung an Rebecca Langhorn. »Er hat sie bis zur Bewusstlosigkeit gewürgt und dann angefangen zu schneiden.«

»Ja.« Der Arzt war wütend angesichts der Sinnlosigkeit einer solchen Gewalttat.

»Hat er sie vergewaltigt?«

»Keine Ahnung. Sie war unten entkleidet, aber Genaueres müssen die im Krankenhaus feststellen. Da waren keine großen Verletzungen, also geht mich das hier nichts an.«

»Wie sind ihre Chancen?«

Er zuckte resignierend die Schultern. »Gering. Sie hat viel Blut verloren, so viel bekommen wir so schnell gar nicht in sie hinein.«

»Ich habe jetzt seit fünf Minuten stabile Werte«, sagte der Sanitäter zu ihm. »Der Blutdruck ist niedrig, aber wenn er nicht weitersinkt, könnten wir losfahren.«

»Danke«, sagte Barbara und ging zurück zu Jakubian, der sich mit Kramer unterhielt.

»Erhard hat geflucht, weil der Arzt ihm keine Chance ließ,

Spuren von der Frau zu nehmen. Er will einen seiner Leute mit ins Krankenhaus fahren lassen, damit nicht noch mehr Spuren vernichtet werden.« Kramer zündete sich eine Zigarette an. »Er hat halt lieber einen ruhigen Tatort mit einer schönen Leiche.«

»Hoffentlich bringen sie sie durch«, meinte Jakubian. »Vielleicht hat sie ihn gesehen.«

»Unwahrscheinlich«, Barbara wedelte Kramers Rauch weg, bis der sich leicht drehte. »Wenn er wie bei den früheren Überfällen vorgegangen ist, hat er sie von hinten angegriffen, bis zur Bewusstlosigkeit gewürgt und sich dann erst an ihr zu schaffen gemacht.«

»Du bist entzückend positiv, Barbara.« Jakubian wollte noch etwas hinzufügen, aber plötzlich kamen Rufe vom anderen Ende des Parks. Es war der Zeuge Alex Sommer, der mit seinem Hund weggegangen war. Barbara, Kramer und Jakubian liefen ihm entgegen. Er hielt etwas in der Hand.

»Annabella hat da was gefunden. Nen Kamm, da ist Blut dran.« Er hatte die drei erreicht und streckte ihnen das Ding entgegen.

»Um Gotteswillen, sehen Sie denn keine Krimiserien?«, herrschte Kramer ihn an. »Sie hätten ihn liegen lassen müssen.«

»Sagen Sie das mal Annabella.«

Annabella schaute ihnen aufmerksam aus sicherem Abstand zu. Kramer zog einen Einmalhandschuh über und nahm den Kamm an sich. Jakubian rief Max Erhard.

Während sie das Beweisstück eintüteten, erklärte Jakubian Erhard, was geschehen war. »Wenn wir Glück haben, haben wir Fingerabdrücke und Hautschuppen. Das ist aber auch Blut und Hunde-DNS.«

»Na, prima. Und wo hat das Tier den Kamm entdeckt?«

244

Er leuchtete mit einer Lampe den Wegrand ab. Alex Sommer ging voraus und versuchte die Stelle zu finden. Aber wieder war Annabella besser als die anderen. Sie lief schwanzwedelnd ein Stück auf dem Rasen und blieb dann stehen und knurrte. Sommer sah Max Erhard verblüfft an. »Genau hier war es.«

Im hellen Licht der Lampe konnte man direkt vor dem Hund einen kleinen dunklen Fleck auf dem Rasen erkennen. Blut.

»Nehmen Sie den Hund weg, der macht ja alles kaputt!« Erhards barscher Ton veranlasste Anabella, augenblicklich zu ihrem Herrchen zu laufen und sich schutzsuchend an ihn zu drücken.

»Du solltest froh sein, dass sie den Kamm gefunden hat, Max«, sagte Barbara.

»Spätestens bei Tageslicht hätten wir ihn auch entdeckt.« Er kniete sich hin, um den Rasen näher in Augenschein zu nehmen. »Leute, könnt ihr euch nicht woanders versammeln? Auch auf dem Weg könnten noch Spuren sein, die ihr gerade zerstört.«

»Tja, ich geh dann mal nach Hause, bevor Annabella sich noch mehr erschreckt«, sagte Sommer mit einem Seitenblick auf Max Erhard.

»Vielen Dank. Und Annabella hat einen großen Knochen verdient.« Barbara kam es so vor, als hätte der Staffordshire-Terrier bei dem Wort Knochen die Ohren gespitzt. Sie versuchte es noch mal und beugte sich zu dem Hund herunter. Ganz vorsichtig hielt sie Annabella ihre Hand zum Schnüffeln hin. Und tatsächlich, jetzt durfte sie sie anfassen. Sie tätschelte den großen Kopf, und Annabella genoss es sichtlich. Ihr Herrchen schien verblüfft. »Da können Sie sich was drauf einbilden«, meinte er und nickte anerkennend. Dann machte

245

er sich mit der Hündin auf den Weg, argwöhnisch beobachtet von Max Erhard.

»Und?«, fragte Erhard. »Wie lange wollt ihr hier noch stehen?«

»Wir sind schon weg«, sagte Jakubian.

Gemeinsam gingen sie zurück zum Tatort. »Jetzt bist du dran, Barbara. Kann ich Roters anrufen und ihn bitten, den Fall an sich zu ziehen?«

Barbara dachte kurz nach. »Die Würgemale und die Stichwunden, das alles sieht ganz ähnlich aus wie bei einigen der anderen Opfer. Wichtig ist das Blut, er wollte viel Blut sehen. Und die junge Frau gleicht in vielem dem Typ seiner ersten Überfälle.«

»Aber würde er das tun, würde er sich wiederholen?«, fragte Kramer.

Barbara nickte. »Wir wissen, dass es eine Serie gibt. Eigentlich muss er keine neuen Methoden mehr ausprobieren. Er weiß, dass wir ohnehin einen Zusammenhang vermuten. Also ist es ihm ab jetzt egal.«

»Das macht ihn nicht unbedingt ungefährlicher.« Jakubian holte das Handy heraus.

»Wir dürfen auf keinen Fall damit an die Öffentlichkeit gehen, dass das Opfer überlebt hat.«

»Wird er sich dann nicht sicher fühlen und sich ein nächstes Opfer suchen?« Kramer schien nicht sehr glücklich mit der Entwicklung zu sein. »Das ist riskant.«

»Nein, Barbara hat Recht. Wenn er weiß, dass er identifiziert werden könnte, macht er sich möglicherweise gleich aus dem Staub«, entschied Jakubian. Er sah Barbara an. »Du bist dir also sicher, dass das hier unser Mann war?«

»Die Wahrscheinlichkeit ist groß. Und wir müssen schnell an die Auswertung der Beweise kommen, nicht erst über den

246

Umweg des Düsseldorfer Polizeipräsidiums.«

Kramer pfiff durch die Zähne. »Das wird den Kollegen Becker aber gar nicht freuen.«

»Ich rufe Roters an und kläre die Sache mit ihm. Bis der den zuständigen Düsseldorfer Staatsanwalt weich geklopft hat, wird noch eine Weile vergehen.« Jakubian telefonierte. »Roters kümmert sich drum«, sagte er. »Wir sollten nach Duisburg fahren.«

»Kann einer von euch über Kaiserswerth fahren? Dann bringe ich Thomas seinen Wagen zurück, meiner steht ja noch auf dem Parkplatz des Präsidiums.«

»Ich mach das«, sagte Jakubian. »Kramer sollte hier bleiben, bis die Techniker fertig sind, vielleicht finden sie ja noch etwas Wichtiges.«

Barbara und Jakubian gingen zurück zur Moskauer Straße. »Wie geht es Deinem Mann?«, fragte er.

»Ich glaube, er macht sich große Vorwürfe.« Sie seufzte. »Ich möchte nicht in seiner Haut stecken. Ich kann das auch sehr gut, weißt du? Im Entwickeln von Schuldgefühlen bin ich Weltmeisterin.« Als Jakubian nicht reagierte, fügte sie noch hinzu: »Deshalb wollte ich bei ihm bleiben.«

»Und was ist mit Schuldgefühlen wegen gestern Nacht?«, fragte er plötzlich.

Barbara schluckte. »Ich fühle mich eher unwohl, weil ich keine habe.«

Sie waren bei ihrem Wagen angelangt. »Bis gleich«, sagte sie und stieg ein.

Jakubian war recht schweigsam, als sie gemeinsam von Kaiserswerth zum Präsidium fuhren. Das war Barbara auch ganz recht, denn als sie den Wagen vor der Garage geparkt hatte, hatte sie ganz kurz Thomas am Fenster stehen sehen.

247

Als er Jakubians Wagen entdeckte, der in die Einfahrt gefahren war, hatte er sich zurückgezogen.

Jakubian schien sich ganz aufs Fahren konzentrieren zu wollen, ein lächerliches Unterfangen, denn jetzt mitten in der Nacht, war außer ihnen kaum jemand unterwegs.

Erst auf dem Parkplatz des Präsidiums sprach er wieder. »Dieser Kuss.« Er seufzte. »Ich könnte jetzt sagen, miss ihm nicht allzu viel Bedeutung bei. Oder dass ich ihn bereue. Aber beides stimmt nicht. Ich kann nicht leugnen, dass da Gefühle für dich sind, Barbara.«

»Aber?« Barbara sah ihn nicht an.

»Ich glaube, du hängst noch sehr an deinem Mann. Und damit komme ich nicht klar.«

Barbara schwieg. Es war nicht ganz so, wie er sagte; woran sie hing, war nicht Thomas: eine Tatsache, die sie erschreckte. Es war einfach ihr Leben, wie sie es in den letzten acht Jahren geführt hatte. Und Thomas, der wichtigste Teil davon, war ihr bereits entglitten.

»Wenn …« unterbrach Jakubian das Schweigen, »wenn man mitten in einer Trennung steckt, dann ist man nicht bereit für etwas Neues.«

»Sprichst du von mir oder von dir?«, fragte sie leise.

Er sah sie an. »Ich spreche von dem, was ich noch nicht ganz hinter mir habe und du vielleicht vor dir hast. Es ist … ich könnte es einfach nicht ertragen.«

»Gut«, sagte Barbara. »Dann lassen wir es. Fangen wir erst gar nicht damit an.« Sie war froh, dass ihre Stimme nicht zitterte.

»Lass uns an die Arbeit gehen.« Er stieg aus dem Wagen, und Barbara fragte sich, ob es wirklich so einfach für ihn sei.

Sie folgte ihm ins Gebäude und kam sich in seiner Nähe noch kleiner vor als sonst.

Der wichtigste Raum war inzwischen der geworden, in dem Klasen die Eisenbahnfotos sichtete. Hier hingen eine Vergrößerung des Phantombildes an der Wand und neue Fotos von Harald Dewus, die eine vage Ähnlichkeit mit dem Bild aufwiesen. Alle anderen Bilder, auf denen Personen zu sehen waren, hatte Klasen ebenfalls an die Wand gepinnt. Auf manchen waren Gesichter eingekreist. Barbara erkannte ein paar der mehrmals befragten S-Bahn-Zeugen. Auf der Stirnwand des Raumes sah man eine Großzahl Fotos, auf denen Männer in hellen Trenchcoats abgebildet waren, mal allein, mal inmitten einer Menschenmenge. Klasen hatte sie ganz um die kaum erkennbaren Fotos der Morde, die Hirschfeld geschossen hatte, gruppiert. Ein paar Männern mit Mantel hatte Klasen mit schwarzem Edding ein dickes Kreuz verpasst – sie waren entweder zu klein oder zu groß, zu dick oder kamen aus anderen Gründen nicht in Frage. Mehrere waren rot gekennzeichnet, sie zeigten Harald Dewus. Aber offensichtlich waren die alle an einem einzigen Morgen entstanden.

»Gute Arbeit«, meinte Barbara zu Klasen.

»Aber jemand anderes sollte das hier weitermachen. Ich habe jedes Fotos zigmal gesichtet, ich sehe gar nicht mehr, was drauf ist.«

»Wie lange sind Sie schon dran?«, fragte sie und bemerkte dann erst die tiefen Ringe unter seinen Augen.

»Lassen Sie mich raten: Seit das Phantombild hier ist.«

Klasen nickte. »Es sind noch mehr als einhundert Bilder. Die sehe ich noch durch und ordne sie hier zu. Und dann gehe ich schlafen.«

»Gibt es Nachrichten aus dem Düsseldorfer Krankenhaus?«, hörte Barbara Jakubian draußen fragen.

»Sie ist im OP. Es gibt viele innere Verletzungen, der Düsseldorfer Kollege sagte, die Ärzte würden zu viert an ihr arbeiten.« Patrick Linssen hatte das Soko-Telefon in dieser Nacht übernommen.

Barbara fiel etwas ein. »Ruben, sind die neuen DNA-Auswertungen eigentlich schon gekommen?«

»Ja, gestern Nachmittag. Ich wollte dich eigentlich anrufen, aber dann …« Er musste den Satz nicht vollenden. Er hatte sie nicht anrufen wollen, während sie bei Thomas war.

»Und?«

»Sie haben an vier der Leichen übereinstimmende Spuren gefunden.«

»An den letzten vier, nehme ich an?«

Jakubian nickte. »Fatma, Julia, Herborn und Langhorn. Leider gab es bei den Überfällen keine sehr gründliche Spurensicherung. Jetzt überprüfen sie noch den Fall Giesen.« Er grinste. »Heyer hat getobt. Keine Übereinstimmung mit Harald Dewus.«

»Das hätte aber vieles einfacher gemacht.« Barbara runzelte die Stirn. »Dann ist Dewus schon wieder frei?«

»Nein. Es gab verdächtige Kontobewegungen vor dem Hirschfeldmord und kurz danach. Er hat große Summen Bargeld abgehoben, zweihundertfünfzigtausend Euro insgesamt. Und er kann den Verbleib des Geldes nicht nachweisen. Heyer hat sich an ihm festgebissen. Er überprüft gerade Handylisten und GPS-Daten.« Jakubian lächelte, als Barbara verstohlen gähnte. »Ich mach uns einen Kaffee.«

Heyer machte keine Nachtschicht, das Büro war leer und dunkel. Jakubian goss den trüben Kaffeerest ins Waschbecken und machte die Maschine flott.

Barbara war ihm gefolgt und hatte sich hinter Sven Heyers Schreibtisch gesetzt. »Das heißt also, dass Dewus mit großer Wahrscheinlichkeit den Mord an Hirschfeld in Auftrag gegeben hat. Seine DNA taucht nicht auf den Leichen auf.«

250

»Außer einigen Spuren an Julias Kleidung, die aber alle erklärbar sind«, unterbrach sie Jakubian. »Aber Dewus kann vor allem nicht unser Mörder sein, weil er in Untersuchungshaft saß, während der Überfall im Park stattfand. Dabei sieht er sogar dem Phantombild ein wenig ähnlich.«

»Jost Klasen hat mindestens zwanzig Fotos gekennzeichnet, auf denen Männer mit Ähnlichkeit zum Phantombild zu sehen sind.« Barbara dachte nach. »Solange das Opfer aus dem Park noch in Lebensgefahr schwebt und nicht ansprechbar ist, müssen wir uns etwas anderes einfallen lassen.«

Jakubian seufzte und starrte auf die Kanne, in die die Maschine mit lauten Geräuschen langsam den Kaffee spuckte. »Versuchen wir das nicht schon die ganze Zeit?«

Barbara setzte sich gerade hin. »Als ich vorgestern hierher kam, da waren Heinz und ich beide zu dem Schluss gekommen, dass Rebecca Langhorn ihren Mörder gekannt haben muss. Und als ich dann Dewus auf der Kundenliste fand, war für mich die Sache klar. Ich dachte, wir hätten unseren Mörder.«

Jakubian nahm sich eine Tasse Kaffee, Barbara lehnte trotz ihrer Müdigkeit ab.

»Wenn wir mit unserer Vermutung falsch liegen, dass der Überfall heute Nacht von unserem Serienmörder begangen wurde, dann könnte es immer noch Dewus sein«, meinte er.

Barbara schüttelte energisch den Kopf. »Nein. Ich denke, er war es nicht. Aber das heißt auch, dass wir Rebecca Langhorns Umfeld noch mal gründlich durchforsten müssten.«

»Gründlicher als Lutz Kramer?« Jakubian schnaubte. »Wenn es da etwas gäbe, wüsste Kramer das, da bin ich sicher.«

»Ich werde die Akten trotzdem noch mal durchgehen und auch ein paar Leute befragen.«

»Das wird er dir übel nehmen, Barbara.«

»Im Gegenteil. Ich denke, er wird es mit mir gemeinsam tun. Ich kenne ihn länger als du.« Sie stand auf. »Ich bin todmüde. Ich helfe Jost Klasen jetzt noch bei den letzten Fotos, und dann brauche ich eine Mütze Schlaf.«

»Wo kann ich dich später erreichen?«, fragte er.

»Auf dem Handy.« Sie lächelte nicht.

Als Barbara gegen vier Uhr morgens zu ihrem Wagen kam, war sie ein paar Minuten lang unschlüssig, ob sie zu Thomas fahren sollte oder lieber zu Heinz. Sie malte sich aus, dass Thomas aufwachen würde oder vielleicht sogar gewartet hätte. Dass er reden wollte. Sie fühlte sich zu erschöpft für eine Diskussion. Aber wenn sie jetzt in Rheinhausen übernachtete, wie würde Thomas reagieren? Sie erinnerte sich, ihm gesagt zu haben, dass sie die ganze Nacht weg wäre. Die Müdigkeit siegte.

Zwanzig Minuten später schlich sie sich in das kleine Bergmannshäuschen. Kaum hatte sie den Schlüssel umgedreht, als oben das Licht anging. Heinz hatte einen leichten Schlaf. »Ich hatte mir schon Sorgen gemacht, als du gar nicht mehr auftauchtest. Aber dann hat mir Jakubian von der Leiche erzählt. Und dass du bei Thomas bist.«

»Ich habe es versucht, Heinz.« Sie war so erschöpft, dass sie sich auf die Treppe setzte. »Ich habe wirklich versucht, für ihn da zu sein.« Der Gedanke an den gestrigen Tag mit Thomas, diese quälenden Stunden zwischen dem Versuch, ihr altes Leben zu leben und der bitteren Erkenntnis, dass nichts mehr so war wie vorher, entzog ihr die letzte Kraft. »Ach, Heinz, es ist so viel passiert seit vorgestern.«

»Ein bisschen weiß ich schon. Jakubian steht kurz vor dem Rauswurf, aber Petermann hat sich noch mal umstimmen lassen.«

Barbara sah ihn ungläubig an. »Das warst du? Du hast Petermann bearbeitet?«

»Ich konnte ihn davon überzeugen, dass Jakubian ein guter Mann ist, der etwas Spielraum braucht. Aber einfach war das nicht. Hat es wenigstens etwas gebracht?«

Barbara nickte und erzählte ihm dann, was er noch nicht wusste, nur die Sache mit dem Kuss ließ sie aus. »Ich werde morgen mit den Leuten aus Rebecca Langhorns Umfeld reden. Der Mörder muss da mal aufgetaucht sein, da bin ich sicher.«

Heinz nickte. »Ich will dich ja nicht beunruhigen, aber morgen ist längst, es ist schon fast fünf. Du solltest versuchen, noch ein bisschen zu schlafen.«

Barbara stolperte wie betrunken die Treppe hinauf. Sie schaffte es gerade noch, sich die Hose und den Blazer auszuziehen, bekleidet mit Unterwäsche und T-Shirt fiel sie ins Bett und war sofort eingeschlafen.

10.

Barbara traf sich am nächsten Morgen gegen zehn mit Kramer in Düsseldorf. Kramer hatte die Nacht durchgearbeitet, was deutliche Spuren hinterlassen hatte.

»Sie arbeiten zu viel, Kramer«, sagte Barbara.

»Ich könnte schon im Bett liegen, wenn ich nicht mit Ihnen im Fall Langhorn herumwühlen müsste«, knurrte er, lächelte aber dabei. Barbara wusste, in dieser Phase des Falles würde er erst nach Hause gehen, wenn er kurz vor dem Zusammenbruch stand.

Sie gönnten sich ein gemeinsames Frühstück in einem Stehcafé und machten sich dann auf den Weg zu Rebecca Langhorns Werbeagentur. »Ein Privatleben hatte sie praktisch nicht. Sie hatte sich mit ein paar Freunden selbstständig gemacht, privates und berufliches Umfeld waren praktisch gleich«, erläuterte er.

»Ich nehme an, Sie haben damals nach Bekanntschaften außerhalb der Agentur gefragt?«

Kramer nickte. »Es gab keine. Keiner wusste etwas. Dafür dass die Kollegen auch ihre Freunde waren, waren sie sich ziemlich fremd.«

Sie fanden einen Parkplatz in der Nähe. Die Agentur residierte in einem früheren Wohnhaus in einer Seitenstraße vom Kennedydamm.

»Die wissen, dass wir kommen«, sagte Kramer, als er klingelte.

Eine Frau in den Dreißigern öffnete. Sie war sehr attraktiv und teuer gekleidet. »Guten Tag, mein Name ist Jenna Gerling«, stellte sie sich vor. Sie hatte einen leicht amerikanischen Akzent, und trotz der Tatsache, das sie über dreißig sein musste, fühlte Barbara sich sofort an einen Cheerleader

254

erinnert. Perfektes Styling, perfektes Lächeln.

»Sie sind neu hier.« Kramer war überrascht.

»Nicht wirklich. Ich bin die Frau des Geschäftsführers. Das hier ist ein kleiner Laden, und wenn die Rezeptionistin krank wird, springe ich schon mal ein.«

»Dann kannten Sie Rebecca Langhorn auch?«, fragte Barbara.

»Ja sicher, wir waren eng befreundet.« Sie schien zu erschaudern. »Tut mir Leid, mir wird immer noch ganz kalt, wenn ich daran denke, was mit ihr passiert ist. Sie wollen sicher mit meinem Mann sprechen.«

»Also, wenn Sie nichts dagegen haben, dann würden wir gern auch mit Ihnen sprechen.«

»Gut. Wenn Sie nichts dagegen haben, dass ich zwischendurch ans Telefon gehen muss.«

Barbara verneinte, und sie und Kramer folgten Jenna Gerling hinter die Rezeption. Barbara nahm auf dem zweiten Stuhl Platz, Kramer lehnte sich an die Wand.

»Wie eng waren Sie beide befreundet?«

»Seit unserer Studienzeit. Mein Mann und Rebecca studierten Marketing, ich Sport und Sprachen. Wir waren mal so etwas wie beste Freundinnen, aber später ist das etwas abgekühlt. Unsere Lebenswege drifteten auseinander. Ich habe zwei Kinder und habe zunächst gar keinen Beruf ausgeübt. Wahrscheinlich habe ich sie genervt mit dem Müttergerede über Windeln und Zähne und Biokost.« Jenna Gerling lächelte. »Rebecca kannte nur ihren Job. Es war riskant, sich so früh selbstständig zu machen, und sie hat wirklich hart dafür gearbeitet, dass es funktioniert. Stefan – das ist mein Mann – und sie, das waren die Motoren dieser Agentur. Ohne sie lief nichts.«

»Und jetzt?«, fragte Kramer.

»Ich bin ganz froh, wenn ich mal hier arbeiten kann, dann

255

sehe ich meinen Mann wenigstens ab und zu.« Das klang resigniert.

Das Telefon klingelte. »Gerling, Langhorn und Weitersdorf, Sie sprechen mit Jenna Gerling.« Danach ging das Gespräch auf Englisch weiter. Jenna drückte ein paar Tasten und stellte den Anrufer durch. »Mr. Myata.« Sie legte den Hörer wieder auf.

Barbara beschloss, zur Sache zu kommen. »Frau Gerling, auch wenn davon noch nichts an die Öffentlichkeit gelangt ist, wir glauben nicht, dass Hirschfeld der Serienmörder war.«

Jenna Gerling sah sie verwundert an. »Es stand doch in allen Zeitungen, dass er die Morde gestanden hat.«

»Ihnen das genau zu erklären, würde jetzt zu weit führen. Und wir müssen Sie auch bitten, diese Information für sich zu behalten.« Barbara machte eine kurze Pause und beobachtete Jenna Gerlings Gesichts dabei. »Wir sind den Fall noch einmal durchgegangen und zu dem Schluss gekommen, dass Rebecca eine der wenigen unter den Opfern war, die ihren Mörder gekannt haben könnte. Sie waren ihre Freundin, und die Düsseldorfer Polizei hat Sie damals nicht befragt.«

»Doch das hat sie«, unterbrach Jenna Gerling. »Als sie bei uns zu Hause waren, haben sie auch mit mir geredet. Aber das waren nicht Sie, Herr Kramer.«

»Nun«, fuhr Barbara fort, »ich nehme aber an, dass niemand Sie nach einem Mann gefragt hat, den Rebecca kurz vor ihren Tod kennen gelernt hat.«

»Doch. Sie fragten immerzu danach. Die glaubten ja damals schon, dass sie ihren Mörder gekannt hat.«

Barbara war enttäuscht: eine Zeugin, die in den Protokollen praktisch nicht auftauchte, die aber nichts Neues wusste.

Kramer zog das Phantombild hervor. »Kennen Sie diesen Mann, Frau Gerling?«

Jenna Gerling sah das Bild lange an und schüttelte den Kopf. Sie wollte es Kramer zurückgeben, doch dann betrachtete sie es erneut. »Das könnte …« Sie schüttelte wieder den Kopf. »Nein, ich muss mich irren.«

»Kennen Sie den Mann?«, fragte Barbara aufgeregter als sie es wollte.

»Nicht mit Namen. Ich bin auch nicht ganz sicher.«

»Das ist kein besonders gutes Phantombild, der Zeuge, nach dessen Aussagen es entstand, hat den Mann lange nicht gesehen«, sagte Kramer.

»Das habe ich auch nicht. Und ich habe ihn nur ein einziges Mal gesehen.« Jenna Gerling starrte auf das Bild. »Wie gesagt, ich bin mir nicht ganz sicher. Das war … es muss nach der Geburt meiner zweiten Tochter gewesen sein. Da waren Rebecca und ich mal aus. Ein ziemlich schlimmer Abend. Ich wollte endlich mal wieder etwas anderes sehen als Windeln und Babyflaschen, und wir gingen in eine Kneipe, einen Laden irgendwo in Flingern. Da sprach dieser Mann uns an.«

»Wie lange ist das genau her?«

»Elisa ist jetzt vier. Und sie war damals vielleicht drei Monate alt. Also etwa Oktober oder November 2001.«

Barbara war enttäuscht. Das war lange, bevor er angefangen hatte zu morden. Aber es lag in der Zeit der Überfälle. Barbara betrachtete Jenna Gerling. Sie war zierlich, hatte lange, honigblonde Haare. Genau sein Typ.

»Erzählen Sie weiter«, forderte Kramer Jenna auf.

»Also, um zu verstehen, was da passierte, muss ich erzählen, dass meine Freundschaft mit Rebecca zu dieser Zeit schon nicht mehr besonders eng war. Irgendwie hatten wir die Hoffnung in den Abend gesetzt, wieder dort anknüpfen zu können, wo wir früher gestanden hatten. Es sollte ein Abend werden, der uns Spaß machte, wir wollten reden und vielleicht später noch ins ZaKK, da gab es eine Disco. Aber es war furchtbar. Wir hatten uns definitiv nicht mehr viel zu sagen. Ich konnte nur über Kinder, Stefan und das Haus sprechen und sie nur über ihre Arbeit. Und dann kam dieser Typ an unseren Tisch. Er spendierte uns einen Drink, den ich nicht trinken konnte, weil ich ja stillte. Früher hätten wir ihn abblitzen lassen, aber wir beide waren so sehr darauf versessen, doch noch unseren Spaß zu kriegen, dass wir dankbar waren für alles, was den Abend noch retten konnte.«

»Hat er Rebecca angemacht?«, fragte Kramer.

Jenna lächelte. »Nein, er interessierte sich wohl eher für mich.« Sie stockte. »Aber eigentlich hat er keine von uns wirklich angemacht. Er war sehr charmant und witzig. Erzählte, er sei Immobilienmakler. Etwas angeberisch wirkte er schon, aber ich dachte, typisch Mann.«

Kramer zog eine Augenbraue hoch, und Jenna lachte. »Wie sagt man? Anwesende ausgenommen?«

Jetzt musste auch Kramer grinsen.

»Rebecca drängte dann darauf, zum ZaKK zu fahren«, fuhr Jenna fort, »und er war ganz begeistert, aber ich fühlte mich plötzlich sehr müde und beschloss, nicht mitzugehen. Ich fuhr nach Hause.«

»Und Rebecca?« In Barbaras Kopf setzten sich ein paar Bilder zusammen. Bisher hatte sie sich den Mörder stets als ein fast gesichtsloses Phantom vorgestellt, das aus dem Dunkel zuschlug. Ein gut aussehender, charmanter Mann, mit dem eine Frau auch freiwillig mitgegangen wäre, war ihr gar nicht in den Sinn gekommen.

»Nun, sie ist wohl mit ihm tanzen gegangen, aber so genau weiß ich das nicht, denn wir haben nicht mehr über den Abend gesprochen.« Sie dachte einen Moment nach. »Allerdings glaube ich, dass sie ihn noch öfter getroffen hat. Einige

Zeit später erzählte Stefan, dass Rebecca wohl einen Freund hätte, den aber niemand zu Gesicht bekäme.«

»Und hat ihn jemals jemand zu Gesicht bekommen?« Barbara tippte auf das Phantombild. »Jemand, dem wir das Bild zeigen könnten?«

Jenna Gerling zuckte mit den Achseln. »Ich denke nicht. Das kann nicht länger als ein Jahr gegangen sein. Ich erinnere mich, dass Stefan mir erzählte, dass Rebecca irgendwie depressiv sei und nicht sehr gut arbeite. Aber das ging vorbei.«

»Können Sie das auch zeitlich eingrenzen?«

»Nein. Aber mein Mann könnte es wissen, wenn er sich noch an die Aufträge erinnert.«

»Was meinen Sie, Frau Gerling«, Barbara nahm das Phantombild an sich, »könnten Sie das Bild korrigieren?«

Sie zuckte die Schultern. »Keine Ahnung. Aber ich kann es versuchen.«

»Können wir das im Düsseldorfer Präsidium machen lassen?«, fragte Barbara Kramer.

Der nickte. »Sicher. Wir sollten hier trotzdem noch mal alle nach dem geheimnisvollen Mann befragen. Vielleicht hat ihn doch jemand gesehen.«

Aber Jenna Gerling sollte Recht behalten. Niemand hatte den Mann je gesehen, die meisten ahnten nicht einmal, dass Rebecca Langhorn überhaupt eine Beziehung gehabt hatte. Nur ihr engster Freund Stefan Gerling hatte es überhaupt bemerkt. Er wusste auch, wann es vorbei war, nämlich später, als seine Frau sich erinnert hatte. »Herbst 2003. Da hätten wir durch Rebeccas Tief beinah einen wichtigen Kunden verloren.«

Barbara und Kramer sahen sich viel sagend an. Im Oktober 2003 war Nicole Giesen ermordet worden.

»Hat sie denn jemals über den Mann gesprochen?«, fragte

259

Barbara. »Ich meine, wenn sie so einen schlimmen Fehler gemacht hat, dann musste die Begründung, warum es ihr so schlecht ging, schon plausibel sein, oder?«

Gerling nickte. »Ich habe das Jenna nie erzählt. Die beiden waren mal gute Freundinnen, und es hätte Jenna weh getan, dass sie sich mir und nicht ihr anvertraute.« Er senkte die Stimme, als wolle er sogar jetzt noch verhindern, dass seine Frau etwas erfuhr. »Rebecca erzählte nicht viel. Nur dass der Mann verheiratet sei, ihr das aber verschwiegen habe. Er hat mich total verarscht, genauso hat sie es gesagt. Und ich konnte sehen, dass er ihr sehr weh getan hatte.«

Kramer war schweigsam auf dem Weg nach Duisburg.

Barbara spürte deutlich, dass in ihm etwas brodelte. »Was ist los, Kramer?«, fragte sie.

»Ich ärgere mich darüber, dass ich das damals nicht herausbekommen habe. Immerhin haben wir eine Beziehungstat vermutet. Und dann stießen wir überall nur auf Rebecca, den Workaholic.«

Barbara seufzte. »Das Ganze lag lange zurück. Gerling hatte das abgehakt, und es scheint nach der Trennung ja auch keine Dramen gegeben zu haben. Bei so viel Gewalt vermutet man doch eher eine frische Beziehung.«

Er runzelte die Stirn. »Eigentlich war es riskant für ihn, eine Frau zu ermorden, mit der er mal zusammen war.«

»Nicht wirklich.« Barbara dachte nach. »Vermutlich hat er ihr vorgemacht, er sei verheiratet und ihre Beziehung dürfe nicht an die Öffentlichkeit gelangen. Dann haben sie sich mehr als ein Jahr lang im Geheimen getroffen.«

Kramer nickte, während er sich auf den Verkehr konzentrierte. Plötzlich sagte er: »Wo? Wo haben sie sich getroffen? Wenn es in Langhorns Wohnung gewesen wäre, daran hätte sich irgendein Nachbar erinnert. Aber sie sagten alle, sie hätten nie einen Mann bei ihr gesehen, und sie wohnte schon sechs Jahre dort.«

»Vielleicht trafen sie sich in Hotels.«

»Das wären ja schöne Aussichten, hier in einer Messestadt in den Hotels Klinkenputzen zu gehen.«

»Er hat eine Wohnung«, sagte Barbara plötzlich. »Wahrscheinlich sogar irgendwo in Flingern, wo Rebecca und Jenna ausgegangen sind. Überlegen Sie mal: Der Werhahn ist nicht weit, dort wurde Rebeccas Leiche gefunden. Und die Moskauer Straße mit dem Park ist auch nicht so weit entfernt.«

»Unser Mörder ist Ihrer Meinung nach also Düsseldorfer?«

»Da bin ich ganz sicher. Und er fährt täglich mit der S-Bahn zur Arbeit, vermutlich nach Dortmund.«

»Hm.« Kramer überlegte. »Es ist zwar ein wildes Herumstochern, aber wir könnten ja ein paar Leute mit dem Phantombild losschicken und mal sehen, ob ihn in den Kneipen in Flingern jemand erkennt. Wenn er so ein charmanter Kerl ist, wie Jenna Gerling behauptet.«

»Gute Idee«, sagte Barbara. »Organisieren Sie das gleich, sobald das Phantombild nach Jennas Angaben korrigiert wurde.«

Im Duisburger Polizeipräsidium herrschte geordnetes Chaos. Barbara spürte gleich, dass etwas Außergewöhnliches geschehen war.

»Wo ist Jakubian?«, fragte sie Patrick Linssen, der offenbar nach der Nachtschicht immer noch nicht nach Hause gegangen war. »Der verhört mit Sven Heyer Dewus. Die Plackerei mit den Handy- und GPS-Daten hat anscheinend was gebracht. Ich habe nicht alles mitbekommen, aber jedenfalls wurde beim Haftprüfungstermin heute morgen der Haftbe-

261

fehl gegen Dewus bestätigt. Dewus hat zu allem geschwiegen, und jetzt berät er sich schon seit zwei Stunden mit seinem Anwalt. Und es gibt Hinweise auf den Fotografen mit der Reifenkralle. Jemand, der einen gehörlosen Sohn hat.«

»Wenn das stimmt, belastet es ihn zusätzlich«, sagte Barbara.

In diesem Moment kam Jakubian die Treppe herunter, er hatte die letzten Worte gehört. »Der Mann konnte eindeutig identifiziert werden durch die Fotos und Videoprints von Hirschfelds Ermordung. Er wird hergebracht.«

»Aber etwas fehlt bei der Geschichte noch«, sagte Barbara.

»Denkst du etwa, Dewus ist es nicht gewesen?« Jakubian sah sie erstaunt an.

»Doch schon. Aber ohne ein Geständnis bleibt die Sache ziemlich dünn. Der Justizbeamte Ulf Maier und dieser andere Vater, die hatten schon ein gutes Motiv.« Sie stockte. Julias Zimmer fiel ihr wieder ein und die Tatsache, dass Dewus Gebärdensprache gelernt hatte. »Sven hatte doch Dewus DNA genommen, weil er sie mit den Spermaspuren vergleichen wollte.«

Jakubian nickte.

»Wurde sie auch mit Julias DNA verglichen?«

»Du meinst ...?«

Barbara nickte. »Dewus könnte Julias Vater sein. Ich habe niemanden umgebracht und Julia schon gar nicht, hat er bei der Vernehmung gesagt.«

»Ich veranlasse den Vergleich. Die Daten sind ja da, das dauert nur ein paar Minuten.« Er wollte sein Handy zücken, in diesem Moment klingelte es schon.

»Wir haben auch etwas Neues«, sagte Barbara rasch und erzählte, was in Düsseldorf geschehen war. »Unser Mörder ist Düsseldorfer und wohnt möglicherweise in Flingern.«

»Wir werden heute Abend die Kneipen dort abklappern«,

fügte Kramer hinzu.

»Gut.« Jakubian wirkte hektisch, und sein Handy klingelte immer noch. Er ging ran und legte kurz danach auf. »Das Opfer ist aufgewacht. Fahren wir zu ihr.«

»Ich soll mit?«, fragte Barbara.

»Sicher.«

»Und der Helfershelfer?«, rief einer der LKA-Beamten hinter ihm her. »Er muss jeden Moment hier sein.«

»Das ist ohnehin Heyers Sache.« Jakubian drehte sich noch mal um. »Veranlassen Sie, dass Dewus' DNA mit der von Julia Janicek verglichen wird, und sorgen Sie dafür, dass Heyer sofort das Ergebnis bekommt. Das hat höchste Priorität.« Damit war Jakubian aus der Tür, und Barbara musste sich beeilen mitzukommen.

Eine halbe Stunde später waren sie im Düsseldorfer Marienhospital. Barbara lief immer noch ein Schauer über den Rücken, wenn sie es betrat. Als sie und Thomas noch in Pempelfort ganz in der Nähe gewohnt hatten, war dieses Krankenhaus oft die erste Anlaufstelle gewesen, wenn es Thomas schlecht ging.

Das Opfer Sandra Acker lag auf der Intensivstation. Barbara und Jakubian mussten sich Hauben über den Kopf ziehen und in grüne Kittel steigen. Barbara konnte sich ein Grinsen nicht verkneifen: Auch der größte Kittel sah an Jakubian so aus, als wäre er schon vor Jahren herausgewachsen. Es tat gut, in dieser Umgebung ein paar heitere Gedanken zu haben. Barbara kam es vor, als wate sie durch eine Welle alter Emotionen: Angst, Hoffnung und Resignation. Seit Thomas' Herztransplantation hatte sie Krankenhäuser konsequent gemieden.

Obwohl der Arzt sich dagegen sträubte, durften sie schließ-

263

lich gemeinsam zu der jungen Frau. Als Barbara sie zuletzt gesehen hatte, war sie ganz blutig gewesen, jetzt konnte man ihre vielen Verletzungen besser sehen: die blauroten Striemen am Hals, die vielen kleinen Schnittwunden, von denen einige geklammert worden waren. Der Täter musste sie auch geschlagen haben, denn das Gesicht war ganz blau und geschwollen. Auch der Arzt kam mit. Er berührte sie sanft an der Hand, und sie schlug sie Augen auf, so gut sie konnte. Der Arzt entfernte den Schlauch des Beatmungsgerätes und hielt die Öffnung zu, damit sie flüstern konnte.

»Polizei?«, flüsterte sie.

»Ja. Das ist Ruben Jakubian, und ich bin Barbara Hielmann-Pross.«

Sandra Acker schnappte ein wenig nach Luft, das selbstständige Atmen fiel ihr offensichtlich schwer. »Sie wollten mir wieder was geben, aber ich sagte, ich muss wach bleiben. Ich muss Ihnen sagen, wer es war.«

»Sie hat keine Ruhe gegeben, bis wir Sie angerufen haben«, sagte der Arzt. »Sie haben nur ein paar Minuten.«

Sandra wirkte erschöpft. Sie wollte etwas sagen, aber es gelang ihr nicht. Barbara kramte das Phantombild hervor und zeigte es ihr. »Sehen Sie sich bitte das Bild an.«

Sandra Ackers Augen weiteten sich. Barbara beugte sich ganz nah zu ihr herunter. »Das ist Frank«, flüsterte sie. »Frank Braun. Er hat das getan.«

»Sie kennen ihn also?«

Sandra Acker nickte kaum merklich. »Er hat mich auf der Straße angesprochen, vor drei Tagen.«

»Haben Sie seine Adresse?«

Sandra Acker brauchte eine Weile, um antworten zu können, anscheinend strengte sie das Reden mehr an als sie gedacht hatte. »Ackerstraße. Neben der Sushi-Bar *Man-Thei*.

Ich war gestern dort. Die Wohnung ist im Dach links. Er war … er war sehr nett zu mir.« Sie begann zu husten. »Aber als er mich nach Hause brachte …« Wieder musste sie husten.

»Genug jetzt«, sagte der Arzt. »Das ist zu anstrengend für sie. Sie müssen gehen. Gehen Sie!«

Jakubian und Barbara gingen zurück in die Schleuse. Barbara bemerkte, dass Jakubian ein bisschen blass um die Nase war.

»Ich kann das nicht gut ab«, sagte er.

»Ich auch nicht. Ich hatte das früher ein paarmal zu oft.«

»Thomas?«, fragte er.

Sie nickte und warf Kittel und Haube in den dafür vorgesehenen Drahtkorb.

Sie machten Zwischenstation im Düsseldorfer Polizeipräsidium, wo bereits fieberhaft nach dem Mann gesucht wurde. Doch die Überraschung war perfekt: Es gab zwar fast dreißig Männer, die Frank Braun hießen, aber niemand war unter der Adresse auf der Ackerstraße gemeldet – weder in den Häusern vor noch hinter der Sushi-Bar. Nachdem einige herausgefiltert waren, bei denen das Alter nicht stimmte, machten sich Düsseldorfer Beamtenteams auf den Weg zu jedem Einzelnen. Außerdem wurde die Wohnung beschattet.

Stunden später stand fest: Der Name Frank Braun musste falsch sein. Der Mörder hatte sich unter falschem Namen auf der Ackerstraße eingemietet und Sandra den falschen Namen genannt.

»Verdammt«, fluchte Jakubian. »Der Kerl ist einfach nicht zu fassen.«

In diesem Moment meldete sich das Beschattungsteam von der Ackerstraße und Jakubian wurde ans Telefon gerufen. »Habt ihr Braun?«

»Ja. Braun schon, aber er ist nicht unser Mann.«

Barbara kannte die Sushi-Bar. Sie hatten Glück, einen Parkplatz zu finden. Diese waren an den Straßen mit den hohen alten Häusern und den vielen Läden und Kneipen dünn gesät. In zweiter Reihe zu parken war in Düsseldorf Volkssport.

Die Beschatter hatten vorgeschlagen, sich in der Sushi-Bar zu treffen. Bei ihnen saß ein junger Mann um die dreißig mit kurz geschorenem blondierten Haar – Frank Braun, wie sich herausstellte, und es gab nicht die geringste Ähnlichkeit mit dem Phantombild.

»Ich wohne erst seit einem Monat hier«, erzählte er. »Dachgeschoss rechts.«

»Er hat sich noch nicht umgemeldet«, ergänzte einer der Beamten, der gerade ein Lachs-Nigiri mit Stäbchen balancierte. »Er war einer von denen, die man bereits aussortiert hatte.«

Barbara hörte dem Beamten gar nicht richtig zu. »Rechts?«, fragte sie und sah Jakubian an. »Dachgeschoss rechts? Das Opfer sagte links.«

Jakubian nickte zustimmend. »Ich habe mir das sogar notiert.«

»Tja, wir dachten, sie hätte sich vielleicht vertan.« Der Beamte tunkte die zweite Hälfte des Nigiris in die Sojasauce.

»Kennen Sie den Nachbarn, der links wohnt?«, fragte Jakubian Braun.

Der schüttelte bedauernd den Kopf. »Den habe ich noch nicht getroffen.«

»Wir müssen die Nachbarn befragen.« Barbara wollte es gleich überprüfen. Jakubian sah die Sushi-Portionen der Beamten und meinte: »Wir beide machen das. So viele sind es ja nicht. Essen Sie ruhig auf.«

Sie klingelten nebenan und wurden gleich im ersten Stock fündig, eine dicke ältere Frau im Kittel öffnete ihnen. »Der

266

oben? Wie heißt er noch ... Maldien. Ein alleinstehender Mann. Ist nicht oft da. Putzt nie die Treppe. Und jetzt ist noch so einer da oben eingezogen.«

»Könnte man hier eine Wohnung unter falschem Namen anmieten?«, fragte Barbara.

Die Frau sah sie entgeistert an. Dann begriff sie die Frage. »Nein, der Vermieter lässt sich den Personalausweis und eine Verdienstbescheinigung zeigen. Hier hat es schon diese ... wie nennt man das? Mietnomaden gegeben, da ist er vorsichtig geworden.«

»Dann ist Maldien also vermutlich der richtige Name«, sagte Jakubian leise. Er hielt der Frau das Phantombild hin, es war noch immer der Zettel, den Barbara ihm mitgebracht hatte.

»Na ja«. Die Frau betrachtete das Bild kritisch. »Also entfernte Ähnlichkeit hat er schon damit. Was hat er denn ausgefressen?«

»Wir brauchen ihn als Zeugen«, sagte Jakubian rasch. »Vielen Dank!«

Sie warteten, bis die Frau die Wohnungstür geschlossen hatte. »Sollen wir weitermachen?«, fragte er Barbara.

»Nein. Ich denke, das genügt. Sie hat ihn ja erkannt.«

»Was man so erkennen nennt«, knurrte Jakubian, gab ihr aber Recht. Sie deutete auf das Schild auf einem der Briefkästen. »J. Maldien. Da haben wir schon fast einen Vornamen.«

Er telefonierte mit der Soko in Duisburg, gab Anweisungen, doch plötzlich wurde er eine Weile still und suchte einen Stift. »Hast du was zu schreiben?«, fragte er Barbara, die aus ihrer Handtasche einen alten Einkaufszettel und einen Kuli fischte. Er notierte sich eine Adresse. »Danke, Klasen!«

»Wir kennen Maldien bereits«, sagte er, als er ausgeschaltet hatte. »Er gehörte zu den ersten S-Bahnzeugen, die Heyer im Zusammenhang mit dem Fall Janicek verhört hat. Und

267

Kramer hat ihn dann noch mal am Anfang unserer Aktion vernommen.«

Barbara runzelte die Stirn. »Ich erinnere mich. Er war später nicht mehr greifbar, und da die Vernehmungen ja freiwillig waren …« Unfassbar. Die ganze Zeit hatte das Bild mit dem Namen auf der Wand im Besprechungsraum gehangen. »Du hast seine Adresse?«

»Wir fahren erst mal mit Zivilfahrzeugen da hin und wir gehen allein in die Wohnung. Kramer besorgt einen Durchsuchungsbefehl. Das Ganze ist zwar noch ein bisschen dünn …«

»Aber Kramer macht das«, ergänzte Barbara. »Wenn wir ohnehin warten müssen, könnten wir eigentlich auch eine Portion Sushi essen, was meinst du?«

Barbara fühlte sich später rundum satt von der großen Portion Sushi, die sie genossen hatte, sie hatte fassungslos zugesehen, wie Jakubian fast das Doppelte verdrückte. Ganz nebenbei hatten sie die Informationen gelesen, die man ihnen aus Duisburg in die Sushi-Bar gefaxt hatte. Es gab nichts Spektakuläres über Jens Maldien. Er war sechsundvierzig Jahre alt, verheiratet und kinderlos, kaufmännischer Angestellter in einer mittelständischen Firma, zu klein, um eine ausgeprägte Hierarchie zu haben. Trotzdem hatte er betont, zum »mittleren Management« zu gehören. »Angeber«, hatte der Kollege, der ihn vernommen hatte, an den Rand des Blattes gekritzelt. Die Firma lag in Dortmund in der Nähe des Hauptbahnhofes. Maldien fuhr also die gesamte Strecke der S 1. Und er hatte bei der Befragung einen hellen Trench getragen, Barbara erinnerte sich an das Foto. Seine Adresse lautete allerdings nicht Ackerstraße.

Sie hatten gerade gezahlt, als der Anruf von Kramer kam.

Er war bereits mit dem Durchsuchungsbeschluss auf dem Weg nach Gerresheim zu der Wohnung, in der Maldien offiziell gemeldet war. Die beiden Beamten, die das Haus beschattet hatten, sollten weiter alles im Auge behalten. Frank Braun, der ihnen wie selbstverständlich Gesellschaft geleistet hatte, wurde zur Geheimhaltung verpflichtet, und alle hofften, dass er sich zumindest während der nächsten paar Stunden daran hielt.

Maldien wohnte im Erdgeschoss eines typischen Miethauses aus den Siebzigern. Es war sehr gepflegt, erst kürzlich hatte es einen neuen Anstrich bekommen. Jakubian, Kramer und Barbara klingelten. Der Türöffner wurde gedrückt. An der Tür der rechten Wohnung erwartete sie eine schlanke, gut aussehende Frau, die Barbara auf Ende vierzig schätzte. Sie trug ihre dunkelbraunen Haare lang.

»Frau Maldien?«, fragte Jakubian.

Sie nickte.

»Ist Ihr Mann zu Hause?«

Sie trat unwillkürlich einen kleinen Schritt zurück. »Nein. Er … er ist auf einer Geschäftsreise.«

»Und wohin?« Barbara versuchte, ihr in die Augen zu sehen, doch sie wich ihrem Blick aus.

»Irgendeine Messe – in Frankfurt, ja, Frankfurt.«

Barbara hatte das kleine Dossier über Maldien gut genug gelesen, um zu wissen, dass er weder mit dem Verkauf noch mit dem Einkauf der Produkte seiner Firma zu tun hatte. Er war mit Administration betraut, vom Personal bis zum Versand. Seine Frau log für ihn, und das offensichtlich nicht zum ersten Mal. Ein Blick zu Jakubian sagte ihr, dass auch er es registriert hatte.

Jakubian wurde offiziell. »Frau Maldien, mein Name ist Ruben Jakubian vom Landeskriminalamt, das ist Lutz

Kramer von der Düsseldorfer Polizei und Dr. Barbara Hielmann-Pross, eine externe Beraterin.« Er hielt ihr Marke und Ausweis hin. »Herr Kramer hat einen Durchsuchungsbeschluss für Ihre Wohnung.«

Kramer zeigte das Papier. Frau Maldien wurde blass, machte aber Platz, damit sie die Wohnung betreten konnten.

»Was hat er angestellt?«, fragte sie leise. »Hat er wieder Geld genommen?«

»Ist Ihr Mann vorbestraft?« Bis jetzt hatten sie noch keinen Auszug aus dem Bundeszentralregister gesehen.

»Nein, nein.« Sie schüttelte heftig den Kopf. »Dazu ist es bisher noch nie gekommen. Er … er konnte sich immer wieder herauswinden. Hat seine Arbeit verloren.«

»Wie oft?«

»Zweimal.«

»Wir beschuldigen ihn keines Diebstahls oder Betrugs, Frau Maldien.« Jakubian sah sich in dem geräumigen Flur um. »Vielleicht kann Ihnen Frau Dr. Hielmann-Pross erklären, um was es geht, während wir schon mal mit der Durchsuchung anfangen. Gleich kommen noch ein paar Kollegen zur Verstärkung.«

Er und Kramer gingen ins Wohnzimmer, während Barbara vorschlug, sich in die Küche zu setzen. Frau Maldien wirkte geschockt. Barbara fragte sich, wie sie es verkraften würde.

»Wissen Sie, dass Ihr Mann in Flingern eine Wohnung angemietet hat?«

Zuerst zögerte sie, doch dann nickte Frau Maldien unmerklich. Barbara versuchte sich an ihren Namen zu erinnern. »Hannah – Ihr Vorname ist doch Hannah?«

Hannah Maldien nickte wieder.

»Ist es in Ordnung, wenn ich Sie beim Vornamen nenne? Ich heiße Barbara.«

»Ja.« Hannah Maldien sah ihr ins Gesicht. Barbara hatte erreicht, was sie wollte. Sie begann zu reden. »Er … er braucht seinen Freiraum. Und das hier ist eine Zweizimmerwohnung. Man kann sich nie aus dem Weg gehen, wissen Sie.« Sie stockte einen Moment. »Er … traf er Frauen dort?«

»Ich denke schon. War das nicht schlimm für Sie?«

»Unsere Beziehung gründet nicht auf dem Gedanken, den anderen zu besitzen.« Irgendwie klang das wie auswendig gelernt. »Wenn er dort war, dann hatte ich hier meinen Freiraum.« Das klang schon mehr nach ihr. »Bitte sagen Sie mir, was er getan hat.«

»Gestern Nacht ist eine junge Frau im IHZ-Park überfallen und fast getötet worden. Der Täter hat sie geschlagen und bis zur Bewusstlosigkeit gewürgt.« Barbara beobachtete Hannah Maldien genau, während sie sprach. Fast automatisch war beim Wort Würgen deren Hand zum Hals gegangen, bevor sie sich dessen bewusst wurde und sie hastig wegnahm.

»Er hat ihr viele Schnitte beigebracht.«

»Ist sie …tot?« Hannah Maldiens Stimme zitterte.

»Nein, sie hat überlebt. Aber sie wäre fast verblutet. Und wir haben mit ihr gesprochen. Ihr Mann steht unter Verdacht, ihr das angetan zu haben.«

»Mein Gott!« Sie wurde noch ein wenig blasser.

»Sie kennen das Würgen, Hannah, nicht wahr?« Barbara wollte schnell Gewissheit haben, dass sie mit Maldien richtig lagen.

»Nein, er … er kann das nicht getan haben!« Hannah Maldien schrie das fast heraus.

Draußen klingelte es. Die Verstärkung für die Durchsuchung war eingetroffen. Hannah Maldien wollte zur Tür, aber Barbara hielt ihre Hand sanft fest. »Das machen meine Kollegen schon.«

»Mein Mann könnte nie einer Frau …« Sie brach ab.

»Ihr Mann ist vielleicht im Alltag kein gewalttätiger Mensch. Aber im Bett, da hat er Probleme. Er muss Ihnen weh tun, damit er auf Touren kommt.« Barbara warf das ruhig vor sie hin und wartete, was passierte, aber Hannah Maldien starrte nur vor sich hin.

»Hat er die Wohnung gemietet, damit er seine Sexualität ausleben konnte?«, setzte Barbara nach.

»Ausleben?« Hannahs Stimme war leise, aber Barbara konnte gut den bitteren Unterton heraushören. »Er überfällt keine Frauen, um Sex zu haben. Er … er ist impotent, schon seit vielen Jahren.«

»Selbst wenn er Sie gewürgt hat?«

Jetzt schossen ihr die Tränen in die Augen. »Selbst dann.« Sie machte eine Pause. »Aber er sagte, wenn er das tut, dann ist das fast so gut wie wirklicher Sex.« Sie begann zu weinen.

»Hannah, wir vermuten, dass die junge Frau gestern Abend nicht sein erstes Opfer war. Und dass sie nur überlebt hat, weil er gestört wurde.«

»Töten? Er tötet?«

»Der Serienmörder, S-Bahn-Mörder hat die Presse ihn genannt. Wir vermuten, dass das Ihr Mann ist.«

»Hören Sie auf!« Jetzt schrie Hannah Maldien wirklich.

Und Barbara konnte auf ihrem Gesicht lesen, was in ihr vorging. Denn so entsetzt konnte nur jemand sein, der gerade eine schlimme Wahrheit erfahren hatte. Hannah Maldien hielt ihren Mann für fähig, die Morde begangen zu haben.

»Hannah, wir müssen wissen, wo Ihr Mann ist.«

Sie fiel wieder in sich zusammen. »Ich weiß es doch nicht. Er ist seit gestern nicht nach Hause gekommen, und er hat nicht mal angerufen.«

Verdammt, dachte Barbara. Ihm war klar, dass er untertauchen musste. Er würde weder hier noch auf der Ackerstraße auftauchen. Aber er brauchte Geld.

»Wird er auch in der Firma vermisst?«

Hannah nickte. »Ich war nicht sehr überrascht, als die Polizei vor der Tür stand. Er hat Bargeld aus der Firma gestohlen. Heute Morgen. Er muss dort angekommen sein, hat das Geld genommen und ist sofort wieder gegangen. Sein Chef hat mir gesagt, er hätte vorgegeben, dass ihm unwohl sei.«

»Wie viel Geld?«

»Nicht viel.« Hannah Madien beruhigte sich wieder ein wenig. »Etwas über tausend Euro.«

Damit kam er nicht weit. Aber für ein Flugticket würde es reichen.

Barbara ging zu Jakubian. »Wir müssen die Bahnhöfe und den Flughafen überwachen lassen. Er hat rund tausend Euro in der Firma mitgehen lassen, sagt seine Frau.«

»Verdammt. Dann weiß er, dass wir ihm auf den Fersen sind, und wird untertauchen.«

Barbara dachte einen Moment lang nach. Sie betrachtete Hannah Maldien, deren Bild der Flurspiegel reflektierte. In ihrem Kopf setzten sich die Puzzleteile aus Jens Maldiens Persönlichkeit und seinem Täterprofil zusammen.

»Er wird nicht einfach verschwinden. Sie ist der Schlüssel, wir müssen sie beschatten. Er wird sich bei ihr melden, Ruben. Sie ist der einzige Mensch, dem er bedingungslos vertraut. Ja, er will untertauchen, aber nicht ohne sich von ihr zu verabschieden. So verrückt das klingt, er liebt sie.«

»Gut. Aber wir müssen vorsichtig sein. Wenn er alle Brücken hinter sich abbricht, ist er gefährlicher denn je.«

»Habt ihr etwas gefunden?«

Er zog sich die Einmal-Handschuhe aus. »Nichts von Belang. Wir werden uns noch die Wohnung an der Ackerstraße vornehmen, Kramer regelt das.«

Barbara ging zurück zu Hannah Maldien. Sie gab ihr ihre Karte. »Ich glaube, Ihr Mann wird sich bei Ihnen melden. Es wäre gut, wenn Sie uns dann Bescheid geben würden.«

Hannah sah sie entsetzt an. »Sie meinen, ich soll ihn verraten?«

Barbara setzte sich wieder und sah ihr fest ins Gesicht. »Ihr Mann ist sehr krank, Hannah. Er kann diese Dinge nicht mehr steuern. Die junge Frau gestern, sie kannte ihn und kann ihn identifizieren. Er hatte also von vornherein geplant, sie zu töten, deshalb war es ihm egal, ob sie sein Gesicht gesehen hat. Er kann an nichts anderes mehr denken als daran, sein nächstes Opfer zu töten. Selbst wenn er aufhören wollte, er kann es nicht mehr. Sie müssen ihm helfen, Hannah. Nur Sie können ihn stoppen, aber das können Sie nicht allein tun, dazu ist er zu gefährlich. Sie müssen uns informieren.«

Sie wusste nicht, ob ihre Worte wirklich bei Hannah Maldien angekommen waren. Dennoch: Es war ihre einzige Chance, sie zu beschatten. Es war Plan B, aber da konnte sehr viel schief gehen.

»Bitte, denken Sie gut darüber nach«, bat Barbara sie noch einmal und schob ihre Karte näher zu Hannahs Hand. Dann stand sie auf. »Wir müssen seine andere Wohnung noch durchsuchen. Aber mein Handy ist immer an.«

Sie verließ die Küche und ging mit Jakubian, der im Flur auf sie gewartet hatte, zu dessen Wagen.

Die Dachwohnung an der Ackerstraße war erschreckend karg eingerichtet. Eine Miniküche aus dem Baumarkt, ein kleiner Bistrotisch mit zwei billigen Stühlen, ein Bettsofa mit einem kleinen Couchtisch, ein Bücherregal, ein Fernseher und ein Kleiderschrank – gerade so viel Möbel, dass man

Maldien glauben konnte, dass er tatsächlich dort wohnte.

Alles wirkte klinisch sauber. Die junge Frau aus Max Erhards Kriminaltechnikteam, die sie angefordert hatten, damit sie schon einmal die Lage sondierte, schüttelte zweifelnd den Kopf. »Ich fange mit dem Sofa an. Da kriegt man die Rückstände am schlechtesten raus.«

Die Schränke waren schnell gesichtet, ein wenig Geschirr in den Hängeschränken über der Kochzeile, drei Hemden und ein Anzug sowie etwas Unterwäsche im Kleiderschrank.

»Sieh mal an«, sagte Jakubian. Versteckt hinter der Tür hing an einem Kleiderhaken ein heller Trenchcoat. Von außen wirkte er makellos sauber. Barbara nahm ihn und hielt der jungen Frau die Innenseite hin. »Hier könnten Blutflecken gewesen sein.«

Die Technikerin untersuchte das Futter und nickte: »Da war tatsächlich Blut. Nicht viel, aber es könnte reichen.«

»Er hat den Mantel ausgezogen, während er seine Opfer traktierte. Aber an seiner Kleidung muss Blut gewesen sein, das dann auf den Mantel übertragen wurde, wenn er ihn wieder anzog. Wir haben das auf Hirschfelds Fotos.«

Jakubian inspizierte inzwischen das Badezimmer. Barbara wollte es sich auch ansehen, aber es war so klein, das Jakubian sich kaum darin umdrehen konnte. Eine Toilette, ein Waschbecken, eine Dusche. Jakubian kniete vor dem Waschbeckenunterschrank. »Keine Mordwaffe, kein Souvenir, nichts.«

»Ich komme hier auch nicht weiter«, rief die Technikerin aus dem Wohnraum. »Es gibt jede Menge Fingerabdrücke, die abgeglichen werden müssen, ich vermute aber, dass die hauptsächlich von ihm sind.«

»Es wird auch höchstens noch welche von Sandra Acker geben«, meinte Jakubian.

»Wenn Sie da rauskommen, stäube ich hier im Badezimmer auch noch ein paar Stellen ein. Und ich überprüfe, ob Blut in dem Becken gewesen ist.« Sie wartete, bis Jakubian das Bad verlassen hatte und machte sich an die Arbeit. Als sie das Waschbecken mit Luminol eingesprüht hatte und die Speziallampe draufhielt, leuchtete es an einigen Stellen rund um den Abfluss auf. »Ich nehme Proben davon.«

Danach nahm sie sich die Dusche vor. Barbara, die ihr dabei zusah, bemerkte plötzlich einen dunklen Fleck auf den sonst makellos weißen Fliesen. »Sehen Sie mal da unten. Ist das ein Fingerabdruck?«

»Das muss mir eben beim Einstäuben passiert sein.« Die Technikerin nahm den Pinsel und verteilte das feine Pulver rund um den dunklen Fleck. Zehn Punkte waren zu sehen, der erste Fleck war ein deutlicher Daumenabdruck.

»Er hat die Fliese wieder eingesetzt. Vielleicht war etwas mit dem Abfluss.«

»Nein«, sagte Jakubian, der ebenfalls in der Tür stand und mühelos über Barbara hinwegsehen konnte. »Er hat dort etwas versteckt.«

Hastig öffnete die Frau den Verschluss und nahm die Fliesen heraus. Dann legte sie sich auf den Bauch und leuchtete in die Öffnung. »Bingo«, sagte sie leise. Sie griff nach etwas und zog es hervor. Es war ein kleiner Hammer. An seiner spitzen Seite klebten Haare und Blut. »Da ist noch mehr.«

Nach und nach zog sie Gegenstände hervor. Maldien, so schien es, hatte jedes Werkzeug nur einmal benutzt. Da lag das Messer mit der abgebrochenen Spitze, das Julia getötet hatte. Zwei weitere Messer, die vermutlich zu den Fällen Herborn und Fatma Yilderim gehörten. Mehrere Schnüre, eine Menge Rasierklingen, ein Teppichmesser, auf dem das Blut noch nicht so dunkel war wie auf den übrigen Tatwaf-

276

fen. Barbara vermute, dass er Sandra Acker damit die Stichwunden zugefügt hatte.

Die Technikerin fotografierte alles. »Der Chef wird fluchen, dass er den Job hier nicht selbst gemacht hat«, sagte sie. »Er hat immer Angst, dass andere etwas Wichtiges übersehen.«

Sie begann die Gegenstände einzutüten.

Barbara und Jakubian waren immer noch ein wenig fassungslos. Selten hatte ein Fall so klar gelegen wie hier. »Wir müssen den Kerl kriegen. Er weiß, dass wir das hier haben. Er hat alle seine Erinnerungsstücke zurückgelassen.«

»Die Wahrscheinlichkeit, dass er jetzt unmittelbar wieder jemanden umbringt, ist gering.« Barbara überlegte einen Moment. »Er hat nie gewollt, dass die Morde ans Tageslicht kommen. Seine eigene Sicherheit ist ihm wichtig. Unter diesem Druck ist er durchaus in der Lage, seine Mordlust eine Weile zu zügeln.«

Jakubian nickte. »Und wenn er sich nicht bei seiner Frau meldet oder irgendein dummer Zufall uns zur Hilfe kommt, hat er gute Chancen zu entkommen und anderswo wieder von vorn anzufangen – im wahrsten Sinne des Wortes.« Er sah auf die Uhr. »Fahren wir zurück nach Duisburg. Ich muss noch ein paar Dinge koordinieren und mit Roters sprechen. Und dann brauche ich etwas Schlaf.«

Plötzlich zuckten sie zusammen, denn Barbaras Handy klingelte. Barbara sah auf die angezeigte Nummer. »Falscher Alarm, es ist Thomas.«

»Dann mach es bitte kurz. Wir dürfen deine Nummer nicht lange blockieren.«

Barbara ging in den Wohnraum. Hier war alles so klein, dass sie kaum verhindern konnte, dass Jakubian und die Technikerin mithörten. »Thomas? Tut mir Leid, aber gerade jetzt ist es ganz schlecht. Wie geht es dir?«

»Nicht sehr gut. Barbara, ich brauche dich. Bitte.«

»Ich kann jetzt wirklich nicht. Wir sind dem Mörder ganz dicht auf den Fersen.«

Am anderen Ende blieb es einen Moment still. »Ich verstehe. Kommst du denn zum Schlafen nach Hause?«

Barbara zögerte. Der Tag war so stressig gewesen, dass sie wenig Lust verspürte, in der Nacht vielleicht mit Thomas reden zu müssen. Früher wäre das alles kein Problem gewesen. Sie wäre nach Hause gekommen, hätte sich an ihn gekuschelt, und er wäre einfach nur da gewesen. Jetzt war er ein Problem. »Ich versuche es. Ich kann es nicht versprechen.«

»Dann bis … vielleicht heute Nacht.« Er legte auf.

Barbara seufzte.

»Er will, dass du nach Hause kommst.« Jakubian versuchte gar nicht erst vorzugeben, dass er nicht mitgehört habe.

Sie nickte. »Er sagt, er braucht mich.«

Jakubian sah sie nicht an. »Nun, die Sache läuft doch jetzt. Du könntest gehen.«

»Und Hannah Maldien?«

»Wer weiß, ob die überhaupt anruft.« Jetzt sah er sie wieder an. »Wenn du dein Handy anlässt …«

»Nein. Ich kann jetzt nicht weggehen. Und ich will es auch gar nicht. Das ist auch mein Fall.« Der Trotz, mit dem sie das sagte, erstaunte sie selbst. »Und sollte ich heute Nacht überhaupt schlafen, dann bei Heinz.«

Jakubian kam auf sie zu und beugte sich ein wenig zu ihr hinunter, um ihr in die Augen zu sehen. »Du treibst ihn fort, das weißt du?«

Barbara vergewisserte sich, dass die Technikerin noch im Bad war und sagte dann leise: »Hast du Angst, dass ich das deinetwegen tue?«

»Und wenn?«

278

Sie fuhr sich über das Gesicht. »Es ist viel profaner, Ruben. Ich bin einfach zu fertig, um heute Nacht Babysitter für ihn zu spielen.«

»Ich schätze deine Ehrlichkeit«, sagte er. »Aber du solltest netter über ihn reden. Er ist dein Mann.«

Er klimperte mit den Autoschlüsseln in seiner Jackentasche. Barbara wunderte sich, wie gut sie ihn in der kurzen Zeit schon kannte. Er wusste, dass er viel zu weit gegangen war, und versuchte das zu überspielen. Hastig verließ er die Wohnung, und sie folgte ihm. Auf der Straße fiel ihnen ein, dass sie glatt vergessen hatten, sich von der Spurenermittlerin zu verabschieden.

Drei Stunden später war Barbara wirklich auf dem Weg zu Heinz. Jakubian hatte alle um die späte Stunde noch anwesenden Soko-Mitglieder in seinem und Heyers Büro zusammengeholt und mit ihnen das weitere Vorgehen abgesprochen. Ein Sondereinsatzkommando in Düsseldorf sollte sich bereithalten für den Fall, dass Maldien auftauchte. Und am nächsten Tag sollten Zweierteams alles über Maldien zusammentragen, was greifbar war: Befragungen früherer Chefs und Kollegen, das Abgleichen von Daten und Terminen. Und natürlich ging die Beschattung von Hannah Maldien weiter.

Jetzt, auf dem Weg nach Rheinhausen, dachte sie zum ersten Mal wieder an Thomas. Sie vergegenwärtigte sich nochmals das kurze Telefongespräch, und ihr wurde klar, dass er das ehrlich gemeint hatte, als er sagte, dass er sie brauche. Natürlich, wenn sie zu ihm gefahren wäre, hätten sie wahrscheinlich gar nicht so viel geredet. Barbara fürchtete sich davor, vor einer Aussprache ebenso wie vor der Sprachlosigkeit. Wieder fragte sie sich, wann das gemeinsame

Schweigen, das früher so sehr zu ihrem Leben gehört hatte, von einem Gefühl der Zusammengehörigkeit zu einer Qual geworden war. Vielleicht, weil in der Zeit direkt vor Thomas' Herztransplantation das Schweigen einer Nähe gewichen war, zu der Barbara sich nie zuvor für fähig gehalten hatte. Mitten in der ständigen Bedrohung durch seinen möglichen Tod hatten sie für kurze Zeit das Paradies gefunden.

Jakubians Kuss fiel ihr plötzlich wieder ein und ihr Wunsch nach mehr. Wie nah konnte sie Ruben jemals kommen? Die Trauer über das verlorene Paradies krallte sich in ihren Magen.

Wenig später schlich sie sich in Heinz' Gästezimmer, froh, dass er nicht mehr wach war. Das schlechte Gewissen, Thomas im Stich gelassen zu haben, ließ sie trotz ihrer Müdigkeit nur schwer einschlafen.

11.

Heinz hatte sie lange schlafen lassen, es war schon fast zehn, als Barbara endlich aufwachte. Erschrocken griff sie nach ihrem Handy, das sie eingeschaltet auf das Nachttischchen gelegt hatte, aber es gab keine Nachrichten. Hannah Maldien hatte sich nicht gemeldet, und auch Thomas hatte nicht versucht, sie zu erreichen.

Als sie aus dem Bad kam, wirkte sie immer noch verschlafen. Heinz hatte ihr ein Frühstück gemacht. Er kam gerade aus dem Garten herein. »Ich hoffe, ich hätte dich nicht wecken sollen.«

»Nein, ist schon in Ordnung. Ich brauchte den Schlaf dringend.« Sie musste ohnehin nicht so früh im Präsidium sein. Ihre Aufgabe heute würde sein, die eintreffenden Informationen über Jens Maldien einzuordnen und zu bewerten und in ihr Profil einfließen zu lassen.

Während des Frühstücks setzte sich Heinz zu ihr, und sie erzählte von den gestrigen Ereignissen.

»Es ist ganz schön haarig, sich darauf verlassen zu müssen, dass die Frau ihren Mann verrät«, meinte er.

Barbara nickte. »Deshalb hat Jakubian ja auch die anderen Maßnahmen angeordnet. Aber wie man es dreht, die Chance, dass er uns entkommt, ist sehr groß.«

»Solange er nicht mehr Geld hat als tausend Euro …«

»Seine Kreditkarten und Konten werden überwacht. Aber auch das hilft nur, wenn wir schnell genug sind.«

Heinz zögerte einen Moment. Dann sagte er: »Thomas hat gestern spät noch zweimal hier angerufen und nach dir gefragt.«

Barbara seufzte. »Ich habe ihn gestern hängen lassen, und dann war ich zu feige, zu ihm zu fahren. Aber der Fall!

Früher hatte er für so etwas Verständnis.«

»Es hat sich viel verändert zwischen euch, Barbara. Du solltest ihn anrufen.«

»Und was soll ich ihm sagen?« Barbara legte den Toast wieder weg, den sie sich gerade hatte buttern wollen. Sie hatte plötzlich keinen Appetit mehr darauf »Hallo, Thomas, ich denke an dich, aber jetzt musst du erst mal warten, bis wir den Mörder haben?«

»Das wäre vielleicht besser, als sich überhaupt nicht zu melden.« Heinz blieb ruhig.

»Du warst doch selbst Polizist, Heinz, du weißt doch, wie das ist. Wie oft hast du deine Frau allein gelassen?«

Er stand auf, um Barbara noch eine Tasse Kaffee einzuschenken. »Ich habe es bitter bereut. Beurlauben ließ ich mich nur in ihren letzten Wochen, bevor sie starb.«

Barbara schloss die Augen. Da war es wieder. Nähe und Tod. Aber damit waren Thomas und sie durch. Jetzt war er für eine lange Zeit so gut wie gesund.

»Ich werde mich bei ihm melden. Versprochen.«

»Gut. Möchtest du nicht doch noch den Toast? Du hast ja kaum etwas gegessen.«

Am Mittag wartete im Präsidium schon ein kleiner Stapel Nachrichten auf sie. Sie wollte Jakubian begrüßen und steckte kurz ihren Kopf in sein und Sven Heyers Büro, aber er war nicht da.

Sie nahm die ersten Berichte und begann zu lesen. Maldien hatte eine normale kaufmännische Ausbildung durchlaufen, sich aber schnell als sehr ehrgeizig erwiesen. Für seine Verhältnisse war er recht hoch gestiegen, Abteilungsleiter in einem Konzern mit Ende zwanzig war schon eine ansehnliche Karriere. Dort erinnerten sich nur wenige an ihn, Freunde schien er kaum unter den Kollegen gehabt zu haben. Diejenigen, die direkt mit ihm gearbeitet hatten, seine Vorgesetzten und Untergegebenen schilderten ihn als jemand, der trotz seiner Leistungen immer Bestätigung von außen brauchte und sich zudem größer machte, als er war. Den Konzern hatte er verlassen, als ihm für eine freiwerdende Hauptabteilungsleiterstelle jemand mit Hochschulabschluss vorgezogen wurde.

Danach hatte er die Stellen relativ schnell gewechselt. Ein paar Zeugen schilderten ihn als sehr arrogant. Einige Kollegen erzählten, er habe vorgegeben, ein BWL-Studium zu haben, das er aus familiären Gründen kurz vor der Prüfung abbrechen musste. Dieses ominöse Studium tauchte dann regelmäßig in seinen Lebensläufen auf, und es war klar, dass er es erfunden hatte.

Macht und Ansehen – darum war es Maldien noch bis vor etwa zehn Jahren gegangen. An irgendeinem Punkt musste er gemerkt haben, dass er mit den Lügen nicht mehr weiterkam und er sich inzwischen auch selbst belog. Damals gab es den ersten Vorfall mit Geldunregelmäßigkeiten. Ein relativ kleiner, recht dumm aufgezogener Betrug. Der Personalchef der Firma sagte aus, dass Maldien sich bei einer Beförderung übergangen gefühlt hatte und sich auf diese Art wohl wenigstens die dazugehörige Gehaltserhöhung verschaffen wollte. Aber man konnte deutlich sehen, dass es ihm nicht um das Geld gegangen war. Da es sich um eine relativ kleine Summe gehandelt hatte, die er auch sofort wieder ersetzte, sah man von einer Anzeige ab und begnügte sich mit einer fristlosen Kündigung. Selbst ein neutrales Zeugnis stellte man ihm aus.

Barbara notierte sich einige Fragen, die sie Hannah Maldien stellen wollte. Mit ihrer Hilfe konnte sie vielleicht herausbekommen, wann das Thema Macht bei ihrem Mann die Oberhand gewonnen hatte und wann es möglicherweise von Macht im Beruf zu jener Art von Macht gegenüber Frauen geworden war, die zu den Überfällen führte. Gerade als sie überlegte, ob sie sie anrufen sollte, kam Jakubian herein.

»Das Beschatterteam meldet, dass Hannah Maldien das Haus verlassen hat. Sie folgen ihr zu Fuß. Das zweite Team hält sich im Auto bereit.«

»Sie wird ihn nicht treffen«, meinte Barbara. »Nicht am helllichten Tag.«

Jakubian nickte. »Trotzdem müssen wir dranbleiben. Kommst du weiter?«

»Es passt alles ganz gut. Allerdings gibt es da nichts, was uns helfen könnte, ihn zu fassen. Nur das Profil wird klarer.«

Patrick Linssen steckte den Kopf herein. »Ihr solltet in die Einsatzzentrale kommen.«

Das Beschatterteam stand gleichzeitig mit dem Polizeipräsidium in Düsseldorf, wo Kramer den Einsatz leitete und im Fall des Falles das SEK in Marsch setzten konnte, und Duisburg, wo der Rest der Soko saß, in Verbindung.

»Sie hat uns abgehängt. Ist in eine Straßenbahn gestiegen. Das Autoteam versucht zu übernehmen.«

»Verdammt«, fluchte Jakubian. Es dauerte noch etwa eine Viertelstunde, da musste das zweite Team zugeben, dass Hannah Maldien es wirklich abgehängt hatte. Kramer in Düsseldorf war nicht weniger wütend als Jakubian. Kein Zweifel: Die Beschatter hatten sich höchst stümperhaft überrumpeln lassen. Hannah Maldien war – vermutlich am Staufenplatz, wo eine Menge Bahnlinien zusammenliefen –, unbemerkt in eine andere Bahn umgestiegen. Das Team hatte die ursprüngliche Bahn weiterverfolgt und musste sich dann eingestehen, dass man sie verloren hatte.

Kramer schickte beide Teams zurück zur Wohnung der

284

Maldiens und beorderte noch ein drittes Team dorthin. »Noch mal geht sie uns nicht durch die Lappen«, sagte er Jakubian am Telefon. Als er auflegte, sah dieser Barbara nur an. Beide dachten dasselbe. Würde Hannah Maldien überhaupt noch einmal nach Hause zurückkehren?

Jakubian sprach mit den Beamten, die die Konten und die Banken überwachten. »Es muss sichergestellt sein, dass wir sofort erfahren, wenn Geld abgehoben wird. Macht das den Bankern noch mal ganz klar.«

Aber Hannah Maldien blieb verschwunden. Barbara zwang sich wieder zur Konzentration auf ihre Arbeit. Immer neue Puzzleteile zu Maldiens Persönlichkeit flatterten auf ihren Tisch. Nach den ersten Überfällen hatte man in seiner damaligen Firma eine Verhaltensänderung bemerkt. Er schien selbstbewusster, nicht mehr nur arrogant. Er war weniger angewiesen auf Bestätigung von außen. Nach dem Mord an Nicole Giesen bekam er seine Beförderung, verließ aber die Firma, weil er etwas Besseres gefunden hatte: den Job in Dortmund. Kurz zuvor verlor er seinen Führerschein wegen hoher Geschwindigkeitsüberschreitung, hatte aber bisher nicht versucht, ihn wiederzubekommen.

Es war inzwischen schon nach fünf. Noch immer gab es keine Spur von Hannah Maldien, und Geld war auch nicht abgehoben worden. Jakubian und Barbara machten eine späte Kaffeepause. Barbara war erschöpft, weil sie ununterbrochen gelesen hatte. Auch Jakubian wirkte sichtlich angegriffen, weil er ständig verfügbar sein musste für alle möglichen Entscheidungen und Fragen.

»Ich hoffe nur, wir haben wirklich alle Konten gefunden«, sagte Barbara gerade, als Heyer ins Büro kam und wütend eine Akte auf den Tisch knallte.

»Und?«, fragte Jakubian.

»Dieses raffinierte Schwein.«

»Wer?«, fragte Barbara verwirrt.

»Onkel Hassan Ali. Er ist so etwas von aalglatt. Dieser verdammte Haftrichter …« Er setzte sich auf seinen Schreibtisch.

»Ich denke, Sie sind hinter Dewus her. Warum jetzt plötzlich wieder der Waffenhändler?« Jakubian stand auf, um sich noch einen Kaffee zu holen.

Sven war so wütend gewesen, dass er völlig vergessen hatte, ihnen von seinem großem Triumph zu erzählen: Nachdem der von Jakubian veranlasste DNA-Vergleich tatsächlich ergeben hatte, dass Dewus Julias leiblicher Vater war und er somit ein starkes Motiv hatte, Hirschfeld zu töten, hatte er gegen den Rat seines Anwalts gestanden, den Mord in Auftrag gegeben zu haben. Aber er bestand darauf, dass er den Killer über Hassan Ali Yilderim gefunden hatte.

Dewus behauptete, Yilderim hätte ihn an eine Organisation in Osteuropa verwiesen und dann demonstrativ sein Adressbuch offen auf dem Schreibtisch liegen lassen, damit er es einsehen konnte, als Yilderim den Raum unter einem Vorwand verließ. Yilderim, der wieder vorgeladen worden war, hatte Bestürzung darüber geäußert, dass er verdächtigt werde, in seinem Adressbuch Telefonnummern von Killern stehen zu haben. Natürlich, manchmal gäbe es Geschäftspartner, die nach landläufiger Meinung nicht gerade sauber arbeiteten, aber Dewus hätte schließlich selbst genug Kontakte sowohl nach Osteuropa als auch in den Fernen Osten, um solche zwielichtigen Organisationen zu finden. Keine Chance, ihn auf irgendetwas festzunageln.

Yilderim war also frei. Überraschend kam das nicht. Ihm, dem sogar die Spezialisten des BKA für Organisierte Kriminalität auf den Fersen waren, sollte ein kleiner Hauptkommissar das Handwerk legen? Die Leute von der OK hatten immer unverrichteter Dinge abziehen müssen, weil er ein raffiniertes Netz aus legalen Geschäften zur Tarnung des Waffenhandels aufgebaut hatte.

»Auch einen Kaffee?«, fragte Jakubian Heyer.

»Nein, danke. Mein Magen ist ohnehin in Aufruhr.« Er wühlte auf seinem Schreibtisch nach etwas. Als er es gefunden hatte – es war ein dicker, vollgeschriebener Notizblock – ging er hinaus. In der Tür drehte er sich nochmals um. »Dann versuche ich jetzt, den Rest der Geschichte aus Dewus herauszuholen. Alles über den Justizbeamten und den Helfershelfer, die ganze kleine Verschwörung.« Er wollte gehen und stieß in der Tür fast mit Jost Klasen zusammen. »Es wird dich nicht freuen, Heyer, aber schlag mich nicht, ich bin nur der Bote. Yilderim steuert gerade den Düsseldorfer Flughafen an, wo ein aufgetankter Privatjet bereits auf ihn wartet. Angegebenes Ziel ist Dubai.«

Heyer schlug mit der Faust gegen den Türrahmen und verschwand.

»Er sollte sich damit trösten, dass er immerhin Dewus hat«, meinte Barbara.

Jakubian nahm einen Schluck Kaffee: »Daran, den eigentlichen Killer zu fassen, hat ohnehin nie jemand geglaubt.«

Vom Flur draußen drangen Wortfetzen zu ihnen. Es waren Sven Heyer und eine Frauenstimme. Sven wirkte sehr kurz angebunden. Dann war es still. Einige Minuten später drang leises Weinen zu ihnen. Jakubian öffnete die Tür. »Frau Janicek!«, sagte er überrascht.

Barbara stand auf. »Ich kümmere mich um sie, Ruben.« Alles war besser, als wieder weiterlesen zu müssen und dabei das Warten auf einen Anruf von Hannah Maldien oder eines der Fahndungsteams zu ertragen.

Olga Janicek stand auf dem Flur, die Tränen liefen ihr über das Gesicht. Aber auch ohne das verheulte Aussehen hatte Barbara den Eindruck, dass sie seit ihrer letzten Begegnung gealtert schien. Barbara sprach sie an und erfuhr, dass sie darauf wartete, mit Harald Dewus sprechen zu können.

»In dieser Phase der Untersuchung wird das kaum möglich sein«, erklärte ihr Barbara.

»Das hat Herr Heyer auch gesagt.« Olga Janicek versuchte ein Lächeln. Dann wurde sie wieder ernst. »Stimmt es, dass der Mann gar nicht der Mörder war?«, fragte sie.

»Ja. Er war nur jemand, der dem Mörder hinterherlief und sich an seinen Taten ergötzte.«

Olga Janicek schwankte, und Barbara half ihr auf einen Stuhl. Sie weinte herzzerreißend. Unter vielen Schluchzern stieß sie hervor: »All das Leid für nichts. Alles umsonst.«

Barbara saß neben ihr und hielt ihre Hand. Schließlich beruhigte sich Olga etwas. »Was soll nur aus mir werden?«, sagte sie leise, als sie sich die Augen abwischte und die Nase putzte. »Wenn Harald im Gefängnis sitzt, werden seine Brüder ihm alles wegnehmen und mich aus dem Haus jagen.«

»Denken Sie wirklich, dass es so schlimm wird?«

Sie nickte. »Meinetwegen hat er seine Frau und die Familienfirma verlassen. Das Haus gehört allen, sie haben es ihm nur überlassen, weil keiner den alten Kasten mochte. Und mich mag auch keiner. Sie werden versuchen, so viel wie möglich von seinem Geld für seine Kinder zu retten.«

»Haben Sie mit seinem Anwalt geredet?«

»Er sagte, dass es im Moment wichtigere Dinge gibt, die er regeln muss. Und das stimmt ja auch. Aber …« Sie weinte wieder. »Es sind ein paar Rechnungen gekommen, die bezahlt werden müssen und ich selbst habe nicht so viel Geld. Ich muss mit Harald sprechen, bitte.«

288

»Frau Janicek, im Moment ist das wirklich kein guter Zeitpunkt. Sehen Sie, wir mussten gerade einen Mitverdächtigen laufen lassen.«

»Herrn Yilderim? Ich habe gesehen, wie er das Haus verließ.«

Barbara ließ ihre Hand los. »Sie kennen ihn?«

»Sicher. Nach Hirschfelds Festnahme war er ein- oder zweimal bei uns zu Hause. Harald hat mich dann immer weggeschickt. Er sagte, es gehe um Geschäfte. Aber das …« Sie sah sich um, als hätte sie Angst, dass jemand sie hören könnte. »Das stimmte nicht. Sie sprachen über die Kinder. Über Julia und Yilderims kleine Nichte. Ich habe es genau gehört.«

Barbara überlegte einen Moment. »Warten Sie hier.«

Sie suchte Sven und fand ihn in einem der Verhörräume mit Dewus. Sie bat ihn kurz heraus. »Sven, Olga Janicek hat mir gerade erzählt, dass Yilderim bei Dewus zu Hause gewesen ist, wahrscheinlich zweimal nach Hirschfelds Verhaftung.«

»Das ist doch jetzt sowieso zu spät«, sagte er grimmig.

»Vielleicht bekommst du Yilderim ja doch noch zu fassen, dann könnte die Aussage wichtig sein.«

»Na ja«, meinte er schulterzuckend. »Es schadet vielleicht auch nichts bei den Verhören von Dewus.«

»Aber sie will nur aussagen, wenn sie mit Dewus sprechen darf.«

»Das ist doch nicht dein Ernst, Barbara.«

»Sven, sie will weder eine Aussage absprechen noch sonst etwas tun, das die Ermittlungen stört. Sie muss ein paar Alltagsdinge mit Dewus klären, finanzielle Probleme. Biete ihr an, dass sie in deinem Beisein mit ihm reden darf.«

Er sah Barbara nachdenklich an. »Gut, ich überlege es mir.

Aber auf keinen Fall mehr heute, das kannst du ihr sagen.«

»Dann morgen?« Barbara lächelte ihn an.

»Ja, morgen.« Damit drehte er sich um und ging wieder in den Verhörraum.

Barbara kehrte zurück zu Olga und erklärte ihr den Deal. Olga nickte. »Dann kann ich ihn also morgen sprechen?«

»Ja. Sie sollten jetzt nach Hause gehen. Sind Sie mit dem Auto da?«

Olga verneinte. »Ich nehme zurzeit Beruhigungsmittel.« Barbara sah auf die Uhr. Es war schon fast halb sieben. Sie hatte sich schon vor zwei Stunden nicht mehr konzentrieren können.

Sie ging zurück in Jakubians Büro. »Ich mache Schluss für heute. Ich bringe Olga Janicek nach Hause, und dann fahre ich nach Rheinhausen.«

»Und dein Mann?«

Babara sah Jakubian an, um zu ergründen, wie seine Frage gemeint sei. »Ich werde ihn heute Abend noch anrufen.« Barbara packte ihre Tasche.

»Vergiss nicht, dein Handy zu laden!«, rief Jakubian hinter ihr her. Sein Telefon klingelte. Er nahm ab und sagte plötzlich: »Barbara!«

Sie sah, wie er zuhörte und dann Anweisungen gab.

»Hannah Maldien hat heute kurz vor Schalterschluss auf der Sparkasse achttausend Euro abgehoben.«

»Ist jemand an ihr dran?«

Jakubian schüttelte den Kopf. »Wir haben nur die Filialen überwacht, bei denen sie Konten haben. Das war eine andere, deshalb haben wir es erst jetzt erfahren. Ich hatte ja gehofft, Maldien würde seine Kreditkarte benutzen.«

»Dann wird sie ihm das Geld bringen, und möglicherweise tauchen beide unter.«

»Scheiße«, Jakubian stoppte seine Hand gerade über der Tischplatte, vermutlich hätte der zierliche Behelfsschreibtisch den Schlag auch nicht ausgehalten. »Ich glaube, ich treffe heute nur falsche Entscheidungen.« Er sah Barbara an, die immer noch in der Tür stand. »Du kannst ruhig gehen, Barbara. Heute wird sich nichts mehr tun. Ich werde alle Kräfte am Bahnhof und am Flughafen konzentrieren.«

»Wenn er schlau ist, mietet er sich ein Auto.«

»Er hat doch keinen Führerschein.«

»Aber vielleicht hat sie einen.« Damit drehte Barbara sich um und verließ das Büro.

Sie hatte Olga Janicek in Ruhrort abgesetzt, da fiel ihr Jakubians Frage nach Thomas wieder ein. Sie musste sich wirklich bei ihm melden. Aber zu Hause war er anscheinend nicht. Sie versuchte sein Handy zu erreichen, doch es war abgeschaltet. Ein Moment lang überlegte sie, ob sie vielleicht doch nach Kaiserswerth fahren sollte, aber dann entschied sie sich für Rheinhausen. Sie konnte ihn ja immer noch später am Abend anrufen.

Als sie in Heinz' Straße bog, sah sie gleich den schwarzen Mercedes CLK vor der Tür des kleinen Bergmannshäuschens: Thomas.

Heinz kam ihr entgegen, als er den Schlüssel in der Tür hörte.

»Ich weiß schon«, sagte sie.

Thomas saß im Wohnzimmer.

»Ich lasse euch allein«, sagte Heinz und verließ das Zimmer.

»Hallo«, sagte Barbara, blieb in der Tür stehen. Thomas wirkte wie ein Fremdkörper in Heinz' biederem Wohnzimmer. Nicht dass irgendetwas sichtbar extravagant an ihm

291

gewesen wäre. Aber er verkörperte in seiner schlichten Kleidung in unvermeidlichem Schwarz so viel Stil und Lässigkeit, dass wirklich niemand auf die Idee hätte kommen können, er gehöre hierher.

Sie betrachtete ihren Mann. Er war immer schmal und ein bisschen hager gewesen, aber durch den Sport strahlte er Kraft und Zähigkeit aus. Die grauen Haare, die scharfen Gesichtszüge mit dem dunklen Bartschatten und seine faszinierenden, hellbraunen Augen – ja, Thomas sah wirklich gut aus. In solch einen Professor konnte sich eine Studentin schon verlieben.

In diesem kurzen Moment an der Tür überlegte sie, warum sie sich in ihn verliebt hatte, damals vor fast acht Jahren. Denn es war nicht sein Aussehen gewesen, nicht seine Stimme, nicht die wenigen, pointierten Sätze, wenn er überhaupt sprach. Sein Lächeln vielleicht, in dem sich oft Ironie mit Wärme mischte. Aber wieder landete sie beim Wesentlichen: Er war langsam und fast klammheimlich zu ihrem Zuhause geworden. Nicht die Pempelforter Wohnung und schon gar nicht die Villa waren ihr Zuhause. Er war es. Und plötzlich fühlte sie sich wieder heimatlos, wie schon öfter zuvor – wie die meiste Zeit in ihrem Leben, ehe er kam.

»Willst du dich setzen?«

Sie kam herein und setzte sich ihm direkt gegenüber auf einen der bulligen Sessel.

»Ich hatte eigentlich gedacht, zwischen uns sei alles weitgehend geklärt«, begann Thomas. Die Frage, warum sie hier schlief und nicht bei ihm war, sprach er gar nicht aus.

Barbara versuchte zu spüren, was er von ihr hören wollte. Aber sie fühlte auch, dass sie ihm genau das nicht sagen konnte. »Thomas, ich war eine ganze Weile weg. Und gestern … Es ist mir sehr schwer gefallen, mit dir in der Villa zu sein.

Es tut mir Leid. Ich hätte mich melden müssen. Ich habe es sogar getan. Spät zwar, aber …« Sie brach ab. Ihre Entschuldigungen klangen wirklich lächerlich. »Der Fall steht kurz vor der Aufklärung. Ich habe im Moment nicht den Kopf für Diskussionen.«

»Ich habe es satt.« Er sagte das ruhig und leise, wie es seine Art war. »Ich habe immer Rücksicht auf dich, deinen Job und deine Fälle genommen. Jetzt ist es genug. Ich will mit dir darüber reden, wie es mit uns weitergeht.«

»Das ist so schwer.« Barbara kannte ihn lange genug. Es war ihm ernst damit. Es dauerte eine Weile, bis sie fortfuhr. Und sie wollte unbedingt ehrlich zu ihm sein. »Thomas, ich weiß es nicht. Ich weiß nicht, wie es weitergeht. Ich habe einfach keine Zeit gehabt, in Ruhe darüber nachzudenken.«

»Und ich kann dir keine Zeit mehr geben.« Er sah auf den Boden. »Wenn es noch stimmen würde zwischen uns, dann würdest du nicht überlegen. Dann hättest Du nicht wieder hier bei Heinz übernachtet, sondern wärst nach Hause gekommen letzte Nacht.«

Barbara seufzte. »Ich hatte gerade eine fast tödlich verletzte, blutüberströmte Frau im IHZ-Park gesehen …«

»Nein, Barbara. Schieb nicht den Job vor. Du wolltest mich in meiner Trauer um Katharina nicht mehr sehen an diesem Tag.«

»Ist das nicht verständlich? Ist es verdammt noch mal nicht nachzuvollziehen, dass ich diese Trauer nicht ertragen kann?« Sie hielt seinem Blick stand. »Ich habe mich den ganzen Tag bei dir in der Villa herumgequält, ich wollte mich ja um dich kümmern, aber du hast mich doch kaum beachtet. Warum soll ich denn überhaupt da sein?«

»Weil …« Er stockte. »Ich dachte, man ist füreinander da, wenn man sich liebt.«

Das traf. Ein Gedanke schoss ihr durch den Kopf, und sie sprach ihn unmittelbar aus: »Wenn du mich wirklich lieben würdest, hättest du mich niemals betrogen.«

Thomas sah sie an, als hätte sie ihm gerade eine tödliche Wunde beigebracht.

»Ich gebe dir keine Schuld, Thomas. Das mit Katharina wäre vielleicht nie passiert, wenn es zwischen uns noch stimmen würde. Aber du musst auch verstehen, dass da noch andere Gedanken sind. Zum Beispiel, ob du nur treu gewesen bist all die Jahre, weil du zu krank zur Untreue warst. Und dann kommen mir Zweifel, ob ich dich je wirklich gekannt habe.«

Er schloss die Augen. »Ich verstehe. So sehr habe ich dein Vertrauen zerstört.«

»Ja. So sehr!« Der Schmerz über den Verlust ihrer Liebe und ihres gewohnten Lebens, der Barbara die ganze Zeit verfolgt hatte, wich plötzlich einer Klarheit, von der sie sich fast geblendet fühlte. »Es wird nie wieder so sein, wie es war, Thomas. Das Einzige, worüber ich bereit wäre nachzudenken, ist, ob es sich lohnt, einen Neuanfang zu machen. Aber die Erinnerung an das, was wir zerstört haben, macht das sehr schwer.«

Sie schwiegen lange. Irgendwann sagte Thomas: »So siehst du das also.«

Sie nickte nur. Noch war sie wie betäubt, aber sie wusste, der Schmerz würde kommen und es würde sehr schlimm werden.

»Lass uns bitte reden, wenn ich den Fall hinter mir habe«, startete sie noch einmal einen zaghaften Versuch.

»Warum nicht jetzt?« Er wollte noch etwas sagen, aber da begann plötzlich Barbaras Handy in ihrer Tasche zu klingeln. Sie sprang auf.

»Lass es klingeln«, sagte er, aber sie schüttelte den Kopf.

Es war Hannah Maldien.

»Frau Hielmann-Pross, Barbara?« Die Stimme klang zaghaft.

»Ja. Wo sind Sie?«

»In einem Café in der Stadt. Ich kann ja nicht nach Hause.«

»Haben Sie Ihren Mann getroffen?« Barbara schloss vor Aufregung die Augen. Vielleicht gab es ja doch eine Möglichkeit, Maldien zu schnappen.

»Noch nicht.« Hannah stockte. »Ich habe den ganzen Tag nachgedacht. Er ... er hat mir die Überfälle gebeichtet. Gestern am Telefon.«

»Die Überfälle? Und was ist mit den Morden?«

»Ich habe ihn danach gefragt, und er ist mir ausgewichen. Ich hatte die ganze Zeit gehofft, Sie hätten sich geirrt. Aber nun bin ich sicher, er war es. Ich fühle es.«

»Wir wissen, dass Sie das Geld haben, Hannah. Er will damit fliehen. Und Sie wissen jetzt, was er getan hat. Wenn Sie ihm zur Flucht verhelfen, wird er anderswo wieder morden. Er kann nicht mehr aufhören damit.«

Vom anderen Ende der Leitung kam ein Schluchzer. »Ich weiß. Ich …« Sie brach ab. Barbara hörte, wie sie ihre Nase putzte. »Heute Abend auf dem Parkplatz am Ortsausgang von Kaiserswerth.«

»Wann?«

»Spät. Ich soll ab elf dort auf ihn warten.« Und damit legte sie auf.

»Verdammt«, fluchte Barbara. Dann wählte sie blitzschnell Jakubians Nummer und berichtete ihm, was geschehen war. »Ich komme sofort zum Präsidium. Bis elf ist es ja noch etwas hin.«

Die ganze Zeit hatte Thomas dagesessen und ihr zugehört.

Jetzt stand er auf. »Ich bin hier ja jetzt wohl überflüssig«, sagte er.

»Es ist jetzt bald vorbei, Thomas. Wenn wir ihn heute Nacht schnappen ... Und dann, Thomas, dann sollten wir wirklich reden.«

Er nickte nur und ging wortlos. Nicht einmal von Heinz verabschiedete er sich.

Barbara ging in die Küche. »Es geht los, Heinz. Maldiens Frau hat ihn verraten.«

»Du weißt gar nicht, wie gern ich heute Nacht dabei wäre.«

Jakubian hatte nach Absprache mit Staatsanwalt Roters und der Düsseldorfer Staatsanwaltschaft die Einsatzzentrale nach Düsseldorf verlegt.

Der Parkplatz war aus Sicht der Polizei ein idealer Ort, um Maldien zu stellen, denn er lag in einer Senke. Es gab viele Sträucher, aber alles war einsehbar. Man konnte recht gut die Scharfschützen des SEK postieren, aber auch ganz unauffällig Zivilbeamte in seine Nähe bringen. Oberhalb der von der Straße abgewandten Seite liefen die Gleise der U-Bahnlinie zwischen Düsseldorf und Duisburg, die in beiden Städten bis auf wenige Kilometer oberirdisch fuhr, an der Kopfseite war dichte Wohnbebauung.

Was Barbara und Jakubian Sorgen machte, war, dass Hannah Maldien aufgelegt hatte, bevor Barbara mit ihr Details besprechen konnte. Ihr Handy hatte die Übertragung der Rufnummer abgeschaltet, sie war auch nirgendwo registriert. Für ein Ausfindigmachen der Nummer war die Zeit zu kurz, und wenn sie erst in die Nähe des Treffpunktes kam, war ein Anruf ohnehin zu riskant. Deshalb fürchteten alle, dass Hannah Maldien unnötig in Gefahr gebracht werden könnte.

Etwa eine Stunde vor der vereinbarten Zeit waren alle in Stellung. Barbara und Jakubian parkten am äußersten Ende des Platzes und hofften, von dort alles überblicken zu können. Sobald Hannah Maldien auftauchte, würden in einem bestimmten Rhythmus Zivilbeamte entweder ihr Auto vom Parkplatz fahren oder es dort parken. Es gab auch einen Motorradfahrer, mehrere Jogger und andere Fußgänger.

»Ich weiß nicht«, sagte Jakubian zu Barbara, während sie den Funkverkehr abhörten, »sich hier zu treffen, ist wirklich nicht sehr klug. Wir haben ihn doch hier auf dem Präsentierteller.«

»Er vertraut seiner Frau. Und vielleicht hat dieser Parkplatz irgendeine Bedeutung für die beiden.« Aber auch sie hatte ein ungutes Gefühl.

Nun konnten sie nichts weiter tun als warten. Die angespannte Ruhe bekam Barbara nicht. Das Gespräch mit Thomas ging ihr nicht aus dem Kopf. Sie versuchte, die Gedanken daran zu unterdrücken und sich auf den Einsatz zu konzentrieren, aber es gelang ihr nicht. Ein Neuanfang – ja, das hatte sie ernst gemeint. Trotz aller Schwierigkeiten wollte sie sich und Thomas diese Chance noch einmal geben. Und wenn er ihr fremd geworden war, dann musste sie ihn eben neu kennen lernen.

Aber er war wortlos gegangen. Früher hätte sie gewusst, was er dachte und was er wollte. Dann beschlich sie der Gedanke, dass er es vielleicht wirklich satt hatte.

Jakubian neben ihr gähnte. Sie fragte sich, wie viele Stunden er seit dem Auffinden des Opfers im IHZ-Park wohl geschlafen hatte. Die Finger seiner linken Hand trommelten auf das Lenkrad. Sie mochte seine Hände. Wieder dachte sie an den Kuss und seinen Rückzieher danach. Ja, er hatte Recht. Sie hing noch an Thomas. Das war noch lange nicht ausgestanden. Hier saß sie, dachte über einen Neuanfang mit Thomas nach und träumte gleichzeitig von Jakubians Kuss.

»Ruben?«

»Hmm.«

»Wenn ich nicht gebunden wäre …«

Er sah sie erstaunt an, als wundere er sich, dass sie das immer noch beschäftigte. »Barbara, wir sollten darüber reden, wenn das hier gelaufen ist, in Ordnung?«

Sie nickte nur.

In diesem Moment betrat Hannah Maldien den Parkplatz. Sie musste am Klemensplatz aus der Bahn gestiegen sein, die gerade oben vorbeigefahren war. Es war viertel vor elf.

Der Funkverkehr wurde für einen Moment lebhafter. Man hatte sie also bemerkt.

Etwas verloren stand sie auf dem großen Parkplatz. Inzwischen war es dunkel geworden. Ein Pärchen schlenderte zu seinem Wagen und fuhr kurze Zeit später weg.

»Mir wäre wohler, wenn sie wüsste, dass wir hier sind«, sagte Barbara.

»Dafür ist es jetzt zu spät.« Jakubian sah auf die Uhr. »Mal sehen, ob er pünktlich ist.«

Aber Maldien war nicht pünktlich. Seine Frau stand dort, die Tasche mit dem Geld an sich gedrückt. Sie hatte Angst, das konnte Barbara sehen. Hatte sie Angst wegen eines Überfalls oder Angst vor ihrem mordenden Ehemann?

»Sie sieht sich verdammt oft um«, sagte Jakubian. »Hoffentlich schöpft er keinen Verdacht.«

»Er weiß doch, dass sie Angst hat.«

Inzwischen war es fast halb zwölf. Hannah Maldien bewegte sich plötzlich hektisch. »Was ist da los?«, fragte Jakubian über Funk, aber dann sah er es: Sie hatte ihr Handy aus der Tasche gezogen und telefonierte.

»Könnt ihr was hören?«, fragte er. In einem Wagen in ihrer Nähe saßen Leute, die ein Liebespärchen mimten.

»Negativ. Sie spricht sehr leise.«

»Er beordert sie woanders hin«, sagte Barbara. »Du hattest Recht, der Platz ist viel zu offen.«

Hannah Maldien steckte das Handy weg und setzte sich in Bewegung. Barbara überlegte, ob sie es riskieren konnten, sie anzusprechen, entschied sich aber dagegen. Es war möglich, dass Maldien doch in Sichtweite war.

Hannah ging in Richtung des Tunnels, der unter der B 8 hindurchführte.

Im Funk gab der SEK-Einsatzleiter hektische Befehle, ebenso Kramer, dem die zahlreichen Düsseldorfer Beamten unterstellt waren. Er war so umsichtig gewesen, zwei Teams an der Straße zu postieren, zwei Fußgänger mit einem Hund und zwei Leute im Auto. »Ihr behaltet sie im Auge. Sobald sie weit genug weg ist vom Parkplatz, nimmt ein Jogger ebenfalls die Verfolgung auf. Alle anderen halten sich bereit.«

Die bisher unsichtbaren SEK-Leute zogen sich auf der anderen Seite des Parkplatzes schon zurück. Sie sollten in ihren Einsatzfahrzeugen warten.

»In welche Richtung geht sie hinter dem Tunnel?«, fragte Barbara.

»Nach links«, berichtete das Beschatterteam.

Jakubian sah Barbara an. »Was ist da?«

Barbara beschrieb es ihm. »Da ist ein Weg zwischen Gärten hindurch, er führt zu einem weiteren Parkplatz oder zum Glacisweg, der hat etwas mit den alten Verteidigungsanlagen der Stadt zu tun. Oberhalb liegt die Hielmannvilla.«

Jakubian nahm das Funkgerät. »Kramer, beordern Sie einen Teil Ihrer Leute unauffällig zu dem zweiten Parkplatz. Wir kommen auch dorthin.«

Es hätte nicht viel gefehlt und die Reifen hätten ge-
quietscht, doch Jakubian schaffte es, geräuschlos, aber mit
hoher Geschwindigkeit, den Parkplatz zu verlassen. Zum
Glück war um diese Zeit auf der B 8 nicht mehr sehr viel los.
Jakubian wäre beinahe an dem zweiten Parkplatz vor-
beigeschossen.

Hannah Maldien hatte ihn noch nicht erreicht.

Jakubian holte ein zweites, kleineres Funkgerät aus dem
Handschuhfach. »So, jetzt sollten wir ihr folgen.«

»Ruben, das da ist der Glacisweg. Sie wird uns sofort erkennen.«

»Nicht, wenn wir es geschickt anstellen.«

Dann sahen sie Hannah im Dunkeln über den schmalen
Weg kommen. Dahinter lag etwas tiefer eine Wiese, über der
sich, um einiges höher, ein großes, angestrahltes Haus erhob:
Die Hielmannvilla.

Hannah Maldien ging über den Parkplatz zu einer der
Ausfahrten zur Straße.

»Wohin geht es da?«

»Das ist der Weg zum Rhein und zur Fähre, wenn sie die
Straße überquert.«

»Das tut sie gerade. Komm jetzt.«

Er wartete, bis Barbara ausgestiegen war und legte dann
seinen Arm um sie. Solange sie sich sicher waren, dass
Hannah Maldien sie nicht sah, gingen sie schneller. Dann, als
der Abstand gerade noch groß genug war, damit sie eventu-
elle Gespräche über Funk nicht hören konnte, schlenderten
sie im gleichen Tempo weiter.

Ein Jogger überholte sie. Im Vorbeigehen konnten sie den
Knopf im Ohr sehen. Passanten hätten ihn vielleicht für einen
MP3-Player gehalten, aber Jakubian und Barbara wussten, es
war einer ihrer Leute. Das Pärchen, das ihnen entgegen kam,

300

gehörte allerdings nicht zur Polizei. Es war eine laue Sommernacht, und Barbara befürchtete, dass noch viele Leute unterwegs waren.

»Du kennst dich doch hier aus«, sagte Jakubian leise. »Wo will er sie treffen?«

Das überlegte Barbara schon die ganze Zeit. Es gab nur zwei Möglichkeiten: entweder das Stück zwischen dem Ortsrand und der Fähre, wobei dort noch das Lokal *Zur alten Fähre* mit einem gut gehenden Biergarten war, was eine unbemerkte Annäherung erschwerte. Oder weiter den Rhein entlang hinter der Fähre, wo es um diese Zeit einsamer sein konnte.

Sie beschrieb es Jakubian. »Gut. Wir halten uns die Optionen offen, konzentrieren uns aber auf die Fähre. Es könnte ihm gelegen kommen, dass dort viele Menschen sind.«

Er gab die Anweisung, die SEK-Leute in den neutralen Einsatzfahrzeugen zum Parkplatz des Lokals zu bringen. Wenn der Treffpunkt hinter der Fähre lag, wären sie trotzdem noch schnell vor Ort.

Hannah Maldien war inzwischen über die kleine Brücke des Kittelbachs gegangen und lief am Bach entlang zum Rhein.

Barbara blieb plötzlich stehen. Jakubian schaltete sofort und nahm sie fest in die Arme.

Neben dem Weg, kurz vor der Stelle, wo der Kittelbach in den Rhein mündete, war aus dem Gebüsch ein Mann getreten. Barbara erschauderte in Erinnerung an die schlecht belichteten Fotos, die Hirschfeld von ihm gemacht hatte. Sie war sich sicher: Das war Maldien.

»Wir müssen zurückgehen«, flüsterte Barbara. »Wir können nicht ewig hier stehen und knutschen.«

Sie glaubte, auf Jakubians Gesicht Bedauern zu entdecken, aber er nickte. Demonstrativ sah er auf die Uhr für den Fall,

301

dass Maldien ihn beobachtete. Dann drehten sie um und gingen den Weg zurück.

Maldien und Hannah standen auf der zweiten kleinen Brücke über dem Bach und redeten miteinander.

»Wenn ich mich durch die Senke robbe, kommen ich ihnen näher.«

»Und ich?«, fragte Barbara.

»Du bleibst hier. Du hast keine Waffe.«

Sie folgte ihm zwar in die Senke, um nicht allein auf dem Weg zu stehen, dann sah sie zu, wie er sich zunächst gebückt näher heranschlich und sich dann tatsächlich in seinem Maßanzug auf den Boden warf und immer näher heranrobbte.

Barbara hatte so etwas zwar seit Jahren nicht mehr gemacht, aber sie wollte sich nicht abhängen lassen und machte es ihm nach.

Schließlich lag sie neben ihm unter den Sträuchern, die auch Maldien vorher als Versteck gedient hatten. Jakubian bemerkte sie und sah sie wütend an. Sagen konnte er nichts, sie waren viel zu nah dran. Das Funkgerät hatte er abgeschaltet, über einen Knopf im Ohr wusste er trotzdem, was um ihn herum vorging.

Barbara konzentrierte sich auf das Gespräch zwischen Jens und Hannah Maldien, das inzwischen etwas lauter geworden war.

»Warum weichst du vor mir zurück?«, fragte er. »Du hast doch keine Angst vor mir, oder? Hannah, Liebes.«

In diesem Moment fuhr der Motorradfahrer vorbei. Das Knattern verlor sich auf dem Weg Richtung Fähre.

»Du hast so fürchterliche Dinge getan, Jens.« Er streckte die Hand aus, aber wieder ging sie einen Schritt weg. »Ich weiß von den Morden, Jens. Die Polizei hat mir davon erzählt.«

»Glaubst du denen mehr als mir? Vertraust du mir nicht mehr?«

Sie antwortete nicht und senkte den Kopf.

»Verdammt«, flüsterte Barbara, auch auf die Gefahr hin, dass sie gehört wurde. »Sie bringt sich in große Gefahr.«

Jakubian nickte. Seine Waffe hatte er bereits entsichert. Nun wartete er wie ein Raubtier, kurz bevor es zum Sprung ansetzte. Ja, der Bär konnte wirklich gefährlich werden.

Jens Maldien ging auf seine Frau zu und packte sie am Arm. »Ich habe dir immer vertraut. Und jetzt vertraue ich dir sogar mein Leben und meine Freiheit an. Und du?«

Hannahs Augen waren vor Schreck geweitet. »Sie haben es mir erzählt, Jens. Von den Opfern. Dem ganzen Blut. Und sie sagen, sie können beweisen, dass du es warst.« Sie stockte, schien wieder etwas Mut zu fassen. »Sag mir, dass du es nicht warst, Jens. Ich ... ich werde dir glauben.« Wie sie es sagte, klang es in Barbaras Ohren nicht sehr überzeugend.

Und auch ihr Mann schien ihr nicht zu glauben. »Und wenn ich es doch gewesen wäre? Du hast geschworen, Hannah, in guten wie in schlechten Zeiten. Ich bin dein Mann, und du gehörst zu mir. Ich werde weggehen, und wenn ich irgendwo Fuß gefasst habe, hole ich dich nach.«

Er stockte, weil gerade ein Jogger vorbeilief.

»Sag mir, dass du das nicht getan hast, Jens.«

Er ließ sie los und schwieg.

»Sie haben mir gesagt, dass du immer weiter morden würdest, dass du nicht mehr aufhören kannst.«

»Du hast ihnen also doch geglaubt.«

Jetzt kam ein Liebespärchen den Weg entlang. Barbara beobachtete Maldien genau. Das Pärchen lief vorbei, und er stutzte. Er musste etwas gesehen haben. Er hat den Knopf im Ohr gesehen, schoss es Barbara durch den Kopf.

303

»Du hast es ihnen geglaubt, und du hast mich verraten.«

Jetzt ging alles blitzschnell. Noch während Jakubian hochschnellte, hatte Maldien ein Messer gezogen, seine Frau an sich gerissen und hielt ihr das Messer an den Hals. Er hielt es an genau der richtigen Stelle, um sie schnell zu töten. Er hatte Übung darin, die Stelle zu finden, wo es am meisten blutete.

»Polizei. Lassen Sie das Messer fallen, Maldien«, rief Jakubian. Barbara konnte sich denken, dass er sich große Vorwürfe machte, nicht eher zugegriffen zu haben, aber er hatte wohl die ganze Zeit Hannah Maldien zu Recht als extrem gefährdet angesehen. Der Motorradfahrer war umgekehrt und beleuchtete nun mit seinem Scheinwerfer die Szenerie.

»Du hast mich verraten.«

Irgendetwas an der Art, wie Maldien das sagte, ließ in Barbara die Alarmglocken schrillen.

»Jetzt habe ich nur noch dich, Liebes. Jetzt kann ich nur noch dein Blut rauschen hören. Ein letztes Mal werde ich es hören können.«

»Ruben, schieß!«, schrie Barbara.

Jakubian zögerte einen Moment, denn Maldien hielt seine Frau so vor sich, dass er selbst zu wenig Angriffsfläche bot. Sein Gesicht war merkwürdig verzerrt in einer Mischung aus Verzweiflung und Verzückung. Barbara konnte schon einen Bluttropfen an Hannahs Hals sehen.

Hannah, bisher starr vor Angst, bewegte sich plötzlich. Barbara wusste, das konnte tödlich für sie sein, aber es verschaffte Jakubian eine Chance. Er drückte ab. Er wollte Maldiens freie Schulter treffen, doch in diesem Augenblick ließ sich Hannah einfach fallen und zog ihren Mann ein Stück hinunter, er versuchte sie zurückzuzerren und geriet mit dem Kopf genau in die Schusslinie. Für ein paar Sekunden, die

304

Barbara wie eine Ewigkeit vorkamen, hielt er inne, dann kippte er nach vorn und begrub seine Frau unter sich. Er zuckte noch einmal, dann war alles ruhig.

Barbara und Jakubian rannten zu Maldien und zogen Hannah unter ihm hervor. Jakubian nahm ihm das Messer ab. Dann prüfte er den Puls. »Er lebt noch«, sagte er leise.

Während er einen Krankenwagen rief, kümmerte sich Barbara um Hannah. Die Wunde war nicht tief, aber die Frau hatte einen Schock erlitten.

Die anderen beteiligten Polizisten kamen nach und nach zum Ort des Geschehens. Auch Kramer tauchte auf. Er besah sich Maldiens Verletzung, während der Notarzt sich um ihn kümmerte.

»Guter Schuss, Jakubian«, sagte er anerkennend. »Sollte er das überleben, wird er sicher nie mehr einen Mord begehen können. Eigentlich sollte man das mit diesen Typen immer so machen.«

Es war Barbara sympathisch, dass Jakubian keineswegs in das allgemeine Triumphgeheul einstimmte. Er saß auf dem Betonweg, auf einer Treppenstufe, die zum Kittelbach hinunterführte, war sehr still und wirkte erschöpft.

Barbara setzte sich zu ihm. »Du hattest keine andere Wahl.«

»Ich weiß. Aber alles hätte besser laufen sollen. Wir hätten Hannah Maldien nicht gefährden müssen.«

»Doch, das mussten wir. Ohne sie hätten wir ihn nicht gekriegt.« Aber sie wusste, es war nicht allein der Schuss, der ihm jetzt zu schaffen machte. Sie spürte es genauso wie er: diese Leere, wenn ein Fall seinen Abschluss gefunden hatte. Wochenlang hatten sie mit keinem anderen Ziel gelebt, als diesen Mann zur Strecke zu bringen. Und jetzt wussten sie nichts mit sich anzufangen.

Es war ein vertrautes Gefühl, wie ein Kater, doch Barbara hatte es lange nicht mehr gespürt. Denn wenn sie sonst nach dem Abschluss eines Falles nach Hause zurückkehrte, dann wartete Thomas dort auf sie und machte ihr klar, dass es noch etwas anderes im Leben gab als diese Jagd. Aber heute Nacht wollte sie nicht in die Villa zurückkehren, auch wenn es ihr immer noch ernst war mit dem Neuanfang. Sie fühlte sich Jakubian so nah wie nie zuvor. Heute Nacht brauchten sie einander.

Sie mussten nicht darüber reden. Ein Teil der Soko-Leute würde ins Duisburger Präsidium fahren, Max Erhards Team würde im Scheinwerferlicht Spuren sichern. Aber Jakubian und Barbara meldeten sich ab.

»Ich kann dich nach Rheinhausen fahren«, sagte er, als sie im Auto saßen. »Oder möchtest Du vielleicht lieber …« Er machte eine ausladende Handbewegung in Richtung der Villa, die hell über dem Parkplatz strahlte.

»Fahr los«, sagte sie nur, und er tat es.

In seiner hässlichen Wohnung voller Sperrmüllmöbel begannen sie einander auszuziehen. Die Erschöpfung war fort, aber beide wussten, das war nur eine Atempause.

»Das ist ein Fehler, Barbara, das ist dir doch klar?«

»Ja. Aber ich will es. Wenigstens dieses eine Mal.«

Er hielt inne, ihre Hose aufzuknöpfen. »Gerade das eine Mal könnte uns beiden sehr weh tun.«

Sie legte ihre Hände auf seine. »Wir können damit aufhören, Ruben. Ich verstehe, wenn du es nicht willst. Weil wir Kollegen sind. Und weil du noch an deiner Petra hängst und ich an Thomas.«

Er nahm ihre Hände, küsste sie, öffnete dann den Knopf und zog den Reißverschluss herunter. Sie tat es ihm nach.

Plötzlich lachte er leise.

»Was ist so lustig?«

»Ich habe bisher …« Er lachte lauter. »Ich habe noch nie mit einer so kleinen Frau geschlafen. Petra und auch die paar Frauen vor ihr waren groß, üppig und kurvig. Ich dachte immer, eine kleine Frau könnte ich zerbrechen.«

»Ich habe nicht vor, unten zu liegen, Jakubian.«

Jetzt war der letzte Fetzen Stoff herunter. Er packte sie und ließ sich gemeinsam mit ihr auf das viel zu kleine Bett fallen.

Sie blieb die ganze Zeit oben, selbst als sie einschliefen.

In den Morgennachrichten hatte es schon die ersten Meldungen über den gefassten Serienmörder gegeben. Jakubian hatte Barbara zu Heinz gefahren, damit sie die Kleider wechseln konnte. Nun bogen sie auf den Parkplatz des Duisburger Polizeipräsidiums ein. Draußen wurde gerade eine Meute Presseleute auf die Pressekonferenz um dreizehn Uhr vertröstet.

Dann sah Barbara den schwarzen CLK. Thomas. Als sie und Jakubian das Präsidium betraten, kam er ihnen entgegen. Er hatte einen Umschlag dabei. »Barbara, kann ich dich kurz sprechen?«

»Wir sehen uns gleich«, sagte Jakubian und ging.

Barbara hatte seinen Blick registriert. Und sie registrierte ihr eigenes schlechtes Gewissen. »Komm, wir suchen uns ein ruhiges Plätzchen.«

Thomas folgte ihr. Sie fanden einen freien Verhörraum und setzten sich an den Tisch. In dem kahlen Raum saßen sie einander gegenüber wie Polizist und Delinquent. Barbara fragte sich, wer welche Rolle innehatte.

»Du sprachst gestern von einem Neuanfang, Barbara«, begann Thomas.

»Ja. Und das war mir ernst. Ich möchte es zumindest versuchen.« Sie konnte aus seinem Gesicht keine Reaktion lesen. »Ich ... ich denke, ... ich muss dich einfach neu kennen lernen, Thomas. Wir müssen das.«

Er schüttelte den Kopf und wirkte plötzlich ganz müde. »Ich habe auch nachgedacht, Barbara. Nicht erst gestern Abend. Viel hat das nicht gebracht, aber eines weiß ich: Ich will nichts Neues. Alles, was ich will, ist unsere Liebe so wie sie war.«

Barbara starrte ihn an. »Aber ...«

»Ja, Barbara. Aber! Ich bin zu dem Schluss gekommen, dass das nicht möglich ist. So weit wie du gestern warst, war ich schon lange. Und deshalb habe ich nach Katharinas Tod Hardanger angerufen.«

Hardanger war Thomas' Anwalt. Barbara schluckte. Thomas nahm Papiere aus dem Umschlag, etwa zehn Seiten, schätzte Barbara.

»Es ist ein wenig mit der heißen Nadel gestrickt, fürchte ich. Und ein kleines bisschen betrogen wirst du auch dabei, weil wir die Immobilien, die mir und meiner Mutter gemeinsam gehören, nicht mit in das Vermögen gerechnet haben. Aber du hattest ja nie eine große Beziehung zu unserem Geld.«

»Ist das ...??«

»Eine Scheidungsvereinbarung, ja. Damit nach dem Trennungsjahr alles einfacher ist. Hardanger hat geschimpft, weil ich keinen Ehevertrag abgeschlossen hatte. Aber das Geld ist mir egal. Ich habe immer noch genug davon. Und du bist auch immer noch eine reiche Frau.«

»Und das trägst du seit ein paar Tagen mit dir herum?«

Er seufzte. »Es ist schwer, die Hoffnung aufzugeben. Aber du hast es mir leichter gemacht. Geh den Vorschlag mit einem Anwalt durch. Wir können noch darüber reden. Leb wohl.« Und damit ging er zur Tür.

Barbara saß da, den Umschlag in der Hand, unfähig irgendetwas zu sagen.

»Ach ja.« Thomas drehte sich noch einmal um. »Wenn du möchtest, kannst du ja in die Pempelforter Wohnung ziehen, bis du etwas Eigenes findest. Da sind ja auch noch ein paar Möbel von dir. Ich fände es gut, wenn du deine Sachen aus der Villa abholen würdest, wenn ich nicht zu Hause bin. Du kennst ja meine Unizeiten.«

Sie sah ihm ins Gesicht, und auf einmal konnte sie wieder darin lesen. Er war nicht so kühl und sachlich. Es fiel ihm unendlich schwer, das zu tun.

»Thomas ...«

Er schüttelte den Kopf. »Nein. Es ist besser so. Für uns beide.«

Barbara sah ihm nach.

Sie wusste nicht, wie lange sie dort gesessen hatte, aber plötzlich hatte sie das Gefühl, in dem fensterlosen Raum ersticken zu müssen. Sie rannte hinaus auf den Parkplatz und stieg in ihren Wagen. Als sie den Zündschlüssel drehte, wurde ihr plötzlich klar, dass sie kein Zuhause mehr hatte. Natürlich konnte sie zu Heinz fahren. Die Tränen kamen. Sie hing über dem Lenkrad und weinte, weinte, bis es nicht mehr ging. Ihr Kopf schmerzte, und sie wagte es nicht, in den Spiegel zu sehen.

Plötzlich zuckte sie zusammen, denn die Beifahrertür wurde geöffnet. Und obwohl es Jakubian schwer fiel, zwängte er sich in das Jaguar-Cabrio. Er warf die Papiere, die Barbara auf dem Tisch vergessen hatte, auf den Rücksitz.

»Ich würde dich gern trösten.« Er reichte ihr ein Taschentuch. »Aber gleich ist die Pressekonferenz, und du bist eine der Hauptpersonen.«

309

»Ich will da nicht hin.«

»Doch, das willst du«, sagte er sehr bestimmt. »Im Moment hast du schließlich nichts anderes als deinen Job.«

Sie sah ihn halb erstaunt, halb gekränkt an.

»Na ja, und beinah einen neuen Kerl.«

Das brachte sie zum Lachen. »Aber einen sehr großen!«

Er hielt er ihr seine Sonnenbrille hin, und sie setzte sie auf. Sie hoffte, die viel zu große Brille würde ihr nicht von den verheulten Augen rutschen.

Dann stiegen sie aus und gingen zusammen zurück ins Präsidium.

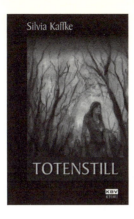

Silvia Kaffke
TOTENSTILL

Taschenbuch, 331 Seiten
ISBN 978-3-937001-53-1
9,50 EURO

Zunächst glaubt Barbara noch an einen üblen Scherz, als pünktlich zu ihrer Vorlesung über den Serienmörder Kroll Schweinedärme in einer Uni-Toilette schwimmen.

Doch dann tauchen Leichen auf, die wie bei anderen berühmten Fällen zugerichtet wurden. Barbara hat seit drei Semestern einen Lehrauftrag für Investigative Psychologie an der Uni, außerdem hält sie Vorträge an den Polizeifachhochschulen und wird des öfteren als externe Beraterin zu schwierigen Fällen hinzugezogen. Ein solcher Fall eines Serienvergewaltiger führt sie zurück nach Burg im Kreis Dithmarschen, dem Ort ihrer schlimmsten Niederlage, dem Fall Schmidtmann. Noch immer wirft sie sich vor, damals das dritte Opfer nicht gerettet zu haben, weil sie ein falsches Täterprofil erstellt hatte.

Barbara will nicht wahrhaben, dass es bei den neuen Morden um sie geht und entdeckt die Verbindung zu den Serienmorden der Vergangenheit erst, als es fast schon zu spät ist...

»*Ein Krimi, der erst wieder aus der Hand gelegt wird, wenn er fertig gelesen ist. Spannend von der ersten bis zur letzten Seite. Silvia Kaffke ist hier ein hervorragendes Buch gelungen.*«
(Media-Mania)

Klaus Stickelbroeck
FISCHFUTTER

Taschenbuch, 280 Seiten
ISBN 978-3-940077-83-7
9,50 EURO

Wasser war nie Hartmanns Element. Sein neuer Fall aber führt den Privatdetektiv in den Düsseldorfer Hafen. Und da gibt es jede Menge Wasser!

Mitten in der Nacht steht unerwartet Egon Budde, die Düsseldorfer Fußballlegende, vor seiner Wohnungstür. Hartmanns ehemaliger Trainer ist mächtig unter die Räder gekommen und wohnt im Pfeiler der alten Hammer Eisenbahnbrücke. Jetzt ist er auf der Flucht, denn er hat einen Mord beobachtet, den ausgerechnet Polizisten begangen haben sollen.

Hartmann glaubt ihm nicht, aber dann wird bei der Fähre in Kaiserswerth eine männliche Leiche aus dem Rhein gefischt, und er beginnt nachzuforschen.

Er merkt sehr schnell, dass der Hafen eine kleine, fremde Welt für sich ist. Das tiefe, trübe Wasser in den Hafenbecken ist dabei nicht einmal das Schlimmste ...

»Sein Stil ist frech und schelmisch, lakonisch-ironisch und bisweilen einfach fies.« (Niederrhein Nachrichten)